O DESPERTAR do LÍRIO

BABI A. SETTE

O DESPERTAR *do* LÍRIO

série *Flores da temporada*

novo século®

São Paulo, 2016

COORDENAÇÃO EDITORIAL
Vitor Donofrio

EDITORIAL
Giovanna Petrólio
João Paulo Putini
Nair Ferraz
Rebeca Lacerda

GERENTE DE AQUISIÇÕES
Renata de Mello do Vale

ASSISTENTE DE AQUISIÇÕES
Acácio Alves

PREPARAÇÃO
Marília Pagliaro

PROJETO GRÁFICO
Nair Ferraz

ILUSTRAÇÃO DE MIOLO
Babi A. Sette

REVISÃO
Livia First
Vânia Valente

CAPA
Marina Avila

Texto de acordo com as normas do Novo Acordo Ortográfico da Língua Portuguesa (1990), em vigor desde 1º de janeiro de 2009.

Dados Internacionais de Catalogação na Publicação (CIP)
(Câmara Brasileira do Livro, SP, Brasil)

Sette, Babi A.
O despertar o lírio/ Babi A. Sette.
Barueri; SP : Novo Século Editora, 2016. (série flores da temporada)

1. Romance brasileiro 2. Romance histórico I. Título. II. Série.

16-02481 CDD-869.3

Índice para catálogo sistemático:
1. Romance : Literatura brasileira 869.3

NOVO SÉCULO EDITORA LTDA.
Alameda Araguaia, 2190 – Bloco A – 11º andar – Conjunto 1111
CEP 06455-000 – Alphaville Industrial, Barueri – SP – Brasil
Tel.: (11) 3699-7107 | Fax: (11) 3699-7323
www.novoseculo.com.br | atendimento@novoseculo.com.br

Para todas as mulheres espetaculares
que engrandecem a minha vida.

Agradecimentos

Meus amados leitores, vocês fazem histórias e sonhos virarem realidade. Vocês são os melhores leitores que uma autora pode ter. Gente, é sério, dizer obrigada parece tão pouco. Obrigada um milhão de vezes, sintam-se abraçados com todo o carinho e amor.

Blogs literários, todos; OBRIGADA! OBRIGADA! OBRIGADA!

Laura Aguiar, Cinthia Freire, Sueli Jason Alonso, Thais Turesso; vocês ajudaram a moldar essa história e ainda sobrou espaço para bons papos, carinho e amizade. Obrigada por me aguentarem em meio ao processo de escrita; nas vésperas do natal, no meio das férias ou durante as madrugadas, obrigada por amarem as minhas histórias e o que elas podem se tornar.

Adriana Barelli, minha amiga, leitora e assessora para muitas causas, você faz toda a diferença nesse caminho.

Juliana Carneiro; sempre existirão algumas linhas reservadas para você, te agradeço por fazer parte.

Marina Ávila, a melhor capista do mundo; você continua me surpreendendo.

Nair Ferraz, Renata Mello e toda equipe da Novo Século editora, que trabalho espetacular que foi feito nesse romance. Obrigada por espalharem as minhas histórias por todo o Brasil.

Mãe, obrigada por estar aqui e pai você sempre será meu herói.

Às pessoas mais amadas desse mundo, Hoel e Malu, obrigada por me segurarem com os pés no chão, por viajarem com as minhas histórias, por acreditarem tanto nos meus personagens como eu e por não me acharem maluca quando discuto com vocês sobre a vida deles, como se eles fossem parte da nossa família.

E sempre, obrigada, meu Deus, pela vida e pelo dom da escrita.

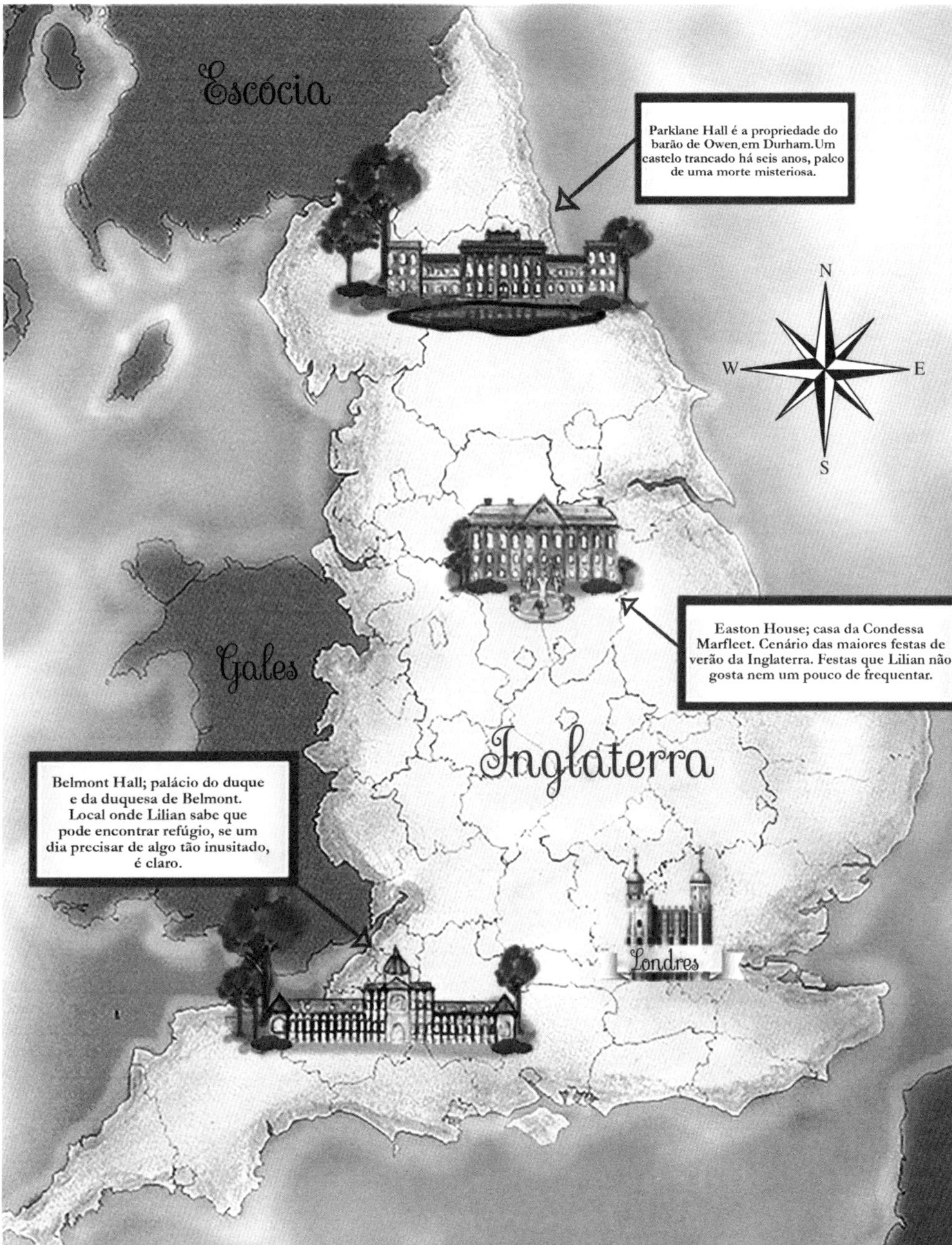
Escócia
Parklane Hall é a propriedade do barão de Owen, em Durham.Um castelo trancado há seis anos, palco de uma morte misteriosa.
N
W
E
S
Easton House; casa da Condessa Marfleet. Cenário das maiores festas de verão da Inglaterra. Festas que Lilian não gosta nem um pouco de frequentar.
Gales
Inglaterra
Belmont Hall; palácio do duque e da duquesa de Belmont. Local onde Lilian sabe que pode encontrar refúgio, se um dia precisar de algo tão inusitado, é claro.
Londres

Prólogo

LONDRES, JUNHO DE 1845

O Sol se infiltrava de maneira tímida entre as nuvens naquela manhã. Normalmente, as pessoas preferem os dias ensolarados, aqueles em que nada contrasta com o azul do céu. Lilian sempre gostou mais dos dias em que as nuvens eram tingidas pelos raios de Sol. Naquela manhã de junho em Londres, elas estavam perfeitas; enchiam o céu de um brilho recatado, sobressaíam-se entre o dourado, o amarelo e o prata. Cintilavam como o vestido de noiva rosa claro que sua irmã mais velha, Kathelyn, usava. Entre tules e sedas e uma cauda de três metros com flores bordadas em um efeito degradê, Kathelyn parecia uma criatura mística ou uma rainha. Lilian olhou para a irmã, que estava parada em frente à porta da igreja de St. George, em Hanover Square; Kathe esperava o momento certo de entrar, enquanto todos se acomodavam para assistir à cerimônia. Nas ruas, havia uma enorme fila de carruagens, e uma multidão de pessoas se acotovelava e se espremia a fim de conseguir espiar o vestido da noiva, da futura duquesa de Belmont, ou a fim de espiar qualquer coisa que pudesse do casamento mais esperado e comentado de todas as temporadas.

– Está pronta? – perguntou Lilian, tentando passar força e confiança para Kathelyn.

– Nervosa – Kathe afirmou com um meio sorriso. – Você sabe, ele está aí dentro – ela apontou com a cabeça para a porta –, no altar.

– Sim, claro, o famoso duque de Belmont.

Lilian arrumou o véu da irmã.

– Na verdade – continuou com tom de voz sereno –, quem o viu agora há pouco na sacristia poderia jurar que ele é o homem mais nervoso e inseguro do mundo, e não o duque mais arrogante e controlador da Inglaterra.

Os lábios de Kathe esboçaram um sorriso.

Lilian queria descontrair a irmã.

– Também, pudera, depois do que você o fez passar durante meses até aceitar se casar com ele, é natural que ele pense que você pode evaporar e sumir antes de entrar na igreja. Juro que cheguei a ter pena dele em diversas ocasiões.

– Eu também, mas não conte isso a ele – Kathelyn sussurrou com um sorriso mais visível.

– Vocês esperam há cinco anos por este momento, Kathe. Foram idas e vindas, um filho antes do casamento, muito sofrimento, muitos escândalos e tantos desentendimentos até chegarem aqui. – Lilian suspirou. – Vocês merecem toda a felicidade do mundo.

Kathe sacudiu a cabeça em afirmativa.

– E vamos concordar que ele fez um excelente trabalho. – Ela ajeitou as saias do vestido da irmã, que abriam em finas camadas sobrepostas. Não descansou até conseguir que as mesmas pessoas que a rechaçaram anos atrás lhe prestassem reverência. Conseguiu restabelecer sua imagem... E até mesmo a rainha confirmou presença no almoço após a cerimônia.

Ouviu os murmúrios das pessoas que gritavam “Felicidades ao casal!” e “Viva a futura duquesa!” ao passar na rua.

Kathe acenou para um grupo de pessoas.

– Afinal, ele é um duque, e um daqueles muito teimosos, na verdade.

– Acho que ele tem um enorme poder de persuasão. – Lilian estava com o filho de quatro anos, Paul, que cochilava em seu colo. Ela o aconchegou. – Ele se aproximar da rainha, que ama as óperas, e sugerir que nada poderia ser mais encantador do que uma futura duquesa com um talento de soprano profissional. – Paul se mexeu um pouco e ela colocou a cabeça do filho no ombro. – Meu Deus, ele está um chumbo! – exclamou e deu alguns tapinhas nas costas do menino, soltando o ar pela boca de uma vez. – Convencer a rainha em pouco tempo de que você enriqueceria o baile de aniversário dela com uma apresentação exclusiva foi incrível. Volto a repetir: ele é um homem indubitavelmente convincente – Lilian terminou em tom de voz descontraído.

– Ou irresistivelmente atraente. Pelo menos eu não consigo me concentrar em metade das palavras que meu futuro marido diz quando ele usa o seu tom persuasivo – Kathe afirmou com um olhar malicioso.

As duas jovens riram, divertidas.

– Sim, eu sei o que você acha dele, mas acredito que todo esse esforço de Belmont também serviu para provar que ele a ama com loucura. E, Jesus, nunca vi um pai tão devotado antes.

Os olhos de sua irmã ficaram ainda mais azuis, cheios de lágrimas.

Ela própria se emocionou.

– Sei que ele a fará muito feliz.

Lilian tirou um lencinho da bolsa e enxugou com ele o rosto de Kathe.

– Eu já estou – a irmã disse junto aos sinos da igreja que preencheram com o anúncio do matrimônio o ar primaveril.

– Você também já está atrasada, e eu vou me sentar. Apesar de o primeiro banco estar reservado para a família, do jeito que está isso aqui – jogou uma olhada sobre as centenas de pessoas na frente da igreja –, não duvido nada que tenha briga por lugares.

Kathelyn abaixou as pálpebras, e os lábios dessa vez desenharam um sorriso natural e descontraído que iluminou todo o seu rosto. Lilian deu um beijo afetuoso na testa da irmã, voltou a ajeitar Paul em seu colo com algum esforço, girou o corpo e saiu em direção ao interior da igreja. Sentia-se realizada com a felicidade de Kathe.

Os anos passaram e elas não eram mais meninas inocentes; entretanto, Lilian ainda encontrava tanta satisfação em ver a irmã feliz que era difícil colocar esse sentimento em palavras. Kathelyn tinha vida e coragem suficientes para arriscar tudo por seus sonhos, e vê-la feliz deixava Lilian tão ou mais satisfeita do que se fosse ela própria a vivenciar aquela alegria.

Caminhou com passos curtos o mais rápido que conseguiu até a primeira fileira de bancos reservada à família; sentou-se com o rosto transpirando o cansaço de carregar o filho adormecido nos braços, cumprimentou com a cabeça alguns conhecidos e se acomodou, relaxando as costas no encosto de madeira. Respirou o aroma das centenas de rosas que decoravam a St. George. Comprovou que só não havia mais rosas do que pessoas lotando os bancos, pois, espremendo-se entre vestidos de seda, joias e uniformes de gala, todos queriam uma melhor vista do altar. Afinal, não é todo dia que um duque se casa em Londres. Ainda mais um duque que demorou cinco anos para se casar com sua noiva; Arthur, o nono duque de Belmont, e sua irmã Kathelyn finalmente alcançavam o merecido final feliz.

As portas da igreja se abriram e Kathelyn desfilou pela nave, parecendo uma criatura onírica que abria caminho entre uma nuvem cor-de-rosa de tecido e brilho de flores em movimento. Lilian percebeu que, enquanto sua irmã caminhava, seu futuro cunhado, o duque de Belmont, e não apenas por uma vez, enxugou, com toda a sua discreta pose aristocrática, uma lágrima no canto dos olhos.

Olhou ao redor e constatou que a sociedade era mesmo muito estranha. As mesmas bocas que condenaram o casal e que foram responsáveis pela ruína de sua irmã e de sua família anos atrás agora o felicitavam e sorriam como se nunca houvessem dito uma frase maldosa a respeito dessa união. Lembrou-se das palavras dos folhetins de fofoca do reino; há dois meses, desde que o casamento fora anunciado, não escreviam sobre outro assunto. *Tudo é esquecido quando a própria rainha abençoa uma situação.*

Fechou os olhos ao entender que esse não era apenas o final feliz de sua irmã, esse era o sonho de sua mãe e de seu pai realizado. Mas eles não estavam presentes para desfrutá-lo; morreram antes de ver Kathelyn receber o título de duquesa. Lilian poderia ficar triste com essas lembranças, porém, naquele dia não havia espaço dentro dela para qualquer outro sentimento que não fosse a alegria dessa realização. Voltou sua atenção para o altar. Ela poderia se fixar no discurso do bispo se não estivesse tão encantada com a maneira apaixonada com que seu futuro cunhado olhava dentro dos olhos de sua irmã, se não estivesse tão atenta aos movimentos das mãos do duque que não abandonavam o corpo de Kathelyn. Suspirou ao notar que ele percorreu a lateral do rosto dela com as costas dos dedos de maneira quase devocional. Em seguida, ele tocou-a no braço e, então, enlaçou-a pela cintura, como se precisasse ter certeza de que ela era de verdade. Lilian sorriu, e algumas lágrimas de contentamento escaparam de seus olhos.

– Aceito, com toda a minha alma.

Ouviu a voz forte do duque de Belmont ecoar na igreja, trazendo-a de volta para as juras trocadas.

– Eu os declaro marido e mulher.

O bispo finalizou o sacramento.

Belmont segurou os ombros de Kathe, virou-a de frente para ele e a beijou nos lábios.

Um beijo apaixonado.

As bochechas de Lilian arderam. *Deus, que coisa mais inadequada!*

Levou as mãos até os olhos de Paul, o filho que ainda dormia inocentemente no seu colo. Ele nem se mexeu. Ouviu murmúrios indignados e risadinhas abafadas se espalharem entre os convidados. Não fora um beijo muito longo, mas, Jesus, estavam na igreja de St. George, na frente da mais alta nata da sociedade londrina. Sabia que, com esse gesto pouco convencional, Arthur, seu recente cunhado, e Kathelyn acabaram de garantir alguns meses a mais de notícias em todos os folhetins do reino.

Mesmo odiando os escândalos e as fofocas de qualquer tipo, especialmente os vinculados à sua família, Lilian não conseguiu deixar de sorrir por pura satisfação ao assistir a mais aquela cena. Saiu da igreja acreditando que nunca se viu na Inglaterra casal tão apaixonado. Saiu com a certeza de que um amor dessa magnitude era para poucos; apenas para os mais audaciosos. Ela sabia que jamais viveria algo nem de perto parecido. Nunca precisou de algo assim, tão latente e passional. Imaginou como deveria ser inquietante se converter em um objeto de tanta adoração e desejo de um homem. Sentiu o estômago se contrair. Não, definitivamente a paixão não era algo de que precisava para ser feliz. Afinal, não nascera para as emoções muito fortes e descontroladas. No fundo, não lamentava; pelo contrário, ficava até mesmo um pouco aliviada. Era uma viúva, e viúvas não sonham com beijos na boca diante do altar.

Capítulo 1

Dois meses depois

O relógio fazia um barulho estranho enquanto ela bordava.

Não que o som mudasse, como uma espécie de mágica, quando ela agarrava a agulha e a linha; era a sua concentração que fazia todo o barulho presente se envolver em uma bruma.

O insistente batucar do tempo aconchegava-se entre os pontos, amortecido no bastidor em suas mãos.

Lilian era uma dama perfeita, exemplo de comportamento e moral. Era tão correta que nada parecia capaz de manchar sua impecável reputação. Era o que todos achavam.

Ela mesma tinha alguma dificuldade em entender o porquê, já que não se esforçava para ser exemplo de comportamento ou modelo de moral. Acontece que sempre fora assim; para ela, isso era tão natural como respirar.

No íntimo, nunca quis ser modelo de nada. Só se esforçava para ser boa esposa, mãe e primorosa dona de casa. O que mais uma moça podia desejar alcançar além de um marido decente que lhe desse segurança, um nome, respaldo e, quem sabe, se contasse com a sorte, até mesmo carinho?

Portanto, ela entendia que podia se considerar uma mulher realizada. Casou-se com dezesseis anos com seu primo Rafael Radcliffe, único herdeiro do viscondado de Wheymouth.

Com quase 22 anos, era uma viscondessa, mãe de Paul, um adorável menino. Tinha duas propriedades para administrar: uma em Londres, outra em Northumberland – nas terras do viscondado. Era admirada e sempre procurada para conselhos ou qualquer outra ordem de ajuda que julgasse necessário. E, apesar de ter ficado viúva havia três anos, sentia-se feliz.

Ela tinha a sua honra. Esse era o único tesouro que Lilian sabia que nada poderia ameaçar.

Aprendeu isso cedo quando sua irmã mais velha e melhor amiga, Kathelyn, fora expulsa de casa. O pai, à época, acusava Kathelyn de desonra. Um ano após a saída da irmã de sua vida, sua mãe adoeceu e morreu.

Fechou os olhos, abandonando o bordado enquanto a sua memória dava pontos no leito de morte da mãe:

– Prometa-me, Lilian, que nada nem ninguém nunca a levará à ruína. – A voz da mãe era fraca; ela tossiu algumas vezes antes de prosseguir. – Prometa que nunca irá se corromper e que não perderá a sua honra.

– Prometo, mamãe – ela jurou sem saber direito o que era esperado para se manter fiel à sua palavra.

Entendeu, algum tempo depois, que a honra para as damas estava absolutamente relacionada àquilo que os homens chamam de "consumar o casamento". Sabia que uma dama de verdade nem deveria pensar em tal situação.

Já para Lilian, que quase nunca pensava no ato marital, a honra era a sua fidelidade.

A palavra valia mais do que a própria pele, e a verdade com que levava os seus compromissos era sempre motivo de vida ou de morte. Assim se sentia feliz, sendo fiel a quem amava e procurando não julgar a escolha dos outros, por mais erradas que às vezes elas pudessem parecer.

Para ela, sua irmã Kathelyn era o testemunho de que a reputação não é o único meio para a felicidade. Kathelyn fora acusada de trair o noivo, o duque de Belmont, às vésperas do casamento, o que resultou na sua expulsão de casa cinco anos antes. Tempos depois, tornou-se uma famosa cantora de ópera em Paris e, para comprovar que a lógica e o esperado nem sempre se alimentam um do outro, Kathe e o duque, seu antigo e supostamente noivo traído, estavam casados havia dois meses. Lilian lembrou-se do dia do casamento e do beijo apaixonado que o cunhado dera na irmã ao final da cerimônia. Um tipo de beijo que certamente Lilian não precisava experimentar para ser feliz.

Então, com o casamento, Kathelyn deixara de ser pária e se converteu em duquesa. Está certo, Lilian tinha que admitir que o casal de duques ainda era considerado excêntrico entre os seus pares.

"Excêntrico", aí está uma palavra engraçada. Uma maneira sutil de deixar claro que o comportamento fugia do esperado e que esse mesmo comportamento, apesar de não aprovado, seria tolerado. Lilian nunca acreditou que as escolhas da irmã a faziam mais ou menos nobre do que qualquer dama enquadrada nas rígidas normas sociais que ela mesma seguia com natural tranquilidade. Se Lilian fosse egoísta ou fútil, poderia ter culpado Kathelyn por todas as desgraças que acometeram a família com o fim do noivado anos atrás: a ruína e a loucura do pai, a doença e a morte da mãe e o seu próprio casamento de conveniência com Rafael Radcliffe, um primo por quem ela acreditava ser apaixonada quando era apenas uma criança.

Somente com o passar dos anos é que Lilian entendeu que a realidade era muito distinta dos sonhos românticos. Se pensasse apenas na realização de seus caprichos, poderia ter culpado a irmã por não ter sido cortejada, por não ter flertado ou não ter desfrutado de bailes. A vida de Kathelyn fora arruinada, e Lilian nunca tivera a chance de eleger um ou mais pretendentes. Entretanto, em vez de alimentar a raiva pela frustração dos sonhos não realizados, tratou de se convencer – e rápido, como sempre fazia – de que a vida havia lhe dado a chance de ter uma família e um marido, e que Rafael havia sido mais do que condescendente e bondoso em ampará-la diante da ruína da irmã.

Kathe sempre foi impulsiva e vivia sem medir muito as consequências de seus atos. Lilian sabia que a irmã tivera sorte. E, mesmo que tenha lhe custado anos, ganhou o seu final feliz. Mas nem sempre a vida lhe presenteia com a sorte, então Lilian dava preferência à calma do certo ao prazer do arriscado. O que também lhe era natural. Nunca sentiu precisar de grandes aventuras para se realizar. Ela era feliz com o simples e o ordinário. Bem, ao menos era o que ela repetia a si mesma todas as vezes em que o tempo se alongava nas horas de bordado. Para Lilian, a felicidade era a paz de espírito que a sua consciência tranquila trazia.

– Minha lady – foi o senhor Carrick, o mordomo de sua casa em Londres, quem a despertou do devaneio –, a senhora tem uma visitante.

Lilian deixou o bordado na mesa ao lado e pegou o cartão de visita que estava entre os dedos compridos do senhor Carrick. Quando tomou conhecimento do nome, deu um suspiro cansado e involuntário.

– Bom dia, senhora Bowmer – Lilian disse ao entrar na sala azul, local da residência onde recebia suas visitas.

– Oh, graças ao bom Deus está em casa – a mulher esguia de cabelos avermelhados respondeu, dando um beijo em cada uma de suas bochechas.

– Sente-se, por favor. – Ela indicou com a cabeça o sofá que vinha às costas de Caroline Bowmer.

– Obrigada – a mulher respondeu e acomodou o corpo, repousando as mãos sobre os joelhos. – Não vou tomar muito do seu dia, minha lady – a senhora Bowmer se adiantou.

– Sem tantas formalidades – Lilian sentou-se junto a ela –, já nos conhecemos há algum tempo.

– Está certo, minha cara, é que estou tão nervosa, sinto que poderei desmaiar a qualquer momento! – Caroline Bowmer esfregou a face com as mãos.

– Não o faça! – ordenou com ênfase. – Quero dizer, necessita de sais ou de água? Vejo que o senhor Carrick já lhe serviu o chá – tentou se corrigir.

– Necessito de sua ajuda. – A mulher fez uma pausa e torceu a expressão em uma careta de angústia. – Estou a ponto de ter uma crise histérica.

Lilian se manteve em silêncio, com a certeza de que esse seria o convite necessário para que Caroline Bowmer prosseguisse com seu drama matinal. A mulher também ficou quieta. Infelizmente, ela parecia precisar de um incentivo extra.

– Conte-me, Caroline. No que posso ajudá-la?

– Sabe que minha filha debutou este ano e que temos algumas boas possibilidades de um compromisso vantajoso, não é verdade?

– Sim, sua filha e eu nos tornamos amigas.

Lilian lembrou-se de Anabele, ela estava em Londres havia alguns meses. Supôs que, porque a mãe da jovem a considerava uma boa influência, sempre que tinha oportunidade as reunia. Com o passar do tempo, Anabele se tornou uma companhia frequente em suas tardes; sentia um carinho de irmã mais velha por ela.

– Encontrei cartas românticas na escrivaninha dela na tarde passada – Caroline Bowmer disse, abanando-se de maneira frenética.

– Cartas românticas? – Tentou recordar se Anabele tinha mencionado algo sobre isso. Não que lembrasse.

– Daquele... aquele ser sem classe, sem honra, aquele... aquele... – Caroline gaguejou resfolegada.

– Quem?

– O senhor Joe Landscape.

Lilian piscou fundo, confusa.

A senhora Bowmer fez uma expressão pesarosa.

– O professor de música.

– Ah, entendo.

Conhecera o jovem algumas semanas antes na casa de Caroline.

Assistiu à mulher levar as duas mãos enluvadas ao peito, como se sentisse dor.

– Eu o tratei com toda a dignidade, coloquei-o dentro da minha casa, como se ele fosse um sobrinho, como se fosse um filho.

Não contrapôs o exagero daquela afirmação, de nada adiantaria.

– Sei que é indelicado comentar sobre isso – a senhora Bowmer prosseguiu –, mas a senhora deve lembrar que meu marido está arruinado e que o bom casamento de Anabele é a nossa única saída.

– Sei.

Ela sabia que era assim que as coisas funcionavam. Por mais dura que fosse a realidade, mesmo que não concordasse, entendia as razões da senhora Bowmer em querer vender a filha como se fosse um quadro. A verdade era que, com um pai arruinado e sem um título na família para garantir alguma notoriedade, Anabele teria sorte se conseguisse um bom casamento. E foi ali, com a xícara de chá a meio caminho da boca, que Lilian entendeu o porquê de Caroline Bowmer fazer rigorosa questão de mantê-la próximo à filha. Ela, como viscondessa e contando com o respeito da mais alta nata da sociedade, sem dúvida alguma daria uma boa madrinha para a apresentação de Anabele. Sem perceber, vinha bancando a madrinha da jovem.

– Minha cara, peço-lhe, com o coração aflito de mãe, que interceda – Caroline pediu, como se implorasse pelo indulto.

– Como pensa que posso ajudar em tal situação? – Lilian viu que a mulher continuava a apertar a mão sobre o peito.

– Ela precisa se afastar de Londres.

– A senhora acredita que eles chegaram a ter alguma intimidade? – perguntou com receio de ouvir a resposta.

– Não! Santo Jesus misericordioso, nem cogitei essa possibilidade. Eles são dois jovens iludidos, não teriam a malícia ou a coragem de levar as coisas a esse extremo.

Caroline se abanou ainda mais frenética.

– Entendo... – Lilian suspirou. – E como acha que posso ajudá-la?

– A senhora é a única pessoa que Anabele escuta.

– Quer que eu vá até ela?

– Acho que apenas isso não seria suficiente para colocar algum juízo naquela cabeça. – A senhora Bowmer sacudiu as mãos no ar como se quisesse desfazer qualquer coisa com elas. – Vim lhe pedir que tenha a generosidade de nos acompanhar na temporada que passaremos no campo, na casa de lady Marfleet.

Lembrou que esse havia sido um dos convites que havia recusado no final daquela temporada.

– Sinto muito, mas declinei do convite e...

– Minha lady Lilian, eu lhe imploro que reconsidere. Anabele precisa da senhora, dos seus conselhos – a mulher cobriu os olhos com os dedos –, da sua presença constante junto a ela. Somente assim creio que ela será dissuadida desse absurdo romântico – Caroline completou entre soluços. – Caso contrário, será nossa ruína completa.

– Bem, eu... – Lilian se deteve. Não sabia direito se podia ou devia interferir. Ouviu os soluços da mulher ficarem mais altos. – Senhora Bowmer, não sei se posso ou se devo interferir dessa maneira.

Foi sincera.

Caroline tirou os dedos da frente dos olhos e disse com a voz melancólica:

– Sendo assim, devo me preparar para o pior. Tudo estará perdido.

Ela sabia o que estava acontecendo. Anabele era a filha mais velha dos Bowmers. A única casa que a família possuía seria herdada por um primo do senhor Bowmer quando ele falecesse. Eles moravam em Hampshire e, durante a temporada de Anabele, se hospedavam na casa de parentes em Londres.

Lilian lembrou-se da mãe enfraquecendo e definhando até que a doença dos pulmões a levasse embora. Isso aconteceu depois que Kathelyn fora arruinada. Existem pessoas que não conseguem lidar com a decepção ou com a perda. Lembrou que alguns meses depois da partida de Kathelyn, seu primo a pediu em casamento. Caso isso não tivesse acontecido, era provável que, mesmo ela sendo a filha de um conde, não tivesse uma única proposta de matrimônio. Sentiu o peito encolher diante da ideia da família Bowmer destroçada. Anabele tinha duas irmãs mais novas. Ambas sofreriam caso a jovem fosse arruinada.

Que Deus a ajudasse, não conseguiria ignorar o pedido.

– Está bem, senhora Bowmer, vou responder à lady Marfleet que ela pode contar com a minha presença.

– Oh, graças a Deus! – Caroline se levantou e em dois movimentos estava beijando as mãos de Lilian. – A senhora é a dama mais bondosa de toda a Inglaterra.

– Não faça isso, Caroline. Aceito ir porque tenho muito carinho por Anabele – ela disse e recolheu as mãos, se sentindo um pouco constrangida diante do entusiasmo demonstrado.

– Perdoe-me – a mulher disse, recompondo-se. – Excedi-me porque sei que Anabele a escutará. Além disso, a sua presença eliminará qualquer chance dessa estadia se tornar mal falada.

Lilian franziu o cenho sem entender.

Caroline tirou um lenço da bolsa e enxugou a testa.

– Creio, pela sua expressão, que a senhora não deve ter escutado. Não soube quem irá se juntar ao grupo na casa de lady Marfleet, verdade?

– Como declinei do convite, acabei não me atentando ao grupo que confirmou a presença.

– O barão assassino – a mulher a interrompeu – e, claro, a sua odiosa amante lady Anne Stone.

Sem perceber, Lilian ficou boquiaberta.

– Lorde Owen?

– Conhece algum outro barão assassino?

– Mas o que ele fará em tal reunião?

Lilian perguntou porque sabia que Simon Edward Thorn, quinto barão de Owen, era alguém que se podia esperar encontrar em qualquer lugar obscuro, duvidoso e pouco convencional, menos em uma reunião no campo repleta de debutantes.

Lady Marfleet era tia dele e lembrava-se a avó dele era a duquesa de Stanhope. Mas pertencer a uma linhagem tão aristocrática nunca foi motivo para fazer lorde Owen frequentar reuniões tradicionais.

– Mas lorde Owen não frequenta esse tipo de reunião. – Ela coçou a testa em dúvida. – Nem sabia que ele frequentava qualquer lugar diferente do inferno de jogos de sua propriedade e, talvez, de casas de reputação duvidosa.

– Eu também fiquei horrorizada.

– Não estou horrorizada, fiquei apenas curiosa – Lilian confirmou, tamborilando os dedos de leve nas saias do vestido.

– Passar vinte dias na companhia do pior libertino do reino, que ainda por cima tem a fama de assassino, não me pareceria nada tentador se não fosse pela extrema urgência que tenho em manter Anabele afastada de Londres e de seu professor de música.

Lembrou-se das únicas vezes em que vira o lorde Owen. Isso ocorrera havia mais de cinco anos, quando, na ocasião, o mesmo nobre propôs matrimônio à sua irmã. Naquele momento, ele era viúvo havia apenas um ano, e a sua fama de possível assassino da esposa ainda não tinha alcançado o destaque atual. Recordou que lorde Owen buscou por uma nova esposa durante aquela temporada, mas acabou não se casando. Depois disso, vez ou outra, escutou histórias em que seu nome estava sempre atrelado à casa de jogos que fundou e a toda classe de escândalo possível a um homem protagonizar. Diziam, inclusive, que ele era sombriamente atraente.

– A senhora disse que ele irá com a amante? – Lilian sacudiu a cabeça. – Lady Stone não é casada?

– E isso seria algum impedimento para um homem que não honra as calças que veste?

– Mas o marido dela está em missão diplomática, servindo à nossa rainha. – Lilian simplesmente não entendia. – Como… como eles podem?

– Ah, querida Lilian, por isso é um exemplo de honra. A senhora não faz a mais vaga ideia de como o ser humano pode ser sujo quando deseja – Caroline Bowmer afirmou em tom de desprezo.

– Tenho para mim que as pessoas exageram nas "verdades", isso é algo que aprendi; não devemos dar ouvido a fofocas, elas costumam ser exageros distorcidos da versão real dos fatos. Conforme a diversão em contá-las aumenta, maiores se tornam as inverdades.

– Quando se trata de lorde Owen, cá para mim – Caroline se empertigou e disse –, tenho a sensação de que as fofocas escondem a verdade a fim de poupar pessoas decentes de sofrer por um excesso de escandalização.

Assim que Caroline Bowmer saiu de sua casa, Lilian se dirigiu até o quarto das crianças, pois queria contar sobre a viagem que decidira fazer. Cruzou a porta e viu que Elsa estava com o sobrinho adormecido no colo, enquanto o filho brincava parecendo um forte edificado no meio de uma centena de soldadinhos no chão.

Achava engraçado como algumas pessoas não mudavam nunca. Esse era o caso de Elsa Taylor, sua antiga preceptora. Sempre vestida com uma linha rígida e negra, empunhando uma bengala com o punho dourado, Elsa Taylor ainda parecia a imperturbável preceptora. Quem a visse assim andando na rua juraria se tratar de uma mulher fria e dura. Somente quem a conhecia de verdade é que podia entender que essa imagem era apenas isso, uma impressão.

Elsa era uma das pessoas com o maior coração que Lilian conhecera. Fora quem tivera coragem e amor suficientes para acompanhar sua irmã quando Kathe fora expulsa de casa, anos atrás. A preceptora, agora babá do filho de Arthur e Kathelyn, estava hospedada em sua casa enquanto os recém-casados desfrutavam de sua lua de mel nas ilhas gregas.

Elsa, que estava sentada na poltrona junto à janela, ajeitou o menino adormecido no colo. O pequeno Arthur era o primogênito do casal de duques, porém não herdaria o título porque nascera antes de os pais se casarem oficialmente. Apesar de ter apenas quase dois anos, o menino herdou algo maior que o ducado – a personalidade forte e toda a pompa do pai. Era uma criança com mais vontade própria do que muitos adultos que Lilian conhecia. Ele e o seu filho Paul, dois anos mais velho, se divertiam e brigavam como irmãos.

– Olá – Lilian abaixou-se ao chão onde Paul brincava e deu um beijo na testa do filho.

– Oi, mamãe – o menino respondeu, concentrado em alguns soldadinhos de chumbo.

Lilian deu outro beijo na cabeça loira dele, levantou e caminhou até Elsa.

– Oi, Elsa – disse em um tom de voz mais baixo, para não incomodar o sobrinho.

– Quem o vê assim – Elsa apontou para o pequeno Arthur com a cabeça – não imagina do que ele é capaz quando está acordado.

– Acho que é parecido com qualquer criança – ela passou a mão de leve nos cabelos pretos do menino. Sentou-se na cadeira em frente à preceptora e, controlando a voz para não perturbar o sono de Arthur, continuou. – Eu vou fazer uma viagem. Acabei de receber a visita de uma amiga que me pediu ajuda com a filha.

– Para onde irá? – Elsa deu alguns tapinhas nas costas de Arthur.

– Para South Yorkshire, em Easton House. Ficarei uns vinte dias por lá, em uma festa campestre.

– Vinte dias? As crianças vão estranhar tanto tempo longe de casa.

– Por isso decidi que é melhor vocês ficarem em Londres. Além disso, o grupo de convidados não inclui crianças. Quando retornar, nós vamos para minha casa de campo até Kathelyn e Arthur voltarem da Grécia.

– Por falar na sua irmã, acabei de ler a carta que ela enviou.

A preceptora jogou um olhar para mesinha ao lado, sobre a qual a carta estava.

Lilian encontrou com os olhos o envelope apontado.

– Aquela em que ela conta que conheceu o Parthenon e que está morrendo de saudades do filho?

– Sim, essa mesma. – Elsa levantou, acomodou Arthur que dormia profundamente na cama e concluiu, ainda em voz baixa: – Ela diz também que nunca esteve tão feliz na vida.

– Kathe merece essa felicidade.

Lilian suspirou ao se erguer da cadeira. Em alguns passos, se aproximou do filho outra vez.

– Querido – ela se abaixou e segurou a mão de Paul entre as suas –, a mamãe vai fazer uma viagem e ficaremos alguns dias longe um do outro.

O menino levantou os olhos da guerra que criava entre os seus soldadinhos e fez um bico. Ela conhecia essa expressão do filho, ele iria chorar.

– Eu não quero, mamãe. Vou sentir saudades – Paul completou com a voz embargada.

Lilian o abraçou.

– Eu sei, meu amor – ela aninhou-o no colo –, mamãe também sentirá saudades, mas, pense comigo, você e seu primo poderão fazer muita bagunça, e a mamãe escreverá sempre e...

– Muita bagunça mesmo, mamãe? – o menino a interrompeu animado.

Olhou para Elsa Taylor, que a encarava com uma expressão indecifrável e sacudia a cabeça em uma negação.

– Tanto quanto a senhora Taylor deixar.

– Oba! Nós podemos terminar aquela casa na árvore – Paul disse, ficando em pé e dando pulinhos de alegria.

– Shhh – fez a senhora Taylor –, seu primo está dormindo. Além do mais, a casa na árvore era segredo nosso.

Essa era a Elsa Taylor que não se mostrava para quase ninguém.

Capítulo 2

Agosto de 1845

Lista do que realmente importa:

1- O que importa na vida é o que deve ocupar os meus sonhos noturnos e não... e não beijos roubados na luz do luar por um cavalheiro que nem mesmo sei o nome (Jesus!);

2- Lembrar-me sempre de que esses eram desejos da juventude e que ficaram para trás;

3- Agora o que importa é o meu filho e manter as coisas em ordem, isso implica em tirar esses sonhos da cabeça e especialmente das minhas noites.

Vestida com uma capa noturna, Anne Stone entrou no conhecido Black Horse, a casa de jogos mais famosa da Inglaterra. Na recepção, ela disse a palavra-código e teve a sua passagem liberada. Cruzou o largo corredor, com os passos abafados pelo espesso tapete vermelho, subiu as escadas de mármore e parou em frente à porta que ela sabia dar acesso aos aposentos privados de Simon Thorn, o dono do antro de jogos em questão.

– Boa noite, milady – disse o brutamontes colocado de guarda na entrada.

– Boa noite, Alexander. Eu quero falar com o Simon, por favor – ela disse ainda sem tirar a capa que vestia.

– Eu sinto muito, mas… – o homem balbuciou.

– Ora, vamos, Alexander, você e eu sabemos muito bem o que está acontecendo aí dentro; nada diferente do que acontece quase todas as noites. Sabemos também que eu já estive nessas festas particulares mais de uma vez.

– Sim, eu sei, mas é que…

Ela ergueu a mão na frente do peito.

– Se Simon achar ruim a minha interrupção, vou dizer-lhe que resolva comigo e não com você, mas, se eu for impedida de entrar aí e de dar o recado que eu vim trazer a Simon, acredito que é com ele que o senhor terá que se entender depois.

O homem ficou em silêncio por um tempo; parecia pensar. Então, ela girou o corpo como se fosse sair e disse:

– Boa noite, senhor, e boa sorte.

– Milady, entre, por favor – o segurança concordou, vencido.

Ela suspirou com ar entediado, ergueu um pouco as saias e entrou.

Cruzou a porta e o seu nariz foi tomado pelo cheiro de fumaça, bebida e sexo.

Risadinhas e gemidos cortavam o ar. Ao menos dois cavalheiros estavam deitados meio nus entre poltronas e sofás, desmaiados. Outros três vinham ocupados com garrafas, charutos, cartas e mulheres também despidas. Simon estava atrás de sua escrivaninha; parecia escrever algo. O corpo semidespido da mulher deitada de lado em cima da mesa em que ele apoiava a mão não permitiu que fosse possível distinguir se ele escrevia ou se brincava com uma caneta, enquanto com a outra mão rodeava a cintura de uma meretriz sentada em seu colo. A mulher beijava-o na orelha.

Anne se aproximou.

– Boa noite, Simon.

Ele ergueu os olhos do tampo da mesa.

– Milady – disse com um sorriso jocoso –, que surpresa. – A meretriz que estava em seu colo fez um movimento, tentando se levantar. – Não, meu bem – ele a deteve –, continue. Aqui não tem nada que ela já não tenha visto muitas vezes.

Anne respirou fundo e se segurou para não dar uma gargalhada irônica na cara dele. Simon era tão infantil.

– Não estou impressionada, Simon, mas acho que o que eu vim lhe contar talvez o impressione.

– É mesmo? – ele disse, apalpando o seio da mulher, que gemeu de prazer.

– Bom, talvez você esteja mais interessado em acariciar a mulher que está no seu colo.

Ele se deteve e a encarou sem dizer nada por um tempo.

– Quando acabar, me procure. – Lady Stone usou um tom desafiador.

– Ok, já entendi. Quer atenção exclusiva?

Ela arqueou as sobrancelhas e não respondeu.

O barão falou algo na orelha da prostituta, que se afastou com um sorrisinho bobo nos lábios e se ergueu da cadeira. Anne engoliu em seco e deixou os olhos vagarem pelo corpo do amante: Simon estava vestido apenas com uma calça de lã preta. Ele era um homem impressionante, e Anne não deixava de ficar sem fôlego ao vê-lo; músculos que torneavam e definiam na medida certa um corpo tão grande. Nunca gostou de dividir aquilo que considerava seu; mordia-se de ciúmes todas as vezes em que via Simon rodeado de rameiras. Mas sabia que, pela personalidade dele, jamais poderia exigir algo diferente do que tinham. Enquanto ele achasse que sua companhia poderia render benefícios, Anne tinha certeza de que Simon continuaria a satisfazê-la.

– Vamos até meu quarto – o barão sugeriu.

Ela sentiu o coração acelerar. Soube que esse era o convite para algumas horas de distração.

Simon fechou a porta, isolando-os da sala.

– Conte-me. O que é tão impressionante assim, Anne?

– Fiquei sabendo que Lilian Radcliffe irá à reunião de verão na casa de sua tia. – Anne foi direto ao assunto.

As pupilas de Simon dilataram um pouco.

– Eu sabia que iria ficar assim, surpreso.

– Realmente, minha querida, estou bem impressionado. – Ele deu dois passos em direção a Anne. – E, diga-me, veio até aqui somente para contar isso?

– Achei que gostaria de saber antes de chegar lá e ser surpreendido pela presença da dama.

– Sim, você tem razão. – Ele se aproximou ainda mais. – E imagino que queira ser recompensada por essa informação.

– Você é muito perspicaz – ela concordou e os braços masculinos envolveram a sua cintura.

– Quem lhe contou isso? – Simon perguntou, abrindo as costas do vestido dela.

– Joe Landscape.

– Quem?

Ele continuava trabalhando com os botões.

Anne engoliu em seco.

– Aquele professor de música que eu conheci e que, por acaso, se ofereceu ao cargo de tutor de piano de Anabele Bowmer.

– Que você conheceu não, que eu lhe apresentei, não é verdade? – Simon indagou junto à sua orelha.

Ela ofegou.

– Sim, é verdade. Quem mais além de você conhece pessoas que estão tão desesperadas por dinheiro que aceitam fazer qualquer coisa para consegui-lo?

– Uma das vantagens de ser dono de uma casa de jogos, minha querida.

Simon já abaixava as costas do vestido dela.

– E as suas rameiras, vai deixá-las esperando?

Simon olhou para a porta do quarto.

– Podemos chamá-las para se juntar a nós.

– Você sabe que não gosto de dividir.

A coluna de Anne foi percorrida por uma onda de choques conforme ele beijava o seu pescoço.

– Nesse caso, querida, terei que guardar alguma energia para depois que você for embora.

Anne Stone quis dar um soco na cara dele; em vez disso, beijou-o com toda a fúria de seu desejo e com toda a posse de seu ciúme.

Capítulo 3

Agosto de 1845

Lista do que levar para a viagem:

1- Coragem e a convicção de que só aceitei esse convite para ajudar uma amiga;

2- Vestidos de dia e alguns de noite também porque, afinal, haverá bailes. Deus me ajude;

3- Luvas, sombrinhas e flexibilidade. Com certeza não será fácil conviver intimamente com tantas pessoas desconhecidas e ao mesmo tempo.

A cada sacolejar da carruagem, Lilian se perguntava por que, em nome de Deus, havia aceitado tal convite.

Naquele verão, ela queria apenas descansar e aproveitar a sua casa de campo junto a Elsa, seu filho e seu sobrinho, Arthur. A carruagem sacolejou outra vez.

O que mesmo ela estava indo fazer ali? Foi a pergunta que atravessou sua mente quando os cavalos cruzaram o portão da propriedade.

Justo ela, que sempre fugiu desse tipo de reunião.

Sabia que era uma tolice, mas nunca se sentiu muito à vontade entre pessoas que mal se conheciam e que, para se entrosar, deviam participar de atividades em dupla ou em grupos. Nunca se divertiu muito com os tipos de jogos praticados nessas reuniões.

Sem contar os bailes, haveria ao menos alguns, nos vinte dias. Os pelos da sua nuca se arrepiaram diante da ideia. Desde que largara o luto há um ano, ela era convidada a participar de bailes em Londres. Nos poucos em que resolveu se dar a chance de encontrar alguma distração diferente, permaneceu sentada a noite inteira junto a matronas velhas e gordas. O assunto mais divertido era tentar adivinhar a cor do vestido de lady Somerset ou quem fisgaria o marquês de Davenport. Ela conhecia com rara propriedade quais eram os remédios mais indicados para dor nas juntas e quantas joanetes cada uma das senhoras se queixava de ter.

Era o máximo do oposto de qualquer diversão.

Às vezes, era como ela mesma se sentia; velha.

Acreditava que todo cavalheiro de Londres devia supor o mesmo a seu respeito. Nenhum deles se lembrava de que ela tinha a idade de algumas das debutantes mais velhas. Quase 22 anos. Eles mal a olhavam nos olhos, como se sua reputação e viuvez formassem um escudo contra as intenções de cortejo. Como se sua conhecida seriedade e honra lhe acrescentassem sessenta anos a mais de vida. Em cada perna. Suspirou.

Sentiu a carruagem desacelerar o movimento conforme a visão de Easton House, uma mansão no estilo palaciano, crescia à sua frente. Grudou as mãos enluvadas no vidro e comprovou que o exterior era de tirar o fôlego. Cercada de um campo gramado a perder de vista, a mansão se erguia em três andares e quatro fachadas de pedras amareladas, colunas jônicas e janelas de cristais em fileiras triplas. Um lago enorme refletia a belíssima construção em suas águas, e uma fonte de proporção intimidadora jorrava água dez metros para cima.

O trote cessou após a carruagem terminar a volta ao átrio da propriedade.

Lilian respirou com dificuldade e sentiu o coração na garganta. Era como se o ar anunciasse que ela não deveria, por nada nesse mundo, ter aceitado o convite para participar daquela reunião campestre. Piscou demoradamente e espantou a estranha sensação. Decerto era apenas a sua tímida e natural conduta querendo aparecer.

Lorde Owen – Simon, como gostava de ser chamado pelos amigos – estava em uma das salas íntimas da casa de campo de sua tia Margareth Marfleet, condessa de Easton.

Ele notava o curioso barulho que sua amante fazia ao bebericar o chá.

– Anne, você tem sempre como hábito desenvolver esse tipo de ruído quando aprecia seu chá? – perguntou Simon com uma nota de ironia.

A mulher loira e esguia, que era mais inteligente do que bonita, colocou a xícara de porcelana na mesa à sua frente e respondeu:

– Não, meu querido, somente quando quero chamar sua atenção.

Ele sorriu. Anne Stone, viscondessa de Hoyter, era uma mulher com corpo escultural e dona de um humor mais sarcástico do que o de qualquer homem que ele já conhecera. Por isso a mantinha em sua cama. Mesmo sendo doze anos mais velha do que ele, era difícil se entediar junto a ela.

Anne prosseguiu:

– Diga-me o que pensava. Por que estava tão distante?

– Pensava que a minha participação nesta reunião, que, antes tinha como objetivo fazer com que você me devesse um favor, agora toma um curso muito mais interessante.

Apenas um dos cantos da boca da viscondessa mostrou diversão.

– Ah, sim, claro. Criou algo desde que lhe contei que lady Radcliffe se juntaria ao grupo?

Ele concordou em silêncio.

– Sendo assim, não lhe devo mais nada – a amante afirmou e cruzou as mãos sobre o colo.

Simon gargalhou.

– Então suponho que estou liberado da função de desvirtuar uma dama inocente.

A viscondessa abriu o leque e se abanou algumas vezes antes de responder.

– Oras, Simon, falar dessa maneira nos faz parecer dois monstros.

Ele moveu as sobrancelhas em um arco inquisitivo.

Ela ignorou.

– Não lhe pedi para tirar a virtude de Anabele Bowmer, pedi apenas para intimidá-la. A ela e a mãe da jovem, que é quem realmente eu desejo atingir, para que elas retornem a Londres o mais rápido possível.

– E uma vez em Londres, o que o professor deverá fazer? – Simon perguntou e esticou as pernas em uma posição relaxada.

– Como você sabe, ele está desesperado por dinheiro. – Anne olhou-o de maneira sugestiva.

Ele soube o que a amante tinha feito.

– Você – começou e fez uma negação com a cabeça – subornou o professor para arruinar uma menina? Você não tem mesmo o menor escrúpulo.

Assistiu a Anne se levantar, dar a volta na mesinha de centro e sentar-se a seu lado.

– Quando lhe pedi que me apresentasse um jovem tutor que estivesse com problemas financeiros, o que imaginava que eu fosse fazer?

– Nem passou pela minha cabeça, você sabe que não me preocupo com seus jogos e distrações. Mas acho que dessa vez você se superou. – Ele não quis que a sua afirmação parecesse um elogio.

– E é disso que você gosta, não é, meu querido? – Anne perguntou baixinho ao ouvido de Simon, sem entender o que ele realmente quis dizer.

Não. Simon não achava interessante a amante desejar arruinar a vida de uma jovem sem aparente motivo para isso a não ser a diversão.

– Todo esse trabalho para se vingar da mãe de Anabele, porque ela se casou com seu amante há vinte anos. Não sei se acho graça ou se fico preocupado – disse e virou o conteúdo da xícara de chá de uma vez, como se desfrutasse de um conhaque.

– Ele não foi um amante qualquer, foi o único homem realmente importante na minha vida, algo mais do que os meus vestidos.

– O senhor Bowmer ficaria muito adulado em ouvir tamanha declaração – afirmou com a voz cheia de ironia.

– Você sabe como amo os meus vestidos – ela arrumou uma fita de cetim que fechava o decote.

– Sei, é claro, por isso estou impressionado. E me diga, minha cara, por que esperou vinte anos para fazer algo?

– Não sei, nunca tinha pensado em fazer nada antes, mas é que agora... – A mulher suspirou com peso e concluiu. – Sei lá, estava muito entediada.

– Que Deus livre um ser vivo de sua fúria, se no tédio é capaz de arquitetar tudo isso.

Nem pensou em discutir. Não queria se indispor por um problema que não era dele.

Anne o encarava com um sorriso diabólico.

– É uma pena que só poderei ficar por dois dias. Queria tanto ver como será o desfecho da sua investida com a viúva pudica.

– Garanto, minha querida, que, depois que eu terminar, lady Lilian Radcliffe terá perdido aquilo de que mais se orgulha. – Simon mexeu o pescoço, se sentindo desconfortável.

– A reputação?

– Não, o seu senso de honra. Claro que, infelizmente para ela, a reputação caminha vinculada a isso.

– Você não parou para pensar um só segundo que a pobre mulher não tem culpa do que o ex-marido fez em vida?

– Você, melhor do que ninguém, sabe que eu respondi por todos os erros dele e da minha finada esposa. – Ele soltou um botão da luva da viscondessa. – Ainda respondo. Na minha opinião, nada mais justo que alguém que ocupa o lugar do bastardo do lorde Radcliffe responda por ele.

– O que você pretende fazer?

– Seduzi-la.

Ele assistiu à amante arregalar os olhos, surpresa.

– Não entendo como pode ser assim tão ruim. Ela é viúva e você também. Nós sabemos que viúvas contam com certas liberdades. Ter um amante vez ou outra é uma delas.

– Eu tive informações sobre a dama, além daquelas que são evidentes para todos – ele disse e desabotoou a outra luva. – Lilian não teve e nem pretende ter amantes, ela honra o finado marido e declara a todos que quiserem ouvir que jamais se casará de novo. Pelo que soube, para ela, é mais importante honrar suas palavras e posturas do que a própria…

– Vida?

Ele encolheu os ombros.

– Acredito que sim.

– Hum – Anne murmurou displicente –, percebo que esteve trabalhando desde que lhe contei da presença da dama aqui. Mas, pense comigo, pode ser somente fama. Existem mulheres que, quando estão em público, são santas; entre quatro paredes, fazem coisas capazes de envergonhar a mais experiente meretriz.

Simon apoiou o calcanhar direito sobre o joelho esquerdo.

– Ela jura que sua honra é a única coisa que nada nem ninguém nunca poderá tirar dela.

– E como você sabe disso?

Anne dobrou a luva retirada e colocou na mesinha à sua frente.

– Por uma tal de Jane, que é a criada de quarto dela.

– Cristo, Simon! Dormiu com a criada dela?

Simon sabia que a aparente surpresa da amante não era verdadeira. Ele deu uma risada baixa e contida.

– Não foi preciso.

– Ah, não?

– Não, paguei um menino dos estábulos da casa Radcliffe para isso. Então, suborná-lo por informações precisas não foi difícil.

A viscondessa gargalhou.

– Pobre mulher escolhida para aplacar a sua raiva.

– Ela não foi escolhida, ela é a pessoa mais próxima de Rafael. – Simon coçou o queixo com o polegar e o indicador. – O covarde morreu antes que eu conseguisse executar a minha vingança contra ele.

– Por que nunca o desafiou a um duelo? Acho que ainda não lhe perguntei isso. – Anne levou os dedos até a sua gravata e passou a desfazer o laço.

– Os duelos são rápidos demais.

– Como disse – ela estalou a língua –, é uma tristeza.

– Você tem alguma consciência afinal.

– Não, meu querido, não sinto pela dama, e sim porque não ficarei os vinte dias para me divertir com a conclusão de sua estratégia.

Ela removeu a peça de seda e abriu o primeiro botão da camisa dele.

– Eu tenho uma ideia melhor de diversão – ele disse e começou a beijar a curva do pescoço feminino.

– Na verdade, ela devia agradecer – Anne prosseguiu resfolegada –, atraente como o diabo, mais experiente do que o próprio... Ser seduzida por você não me parece um castigo.

– Pelo que sei a respeito da dama, acredite, será.

Dizendo isso, ele tombou o corpo da viscondessa na marquise e tudo o que se ouviu na sala depois foram os sons de risadas abafadas e sussurros de prazer.

Capítulo 4

Maio de 1840 (cinco anos atrás)

Este é o ano de estreia de Kathelyn, estou tão ou mais animada do que ela própria. Ah, meu Deus, deve ser tão emocionante ser cortejada. No próximo ano sou eu quem deve debutar, mal posso esperar pelo encanto dos bailes, pela aventura de finalmente conhecer os salões londrinos e pela chance de encontrar, quem sabe, um cavalheiro que me faça sonhar.

Acabara de tirar o vestido de viagem. No lugar, vestiu um mais fino, de musselina. Ele era mais fresco e confortável. Não dava nenhuma ou quase nenhuma importância às roupas. Jane, sua camareira, praticamente a obrigou a fazer um guarda-roupas novo quando soube que viajariam. É claro que ela não o fez. Rafael, seu finado marido, apesar de ter lhe deixado renda para uma vida confortável, não a deixou com sobras para muito além da alta quantia necessária para manter a casa em Londres e a casa das terras do viscondado. As terras não eram rentáveis, mas não davam prejuízo, o que ela considerava algo bom. Lilian não gostava de questões administrativas ou financeiras, mas, como não tinha um pai ou um irmão que pudessem assumir isso em seu lugar, teve que ela mesma se encarregar de manter as finanças em ordem depois que seu marido falecera. Ordem. Isso, sim, era algo com que Lilian estava muito familiarizada. Apesar de não gostar dos números, não sentia dificuldade em organizar toda a sua vida e em ordenar tudo o que era necessário para manter as coisas funcionando com perfeição ao seu redor. Não era dispendiosa e nunca fora muito ligada à vaidade, exceto quando mais jovem e quando ainda desejava bailes, paqueras e romance. Mas esses eram sonhos da juventude, sonhos que foram esquecidos e substituídos por aquilo que realmente importava na vida: segurança, confiança, respeito e honestidade.

– Por que não tira esse coque rígido, senhora?

Jane terminava de prender os seus cabelos do jeito que ela gostava.

– Porque é mais prático mantê-lo assim.

– Já não bastam esses vestidos sem graça que a senhora insiste em usar?

Lilian olhou em silêncio, através do espelho, para sua ajudante.

– Desculpe-me, senhora – Jane acrescentou ruborizada.

– Não tem que se desculpar, Jane, você tem liberdade para dizer o que pensa – ela notou, pelo reflexo, a jovem sorrir e disse –, e eu, de continuar usando as roupas e os penteados que me agradam.

– Mas a senhora já cumpriu o período de luto – Jane continuou tentando convencê-la, com um tom de voz inconformado.

– Existem mulheres que usam o preto para o resto da vida. – Lilian fechou as casas de botão da gola do vestido, cobrindo todo o pescoço. – Conforme-se com o cinza que eu resolvi adotar.

– Mas ele a deixa pálida – a camareira disse, colocando o último grampo nos cabelos de Lilian.

– Você sabe que não me importo com minha aparência. – Lilian jogou o olhar sobre o tampo da penteadeira. – Ele morreu tão jovem – continuou pesarosa –, sinto que usar o cinza é o mínimo que posso fazer para honrar a sua memória.

As mãos de Jane apertaram o seu pescoço.

– Até quando, senhora?

– Não estipulei uma data – ela encolheu os ombros. – Você me conhece, Jane. Para mim não faz diferença; sabe que não é assim que tenho prazer ou felicidade.

Era verdade. Lilian se distraía mais com uma agulha e uma tela do que uma debutante com um baile. E, claro, mais recentemente descobrira o prazer de pintar. Fazia isso no sótão de sua casa, depois que todos dormiam. Essa era uma das únicas transgressões que se permitia ter na vida. Damas de verdade não deviam se divertir tanto pintando. Deviam, sim, no lugar, ter o bom senso de fazer isso como uma distração comportada e quase entediante, assim como tocar piano ou cantar. Nunca de maneira emotiva ou artística demais.

Porém, desde que o marido morrera, ela se entregou a essa transgressão, e sua alma não se sentia culpada. Com um pincel na mão e uma tela à sua frente, as regras, a honra, a ordem e toda a prudência davam lugar a imagens que surgiam de um espaço que só conseguia alcançar enquanto pintava. Ninguém, a não ser Jane, sabia disso. Era a jovem quem lavava os seus vestidos de pintar e os seus aventais.

Além do recém-descoberto prazer, Lilian também gostava de cuidar dos outros, fossem eles pessoas ou bichos, detestava ver qualquer tipo de sofrimento ou de injustiça. E por isso ela estava ali, naquela casa.

Ouviu algumas batidas à porta. Jane se apressou em abrir.

Era a senhora Bowmer, que entrou no quarto da mesma maneira que o Sol se infiltra nas tramas de um tecido.

– Graças a Deus que chegou. – Caroline segurou as mãos de Lilian como se ela fosse um bem vital. – Anabele não sai do quarto, só chora. Não sei mais o que fazer.

Parece que, ao pensar em como se sentia bem ajudando os outros, ela evocara Caroline Bowmer e toda a sua desesperada necessidade de casar bem sua filha.

– Eu posso falar com ela e tentar convencê-la a se juntar ao grupo para os jogos de agora à tarde – Lilian disse enquanto se dirigia à porta.

– Por favor, sim. Venha, somos vizinhas de quarto.

– Eu sei, lady Marfleet me informou quando me recebeu agora há pouco.

A educação que recebeu de sua mãe havia sido muito eficaz.

Foi com esse pensamento que Lilian, na companhia de Anabele, da senhora Bowmer e de lady Marfleet, cruzou a sala onde todos se reuniam. Concluiu isso porque acabara de cumprimentar ao menos dez pessoas sem alterar o tom de voz, nem a expressão do rosto. Ela quase se sentia verdadeiramente entediada.

"Damas não sentem em demasia, a expressão de indiferença em qualquer situação, seja ela alegre ou triste, não é apenas um lembrete de que ocupamos um lugar de destaque na sociedade, é, além de tudo, uma proteção." *Isso* era o que mãe repetiu tantas vezes que ainda podia ouvir o tom de voz inflexível dela ecoar dentro dos nervos.

Ela era muito boa em esconder as emoções, assim como sua mãe havia feito a vida inteira. Dificilmente sentia algo forte demais que a levasse a transparecer qualquer coisa.

Mas nem sempre foi assim.

Essa tendência se mostrou maior depois da morte de sua mãe e se intensificou quando a doença de seu pai se tornou visível. Lilian, com dezesseis anos e recém-casada, teve que lidar com problemas que muitos passam a vida toda sem ter que enfrentar. Enfrentou tudo com o apoio financeiro do marido. Enfrentou tudo sem o apoio emocional de ninguém. Descobriu por si só que esconder as emoções era mais vantajoso do que mostrá-las.

Acabara de cumprimentar o lorde Kinblendom e a sua esposa. A anfitriã, lady Marfleet, fazia as apresentações.

Até então, tudo aborrecido e calmo, nada além do esperado.

Chegaram a um cavalheiro alto, de ombros largos, que estava de costas. Ele ria de algo que a dama à sua frente dizia. Lilian sentiu o coração parar por um instante ao som daquela risada. Algo bastante incoerente. Piscou repetidas vezes a fim de espantar a estranha sensação. Enquanto se aproximavam dele e da dama em questão, a janela aberta trouxe uma lufada de ar inundada de um perfume inquietante.

O vento ganhou uma força curiosa e empurrou Lilian.

Ao menos foi essa a sensação que ela experimentou quando atingida por aquela fragrância; carvalho, sabão e conhaque.

– Meu sobrinho, querido – senhora Marfleet falou, desviando a atenção do cavalheiro, que parou de conversar e se virou em sua direção.

Sou uma dama educada e não demonstro emoções. Lilian tentou se lembrar disso quando as pernas fraquejaram ao cair dentro do par de olhos mais azuis que já vira. E eles pertenciam ao barão assassino.

– Olá, meu sobrinho, como passou o resto do dia? – lady Marfleet prosseguiu.

– Muito bem, tia, obrigado – uma voz morna e rouca respondeu.

Desde quando um tom de voz fazia os pelos do seu braço se arrepiarem?

– Você já conhece lady Radcliffe? – a anfitriã se apressou.

– Não, acredito que não tive a honra – ele contrapôs.

Então seus olhos se encontraram. Lilian não entendeu por que lhe faltou o ar e por que as pernas teimavam em se manter meio bambas.

– Muito prazer, minha lady – ele disse e tomou sua mão.

Ela estava de luva, como deveria estar, como estavam todas as damas. Mesmo assim, teve a nítida sensação de que aquele cavalheiro soprou no dorso de sua mão. Se não isso, um calor inexplicável invadiu o tecido da luva, subiu pelo punho e se estendeu até as bochechas. Notou o rosto arder. Engoliu em seco, bastante inquieta.

– Eu acho que... há – aclarou a garganta. Por estranho que parecesse, a voz saiu mais baixa e macia do que normalmente. Aquela situação era bastante desconfortável. Ela encheu o pulmão de ar e concluiu –, já nos vimos na casa de minha família.

– Lembro-me, sim, de sua irmã, agora duquesa de Belmont, mas... Desculpe-me – ele levantou as sobrancelhas, até o azul daquele par de olhos inundar toda a sala, e disse –, está enganada, não fomos apresentados.

Lilian capturou um sorriso contido no canto da boca dele. Uma curva discreta nos lábios que fez seus joelhos amolecerem. *Não deveria ter essas reações diante de um sorriso.* Nem entendia direito o que se passava com seu corpo. E, ainda assim, ele a irritou.

– Não fomos apresentados, senhor – começou mais exasperada do que era devido –, entretanto, eu me lembro de tê-lo visto quando visitou nossa casa durante alguns dias. Mas entendo que não se recorde de mim. Estava muito concentrado em obter a atenção de minha irmã naquela época. Não notaria qualquer outra coisa.

Lilian mordeu a língua. *Que coisa mais inadequada de se dizer.* Não entendeu por que as palavras pularam de sua boca daquele jeito. Não entendeu por que se sentia irritada diante de lorde Owen.

– Com certeza se nosso encontro se desse hoje, eu não teria como me esquecer, senhora – ele disse com aquele sorriso de canto de boca, o mesmo que fazia o ar parecer mais denso e os joelhos amolecerem.

O culpado pela irritação que sentia, ela intuiu, era aquele sorriso zombeteiro e sedutor. Mas por que céus ela estava olhando insistentemente para a boca daquele cavalheiro?

– Oh, que encantador. Então já haviam se visto? – lady Marfleet falou, abanando-se com o leque.

Havia se esquecido de que outras pessoas estavam a seu lado naquele ambiente. Ficou ainda mais envergonhada pela indiscrição de seu recente comentário.

Lady Marfleet olhou demoradamente para Simon e depois para ela.

– E quanto a senhora Bowmer e sua filha, a senhorita Anabele Bowmer, já se conheciam?

– Não, tia, se a minha memória não falha agora, eu acredito que não – Simon confirmou com uma expressão analítica ou irônica; ela não tinha certeza.

– Meu lorde – a senhora Bowmer respondeu com uma forçada simpatia.

– Senhorita – ele disse, beijando a mão de Anabele. – Encantado.

Anabele retribuiu o gracejo com um sorriso solto. Lilian notou a senhora Bowmer empalidecer.

E somente então entendeu suas reações diante dele; Lilian sentia-se como uma presa, acuada na frente de um famoso predador. O seu corpo reconhecia isso, algo como uma dança primitiva. Os instintos todos à tona. Era essa a reação que homens como ele conseguiam arrancar sem nenhum esforço de qualquer mulher. Ela acreditou que até mesmo os quadros de figuras femininas deviam enrubescer e perder o fôlego quando ele as olhava. Tinha que ser sincera, a fama dele existia por alguns motivos facilmente listáveis.

Um: ele era muito mais interessante do que Lilian se lembrava. Era mais alto – olhou-o enquanto ele trocava algumas palavras com a tia e concluiu –, bem mais alto do que a maioria dos homens. Não tinha a cor pálida que estava na moda, era rústico, agressivo de tão masculino.

Dois: ele tinha um olhar que confundia. Lilian lembrou os gatos quando caçavam; eles lançavam esse mesmo tipo de olhar em direção aos ratos, pássaros e camundongos. Será que ele enxergava as mulheres como camundongos?

Três: ele exalava algo, uma confiança irritante. Dentro dele devia haver um excesso de masculinidade. Impossível de carregá-la sozinho, ele tinha que descontá-la sobre qualquer pessoa que usasse saias.

Aí está.

Listas.

Essa era outra mania de Lilian. Adorava fazer listas de tudo. Mentais ou escritas, especialmente as escritas em seu diário, ela as criava para organizar as ideias, a casa, o que precisava ou não ser feito em seus dias. Era uma maneira de manter tudo em ordem. Tornou-se um hábito tão frequente que algumas vezes, quando se dava conta, estava fazendo listas sobre coisas dispensáveis como a que acabara de fazer. Não que lorde Owen fosse dispensável, muito menos uma coisa, era só que...

– Encontra algo fora do lugar em minha camisa, senhora? – A voz masculina que fazia tudo tremer desviou sua atenção para a camisa a dois palmos de distância.

Meu Deus! Ela encarava a camisa de lorde Owen como se buscasse por grãos de pólen. Cristo, o que acontecia com ela na presença desse homem? Por acaso perdera toda a noção da boa educação?

– Eu? Não, desculpe-me. Eu... bem... – murmurou envergonhada e as bochechas arderam outra vez.

– Ah, que bom – disse ele. – Por um momento acreditei que havia muitas rugas nela. – E alisou o tecido sobre o corpo.

As suas bochechas esquentarem ainda mais. Ele estava sendo irônico, não estava?

– Eu me distraí com os pensamentos – ela confirmou, ainda sem graça.

Em menos de uma piscada, o barão estava com o corpo rente ao dela; na pausa de uma respiração, a boca dele quase tocou a sua orelha.

– Eu adoraria conhecê-los – ele sussurrou e se afastou tão rápido quanto cabia a um gato sem vergonha.

E Lilian? Soube que poderia fazer uma enorme lista com tudo o que se passou com seu corpo simultaneamente; a respiração ficou presa, as pernas terminaram de amolecer, o coração foi parar do lado de fora da janela e ela teve que se segurar a fim de não cair. Quem ofereceu apoio foi lady Stone, já que o causador de sua comoção pediu licença e se retirou logo após cochichar em seu ouvido, como se fosse um tipo de inseto rondando o calor de um corpo. Como se fosse natural um homem a quem acabara de ser apresentada sussurrar algo como aquilo e sair. Olhou para os lados mortificada, procurando por rostos indignados diante do que acabara de acontecer. Viu que a senhora Bowmer, Anabele e lady Marfleet conversavam distraídas com um grupo, um pouco afastadas. Nem reparou quando elas saíram de perto.

– Está bem, senhora? Quer se sentar? – lady Stone perguntou.

– Não, estou bem – Lilian respirou devagar e tirou as mãos do braço da mulher, recompondo-se. – Acho que foi o calor – justificou-se com a voz falha.

– Ah, sim, claro – a dama começou com um sorriso indiscreto. – Não se preocupe, minha querida, ninguém viu. Com sua licença – dizendo isso, ela saiu em direção à sala onde se dariam os jogos programados para aquela tarde.

Adicionou em seguida outro item à sua lista mental do lorde Owen.

Quatro: ele tinha algo de sombrio.

Podia até não ser o barão assassino como era conhecido, mas Lilian soube que deveria se manter afastada dele ou correria riscos que ela não queria nem mesmo listar.

– Simon, querido, temo por sua saúde mental – Anne Stone disse quando cruzou a porta em direção à sala de jogos.

– E por quê? – Simon se dirigiu até uma das cadeiras e sentou-se, acomodando o corpo.

– Ah, não se faça de bobo – Anne se sentou ao lado dele e continuou em voz baixa –, a mulher que você quer arruinar quase desmaiou quando cochichou algo no ouvido dela.

– Esse é o efeito que eu costumo provocar em todas as mulheres, querida. – Ele mexeu no botão da manga do paletó e acrescentou. – Se isso pudesse colocar em risco a minha sanidade, acho que teria que estar amarrado em uma camisa de força agora mesmo.

– Como a sua arrogância é entediante – Anne se recostou no assento bufando. – Disse que temo por sua sanidade porque acredito que você nunca na vida seduziu uma mulher tão insossa.

– É mesmo? Não me pareceu assim tão mal.

– Ela é igual a uma preceptora, uma matrona. Cruzes! O que é aquele coque? E aquele vestido? – A amante arregalou os olhos com a expressão indignada, como se a maneira de lady Radcliffe se vestir fosse ofensiva.

– O que pretendo com ela só funcionará se estivermos sem roupa. Quanto ao coque, eu poderia soltá-lo. – Simon deu uma piscadela sedutora e displicente.

– Como consegue pensar em despir uma mulher como aquela?

Ele ia dizer que normalmente os homens pensavam em despir qualquer mulher que fosse minimamente interessante, mas se lembrou de lady Radcliffe e encontrou alguma dificuldade em imaginá-la sem roupas. Ela parecia mais uma santa ou uma preceptora encalhada, como observou Anne. Não tinha um rosto feio, longe disso, mas também não fazia sombra às mulheres que ele costumava ter em sua cama. Observou a viúva, a jovem Anabele Bowmer e sua mãe tomarem seus assentos. Lilian Radcliffe estava tão coberta que somente a pele do rosto era visível.

– Acredite, se for preciso eu fecho os olhos, será uma boa oportunidade de provar algo bem diferente do que estou acostumado.

Simon de repente se sentiu entusiasmado demais diante do desafio. Em seguida, se mexeu, um pouco desconfortável, quando as vísceras se contraíram ao lembrar o perfume da dama; lírios e sabonete. Por que, entre todas as fragrâncias, havia de ser justo a de lírios que ela usava? A boca ficou seca e ele piscou demoradamente, retomando o controle, quando a voz de Anne chamou a sua atenção.

– Não se esqueça de seu acordo comigo, a jovem Anabele.

– Não vou me esquecer. Para concluir o que imagino com lady Radcliffe, necessito de sua ajuda.

– É mesmo? E o que precisarei fazer?

Os olhos de Anne Stone brilharam com uma diversão doentia.

A espinha de Simon foi percorrida por uma onda gelada. Às vezes a satisfação daquela mulher com a crueldade o deixava inquieto. Entretanto, ela seria útil para finalizar seu acerto de contas com Rafael Radcliffe e era somente nisso que devia focar naquele momento.

– Você pretende voltar no último fim de semana, certo? – Simon perguntou.

– Sim, você sabe que sim.

– No momento ideal, eu lhe contarei de que preciso. – Ele olhou para Lilian Radcliffe, que sorria de algo que Anabele Bowmer acabara de falar a seu ouvido. – É uma pena – constatou – que algumas pessoas devam pagar pelos erros dos outros.

– Ah, querido, você enche os meus dia de diversão e de aventuras... – Lady Stone bateu palmas no ar entusiasmada, como uma criança à espera de doces.

Lilian notou que durante os jogos de mímica naquela tarde o comportamento de todos os convidados mudava de uma entusiasmada empolgação para um frio distanciamento quando era a vez do lorde Owen jogar. Era como se pudessem, somente com o olhar, julgá-lo e certamente condená-lo. Ele, ao contrário de todos que pareciam incomodados com a sua presença, agia com uma natural displicência. Relaxado e à vontade, sentado no banco dos réus. Ou, pior, parecia se divertir intimamente enquanto levava os pés no púlpito de uma forca, olhando com uma sádica ironia para quem quer que tivesse cometido o crime pelo qual ele pagava.

Ela se sentiu mal por ele. Isso porque imaginou que ninguém se divertia de verdade ao ser condenado à forca. Se ele fosse inocente do crime que o acusavam de ter cometido, fora obrigado a conviver por anos com os olhares culposos dirigidos a ele, como os daquelas pessoas naquela tarde durante um jogo de mímica. Estavam na casa de sua tia; ele era mais parte da família do que um mero convidado. O seu coração diminuiu ao imaginar o que o barão deveria enfrentar em lugares onde as pessoas não tinham obrigação de engoli-lo, como era o caso ali.

– Achei-o muito atraente – disse Anabele, próximo a seu ouvido, enquanto elas se dirigiam para a sala de jantar.

– Quem? – Lilian perguntou ao cruzar as portas duplas em direção à mesa.

– Lorde Owen, é claro.

– Anabele! – Lilian usou um tom de voz repreensivo. Respirou fundo e continuou, mais calma. – Sim, tem razão, ele é, mas não deve se aproximar dele, está bem?

Sabia que alertar a amiga era o certo a se fazer, ainda mais diante de um homem com uma presença tão perturbadora.

O olhar percorreu o ambiente com um preguiçoso deslumbramento. Lilian se esqueceu de presenças perturbadoras, listas mentais ou conselhos de condutas quando os olhos brilharam junto aos enormes lustres de cristal e se encheram de cores com os arranjos de flores que nasciam no centro da mesa. As louças de porcelana pintadas com tinta de ouro refletiam o dourado das paredes enquanto os espelhos mostravam as joias, os vestidos de seda, os cavalheiros de casacas e gravatas presas com pedras preciosas. As mulheres estavam elegantemente exuberantes e os homens faziam par a elas. Ela se sentiu apagada e inadequada com seu vestido limpo e simples, sem nenhum penteado elaborado ou joias. Por isso não gostava de participar de festas de verão ou de bailes. Notou a tia de Simon, que estava sentada e que, com o olhar, parecia se certificar de que tudo corria bem. Margareth Marfleet era conhecida por ser uma anfitriã primorosa e por dar as festas mais luxuosas da Inglaterra. Lilian comprovava em cada detalhe que a fama da condessa não era infundada: dos guardanapos de linha fina bordados até a perfeita disposição dos talheres e das taças; da organização da casa, dos quartos e da belíssima decoração até a discrição do batalhão de criados que apareciam e desapareciam como mágica e faziam tudo aquilo funcionar com perfeição.

Reparou na grande mesa de jantar retangular, viu os cartões dispostos com os nomes e começou a procurar pelo seu.

– Você acredita que foi ele quem assassinou a esposa anos atrás? – Anabele cochichou próximo ao seu ouvido.

Lembrou-se outra vez de lorde Owen e de como ele a intrigou.

– Não, eu não acredito – respondeu.

– Eu também não. Então ele não é perigoso.

– Não se aproxime dele, Anabele. Se não por você, por sua mãe.

A verdade é que mulher nenhuma que se aproxima dele deve sair ilesa.

Lilian esticou o pescoço tentando enxergar os nomes escritos nos cartões.

– E por que não devo me aproximar de lorde Owen? – Anabele perguntou ainda em voz baixa.

– Por quê? Porque ele é o maior libertino do reino. Não está pensando em arrumar uma esposa.

E porque ele é um predador.

A amiga bufou entediada.

– Você fala como uma velha.

– Shh – Lilian pediu, olhando para as costas da senhora Bowmer, que ia um pouco à frente. – Você tem razão, querida, devo estar exagerando.

Entendeu que Anabele não tinha feito nada demais e que ela mesma estava dando muita importância à fama de lorde Owen. Nunca gostou de julgar os outros pela aparência ou pela fama. Com isso em mente, se justificou.

– Apenas me preocupo com você e com sua família.

E realmente se preocupava.

– Eu sei. Mas estou tão infeliz. Sinto que, se não vir Joe, morrerei de desgosto.

– Vamos conversar melhor após o jantar – Lilian disse, atenta aos cartões sobre a mesa. – Se quiser, posso ir ao seu quarto mais tarde.

– Sim, eu quero, por favor.

– Estamos aqui! – A senhora Bowmer apontou em direção aos lugares à sua frente. – Não, espere – disse de forma enfática –, deve haver algum engano, onde foi colocada Anabele?

Lilian confirmou que o cartão com o nome da jovem não estava nem mesmo próximo ao lugar onde ela e a senhora Bowmer haviam sido colocadas. A mesa tinha umas quarenta cadeiras, e a senhora Bowmer continuou percorrendo-as enquanto os outros convidados também se acomodavam. Lilian e Anabele permaneceram em pé, aguardando. Caroline andou uns dez metros para a direita e estancou próximo ao lugar em que lorde Owen estava sentado. Notou o rosto da mulher ficar vermelho como os próprios cabelos.

– Ah, meu Deus – Lilian murmurou com receio, imaginando a cena que se seguiria.

Caroline Bowmer agarrou o cartão e seguiu pisando fundo em direção à anfitriã. Lilian olhou para ela e para lorde Owen, que havia entendido o que acontecia e encarava o próprio prato. Aquilo não era justo. Apesar de intuir que lorde Owen era uma espécie perigosa de conquistador, não era certo a senhora Bowmer expô-lo ao ridículo daquele jeito. E mais, sem nenhum motivo que justificasse tal atitude a não ser a fama dele, é claro. Deus do céu, era apenas um jantar e não um passeio a sós ou uma declaração de cortejo. Seguiu atrás da mulher com o próprio cartão entre os dedos.

Quando se aproximou, ouviu a voz trêmula de Caroline Bowmer dizer.

– Lady Marfleet, entenda, por favor, Anabele não pode se sentar longe de mim.

– Sinto muito que isso tenha acontecido, Caroline, mas agora como posso resolver isso? – A condessa coçou a testa. – Seria apenas durante esta refeição e…

– De maneira nenhuma! – Caroline sacudiu as mãos no ar, nervosa.

Alguns olhavam para a senhora Bowmer; outros encaravam lorde Owen. Pareciam notar o que acontecia. Lilian engoliu a raiva que percorreu as suas veias e teve que respirar fundo a fim de não soar exaltada.

– Está aqui, senhora Bowmer – disse ela, estendendo entre os dedos o seu cartão –, eu troco de lugar com Anabele e assim ela poderá sentar próximo a você.

– Ah, muito obrigada, minha lady, mas… – A mulher se deteve e então franziu o cenho. – Mas a senhora não pode. – Caroline Bowmer lançou um olhar em direção a lorde Owen.

– Isso é um grande despropósito. – A voz saiu mais irritada do que gostaria. Controlando-se, acrescentou. – É claro que eu posso.

Margareth Marfleet deu um sorriso aliviado.

– A senhora é mesmo uma grande dama, exatamente como todos afirmam. Muito obrigada, minha cara.

Ela encheu o pulmão de ar e seguiu rápida rumo a seu novo lugar. Fez isso antes que sacudisse a senhora Bowmer pelos ombros, exigindo que ela se desculpasse com o barão. Foi andando com a certeza de que sua lista mental do lorde Owen acabara de ganhar mais um item.

Cinco: as coisas relacionadas a ele a faziam perder a compostura.

Capítulo 5

Agosto de 1839 (seis anos atrás)

Hoje foi a primeira vez em que me sujei de lama na vida. Culpa da senhora Ferrel, nossa cozinheira, que resolveu tentar moldar as suas nádegas no corpo de um ouriço inocente. Resultado do dia: um ouriço poupado, um vestido perdido e o jantar salvo pela minha capacidade de encontrar bichos em perigo seguida pela minha necessidade vital de ajudá-los.

Simon observou com uma estranha satisfação lady Radcliffe, que acabara de desafiar aquela bruxa de cabelos vermelhos a fim de sentar a seu lado. Devia estar um pouco surpreso com a atitude ridícula de Caroline Bowmer, afinal estava em uma mesa com outras quarenta pessoas.

O que aquela criatura acreditava que ele podia fazer com a sua filha ali?

Entretanto, ele não se surpreendia mais com a idiotice dos outros; ao contrário, notava um tipo de orgulho meio tolo por assistir a uma famosa moralista se opor a uma amiga para que a tal amiga não o ofendesse, chegando até mesmo a se expor um pouco para isso.

Será que, afinal, ela não era esse bloco intransponível de conduta moral como todos afirmavam?

Assistiu-a sentar-se a seu lado. Ela não lhe dirigiu o olhar.

Ou talvez tivesse feito o que fez para impedir que Caroline Bowmer causasse um desconforto ainda maior à mesa e para poupar a amiga Anabele de sua companhia. Observando-a agora, com o guardanapo no colo, o rosto inelegível e a postura empertigada, ele teve certeza de que as ações dela se deram pelo resgate da amiga e não para evitar qualquer coisa que pudesse desmoralizá-lo um pouco mais diante desses abutres de circo.

Ela era igual a eles.

Que idiota fora de cogitar que poderia ser diferente. E, o que era ainda pior, regozijar-se com isso, mesmo que momentaneamente.

Então, irritou-se. O que era na mesma medida muito desconfortável.

Há quanto tempo qualquer coisa relacionada a essa corja de hipócritas não o atingia nem um pouco? Há anos.

Inferno.

E só por isso é que resolveu provocá-la.

– Diga-me, milady, privar sua amiga de minha companhia vale o risco de ser enforcada com guardanapo durante o jantar? Ou, o que pode ser ainda pior para a senhora, ser seduzida por um libertino imoral, no sagrado horário da ceia?

Ele notou os olhos de Lilian Radcliffe crescerem. Então, para seu espanto, um sorriso nasceu nos lábios dela. Foi a primeira vez que ele se fixou na boca da dama; eram lábios curvilíneos, cheios, perfeitos, de um rosa natural, como as cerejas pouco antes de amadurecerem. Que gosto teriam? Sentiu a garganta secar e se mexeu na cadeira.

– Eu não aconselharia o guardanapo – ela levantou-o do próprio colo –, são de uma linha muita fina, acho que não seriam fortes o bastante para me levar à morte.

Lilian Radcliffe estava sendo irônica? Esse tipo de dama era capaz de tal comportamento? Ela prosseguiu:

– Talvez a faca…

Notou que as bochechas da jovem assumiram um tom rosado, mais claro que o dos lábios. Viu-a deitada, boca entreaberta, faces ainda mais vermelhas, gemendo de prazer em seus braços. A respiração ficou presa na garganta.

Cristo, o que estava acontecendo com ele?

Por acaso não tinha experiência com toda a classe de mulher para se sentir assim diante da expectativa de levá-la à cama? A voz macia dela chamou sua atenção.

– Quanto a me… me seduzir, se eu fosse o senhor não perderia seu tempo. Como já deve ter ouvido, eu sou inatingível.

Ele teve vontade de rir, o que era um pouco bobo, e de beijá-la, até provar que ele podia, sim, atingi-la, o que era na mesma medida estranho.

– Como deve já deve ter ouvido – Simon a imitou –, eu não dou importância a boatos. Sou um homem que gosta de tirar as próprias conclusões.

– Peço-lhe apenas que não cochiche no meu ouvida à mesa. Creio que, se fizer isso, a senhora Bowmer é quem usará a faca. E contra o senhor – ela sorriu descontraída.

Santo Deus, Lilian Radcliffe tinha senso de humor.

– Diga-me... – A sopa de entrada foi servida. – Resolveu correr todo esse risco, sentando-se a meu lado, a fim de salvar a senhorita Bowmer?

Queria alfinetá-la. Ignorou a pontada de ansiedade que sentiu enquanto ela engolia a sopa, antes de responder. Não se importava com o que ela pudesse achar a seu respeito. Há anos não se importava com o que qualquer pessoa achava ou deixava de achar dele.

– Salvá-la? Oh, não, não... – Lilian descansou as mãos em cima da mesa, suspirou devagar e disse. – Eu quem fui salva. Agora estaria sentada ao lado de lorde Carlton. Infelizmente ele é surdo e insiste em contar, todas as vezes que nos encontramos, a história das cinco gerações de condes de sua família. Veja a pobre senhorita Bowmer – ela apontou com a cabeça discretamente em direção à amiga –, ele deve estar na segunda geração ainda. Então – Lilian encarou-o –, obrigada, lorde Owen, eu é quem fui salva.

Aí ele...

Gargalhou.

Algo impensável.

Lilian Radcliffe era espirituosa e, o que era ainda mais inacreditável, ela o surpreendeu. Há muito ele não experimentava essa sensação com ninguém.

– Por um momento acreditei que tinha feito o que fez por sentir que eu era quem precisava ser salvo – afirmou após engolir a sopa e tremeu.

Pelos pregos de Cristo, o que deu nele? Por que essa confissão estúpida em voz alta?

– O senhor é um gatinho? Ou um coelho órfão? – Lilian perguntou, fitando-o com uma diversão quase inocente.

O estômago contraiu. Ela tentava humilhá-lo?

Ela mesma respondeu.

– Não me parece nem um e nem outro. Se fosse compará-lo a um animal, seria a um leão. Não acredito precisar de ajuda para se defender. Bem, leões normalmente não precisam.

Não, ela o estava elogiando. Ao menos para ele, soou como um elogio. Notou seu peito se encher, e não era só de ar. Sentiu-se inflado com aquele comentário do leão; em seguida, um pouco mais tolo do que já estava se sentindo. Piscou demoradamente a fim de retomar a razão e tentou explicar.

– É que a senhora tem fama de ajudar a todos, então...

A salada foi servida.

– Não a todos, e a fama, muitas vezes... Não sei se considero assim... A verdade é que eu não posso ver nenhum tipo de injustiça ou alguém sofrendo. – Ela deu um gole na taça de água, colocou-a de volta à mesa. – Sempre foi assim, com pessoas ou com bichos.

– Com bichos?

– Sim, era uma mania de criança. Minha irmã e eu vivíamos salvando animais em perigo. É claro que era Kathelyn quem subia em árvores ou se jogava no rio quando era preciso, eu não sabia fazer tais coisas, mas, normalmente, por algum motivo meio incompreensível, era eu quem encontrava os tais bichinhos em situações desastrosas e não sossegava até que Kathelyn ou Steve os resgatasse.

– Steve?

Ele apoiou os talheres no canto do prato. Ela o seguiu.

– Um amigo de infância.

Removeram os pratos de entrada e começaram a servir os pratos principais.

– E o que faz com os bichos resgatados? – ele perguntou, se divertindo ao imaginar Lilian Radcliffe indo ao socorro de animais em perigo.

– Ah, em Londres eles não costumam aparecer muito. – Ela, discreta, limpou a curva dos lábios e acrescentou. – Os bichos, naturalmente.

Eles comeram por um tempo em silêncio. Simon não conseguia prestar atenção no que engolia, porque a luz das velas revelava que Lilian tinha cílios grossos e pretos, uma pele branca e perfeita. E os cabelos? Como seriam livres daquele penteado ridículo?

– Então, em Londres a senhora resgata as pessoas? – perguntou, rompendo o silêncio e se obrigando a olhar para a comida.

– Acho que elas são como os bichos.

– Perdão? – Ele quase engoliu errado com aquele comentário estranho.

– Quero dizer, desculpe-me... Não que elas se pareçam com os bichos, mas, de certa maneira, pessoas com dificuldades costumam chegar até mim buscando ajuda. Eu nem mesmo preciso procurar por elas, assim como acontece com os bichos.

– Acho que fica mais segura fora de Londres. – Ele mexeu no nó da gravata desconfortável. Talvez o jantar não estivesse caindo muito bem no estômago.

É o rim, Simon supôs.

Nunca gostou de carne de rim, nem sabia por que havia se servido quando o lacaio ofereceu.

– Acredita que os animais dão menos trabalho do que as pessoas? – ela perguntou e bateu as pestanas.

Normalmente as mulheres pareciam coquetes fúteis ao fazer esse gesto. Mas ele sabia que Lilian Radcliffe não tinha o intuito de seduzi-lo. Os movimentos dela eram naturalmente sedutores, ela possuía uma sensualidade latente e espontânea.

– Hã? – Aclarou a garganta e afrouxou um pouco mais o nó da gravata. *Maldita carne de rim.* – Acredito que as pessoas são ímãs para causar problemas – concluiu após parar de mexer na gravata.

Simon a olhou e ela sorriu para ele.

Um riso limpo e simples, como os vestidos que usava; como aqueles cabelos firmemente puxados para trás. Uma risada clara que não pretendia ser algo além do que era. A comida desceu parecendo um bolo massudo na garganta.

– Não acredito nisso – Lilian disse, ainda dentro daquele sorriso que ultrapassava barreiras, quebrava conceitos, desafiava o equilíbrio.

Simon nem se dava conta disso ou tentava não perceber.

– Ah, não?

Ela levantou um ombro.

– Pessoas não atraem problemas, elas simplesmente os criam.

– Tenho que discordar completamente da senhora. Eu não criei os problemas que arrasaram a minha vida e...

E então ele gelou.

O que acabara de falar?

Alguma vez na vida se expôs dessa maneira impulsiva e ridícula?

Não quis lembrar, só soube que aquela conversa terminaria ali. Antes que conseguisse dizer qualquer coisa em sua defesa, ela falou.

– Está certo, algumas vezes são as pessoas que nos cercam que criam os problemas e aí temos que lidar com eles, mas…

– Se a senhora me der licença – ele a interrompeu de maneira um pouco rude –, está na hora do meu charuto.

– Mas e a sobremesa?

Ele murmurou um pedido de desculpas e licença a algumas pessoas próximas.

– Existem coisas mais interessantes com as quais pretendo ocupar a minha boca.

Ele notou a boca de Lilian Radcliffe parar meio aberta. Pensou que era com ela que ele gostaria de ocupar a própria boca. Não deveria desejá-la. Não deveria olhar para a boca dela daquele jeito. Deveria usá-la e então humilhá-la e finalmente assim conseguir se vingar de alguma maneira do verme que não podia mais responder por seus erros. Deixou a sala de jantar irritado demais para se dar conta de que, mais uma vez, dava razão a todos para falar horrores a seu respeito.

Capítulo 6

Maio de 1840 (cinco anos atrás)

Soube agora há pouco que Kathelyn declinou da sua primeira proposta de casamento. O pretendente infortunado era lorde Owen. Graças a Deus que Kathe recusou ao pedido, alguma coisa na presença desse cavalheiro me deixa inquieta e isso nada tem a ver com a fama dele de assassino.

A fumaça fazia desenhos algumas vezes curiosos.

Essa última baforada, por exemplo, abriu uma nuvem irregular contra a luz do lampião e subiu parecendo uma boca.

Lembrou da boca aberta de Lilian Radcliffe.

Bateu a cinza do charuto contra a bancada da varanda.

Era estranho se referir mentalmente a uma pessoa pelo nome completo. Ele não tinha esse hábito, porém, no caso dela, preferia que fosse assim por motivos muito claros; queria se manter emocionalmente distante, se é que ainda tinha alguma emoção em si que justificasse tal cuidado. E queria, sobretudo, se lembrar do nome que ela carregava. O nome do homem que, se houvesse um culpado por sua isenção emocional, era ele. Não que importasse mais. Não, ele se habituara até o ponto de quase gostar de não ter que sentir nada em relação a ninguém.

Mas, no começo, foi difícil.

Vivenciar o medo e o constrangimento que sua presença causava nas pessoas foi doloroso.

Quando ele fora acusado da morte repentina da esposa… Não! Espere, ele não foi formalmente acusado, o que tornava tudo pior. A morte dela, para a polícia, foi considerada inconclusiva com o término das investigações. Porém, a absolvição perante a lei não significou a isenção de sua culpa perante a sociedade. Ele lembrava como começou: primeiro os criados passaram a olhá-lo de uma maneira que ele custou a entender; não era o olhar respeitoso que eles lhe lançavam. Eram, ao contrário, olhos arregalados, palavras sussurradas, rostos pálidos.

Recordou-se de quando ouviu pela primeira vez a expressão que determinaria a sua vida dali em diante. Estava passando entre as salas de sua casa a caminho da biblioteca quando uma voz feminina chamou sua atenção.

– Sabe como as pessoas o têm chamado?

– Não – respondeu a outra em um tom mais baixo.

– De barão assassino.

Só então é que ele se deteve. Ele não estava lá para ouvir, não tinha por hábito escutar conversas de criados atrás das portas. Nem mesmo se preocupava com o que eles pensavam. Porém, aquelas duas palavras eram a certeza de que, apesar de ele não prestar atenção na vida dos seus empregados, eles prestavam atenção na sua. Ali, com o ar preso nos pulmões, entendeu também que a sua vida mudaria por completo. Soube que aquilo não ficaria entre as duas criadas. E estava certo. Aquele novo adjetivo atribuído a seu título o acompanharia pelo resto da vida, talvez até mesmo além dela.

Lembrou o porquê desse boato começar dentro de sua própria casa. Ele e Cristine foram casados por dois anos; em metade desse tempo, acreditava ser feliz. Sempre apreciou a vida no campo. Não tinha outras ambições a não ser cuidar de suas terras e ser um aristocrata rural. Então, de um momento a outro, a esposa mudou por completo. Passaram a viver como estranhos. Cristine evitou, rejeitou, expulsou o marido de sua vida com seu silêncio.

Aquilo o enlouqueceu aos poucos.

Houve noites em que ele bebeu além da conta e esmurrou a porta do quarto dela exigindo sabe-se Deus o quê. Foi em um desses dias mais sombrios que se inteirou do motivo que fez a esposa se afastar dele. Motivo que estava relacionado diretamente ao bastardo do Rafael Radcliffe. E, quando soube da verdade, Simon perdeu de vez a cabeça. Bebeu estranhando o fato de o conhaque continuar enchendo o copo mesmo que ele o tivesse esvaziado dez vezes antes. Não se lembrava direito daquela noite, exceto de que não só esmurrou a porta do quarto da esposa como a arrombou, disposto a ter o que era seu por direito. Não lembrava como, mas foi detido por seu valete e pelo mordomo.

Na manhã seguinte a esse briga, Cristine foi encontrada morta.

Juntando todos os fatos, conseguiu entender por que os criados foram os primeiros a acusá-lo.

O inquietante era que ele às vezes também se acusava. No silêncio de sua cama em algumas noites mais compridas, ele repassava a briga, tudo o que disse a ela e a sequência de fatos que culminaram no fim trágico. Acusava-se não pela morte da esposa, e, sim, pelos acontecimentos. O desfecho fatal de seu casamento mudou tudo. Ele passou a ser movido por um único desejo: vingança. Justo ele, que sempre se considerou tão equilibrado, sensato e até mesmo pacato.

Deu mais uma baforada, já esquecido de fumaça ou desenhos, e ouviu uma voz atrás de si.

– Você está agindo de maneira estranha hoje, meu querido.

Ele sabia de quem era aquela voz. Era de sua amante, Anne Stone.

– Estou com um pouco de dor de cabeça. É só isso – mentiu. Nem soube o porquê, mas fez. Como se tivesse algo a esconder dela. Talvez estivesse sem paciência para conversar.

– Notei que lady Radcliffe divertiu-o hoje no jantar.

Entendeu por que havia mentido; realmente não estava com paciência para conversar.

– É mesmo? Eu nem me lembro.

– Conte-me, Simon. – A mulher saiu das sombras às suas costas e caminhou, parando ao lado dele. – Por que mesmo resolveu se vingar de um morto atacando sua viúva inocente mais de três anos depois de sua morte?

– Porque somente agora apareceu a oportunidade certa e porque, de verdade, minha querida, eu não tinha pensado nessa possibilidade até você me procurar dizendo que ela estaria aqui.

– Estranho. Justo você, que pensa em todas as possibilidades.

O que ela queria dizer com isso? Ele não entendeu e se irritou.

– Quanta hipocrisia vindo de uma mulher que quer se vingar de outra que roubou seu amante vinte anos atrás.

– Não estou questionando a sua vontade de se vingar, estou querendo entender os motivos reais dela.

– O que está insinuando?

– Nada. Apenas pensei que, talvez, no fundo, sua interesse em lady Radcliffe não seja somente por vingança – ela explicou entre os dentes.

Realmente ele estava muito satisfeito com a paz da varanda e os desenhos da fumaça de seu charuto. Respirou fundo antes de responder.

– E, diga-me, você, que é tão perspicaz e que me conhece tão bem a ponto de saber quais as minhas intenções antes mesmo que eu me dê conta delas, qual é o meu real propósito?

– Acredito que quer provar para si mesmo que consegue conquistar o que Rafael também conquistou. Algo com o orgulho ferido masculino. – Ele olhou para ela, Anne encarava o jardim. – Talvez um pouco arriscado se você não se precaver.

– É mesmo arriscado? – perguntou e apagou o charuto com um movimento brusco.

– Vi o jeito que olhou para ela hoje durante o jantar. Por mais incrível que possa parecer, acho que está profundamente atraído por aquela criatura sem graça.

– Hum – ele murmurou com desdém –, e consegue deduzir tudo isso somente com o olhar?

– Você se assustaria em saber quantas coisas uma mulher consegue deduzir somente com o olhar.

– Fico feliz – Simon virou o corpo a fim de encará-la.

– Ah, fica?

– Se consegui convencê-la de que me sinto atraído, então será fácil convencer lady Radcliffe.

Ela lançou um olhar contrariado.

– Se visse a maneira que olhou para lady Radcliffe durante o jantar, possivelmente se questionaria.

Simon quase gemeu ao notar a expressão furiosa da amante e se perguntou quanto um homem podia aturar da complexidade feminina em uma mesma noite sem enlouquecer.

– Parece que toda essa prudência e dúvida de sua parte têm outro nome.

– E que nome seria esse?

Ela deu dois passos em sua direção.

– Ciúmes.

– E se fosse?

– Seria ridículo.

– Então, não tenho motivos para ter ciúmes? – Anne disse isso jogando os braços sobre os ombros dele.

– Seria ridículo, porque você sabe como não suporto esse tipo de demonstração de insegurança e infantilidade. Não somos um do outro, minha querida, nem nunca seremos.

– Nunca pensei o contrário.

– Creio que você entende que é somente por isso que estamos juntos há tanto tempo.

Era bom que as coisas ficassem sempre muito claras. As veias em sua têmpora pulsaram. *Profundamente atraído por Lilian Radcliffe? Que coisa mais absurda.*

– Às vezes a sua insensibilidade ultrapassa os limites – a amante continuou se queixando.

Ele apoiou o cotovelo na balaustrada da varanda. Respirou fundo para encontrar o espaço dentro de si isento de emoções, o mesmo que ele habitava com frequência nos últimos anos.

– Suponho, por essa conversa, que mudou de ideia e que não tem mais interesse em me ajudar. Logo, devo esquecer o que estamos fazendo com a jovem Anabele?

– Não.

– Então ainda posso contar com sua ajuda?

– Sim – ela afirmou de maneira mais seca do que sucinta.

– Ótimo, porque, com o que tenho em mente, acredito que pode esperar sua vitória em poucos dias.

A ideia que acabara de lhe ocorrer era estímulo suficiente para alegrar sua amante e para que ela parasse de testar sua paciência.

– E o que tem em mente, Simon? – ela perguntou, aninhando os dedos em seus cabelos.

– Imagino que esta casa ficará bem mais interessante com um pouco de música.

Os olhos e a boca de Anne se abriram surpresos. Ele prosseguiu:

– Posso sugerir para...

O resto das palavras foram ditas no pé da orelha da amante. Tendo em vista os sons abafados de sua risada, não dava mais o menor sinal de continuar irritada.

– … e então ele disse que me amava.

Anabele estava em sua cama recostada em uma pilha de travesseiros. Lilian ia sentada em uma cadeira junto a ela.

– Entendo. E foi antes ou depois do amor ser declarado que você percebeu amá-lo?

– Não, eu já sabia. Acho que sempre soube, desde que o vi pela primeira vez. Quando estamos juntos eu… eu… – Anabele perdeu as palavras, e Lilian notou a amiga corar antes de continuar. – Eu fico sem ar e meu coração bate tão forte. – Ela demonstrou com movimentos da mão o que queria dizer.

Lilian apenas suspirou. Fez isso por algumas razões que logo entraram em uma lista.

Nunca havia se sentido assim, então supunha que não era a pessoa indicada para dar conselhos. Acreditava que Anabele podia estar iludida, mas ela, pela mesma razão de não se sentir apta a dar conselhos, não era a pessoa indicada a julgar. Acreditava também que esse tipo de sentimento, ilusório ou não, poderia ser desastroso.

– Sinto-me tão miserável aqui longe dele que é como se eu fosse morrer. – A amiga afundou-se ainda mais nos travesseiros.

– São vinte dias, Anabele. Dê a você mesma a chance de talvez perceber que o que vem sentindo não é tão forte assim.

– Sugere que eu esteja enganada?

Lilian suspirou outra vez.

– Já é o décimo suspiro que você dá, Lilian. Minha situação é tão ruim assim?

– Sabe o que eu acho?

Anabele não respondeu e fez uma negação com a cabeça.

– Nunca me apaixonei, não entendo nada sobre esse sentimento e sinto que eu, aqui, tentando lhe trazer algum consolo é como um cachorro dando aulas de etiqueta para um mordomo. – Anabele abriu os olhos surpresa. Lilian explicou. – O que quero dizer é que somente você pode saber como está se sentindo e o que a fará feliz de verdade. Sempre me fez feliz ajudar os outros, pensar neles, então é o que eu faço. Se a fará feliz fugir e se casar com o seu professor de música, mesmo sabendo que isso prejudicaria suas irmãs e seus pais, faça.

Ela notou os olhos da jovem ficarem ainda mais molhados.

– Não é justo que tenhamos que fazer nossas escolhas pensando nos outros – Anabele reclamou fungando.

– Estaríamos mentindo a nós mesmas se fizéssemos escolhas acreditando que elas não influenciariam de maneira nenhuma a vida daqueles que estão junto a nós.

A jovem soluçou com as mãos sobre a boca e disse:

– Mamãe está avaliando a proposta de casamento do senhor Folkman.

A garganta de Lilian secou. *Não podia ser.* O senhor Folkman era um comerciante muito bem-sucedido, mas conhecido por ser um homem devasso, com estranhos comportamentos, e que tinha ao menos três vezes a idade de Anabele. *Jesus*!

– Eu não sabia – ela afirmou mais para si mesma.

– Ainda acredita que devo fazer minhas escolhas pensando nos outros?

– Não foi o que eu disse. Também não sabia que seu pai considerava uma proposta desse senhor.

– O que devo fazer? – Anabele cobriu os olhos com as mãos.

– Se fosse fácil falar... – Lilian debruçou-se sobre a cama e pegou as mãos da amiga. – Sempre me senti tão covarde diante de algumas coisas. A paixão parece algo muito assustador, então nunca dei oportunidade em minha vida para que nada parecido acontecesse.

– E depois que acontece, o que se pode fazer?

– Acho que aquilo que atingir o mínimo de pessoas possíveis.

– E me casar com um velho nojento? – a jovem entoou com a voz falha, buscando o ar como se fosse a saída para os problemas.

– Deixe-me conversar com sua mãe. Tenho certeza de que, quando ela ouvir o que conheço a respeito do senhor Folkman, ela mudará de ideia.

Anabele fechou os olhos. Lilian concluiu em silêncio, mais uma vez, que, com certeza, não era a pessoa indicada para estar ali, consolando Anabele. Naquele momento, só conseguia pensar em por que as pessoas insistiam tanto em complicar a própria vida. Não seria bem mais fácil se a amiga, em vez de estar se sentindo miserável e desolada, estivesse empregando todas as suas energias em conseguir um marido que fosse aprovado por sua família e por ela mesma?

– Mamãe não irá desistir – Anabele disse baixinho –, ele é o homem mais rico que chegou a formalizar um pedido.

– Podemos fazer com que seja diferente – Lilian afagou os cabelos da amiga.

– Como assim?

– Conheço muitas famílias e... Pense comigo, aqui mesmo, em Easton House, há ao menos cinco jovens solteiros entre os convidados, e um deles é visconde.

– Lorde Dexton? – Anabele pareceu surpresa.

Ela concordou com a cabeça.

– Pelo que consegui reparar, ele me pareceu bem atraente.

– Sim, ele é. Acontece que todas as jovens que querem um marido pensam da mesma maneira.

– Você tem razão.

Lembrou-se do pobre jovem nos jogos daquela tarde, sendo atacado pelas debutantes e por suas mães. A verdade é que ela nem conseguiu vê-lo direito porque, sempre que olhava em sua direção, lorde Dexton estava coberto por pelo menos cinco quilos de babados e dezesseis pares de olhos.

– Bem, mas podemos tentar chamar a atenção dele de algum jeito – afirmou, como se tivesse experiência em chamar a atenção de homens.

Olhou a jovem loira de olhos azuis que fungava e sacudia a cabeça inconformada. Anabele era uma jovem muito bonita, talvez fosse o suficiente para chamar a atenção de um pretendente.

– Lilian, eu estou apaixonada por Joe, não quero chamar a atenção de nenhum outro cavalheiro – Anabele afirmou desgostosa, como uma criança que tem o seu brinquedo roubado.

– Ao menos, dê-se a chance de conhecer alguém.

A jovem bufou e enxugou as lágrimas do rosto com as costas da mão.

– Está bem, temos um trato. Se você conseguir fazer com que lorde Dexton olhe em minha direção, eu estarei aberta a conhecê-lo. Se um milagre pode acontecer, quem sabe outro também não acontece.

– Milagre?

– Sim, somente um milagre para fazer com que Dexton tenha tempo ou interesse em me dispensar sua atenção.

– E o outro milagre?

– Ele conseguir fazer com que eu me esqueça de Joe.

– Eu sou especialista em atrair milagres – Lilian disse, esperando que uma nuvem de gafanhotos invadisse o quarto por mentir desse modo.

Não atraía milagres, mas não queria que Anabele sofresse, então achou que era por uma boa causa. Manter a esperança da jovem, de alguma maneira, não parecia assim tão errado.

Lilian estava de penhoar e trança. Não era a maneira adequada de se apresentar diante de uma dama. Menos adequada ainda se se tratasse de um cavalheiro, o que não vinha ao caso. Foi essa rápida conclusão a que chegou ao dar de cara com um dos convidados, logo que saiu do quarto de Anabele vestindo sua camisola, penhoar e descalça.

Deus, ela estava descalça?

Sim, estava.

Por desgraça, o homem parado à frente da porta de seu quarto não devia se incomodar nada com isso. Logo entendeu que esse mesmo homem não devia se importar com nada do que fosse adequado, já que ele também estava vestindo um robe de seda, uma calça que possivelmente compunha o jogo de suas roupas de noite e, assim como ela, nada nos pés. Essa mesma figura desprovida do decoro normal aos pares de sua classe batia à porta de seu quarto como se fosse esperado, como se não passasse da meia-noite e como se fosse natural essa visita.

O que aconteceria se alguém visse essa cena se desenrolando nos corredores pouco iluminados de Easton House?

Com toda certeza, ninguém pensaria que esse senhor mal afamado viera à sua porta vender brioches. Então, sem entender o motivo, irritou-se.

Mentira, é claro que ela sabia o motivo da irritação: não dera permissão a esse senhor para que tomasse qualquer tipo de liberdade com ela, quem diria uma tão espantosamente grande.

– O que faz aqui? – perguntou de maneira ríspida, como se repreendesse a um cachorro vadio. Nunca na vida se dirigiu a alguém de forma tão rude. Sentiu as bochechas arderem e não soube se era pela maneira como ele varreu seu corpo de cima a baixo ao se dar conta de sua presença ou por sua recém-dita grosseria.

– Boa noite – ele disse. – Foi por isso que não respondeu às batidas à porta – Simon afirmou em um tom de voz que Lilian não entendeu se era ironia ou diversão.

– O senhor não deveria estar aqui.

Os olhos dele foram até os seus pés nus.

Ela acreditou que cairia no chão de vergonha, encolheu os dedos por reflexo.

– Não olhe. Tire os olhos já! – ordenou com rispidez.

– E a senhora não deveria estar dentro do quarto? – o barão indagou com aquele sorriso ordinário no canto dos lábios.

O ar empurrou o seu pulmão contra as costelas quando ela se deu conta do que ele estava querendo dizer.

– Eu não estava fora... Bem, é claro que estava, mas não pela única maneira que sua mente consegue criar.

E então ele riu com vontade. Ela não entendia por que suas palavras ríspidas despertavam o bom humor dele.

– Única maneira? E qual maneira seria essa?

E agora falariam sobre isso? Já não bastava durante o jantar? Teria que aturar com frequência a presença dele? O que era pior, teria que aturar os efeitos estranhos que a presença de Simon Thorn exercia sobre seus pulmões e músculos do corpo? O cérebro era um tipo de músculo? *Não, é claro que não*. O cérebro entrou na lista das partes afetadas por sua presença. Não conseguia pensar direito e acabava falando coisas que não eram próprias dela. As bochechas arderam ainda mais.

– Não, não iremos ter essa conversa! – ela entoou com firmeza. – Agora, dê-me licença.

Simon ainda estava na frente da porta, impedindo sua passagem. Ela só queria escapar dali.

– Está certo, vim porque... porque eu... – ele umedeceu os lábios e concluiu – preciso da senhora.

Essa frase dita por ele com a voz baixa e rouca junto ao olhar que atravessava a sua carne e chegava ao crânio acabaram de liquidar com a sustentação de suas pernas.

– Precisa? – conseguiu responder antes de cair.

Não, ela não caiu de verdade, mas teve a sensação de que o faria outra vez. Como naquela tarde. Deus! Isso era constrangedor, irritante, absurdo.

– Preciso muito. Estou a ponto de ficar louco, não sei mais o que fazer – ele repetiu com a voz ainda mais baixa.

A garganta de Lilian secou. O que quer fosse que ele estivesse querendo dizer fazia tudo dentro dela virar do avesso.

– Isso não é... O senhor não pode... Não é certo que...

– Não sabia mais a quem recorrer.

– Como?

Ela piscou algumas vezes sem entender nada. Nada fazia mais sentido.

– Bom, é que... – Ele deu dois passos em sua direção e ela ficou estática. – É que a ajuda não é propriamente para mim.

– Ah, não?

Ficava cada vez mais confuso.

– É para uma coisinha peluda.

O que, em nome de Deus, significava aquela conversa?

– Peluda?

– Ah, sim, pelo o que pude ver, bastante.

Lilian sacudiu a cabeça tentando recuperar parte da razão.

– Lorde Owen, pelo amor de Cristo, o que significa tudo isso? – Abriu as duas mãos no ar em direção a ele.

– Um animalzinho peludo, chorando sem parar – ele elevou o dedo sinalizando o número, com a postura de um tutor.

E aquelas duas palavras "animalzinho" e "chorando" acionaram dentro dela todos os instintos protetores que deviam existir no mundo.

– Oh, meu Deus. Onde? Que animal é esse?

– Não entendo nada disso. Poderia jurar que era um filhote de cachorro, mas, tendo em vista o barulho que fazia, poderia ser um urso.

– Urso?

– É um cachorro, mas, por Deus, nunca vi uma criatura mais barulhenta.

Bom, isso ao menos explicava parte da situação. Ele possivelmente se recordou da conversa que tiveram durante o jantar e veio pedir sua ajuda.

– E onde está a tal criatura barulhenta?

– No meu quarto.

Se ele dissesse no telhado de Westminster, não teria causado tanto desconforto para ela.

– E o que faz um filhote de cachorro dentro do seu quarto?

– Como posso saber? Ele só chora.

– Mas, como é que...

Ouviram uma porta se abrir. O estômago dela gelou e os músculos se contraíram. Se fossem vistos assim, Deus, ela não gostava nem de imaginar.

– Vamos, é melhor irmos logo – dizendo isso, ele agarrou a sua mão e a puxou em um tranco pelo corredor.

– Onde?

– Ao meu quarto.

– Está louco?

Quantas quebras de protocolo seriam possíveis em uma noite?

– Pelo amor de Deus, se a senhora não for, eu juro, irei jogá-lo com um chute no jardim.

– O senhor não pecaria tanto.

Então ele parou, medindo-a com determinada atenção, estreitou o olhar, umedeceu os lábios e disse:

– Ah, não?

A respiração de Lilian falhou e ela achou melhor ajudá-lo a resolver tudo de uma vez para livrar-se logo desse inconveniente.

– Está bem, eu vou, mas o senhor vai ficar do lado de fora enquanto vejo o que posso fazer.

Eles voltaram a caminhar a passos largos.

– Certo – ele respondeu.

– Promete?

– Sim, eu prometo.

– Quero sua palavra de honra.

Ela sentiu os passos dele perderem a velocidade, como se o seu pedido o tivesse pego de surpresa.

– Eu lhe dou a minha palavra de honra – ele murmurou.

Lilian o seguiu ao longo do enorme corredor, sem saber se sentia-se aliviada por ele ter dito aquilo ou uma idiota por acreditar que um homem com tal fama pudesse possuir qualquer tipo de honra.

– Oh, pobrezinho – Lilian disse comovida ao pegar a bola de pelos marrom e branca do chão da varanda.

Ele era tão pequeno. Aconchegou-o em seus braços e sentiu o corpinho tremer.

– Meu Deus, há quanto tempo está aí?

Apesar de estarem no verão, as noites no campo podiam ser um pouco frias. Aquela noite excepcionalmente estava ainda mais gelada.

– Como você veio parar aqui? – Ela olhou para os lados tentando entender. O quarto do barão ficava no andar térreo, e a pequena varanda particular era toda cercada por arbustos. – Você atravessou esse matagal?

O corpo do bichinho encheu de ar, como se ele pudesse responder com o alívio. Os tremores diminuíam conforme Lilian passava as mãos em seus pelos.

– Onde está a sua mamãe? – O filhote ainda vibrava pelo frio. – Podia ter morrido – afirmou e olhou para dentro.

Viu lorde Owen com o ombro apoiado no batente da porta de entrada do quarto, relaxado e aquecido.

– Que homem desprezível – disse irritada ao bichinho, que emitiu um som.

Ele, o cachorrinho, concordava com ela.

– Lorde Owen – ela o chamou, já do meio do quarto.

– Eu? – ele colocou a mão sobre o peito.

– Tem outro?

Ele arregalou um pouco os olhos e negou com a cabeça.

– Venha aqui – Lilian ordenou.

– Não posso, dei minha palavra.

– Esqueça isso, preciso lhe falar algo.

Em poucas passadas ele cruzou o ambiente, parando à sua frente.

– O senhor não tem coração? – indagou e assistiu aos olhos dele arregalarem um pouco mais do que da primeira vez.

– Por que pergunta isso?

– Como pôde deixar esse serzinho indefeso quase morrer congelado?

– O que eu podia fazer?

Ele olhou para o filhote aninhado nos braços dela e olhou para a varanda.

– Tirá-lo da varanda teria sido de grande ajuda.

– Fiz o que podia. – Simon cruzou os braços sobre o peito.

– É mesmo? – Lilian ainda sentia o bichinho tremer em seu colo.

– Não o joguei no mato e a chamei.

– É claro, como o senhor é bondoso.

Estava sendo irônica. *Deus, desde quando não tinha reações como essas?* Eram reações tão imaturas.

– Não teria como pegá-lo – ele se justificou.

– Ah, não? Suas mãos cairiam?

E aí estava outra frase cheia de ironia. Bem, sentia-se muito irritada com o descaso daquele homem diante do filhote.

Ele abriu a boca como se fosse responder e então fechou-a. Em vez de palavras, nasceu no canto dos lábios dele um sorriso contido. Aquele maldito sorriso.

– A senhora é diferente do que eu imaginava.

– O senhor também é diferente do que eu imaginava. – As patas do cachorrinho escalaram o peito de Lilian e a língua morna e macia lambeu algumas vezes a curva de seu pescoço. – É pior!

– Todo esse descontrole por causa do cachorro?

– Sabe, então, diferenciar um cachorro de um urso? Fico aliviada. Por alguns instantes acreditei que o senhor não o pegou do frio da varanda com medo de ser devorado.

– Nunca peguei uma coisa tão pequena antes na vida, acho que nem saberia por onde começar. – Ele descruzou os braços e apoiou as duas mãos no quadril. Conhecia essa postura assumida por homens, era uma maneira de dizer "chega". Ouviu a confirmação. – E pare com todo esse drama. Chamei-a, não é verdade?

Ela suspirou encarando-o.

– Então, agora que ele não morrerá mais de frio, o senhor pode tentar providenciar o que precisaremos a fim de acomodá-lo – Lilian pediu, esfregando as mãos por todo o corpo do filhote.

– Acomodá-lo?

Uma ruga apareceu entre as sobrancelhas negras de Simon.

– É claro que sim. Ou ainda pensa em jogá-lo no mato? – Ele olhou para baixo, logo depois para ela e negou com a cabeça. – Uma caixa daquelas que se usam nas cozinhas para guardar alimentos, um pouco de leite, um cobertor de flanela ou um pouco de palha. Creio que por ora isso basta – terminou, com as sobrancelhas erguidas.

– Eu não... – Ele se deteve como se precisasse pensar antes de responder. O peito masculino subiu e desceu em uma longa respiração. – Está bem, lady Radcliffe – Simon concordou –, mas a senhora esperará aqui com essa coisinha. Deus sabe o que ele pode aprontar se ficar solto aqui dentro.

– Eu não disse que o deixaria a sós. Deus sabe o que o senhor poderia aprontar com ele aqui dentro quando voltar.

Ela ainda se sentia brava com o descaso dele, e essa era a explicação para a impertinência de suas respostas.

Simon estreitou o olhar e esboçou uma expressão cheia de ironia. Lilian acreditou que ele daria alguma resposta malcriada. Ao contrário, transformou a possível resposta naquele sorriso estranho que fazia seu estômago inverter de lugar com os rins.

Capítulo 7

Setembro de 1838 (seis anos atrás)
Kathelyn e Steve são maldosos. Sim, "maldosos" é a melhor palavra para defini-los. Como eles podem? Como podem usar o sono de alguém a fim de se divertir? Como podem me fazer responder perguntas indecorosas e caçoar das minhas respostas enquanto eu não saberia responder nem o meu nome? Ou será que saberia?

Simon já estava havia mais de trinta minutos nessa maldita missão.

Se arrependimento matasse, estariam rezando a sua missa de sétimo dia. Tudo isso por causa da brilhante ideia que teve de pagar um dos criados para que ele enfiasse um filhote de qualquer coisa peluda em sua varanda. Essa era, em sua cabeça, uma maneira de se aproximar de lady Radcliffe, de tentar desmontar algumas barreiras entre eles e de deixá-lo mais próximo de conseguir o que de fato queria.

Então tudo saiu fora do planejado.

Primeiro, ela quase o queimou na fogueira da inquisição com os olhos.

Em vez de se enternecer diante de sua suposta preocupação com o animal, ela o chamou de monstro sem coração, de coração sem dono ou de qualquer coisa parecida com isso. Estava acostumado com esses apelidos carinhosos, porém, naquela ocasião, o intuito era justamente o oposto.

E somente para não sair ainda pior é que se lançou nessa missão ridícula.

Estava de robe e chinelos de quarto perambulando a uma hora da manhã pela mansão de sua tia em busca de objetos que ele não tinha a mais vaga ideia de onde conseguir, visto que todos os criados estavam dormindo, e visto que ele nunca precisou de uma caixa, palha e leite a essa hora da madrugada.

Aventurou-se cozinha adentro, olhou embaixo de balcões, no interior de armários, por cima de estantes. Localizou algumas caixas que podiam servir para o que quer que Lilian Radcliffe precisasse. Removeu uma caixa que pareceu grande demais e então outra e...

Um estrondo explodiu; metais e madeira em choque contra a pedra do chão.

Uma das caixas que ele movimentava escorregou de suas mãos e caiu. Tinha certeza de que acordara todos na mansão. Talvez o barulho incomodara até os moradores de Londres, que ficava milhares de milhas distante.

– Inferno! – praguejou em voz alta.

E se abaixou, recolhendo os objetos espalhados por toda a cozinha.

– Maldição! – murmurou indignado enquanto tateava o chão.

Tinha certeza de que a noite não poderia ficar pior.

Estava agachado; segurava uma faca grande a fim de guardá-la na caixa, quando ouviu um grunhido abafado vindo da direção da porta. Ergueu os olhos e encontrou uma criada paralisada. Levantou tão aliviado por finalmente aparecer alguém que pudesse ajudá-lo que se esqueceu completamente de que ainda levava a faca erguida na mão. Com a mão livre agarrou a sua lamparina, deu alguns passos em direção à mulher e começou a dizer:

– Graças a Deus que...

Cataploft.

A fala caiu junto ao corpo da criada rechonchuda, que se desfez na sua frente. A mulher desmaiou. *Inferno dos condenados!*

A noite com certeza podia ficar pior e estava. Ele entendeu o que houve. Por certo, essa senhora, ao vê-lo caminhar em sua direção com uma faca em punho, acreditou que ele a desmembraria ali mesmo, no chão da cozinha.

Bufou impaciente, largou a faca em cima do balcão, apoiou a lamparina ao lado e pegou um pouco de água em um copo. Abaixou-se junto à mulher e derramou o líquido no rosto redondo e sem cor dela.

A criada, devagar, despertou, olhou ao redor parecendo confusa e então se fixou nele, ficando ainda mais pálida. Simon não entendeu como isso era possível, já que ela estava da cor do mármore do chão.

– Eu não vou fazer nada com a senhora, entendeu? – disse rápido, tentando mantê-la acordada. Assistiu à mulher concordar e, mais irritado do que satisfeito, continuou. – Preciso de ajuda para conseguir algumas coisas. A senhora se acha capaz de providenciá-las sem voltar a desmaiar?

A mulher apenas assentiu outra vez em silêncio.

– Ótimo. Vou ajudá-la a se levantar e então a senhora me ajudará a encontrar o que eu preciso, está bem?

Mais uma vez ela concordou com a cabeça.

Ali, em pé, no meio da cozinha, ajudando uma criada velha e gorda a se equilibrar, ele implorou mentalmente a Deus, em quem deixara de acreditar há tempos, que a noite acabasse logo antes que realmente matasse alguém.

Com a caixa de madeira, uma garrafa de leite, um pote vazio e palha, Simon ouvia o barulho que o cascalho sob o seus pés insistia em fazer toda a vez que dava um passo. Teve que ir até os estábulos para conseguir a palha dos infernos. Os olhos não absorviam luz o suficiente, o que tornava o caminho de retorno à mansão quase uma aventura.

Voltou ao quarto duas horas depois de ter saído de lá, menos satisfeito do que o cachorro em sua varanda antes de ser resgatado. Teve certeza de que estava sendo castigado por querer se vingar de Rafael Radcliffe tentando atingir sua perfeita viúva. E só porque estava muito insatisfeito é que ele não se deu conta de que aquela ideia de vingança, talvez, estivesse mais o incomodando do que o satisfazendo.

Lilian despertou e manteve os olhos fechados. Encheu o pulmão de ar com preguiçosa disposição. A cama estava sob seu corpo, o colchão era macio, os lençóis cheiravam a lavanda, o conhecido torpor de sua recém-despertada razão a envolvia. Tudo parecia no lugar, exceto que havia algo errado com suas mãos; elas subiam e desciam em um movimento rápido e se apoiavam sobre algo morno. *Pelos?* Acreditou que sim. Abriu os olhos devagar e…

E… que cama era aquela?

Sem conseguir enxergar direito e tentando vencer o escuro do quarto, Lilian se deu conta de algumas coisas.

Um: aquela era a casa de campo de lady Marfleet.

Dois: ela não estava no quarto onde era esperado que acordasse.

Três: tinha um filhote enroscado junto a si; a respiração dele era responsável pelo movimento de subida e descida de sua mão. Os dedos vinham enterrados no pelo do corpo pequeno.

Para sua mortificação ser completa, a lista não parava por aí. Não, infelizmente ela tinha outros itens.

Quatro: o dia começava a abrir espaço entre as nuvens.

Cinco: possivelmente, havia um homem dentro desse quarto. Isso, sim, era esperado, já que – engoliu em seco – ela estava no quarto dele. Entretanto, esse homem não era um cavalheiro comum, e, sim – sentiu as mãos suarem –, o maior crápula, libertino de toda a história do Reino Unido. Assim contavam as bocas nervosas de Londres.

As bochechas de Lilian arderam.

A respiração ficou acelerada, e as mãos, que seguravam o filhote, como se ele fosse a salvação daquela manhã nada comum, apertaram-no com um pouco mais de força. O cachorrinho acordou e distribuiu lambidas rápidas e curtas na base de seu pescoço exposto pelo penhoar aberto. Pescoço que estava quente e ardendo como o resto da pele do corpo por total e completa vergonha.

Jesus!

Nunca, em seus 22 anos, fez algo tão fora do protocolo, tão imprudente e não planejado. Ergueu-se com a lentidão de um camundongo espreitado por um gato na saída da toca. Olhou ao redor, tinha certeza de que havia adormecido na poltrona. Então como fora parar no meio da cama do lorde... lorde Owen?

Lilian sabia que tinha um sono pesado, esse era um de seus maiores defeitos. Sinceramente, ela nunca tinha considerado isso um defeito até aquele momento.

O rosto ardeu ainda mais. Ele deve ter tentado acordá-la sem sucesso. Era assim que o sono a deixava. Então, levou-a até sua cama. Ainda não tinha virado para o lado. Somente a ideia de ter dormido junto a um homem com uma fama daquelas tirou todo o ar de seu corpo.

O filhote continuava a lamber o seu pescoço, alheio ao que Lilian experimentava ao se dar conta do que podia ter acontecido. *Ah, não!* Ela teria conversado enquanto dormia?

Lembrou-se da infância e de todas as vezes em que Kathe e Steve usaram o seu sono para diversão. Era uma maldade – ela sabia – da irmã, é claro, mas era assim que Kathe conseguia muitas vezes diversão durante as noites. Está certo que Lilian só sabia que conversava durante o sono porque a irmã mais velha continuava a rir de sua cara depois que ela acordava. Então não era bem uma maldade, e, sim, uma brincadeira. Mas diante do que ela sabia ser capaz de falar enquanto dormia e tendo em conta que o ouvinte poderia ter sido aquele homem... *Jesus misericordioso, isso, sim, era uma maldade, uma enorme crueldade do destino.*

Olhou para o lado nervosa e comprovou que a cama estava vazia. Suspirou um pouco aliviada e não se preocupou em tentar encontrar o dono do quarto. Queria sair de lá e queria fazê-lo o mais rápido possível.

Jogou as pernas para fora da cama e abraçou o cachorro, enquanto sentia seus pés tocarem o chão.

Ficou em pé.

Deu um passo curto tentando colocar o mínimo possível de peso nas tábuas de madeira, que estavam embaixo do tapete. Tinha certeza de que lorde Owen deveria estar...

– E sairia assim, sem dizer ao menos um bom-dia?

... às suas costas, na mesma poltrona em que ela havia adormecido.

– Não queria incomodá-lo – disse sem se virar para ele.

– Demorei duas horas para conseguir o que me pediu para o Zeus – ele afirmou e bocejou em seguida, soltando um som que parecia um rugido.

– Para quem? – ela indagou com o coração na garganta.

– Para o Zeus – ele repetiu.

– Desculpe-me, acho que não entendi.

Lilian girou a fim de encará-lo.

– Essa coisa peluda que está entre suas mãos – ele disse, espreguiçando-se. – Imagino que ele seja uma espécie de deus.

– E por que imagina isso?

– Porque, se não fosse, eu seria um idiota... E, como tenho um orgulho bastante elaborado, prefiro acreditar que o cão é uma espécie de divindade.

– Perdão? – ela piscou demoradamente.

– Ele me levou a andar durante duas horas por Easton House, em plena madrugada, a fim de acomodá-lo. Ele dormiu na minha cama, e eu, na poltrona. Se ele não é um deus, eu sou um idiota.

– O senhor não é nada disso – ela afirmou e se arrependeu em seguida. Não devia estar conversando com ele a uma hora daquelas, dentro do quarto dele. Olhou para baixo. Só de penhoar, como se fossem íntimos.

– Sinto-me muito melhor em ouvir isso.

Ele esticou os braços para cima e mexeu o pescoço.

Lilian observou-o se levantar da poltrona e dar dois passos em sua direção. O ar ficou quente dentro do quarto.

– Com licença, eu vou para meu quarto – ela disse e não deteve os passos dele em sua direção. – Desculpe-me por ter adormecido – concluiu um pouco agitada.

– Você dormiu a noite inteira aqui.

O ar ficou mais quente.

– Bem eu... Desculpe-me, eu... não sei nem como começar a me desculpar e...

– Não acredito que seja algo tão ruim assim.

– Ah, sim, mas é.

Ela percebeu que sua testa estava molhada de suor; a temperatura subiu alguns graus.

– Ah, é mesmo tão ruim assim?

Outros passos dados. Lilian bateu com as costas na parede, e o ar ficou grosso. Quente e grosso como devia ser a lava. Ela ergueu o cachorro entre seus corpos.

– Você deve cuidar dele, lorde Owen.

– Devo?

Dois pequenos passos foram o suficiente para deixá-lo a escassos centímetros do corpo dela, do rosto dela.

– É claro que deve – levantou o filhote até a altura dos olhos. Se defendia usando um cachorro minúsculo de escudo. – Como pode dizer não a uma criatura tão irresistível?

– É impossível – ele sussurrou e percorreu seu corpo de cima a baixo com um olhar cheio de uma preguiça maliciosa.

Lilian se encolheu ainda mais atrás do cachorrinho. Simon pegou o filhote de suas mãos e o colocou no chão. Ainda mais rápido do que uma águia, ele se ergueu, agarrou a mão dela, a direita, e levou-a até os lábios.

– O que pensa que está fazen...

– Shhhh.

O hálito quente dele marcou sua pele.

Os lábios tocaram-na de leve, como uma pluma. A pressão da mão que detinha a sua aumentou. Ele girou-a com palma a para cima sem distanciar a boca e, quando esteve com os lábios em seu pulso, fechou-os sobre ele e...

Mordeu.

Sim, foi isso mesmo o que ele fez. *Santo senhor.* Deixou os dentes escorregarem pelo punho dela. Justo aquela porção pequena de pele disparou arrepios e choques por todo o seu braço. Justo aquela porção pequena de pele lhe pareceu a parte mais sensível do corpo.

As pernas de Lilian cederam.

A boca entreabriu e ela soltou o ar do pulmão de uma vez, emitindo uma queixa que saiu como um gemido. Ele levantou a cabeça; estava de olhos fechados. Quando as pálpebras subiram, não havia o azul original e, sim, um céu noturno.

– Eu cuidarei dele. – A voz de Simon saiu rouca.

Ela engoliu em seco.

– Obrigada.

Soube que era uma estupidez agradecer. Ele acabara de fazer algo no mínimo indecente com seu punho. O problema era que não conseguiria acalmar as batidas de seu coração; talvez, nem mesmo pensar. Ele notou quanto afetada estava, ela tinha certeza disso. Devia ter experiência em perceber como as suas investidas surtiam efeitos devastadores nas mulheres. Soube disso quando Simon pressionou dois dedos sobre a veia na lateral de seu pescoço, que devia saltar aos olhos junto com seu coração.

– Irresistível – ele continuou.

– Não faça isso comigo.

Os dedos dele subiram pela curva do pescoço, contornando o osso do maxilar até o queixo.

– Não faça o quê? – ele sussurrou.

A respiração dela estava curta. Ou era a dele? Não saberia dizer.

– Não brinque comigo – soprou resfolegada.

– Eu não estou brincando.

Dizendo isso, ele segurou o queixo dela entre o polegar e o indicador e levantou seu rosto, forçando os lábios a abrirem. Com uma lentidão mortal, ele baixou sua boca sobre a dela, até os lábios quase se tocarem. Lilian exalou o ar dentro da boca dele e ouviu-o soltar um som, parecido a um grunhido do peito. Os braços rodearam e apertaram sua cintura; eles é que a sustentavam. Em um único movimento, Simon trouxe-a para junto, até os seus corpos estarem totalmente colados um no outro, até as pernas dele se encaixarem entre as dela, moldando a saia da camisola.

Lilian não conseguia mais pensar. As listas sumiram de sua mente, a voz da consciência morreu e nada restava a não ser o calor daquele corpo enorme sustentando o seu mundo. Ela fechou os olhos, os lábios roçaram um no outro. Sentiu-se tonta e fraca e...

– Maldição – ouviu-o murmurar e paralisou em choque.

Sem aviso algum, tão rápido quanto havia se aproximado, ele se afastou. Os braços que a mantinham erguida sumiram de uma vez. Lilian só não caiu para trás porque estava encostada na parede. Olhou-o sacudir a calça que vestia enquanto chutava o ar, como se quisesse se livrar de algo.

Mas o quê?

– Esse maldito cachorro usou o meu pé de urinol – Simon soltou entre os dentes.

Ela piscou algumas vezes e notou uma poça espalhada pelo chão ao lado do pé de Simon. Zeus, como fora recém-batizado por seu suposto dono, ia sentado inocentemente no pé dele e abanava o rabinho olhando para sua cara.

O filhote latiu e ela mordeu o lábio para não rir.

Não soube se agradecia ao cachorro, se chorava, ou se gargalhava daquela situação.

– Eu vou para meu quarto – disse sem sentir as pernas, sem sentir os braços, sem sentir as mãos. Tudo em seu corpo parecia fora do lugar, inclusive a respiração, que ainda estava bastante alterada.

Simon assentiu uma única vez.

– Acho que é o melhor que tem a fazer.

– Lorde Owen – ela o chamou quando ele levou a mão até a maçaneta.

– Simon – ele a interrompeu.

– Não tome mais esse tipo de liberdade comigo, lorde Owen – ela colocou ênfase no tratamento mais distante.

Mesmo sentindo um calor desconfortável em todo o corpo e com o pensamento nublado, ela sabia que isso era o mínimo que devia fazer.

– Esse tratamento, Lilian – ele colocou ênfase em seu nome de batismo, como uma espécie de desafio, e continuou com a voz baixa e rouca –, acredito não ser mais necessário.

– Eu acredito que seja necessário.

– Vá logo, Lilian, antes que as pessoas saiam de seus quartos e a vejam passando por essa porta. Isso, sim, eu imagino, seria muito mais desagradável para você do que usarmos os nossos nomes de batismo um com outro.

– Cuide dele! – Apontou com a cabeça para o filhote.

Era outra coisa idiota a se dizer, ela soube.

– Como se fosse meu.

Lilian deixou o quarto sem falar mais nada. Tinha poucas coisas em mente, mas não encontrava a estabilidade emocional para listá-las. Porém, sabia que ser vista por alguém deixando os aposentos de Simon Thorn era a menor de suas preocupações naquele momento. Ela nem se atreveu a pensar nas maiores.

Quando Lilian deixou o quarto, Simon ainda não respirava direito. E isso nada tinha a ver com a raiva que sentia daquele cachorro imbecil por sua calça molhada e, sim, por causa das reações frenéticas e pouco explicadas de seus sistemas, pelo quase beijo. Nem mesmo chegou a beijá-la e doía de desejo.

– Inferno!

Ele era uma pessoa sem escrúpulos, um devasso sem consciência que queria se vingar de um homem morto, usando a sua irresistível viúva, Lilian Radcliffe. *Irresistível, não* – corrigiu-se mentalmente –, *fria e insossa viúva.* E ele? Um monstro, um exemplo de baixeza e de mal comportamento. Era respeitado e idolatrado entre os mais afamados libertinos. E estava de pernas bambas por causa de um quase beijo. Cristo! E nem fora um beijo de verdade. *Maldição*. Bufou. Aquela mulher desconcertante, era tudo culpa dela e do sono dela, é claro, e das palavras que ela disse enquanto dormia.

– Eu o desejo, Simon – ela dissera; ele tropeçou e quase caiu com ela no colo, enquanto a levava até a cama. – Muito – continuou com a voz baixa.

– Lilian, eu... – A respiração ficou sofrível; ele beijou a testa dela e confessou. – Eu também a desejo.

Uns bons segundos passaram enquanto beijava-a na testa, nas bochechas e no queixo para entender que aquela declaração não fora consciente. O seu corpo imbecil demorou ao menos quinze minutos a mais para conseguir se desanuviar da excitação pela qual foi tomado por causa de três palavras ditas por uma mulher dormindo.

Simon olhou para baixou e viu Zeus, que abanava o rabo ainda sentado na poça de seu próprio xixi. Teria que pagar alguém para dar um banho na criatura se quisesse mantê-lo dentro de seu quarto. Decisão ridícula que não fazia parte do plano original. Estava tão desorientado pela tempestade de suas reações diante de Lilian... Não! Lilian, não, diante de lady Radcliffe, que concordaria com qualquer absurdo que ela pedisse.

"Cuide dele", ela disse ofegante e com os lábios e as faces vermelhas. Ele só queria beijá-la até ela implorar por mais. Muito mais.

"Como se fosse meu." Foi isso que ele respondeu a ela? *Que estúpido!*

Pegou o cachorro no colo, se esforçando para não encostar na parte do pelo molhada. Colocou-o dentro da caixa e tocou a sineta que chamava o seu atendente de quarto. Zeus começou a latir e a arranhar a madeira.

– No fim, talvez eu tenha que lhe agradecer – disse para o filhote. – Onde estava com a cabeça para praticamente agarrá-la daquele jeito?

O plano era seduzi-la, lenta e mortalmente, e não atacá-la como se ele fosse um desesperado no deserto e ela, a última gota de água do cântaro. Passou as mãos nos cabelos e bufou. Era bom começar a estar no controle da situação e manter a cabeça e o orgulho próprio no lugar.

Se não...

Estava irritado demais para concluir. Precisava trocar de calça e lavar os pés da urina de seu novo animal de estimação.

Capítulo 8

Agosto de 1845

Lista: Como ajudar Anabele?

1- passar o máximo de tempo possível com ela;

2- levá-la para participar dos jogos que acontecem durante os dias;

3- o visconde de Dexton seria mesmo um ótimo partido para Anabele, menos atraente do que Simon Thorn, é claro, mas, mesmo assim, simpático o bastante.

Absurdo! Simon Thorn não seria um bom marido e por que, Cristo, o barão entrou nessa lista?

– É assim tão ruim fazermos um passeio ao ar livre? – Lilian perguntou a Anabele.

– Meus sapatos já estão cheios de lama e não trouxe minhas botas de caminhada.

Já havia passado três dias desde que saiu dos aposentos de Simon. Agradeceu quando alcançou a porta de seu quarto sem ser vista por ninguém. Naquela manhã, chegou a passar algumas horas deitada tentando adormecer, mas toda vez que o sono ameaçava alcançar a sua consciência, ela era despertada pela imagem de olhos. Não qualquer par de olhos, e, sim, um de olhos azuis – precisamente os de Simon. Depois disso, mal se viram durante os dias. Se encontravam sempre à noite, no jantar, momento em que, para seu pesar, sentava ao lado do barão. Durante esses três jantares, eles conversaram pouco, somente sobre amenidades. Na noite anterior, Simon contou que pediu a seu cocheiro para levar Zeus até as suas terras em Durham.

Naquela manhã, depois do desjejum, foi convencer Anabele a colocar o seu narizinho perfeitamente arrebitado para fora do quarto. Como levou quase uma hora inteira nessa tarefa, o fim da manhã se aproximava.

– Melhor com os sapatos cheios de lama do que a reputação. – Isso foi a senhora Bowmer quem falou.

Caroline, mãe de Anabele, sempre que tinha oportunidade, alfinetava a filha a esse respeito.

Anabele apertou o passo segurando a mão de Lilian e a levou a se afastar um pouco do grupo.

– Lilian – ela disse em tom de sussurro –, tenho que lhe falar algo.

Ela jogou um olhar para o grupo de cinco mulheres que iam conversando distraídas alguns metros atrás.

– Pode falar.

– Recebi uma carta de Joe – Anabele contou com um sorriso entusiasmado.

Por alguns segundos deixou de andar; logo se concentrou e retomou o passo.

– É mesmo? E... como? Quem lhe entregou essa carta? – indagou, tentando não demonstrar sua surpresa.

– Não, eu prometi não contar – a jovem afirmou olhando para os lados.

– Entendo... E posso ler? – pediu em voz baixa.

– Se prometer não falar nada para minha mãe.

Ela pensou antes de responder. Para Lilian, uma promessa sempre seria cumprida. Então, por mais difícil ou errado que aparentemente pudesse ser não contar, ela jamais quebraria a sua palavra.

– Prometo. – No mesmo momento, sentiu a mão da amiga colocar algo no bolso da frente de seu vestido. – Eu leio quando voltar ao quarto. – Deu dois tapinhas no local onde estava a carta.

– Está bem... Estou tão feliz, sinto que o mundo volta a fazer sentido. – Anabele suspirou ruidosamente.

Lilian não soube se sorria pela alegria da amiga ou se chorava por preocupação. A resposta estava guardada no bolso de sua roupa.

Após o passeio, ela entrou no quarto e dispensou Jane, que a aguardava para ajudá-la a se trocar. Sentou na beira da cama com o coração na boca, pegou o envelope no bolso do vestido, abriu-o devagar e leu.

Adorada Anabele,

Não posso dizer com palavras quanto sinto a sua falta.

Todos os dias, quando tenho que enfrentar o piano e as aulas sem a sua companhia, me pego por vezes sonhando:

vejo seus dedos dedilharem as teclas, ouço sua voz, sinto seu perfume.

Saiba, adorada, que a minha tortura tem data marcada para chegar ao fim.

Uma grande apreciadora de música e alguém que se tornou uma amiga em pouco tempo conseguiu o que para mim é o convite ao paraíso. Em breve, parto de Londres com destino a Easton House. Lady Marfleet se convenceu de que hospedar um professor de música durante a temporada no campo só enriqueceria os dias de seus convidados.

Quando você receber esta carta, é provável que nos encontremos, senão no mesmo dia, no máximo, um dia depois.

Então, querida Anabele, não vou dizer adeus, direi apenas até logo. Em breve estaremos juntos outra vez e, garanto-lhe, ninguém nos separará outra vez.

Lilian dobrou a carta e soltou o ar pela boca. Pegou o envelope que repousava em seu colo e abriu sem emitir nenhum som. Guardou a carta e somente então seus olhos se fixaram na caligrafia do envelope. Ela era bem diferente da letra da carta que acabara de ler.

Leu uma e outra vez o endereço escrito em rebuscada letra e se atentou ao selo do lacre quebrado. *Kenthill House* – Lilian reconheceu. Era uma carta anônima, porém sabia de quem era a casa em questão. Recordou-se da voz de sua preceptora – a senhora Taylor – e de todas as vezes que ela a fez estudar os brasões e as famílias e as casas a quem pertenciam. Achou que nunca na vida recorreria a um ensinamento tão fútil. Enganara-se.

– Maldito! – soltou entredentes e nem percebeu que dizia tal nome. Era a primeira vez na vida que blasfemava em voz alta. – Maldito mil vezes – repetiu enfurecida.

Enfiou a carta no bolso e marchou em direção ao culpado da possível ruína de uma família inteira.

Capítulo 9

Abril de 1837 (oito anos atrás)

Lista de estudos: livro de etiqueta e conduta para uma dama.
Quando descer ou subir degraus, deve-se discretamente erguer as saias do vestido na altura do tornozelo e fazer isso somente com a mão direita e para o lado direito.
Evite entrar em qualquer aposento sem ser anunciada e jamais ande depressa ou corra pelos cômodos da casa.
Jamais, nunca mesmo, falar em voz alta ou demonstrar emoções.

No escritório era audível apenas o tique-taque de um relógio e o deslizar ágil da ponta fina junto ao papel. A mão masculina escorregava com segurança e determinação.

Ele estava dentro da carta, totalmente concentrado nas palavras. Nem mesmo o insistente tique-taque ele ouvia.

Blaft! A porta se abriu de uma vez, causando um estrondo enorme. Isso, sim, ele ouviu. Desviou sua atenção do papel para o causador do barulho. *Causadora*, corrigiu-se mentalmente.

– Maldito – ela disse entre os dentes.

Conforme se aproximava, ofegante e com alguns fios soltos do coque severo, o busto subia e descia rápido, a boca estava entreaberta. Ele sentiu a garganta secar.

Era melhor admitir de uma vez: a boca de Lilian Radcliffe era o seu ponto fraco. Cheia, em formato de coração. Era a boca que não o deixava parar de pensar nela, desde que a viu pela primeira vez. Foi a boca que fez a sua garganta secar e não somente o vestido fechado até o pescoço ou o busto coberto, subindo e descendo rápido enquanto ela lutava pelo ar.

Ele não sentia atração por mulheres recatadas, mas, Cristo! Havia alguma coisa na tentação de despir tantas camadas de tecido que era muito estimulante. O problema eram todos aqueles botões, meticulosamente fechados. Teve vontade de abrir um por um com os dedos e com os dentes

– especialmente com os dentes. Esses desenhistas de roupas femininas eram uns sádicos. Deviam gastar parte de seus dias pensando em como torturar os homens. Aquele vestido cinza horroroso se tornava extremamente sensual e tentador por causa de uma mísera fileira de botões que descia do meio do pescoço até o vale dos seios. Não quis cogitar a ideia de que o corpo a ser despido, embaixo das muitas camadas, é que provavelmente o estimulava mais do que devia. Era o desafio, se convenceu enquanto engolia o pouco de umidade que restava em sua própria boca ao se dar conta de que ela praguejou. Lilian Radcliffe chamou-o de maldito, e aquele nome, dito pelos lábios mais santos da Inglaterra, por algum motivo estranho o excitou ainda mais.

– O que me diz? – ela perguntou bastante irritada.

Lilian havia falado alguma coisa além do "maldito"? Achou que sim, mas estava muito ocupado em não despi-la em sua mente para registrar.

– É surdo, além de... de... O que é isto? – ela perguntou.

Somente então ele reparou que a jovem sacudia no ar um envelope.

– Uma carta? – ele emendou.

Assistiu a ela fechar os olhos e entreabrir ainda mais os lábios. *Aqueles lábios.*

– Lorde Owen – ela disse de olhos fechados –, existe alguma coisa em sua pessoa que me leva a perder toda a noção de boa educação e de compostura.

Jesus rescussitado. Simon esfregou os olhos com as pontas dos dedos. Essa última declaração dela fez seu corpo inteiro esquentar.

Ele a fazia perder a compostura?

Ela nem imaginava de quantas maneiras diferentes ele gostaria de comprovar isso. Teve que se segurar com força na beirada da mesa a fim de se manter sentado, e longe dela. O que queria era acabar com aquele diálogo do melhor jeito que conhecia: beijando-a. Muito. E, depois, abrir todos aqueles botões dos infernos e...

– Pelo amor de Deus, lorde Owen, o que eu preciso fazer para que responda às minhas perguntas?

Quis dizer que o que pretendia fazer com ela a deixaria sem a capacidade de fazer qualquer pergunta coerente. No entanto, disse:

– Eu estava escrevendo uma carta e a senhora me interrompeu.

– Devo me sentar e pedir um chá enquanto encontra disposição para me responder?

Ele, por fim, tirou os botões e a boca dela de sua mente, apoiou a pena em cima da carta e disse:

– Sente-se, Lilian, aqui na frente – apontou com um erguer de sobrancelha a cadeira vazia junto à mesa.

– Não vamos tratar de negócios, milorde. Quero apenas saber o porquê; como alguém pode ser tão... tão... tão irresponsável a esse ponto?

Ela sacudiu uma vez mais a carta em sua mão.

– É mesmo tão ofensiva assim uma carta? Ou seria o envelope que não lhe agradou?

– O que não me agrada, lorde Owen, é o lacre deste envelope e, principalmente, o que o conteúdo desta carta pode significar à vida de uma jovem e de toda sua família – ela explicou com a postura de sempre; queixo um pouco erguido e ombros retos.

Ele franziu o cenho. Essa devia ser a carta de Joe para Anabele.

Lilian apontou para o envelope.

– Este lacre é da casa de lady Stone, a mesma mulher que todos dizem que é a sua... sua...

Ele notou-a ruborizar e se sentiu bastante inconformado. *Inferno*. Ela reconhecera o selo e deduziu, assim, que fora ele quem entregou a carta à senhorita Bowmer.

– Amante? – perguntou no intuito de chocá-la e desviar o assunto.

Ela concordou com a cabeça.

– Eu apenas me deito com ela, Lilian; não controlo as suas correspondências.

Os olhos dela ficaram maiores, e as bochechas, ainda mais vermelhas.

– Levante-se, senhor, e venha até aqui.

Ela o desafiou, segurando uma carta como se empunhasse uma pistola, sem se dar conta de como parecia engraçada.

– Estou em boa posição sentado. – Simon assistiu, um tanto intrigado, a ela caminhar em sua direção.

– Ela é casada. Por Deus, não tem a menor decência?

– A senhora me ofende – disse com desdém. – Ela jura que eu sou o único que sabe satisfazê-la.

– Libertino!

– Continua me ofendendo. – Tinha que se recompor, aquela mulher, e o que vinha sentindo junto a ela, era uma ameaça aos seus planos. Uma ameaça ao seu controle. Uma ameaça a tudo o que buscou nos últimos anos. Apertou o tampo da mesa com os dedos e acrescentou. – Os libertinos são idiotas que tentam impressionar as donzelas da alta sociedade com a sua suposta maldade. Quanto a mim – ele abriu as mãos no ar –, não existe um termo apropriado que consiga me definir.

– O senhor sabia qual era o conteúdo da carta? – ela indagou com os olhos entrecerrados.

– É claro que não.

Lilian avançou alguns passos mais.

– Por que entregou uma carta anônima da casa de sua amante para uma jovem debutante?

– Não fui eu...

– Mentiroso!

Ele ergueu os ombros e estreitou os olhos.

– E, se fui eu, nem me lembro, tenho mais com o que ocupar o meu tempo.

– Não se lembra? – Lilian chegou quase junto a ele.

– Ou talvez... Sim, me recordo, lady Stone pediu em uma carta que eu entregasse esse envelope a Anabele. Recebi-a hoje pela manhã. Como ela deixou esta casa há poucos dias, acreditei se tratar de um assunto urgente.

– E o senhor fez sem hesitar, mesmo imaginando que, por se tratar de uma carta anônima, o conteúdo poderia comprometer a jovem?

– Não sou adivinho, Lilian. De qualquer maneira, esse é um assunto de Anabele e do professor dela.

Paralisou, ficou gelado. *Idiota um milhão de vezes, imbecil!* Lilian Radcliffe removia a trava de sua língua e reduzia seu raciocínio à mesma negritude da tinta do pote à sua frente.

– Como pode? Como pode? – Ele ouviu-a perguntar em voz baixa. – Envolver-se desse jeito? – Lilian olhava para o tampo da mesa com uma expressão perdida. – Aposto que foi o senhor quem convenceu sua tia a convidar o professor de música.

– Escute aqui, Lilian – então aconteceu, ele perdeu a paciência –, eu posso, sim, ter sugerido à minha tia que convidasse o tal professor.

– Como o senhor soube? Quem...? – Ela apertou a carta contra o corpo e murmurou a própria conclusão. – Sua amante. Na carta de Joe, ele dizia que era amigo de uma dama e que essa dama foi a responsável pelo convite a se juntar ao grupo aqui em Easton House – terminou como se falasse consigo mesma.

– Muito bem, senhora, vejo que a sua inteligência é maior do que sua fama de insossa.

Por que Deus ele a ofendeu? O plano não era seduzi-la? Por que estava tão fora de si?

Ela apenas suspirou.

– Por que fez isso? Por quê? – Lilian repetiu enquanto uma das mãos torcia as saias do vestido.

– Um favor a lady Anne Stone.

Ela franziu o cenho.

– Mas qual o interesse de lady Stone nessa história?

– Eu não sei. Ela apenas me pediu que sugerisse à minha tia que convidasse Joe e que entregasse a carta à Anabele. Não perguntei quais eram suas motivações.

– Não perguntou? – ela parecia inconformada.

– Não. Deve ser um assunto pessoal. Se não fosse, seria proclamado nos folhetins. Como não está lá, acho que não é da minha ou... da sua conta. – Ele ergueu uma sobrancelha, desafiador.

– O senhor sabia que, se Anabele for arruinada e não conseguir um bom casamento, quando o pai morrer, a família ficará sem um teto? As chances de as irmãs conseguirem se casar serão mínimas.

Quando terminou de falar, a voz de Lilian saiu quebrada. *Ela realmente se importava com Anabele Bowmer.* Diante do que acabara de ouvir, Simon sentiu o ar entrar com alguma dificuldade. Não sabia de tudo isso; na verdade, nem pensou em consequência alguma. Não se importava com as consequências. Nunca mais se importou, apenas fazia o que tinha vontade e o que lhe dava prazer. Não envolvia a consciência em seus jogos. Como poderia?

– Não sabia. Não sei de nada a esse respeito. Só sabia que a carta era do professor de música, amigo de lady Stone, para Anabele. Nem pensei no assunto. – Foi, em parte, sincero. – Ela o olhou como se estivesse desapontada, como se a sua atitude a tivesse decepcionado. Há anos as pessoas esperavam o pior dele, então não se decepcionavam mais. Ele não se lembrava da última vez em que se sentira tão mal. – Agora, se me der licença, eu preciso terminar a carta. – Apontou para a mesa com os olhos.

Estava angustiado. Isso era muito estranho.

E ela...

Virou um jarro cheio de água e flores nele.

Bem na cabeça dele.

Ele nem a viu agarrar o vaso. Perdeu o ar ao se sentir inteiro molhado. Molhado outra vez. *Mas que inferno!* Estava ainda em estado de choque quando ouviu:

– Termine sua carta, lorde Owen, eu não vou mais incomodá-lo.

Lilian se arrependeu assim que os olhos dele subiram do tampo da mesa até seu rosto. Ela nunca viu tanto ódio em uma expressão.

Não, talvez ela tenha se arrependido assim que virou o vaso em cima da cabeça dele e assistiu a um litro de água e um bonito arranjo de flores caírem sobre os cabelos e os ombros do homem que era conhecido por barão assassino.

Ela nem se deu conta do que fazia até ter terminado.

Como confessou há pouco, alguma coisa na presença de Simon Thorn a levava a perder a compostura. Fez o que podia, ou melhor, nem pensou em nada coerente. Os seus ombros subiram e abaixaram enquanto ele a encarava. Ela girou sobre os calcanhares a fim de fugir o mais rápido possível dali. Quase tropeçou ao ter o passo detido mão em seu punho firmemente fechada.

Sentiu um tranco e o braço puxado; foi obrigada a virar novamente e encará-lo. Parou de frente a um muro de músculos, brasa e raiva. A respiração dele a incendiava antes que a sentisse na pele.

– Aonde pensa que vai? – Simon perguntou entre os dentes.

– Deixar o senhor escrever a sua carta.

E a idiotice de suas respostas não acabava nunca. Ele soprou o ar pela boca. Por um segundo acreditou que ele iria rir. Enganou-se. Talvez estivesse se controlando a fim de não estrangulá-la.

– A fama de assassino me trouxe uma coisa boa, sabia?

A cabeça sacudiu uma negação involuntária.

– Respeito – ele afirmou com ênfase.

Foi a vez dela respirar pela boca, quando o elo da mão dele aumentou a pressão em seu punho.

– O maior que existe – Simon continuou.

– Não é respeito, o senhor se engana. – A voz saiu cortada. Ela não queria se submeter ao que quer que ele estivesse pensando em provocar nela. – É medo – disse, tentando soltar o punho.

Simon a encarou em silêncio; quando falou, fez isso de maneira calma e cadenciada.

– Agora eu entendo. Cada um de nós veste e carrega a imagem que o mundo construiu e sustenta a nosso respeito.

– O quê? – ela perguntou um pouco confusa.

– Não parece a moralista recatada e sem graça que todos juram de pés juntos diante da santa cruz que você é.

– E o senhor – engoliu em seco – não é o assassino?

Ele deu alguns passos forçando-a a bater com as costas na estante, encurralando-a. Como o gato que era. E ela? Como o camundongo que talvez nunca conseguira deixar de ser; sentiu medo.

– O que você acha? – Ele soprou em sua orelha.

– Eu sei quanto a imagem que temos pode nos sufocar e…

– Qual o peso que a prudência e o senso do correto colocam em seus ombros, Lilian? Quanto da opinião dos outros sufoca a sua essência?

Ela ofegou. Simon devia querer intimidá-la, puni-la por tê-lo desafiado. Por ter bem… jogado um jarro de água em sua cabeça.

– O senso do que é correto para mim é o fundamento de minhas escolhas, é o meu centro – respondeu, tentando se manter calma.

– E quando tudo o que você acredita ser correto desmorona à sua frente? Ou você se reconstrói em cima daquilo que largaram para você ou será impossível prosseguir – ele disse, tocando os lábios em sua orelha.

Os dedos cavaram os cabelos dela. Ela acreditou que ele se referia à própria vida; não teve certeza.

– Eu coloco meus pés em um terreno que jamais afundará. Eu me certifico disso antes.

Ela tentou se afastar, mas estava presa entre a estante e um corpo mais intransponível que o móvel às suas costas.

Então, ele riu.

Riu como um sopro em sua orelha.

– Tsc, tsc, tsc.

E o som originou uma série de choques que percorreram sua coluna.

– Ah, Lilian – Simon murmurou com voz rouca –, se tudo dependesse de nossa escolha ou se nossas escolhas fossem sempre pensadas… A senhora, por exemplo, escolheu jogar um jarro de água e flores em cima de mim ou agiu por impulso?

– Eu… eu. – Não tinha mais ar para falar.

– Vou acreditar que foi um acidente. Mesmo assim, veja você, estou todo molhado, com ramos de flores nascendo dos meus cabelos.

– Des… desculpe-me – ela murmurou e espalmou as mãos no peito dele, tentando se afastar, não conseguiu.

– Tudo na vida tem consequências. Muitas vezes somos inocentes dos atos pelos quais respondemos. – Ele fez uma pausa. Os lábios ainda tocavam a orelha dela. Lilian tinha a sensação de que eles estavam por toda parte. – E a sociedade? – ele perguntou. – Não se importa se você escolhe o caminho correto e seguro, ela o atira às feras, como se fosse opção sua se tornar a atração do Coliseu. Ninguém escolhe virar comida de feras. – Dizendo isso, ele mordiscou a ponta da orelha dela.

Ali a fera era ele. Lilian segurou um gemido na garganta.

– Não, eu, me… eu… me desculpe.

Ela só queria escapar de tudo aquilo que Simon Thorn a fazia sentir.

– Medo? – ele indagou.

– Talvez – saiu em um sussurro.

– De mim ou do que falei?

– Dos dois – ela respondeu.

– Garota esperta.

Não sabia se o elogio era por ela ter confirmado ter medo dele ou da sociedade. A mão de Simon largou o punho dela, subiu pelas costelas e se fechou na cintura, fazendo-a ficar colada a ele, ainda mais próxima. A outra mão que segurava seus cabelos desceu até a nuca, enquanto os lábios percorriam o seu rosto.

Ela soltou o ar pela boca de uma vez. Nunca um homem a pegou daquele jeito. Com uma força que conhecia as curvas que devia apertar e os pontos que deviam ser acariciados. Lilian soube que aquele homem podia ser seu fim. Ao menos o fim de tudo o que ela acreditava ser e possuir. Quando deu por si, um soluço atravessou o seu peito. Simon, que descia o fogo da boca dele pela curva do seu pescoço, parou. Afastou o corpo só o suficiente para encará-la.

– Se controlássemos tudo, não haveria nunca imprevistos, e você, Lilian, talvez seja o maior que já cruzei em muitos anos – ele disse tão próximo que o hálito quente fez cócegas sobre seus lábios; continuou com a voz baixa. – Vá embora antes que eu não responda por minhas escolhas.

E assim ele a soltou. Lilian engoliu a massa de choro na garganta e se apoiou no respaldo da cadeira enquanto recuperava o ar. O rosto estava molhado? Ela não teve certeza. As luvas que vestia não a deixaram saber. Simon abandonara a escrivaninha e olhava a janela que ficava alguns passos distante de onde estavam.

Ela recolheu as saias como fora ensinada desde criança a fazer. Passou as mãos na bochecha a fim de secar as lágrimas que ela não sabia se havia derramado. Saiu da sala com as passadas mais rápidas que suas pernas trêmulas alcançaram dar.

Capítulo 10

OUTUBRO DE 1840 (CINCO ANOS ATRÁS)

Eu odeio fofocas, odeio os escândalos, odeio o poder que a sociedade tem de enaltecer ou destruir uma pessoa, uma família...vidas.

A senhora Bowmer provou a Lilian que ela nunca tinha visto uma mulher à beira de um ataque nervoso. Não até o encontro daquele fim de tarde na sala de música. Anabele estava radiante. É claro que estaria. Caroline Bowmer vinha cheia de uma tranquilidade inocente ao acreditar que o bom humor da filha era sinal de que as coisas entravam no devido lugar.

Lilian lamentou internamente não poder alertar a mulher. Não porque tivesse pena dela – não, Caroline era muito irritante para suscitar pena –, apenas porque, ao sair do escritório e se afastar da presença de Simon, presença que igualava sua inteligência ao de uma mariposa bêbada, ela entendeu ao menos parte do que acontecia. As festas de campo eram conhecidas por serem palco dos maiores escândalos e da maior onda de subsequentes fofocas vinculadas a esses escândalos. Era diversão da sociedade garantida por pelo menos seis meses.

Sabia que a festa de que participavam, em particular, estava sendo espreitada e analisada por todos os fofoqueiros da temporada. Isso porque era muito inusitada a presença de um possível assassino entre os convidados. Já lady Stone era conhecida por possuir um senso de diversão sádico e por se distrair diante de pessoas arruinadas, debutantes comprometidas e cavalheiros convertidos em libertinos. Ela devia estar eufórica com a possibilidade de jogar com a vida de alguns dos convidados. E o que talvez, para lady Stone, parecesse ainda mais interessante, jogar atrás da cortina, manipulando a peça de destaque da partida, Simon Thorn. E Simon? Não se importava com ninguém além dele mesmo para se preocupar em oferecer resistência à sua amante. Ele não sabia de nada. Lilian acreditou que Simon estava sendo usado, não por ser um canalha, mas por ser irresponsável.

Mas como lady Anne Stone soube que Anabele estava interessada em Joe? Era a pergunta que não saía da cabeça de Lilian. Lembrava que Joe contou em sua carta que ele e lady Stone se tornaram amigos. Era possível que o professor de música tenha pedido ajuda a ela a fim de se aproximar outra vez de sua aluna.

A senhora Bowmer nem sonhava com nada disso, e sua inocência quase patética foi a culpada pelo ataque de nervos na sala de música naquele fim de tarde. Ao avistar Joe, Caroline Bowmer desmaiou. Não, primeiro ela disse "Oh, meu Deus", e então desmaiou. Anabele sorriu como Lilian nunca a tinha visto fazer, e o resto dos convidados ficaram divididos entre os cochichos e a corrida para acudir a senhora Bowmer. Exceto Simon Thorn, que não tinha mais flores nos cabelos e havia trocado de roupa. Ele assistiu a tudo em um silêncio concentrado.

– É uma desgraça, estamos perdidos – Caroline afirmou, sentada no sofá de dois lugares no cômodo ao lado da sala de música. Ela havia acordado alguns minutos antes e, naquele momento, cheirava um potinho de sais.

– Calma, Caroline, Anabele nunca faria nada que pudesse colocar em risco sua reputação. Não é mesmo, Anabele? – ela chamou com ênfase a amiga que olhava para o nada, com um sorriso nos lábios.

– O quê? Ah, sim, sim, claro que não – a jovem disse com ar sonhador.

– Você sabia disso? – Caroline apontou com o leque em direção à porta fechada da sala de música.

– Não, é claro que não sabia – Anabele afirmou com um brilho no olhar.

A senhora Bowmer suspirou de olhos fechados.

– Teremos que voltar para Londres – disse após enxugar a testa com um lencinho.

Anabele ergueu a coluna. Lilian segurou na mão da amiga para que ela se controlasse e disse:

– Essa seria a pior das decisões.

– Não está em seu juízo perfeito? Como imagina que podemos ficar aqui? – Caroline abriu os olhos e a encarou como se Lilian tivesse ficado verde.

– Ir para Londres, assim, sem nenhum motivo aparente, abandonando a casa, como se fugisse de algo é o mesmo que assinar uma confissão de culpa. Fugir levantaria suspeita, as pessoas começariam a falar de Anabele, mesmo sem saber o quê ou por quê. – Lilian abriu as mãos no ar. – Não demorariam muito a juntar os fatos, ainda mais depois de seu desmaio ao ver o jovem professor. – Caroline empalideceu ainda mais e Lilian acreditou que a mulher desmaiaria de novo. Continuou, a fim de acalmá-la. – Fique calma, nós pensaremos em algo.

– Vocês duas falam como se eu não estivesse aqui – Anabele reclamou.

– Isso é porque você não tem juízo. – Caroline jogou o peso para trás e recostou-se no sofá. – Eu não lhe contei, Lilian, fiquei envergonhada. – O rosto branco da senhora Bowmer se tingiu de vermelho.

– O quê? – Lilian entreolhou a amiga e a mãe dela.

– Eu interceptei em Londres uma carta daquele... Uma carta que convidava Anabele a fugir com ele – Caroline Bowmer contou com a expressão derrotada.

– Isso é verdade, Anabele? – Lilian perguntou.

– Eu não sei, eu não li a carta, mas, pela maneira como minha mãe se comportou depois que abriu a minha correspondência, acredito que sim.

Será que Anabele e Joe já haviam...? Um frio cobriu o seu coração. Não perguntaria nada na frente de Caroline; a mulher já estava afetada demais sem cogitar essa possibilidade. Ali, ela pensou rápido em algumas alternativas e entendeu que talvez a melhor saída fosse o casal formalizar a união, antes que pudessem fazer algo que realmente arruinasse Anabele e suas irmãs.

– Acredito que seria melhor que vocês se casassem – Lilian contou o que concluíra e o rosto de Anabele se iluminou.

– Como pode sugerir uma coisas dessas? – Caroline perguntou com os olhos arregalados como pratos.

– Estou sendo sensata. Se eles trocaram cartas combinando uma suposta fuga... – *Talvez já tenham ido longe demais*, pensou. – Talvez seja a melhor saída – disse em voz alta. – Antes casados do que... E se eles... Bem... E se Anabele já estiver...

– O que está sugerindo? – Caroline perguntou com os olhos ainda mais arregalados.

O que a senhora está imaginando, quis dizer; mas, em vez disso, explicou:

– Quero dizer que é melhor que se casem de uma vez do que correr o risco de uma fuga. E, aí, sim, se não se casarem, Anabele estará definitivamente arruinada.

– Obrigada, Lilian! – A amiga não se controlou e a abraçou.

– Seu pai jamais vai autorizar uma coisa dessas – a senhora Bowmer disse nervosa, batendo com o leque nas saias do vestido.

– Senhora Bowmer – Lilian começou ponderada –, na minha vida eu tive apenas uma experiência com uma jovem próxima a mim que estava apaixonada e, acredite, sei a loucura que esse sentimento pode levar as pessoas a cometer.

– Como ela pode se casar com um homem que não tem nada a oferecer além de seu nome?

A mulher abriu o leque e se abanou tão rápido que Lilian acreditou que Caroline ficaria sem a metade dos cabelos.

– Se ela se casar com esse... essa... criatura – Caroline falou olhando diretamente para Anabele –, as irmãs estarão arruinadas. Não conseguirão qualquer coisa melhor e sem um dote para oferecer... Meu Deus, estaremos na sarjeta assim que seu pai morrer.

– Não é justo que a responsabilidade do sustento de toda a família recaia sobre meus ombros! – A jovem soltou o corpo no sofá.

– Você não percebe, Anabele? – Caroline perguntou sem parar de se abanar.

– O que, meu Deus? – ela emendou com o olhar derrotado.

– Você é a única que tem a chance de conseguir um bom marido, mesmo sem contar com um dote. – Anabele sacudiu a cabeça; a senhora Bowmer ignorou o gesto. – A única que tem uma beleza admirável, capaz de ofuscar a nossa ausência de bens ou títulos.

– Se a senhora não permitir que eu me case com ele, eu juro que fujo na primeira oportunidade – Anabele ameaçou com a voz sufocada pelo choro.

– Se você repetir isso de novo, voltamos para Londres agora mesmo e a tranco em seu quarto, de onde você só sairá com um marido escolhido por nós. – Caroline Bowmer aflita, bateu nas próprias bochechas.

– Shhh – pediu Lilian, abanando as mãos no ar. – Pelo amor de Deus, falem baixo. Eu tenho certeza de que deve haver ao menos dez orelhas coladas em cada uma dessas portas – disse, olhando as portas duplas que encerravam a sala. – O melhor que temos a fazer agora é voltar para a sala de música e fingir que nada de mais aconteceu.

– Está certo – concordou a senhora Bowmer, já se colocando de pé e alisando as saias do vestido. – Vamos.

Antes de saírem, Anabele lançou um olhar cheio de ternura para ela, como se, em silêncio, agradecesse. E ela? Sentiu-se aquecida, afinal, depois de entender que talvez o casamento fosse a melhor saída e a mais segura devido às circunstâncias, ela ficou feliz ao testemunhar a alegria e a realização da amiga.

Capítulo 11

Agosto de 1845

Hoje eu não farei uma lista, e sim uma promessa.

Eu não serei um vaso no canto do salão nesses mais de cinco bailes que certamente acontecerão enquanto estiver aqui, em Easton House. O que é preciso fazer a fim de que algum cavalheiro me convide para dançar? Eu não sei, mas estou disposta a descobrir.

O salão de baile era o pior lugar que devia existir em todo o mundo.

Ela tinha certeza disso.

Apesar da beleza dos lustres de cristal refratando a luz das centenas de velas e de toda aquela apoteose de tinta dourada nas sancas do telhado ou da riqueza dos afrescos coloridos que desciam em ramos até as portas francesas que se abriam para os jardins, mesmo com todo o requinte dos vestidos, dos leques e das joias e da elegância dos cavalheiros em seus trajes de gala, o salão de baile era definitivamente detestável.

Sinceramente, tinha que admitir que era o segundo pior lugar. O primeiro certamente era a sala de jantar de Easton House, onde, noite após noite, havia outro jantar ao lado de lorde Owen.

Deus amado!

Toda vez em que ele a olhava durante a ceia, ela tinha a sensação de que o estômago descia da barriga e se acomodava nos pés.

E as repetidas vezes em que ele pegava a taça de vinho ou o saleiro, ela se esquecia da maneira como a comida devia ser mastigada e engolida.

Nenhum problema com os pratos servidos que, na verdade, se cujo gosto Lilian tivesse conseguido sentir, deviam estar muito adequados para a ocasião. O problema era que, quando Simon pegava algo à sua frente na mesa, ele roçava em seu braço e em sua mão e em seu braço de novo.

Naquela noite, eles mal trocaram duas frases.

Ela pediu desculpas uma vez mais por seu comportamento durante o início da tarde.

Ele concordou com a cabeça.

Então, perguntou se ele tinha notícias de Zeus. Simon disse ironicamente que o cachorro ainda não aprendera a escrever cartas. Disse com o olhar brilhando uma sugestão obscura.

Não falaram mais nada durante quase todo o jantar. Somente no fim da ceia, ignorando o bolo de comida mal mastigado no estômago, ignorando também aquela sensação perturbadora que a presença de Simon impunha a ela, disse o que queria desde que se sentaram à mesa:

– Nós precisamos conversar.

– Está bem – ele respondeu e colocou o guardanapo sobre a mesa. – Procuro por você durante o baile.

– Acho que o mundo está mesmo perdido... – Foi a senhora Kent quem falou, trazendo-a de volta ao segundo pior lugar do mundo.

Desde o início do baile, ela, como era usual, não fora convidada para dançar com ninguém. Anabele já se divertia com a quinta peça da noite – muito bom para ela – e as maiores fofoqueiras da festa estavam sentadas a seu lado, fazendo aquilo que melhor sabiam.

– Veja agora, lady Travis – falavam sem parar da vida dos outros –, todos dizem que é uma viúva decorosa, mas já é a segunda vez que dança com o barão assa... Quero dizer, com lorde Owen.

– Bem, as viúvas não são mais debutantes, elas contam com certos privilégios a que... – lady Cavendish começou, mas foi interrompida por lady Kent.

– Absurdos, essas viúvas permissivas são tão desonradas quanto qualquer mulher de reputação duvidosa. Está certa a senhora. Lady Radcliffe – a mulher tocou em sua mão em um gesto cúmplice – é um exemplo de comportamento e virtude, honra o nome e a lembrança do seu finado marido, como deve ser. Que o Deus o tenha.

Ela tinha que concordar com lady Kent ao menos uma vez na vida. Era verdade, Lilian honrava a memória de Rafael e jamais passou por sua cabeça ter qualquer envolvimento com outro homem.

Ainda assim ela gostaria de dançar, de ser tirada para dançar. Em algum lugar escondido dentro de si, ela queria ser olhada como uma mulher a quem os homens desejam. Despertar neles as mesmas reações que parecia despertar em Simon. Talvez isso explicasse por que se sentia tão estranha na presença dele. Simon a fazia querer coisas que ela nem lembrava existir. Naquele momento, observando-o dançar com mulheres que se mostravam dispostas a deitar no meio do salão de baile e atacá-lo em público, ela se sentia ainda mais incomodada, o que era muito irritante. Algumas mulheres não se importavam com a fama de assassino dele; ao contrário, isso parecia torná-lo um desafio muito interessante.

E ele?

Como o libertino que era desfrutava disso imensamente.

Durante o chá daquele fim de tarde, ela ouviu ao menos umas três damas comentando como ele era atraente e sedutor e como elas gostariam de se tornar as suas próximas vítimas. Ficou tão indignada com o que falavam que sentiu vontade de enfiar o nariz de uma dentro do bule e os rostos das outras entre as xícaras e pires. Afinal, esses comentários vulgares nunca deveriam acontecer em um salão de chá repleto de damas e...

Respirou fundo com a raiva que voltou a sentir, daquelas... daquelas... Jesus! Ela arregalou os olhos.

Não era possível que...

Não.

Não poderia estar com ciúmes.

Ela estava com ciúmes?

Mas por que, Cristo, estaria com ciúmes de Simon?

Já seria um absurdo sentir ciúmes de qualquer homem – apertou a aliança de casada que ainda levava no dedo. Entretanto, sentir ciúmes do maior libertino do mundo era uma estupidez absurda.

– Oh, meu Deus, ele está caminhando em nossa direção.

Lilian vinha tão distraída que demorou a entender ao que a senhora Kent se referia. Quando levantou os olhos, Simon Thorn estava bem à sua frente.

– Lady Radcliffe, a senhora me daria a honra da próxima dança?

Simon a convidou para dançar.

Ela mergulhou no fundo azul de um par de olhos, o coração bateu mais forte no peito, o som de sua respiração acelerada não compassava nada dentro de si. Somente ele e sua presença enchiam o salão.

Simon Thorn a convidou para dançar.

Ela nunca debutou, não teve as danças concorridas por cavalheiros que podiam ser pretendentes à sua mão. Sempre sonhou com os bailes, os cavalheiros e as valsas. Mas nunca houve nada disso em sua vida. Poucos meses depois da desonra de sua irmã, Rafael Radcliffe, até então seu primo, pediu sua mão em casamento. Lilian sabia que ele fizera a proposta a fim de salvá-la. Quem casaria com a irmã mais nova da protagonista do maior escândalo já visto na Inglaterra?

Naquela época, ela entendeu que, quando tudo no mundo desmorona, se você não se agarrar àquilo que tem dentro de si, não sobrará nada. A irmã era o centro de seu mundo, a família era o norte. Quando o pai expulsou Kathelyn de casa, a mãe se enterrou na tristeza e nunca mais saiu do quarto; em pouco tempo as dívidas destruíram o que havia restado de seu pai e o mundo virou de ponta-cabeça, quebrou, despedaçou. Ela precisava se fixar em algo, em seus sonhos, em uma força interna que ela nem sabia possuir. Ela teve que ser o centro e o norte da família e continuar a acreditar que algo de bom nasceria de todo aquele caos. A mãe já estava doente, e o pai, a um passo da ruína quando Rafael fez a proposta de casamento. A ela sobrou o que havia de intacto dentro de si: a sua essência, a vida que nasceu para ter. Sempre sonhou em casar e ter filhos; acreditava, de todo o coração, que um marido e crianças fariam tudo valer a pena. Lilian nem pensou em recusar o pedido do primo, e Rafael fora um bom marido. Não somente pelo que ele fez por ela, como por todas as suas atitudes enquanto casados. Sabia que ele era um dos homens mais fiéis e honrados que ela conhecera. Algumas vezes, eles conversavam sobre o passado e sobre o motivo que o levou a pedir sua mão em casamento, e Rafael se limitava a responder: "Eu sempre tive muito carinho por você, Lilian, e não podia deixar que sua vida fosse arruinada; era o certo a se fazer".

Não era o motivo mais romântico do mundo. Mas Lilian escolheu olhar para as coisas de maneira prática, tratou de entender que o amor romântico era algo que se encontrava nos livros que gostava de ler e na vida de pessoas que nasceram para se aventurar. Pessoas que eram mais como o fogo do que como o gelo. Ela era gelo, sempre soube.

Entretanto, ali, sentada sem ninguém a seu lado, em um salão de baile vazio, onde só existiam ela e o homem que acabara de pedir por uma valsa, por alguns instantes, enquanto a mão enluvada de Simon segurava a sua e esperava por uma resposta como se estivesse ansioso por isso, o seu coração sonhou com o fogo.

– Ela não aceita.

Foi tragada de volta ao gelo da realidade por uma voz ácida a seu lado. É claro que não estava sozinha junto a Simon, como há pouco se sentira.

Meu Deus, quantos minutos se passaram desde que ele a pediu para dançar? Teria repetido o pedido? Pela veia pulsando no maxilar travado dele, era possível que sim. Ele apertou um pouco mais a ponta de seus dedos, exigindo uma resposta.

– Eu... eu...

– Acreditei que queria falar algo comigo, e a valsa seria uma boa oportunidade para tal. Peço desculpas, vejo que me enganei.

Simon começou a puxar a mão no intuito de se separar dela.

– Não, espere, eu danço com o senhor – Lilian confirmou com a voz mais alta do que era apropriado.

"Ohh!", "Ahhh!" Leques abanando com força e sussurros indignados preencheram o ar ao seu redor. Ela olhou para Simon; a expressão dura dava lugar a um sorriso jocoso no canto dos lábios. Aquele sorriso patife e sedutor. Levantou-se confusa e sem conseguir pensar direito. Entendeu desapontada que ele não a tirou para dançar porque queria. Um nó se formou em sua garganta. Simon a tirou para dançar porque ela disse que precisava conversar com ele. Caminhavam em direção ao centro do salão.

– Acredito que tenha perdido uns 20% de sua reputação impecável ao aceitar esse convite – ele disse e colocou a mão sobre a dela.

– Nós precisamos conversar. E não me importo com isso – mentiu.

É claro que se importava, afinal sua reputação e, o mais importante, seu senso de honra eram as únicas coisas que pareciam verdadeiras em sua vida.

Quando sua outra mão contornou a cintura da dama, o que passou a dominar sua mente foi o calor daquela mulher intrigante junto a si e, sim, o perfume de Lilian; sabonete fresco e lírios. Um floral tão suave que não escondia o aroma do sabonete. Era quase enlouquecedor. Tentaria descobrir de qual perfume se tratava para obrigar suas amantes a usá-lo. Ou – a boca secou com a possibilidade recém-formada em sua cabeça – podia fazer dela sua amante. Sim, ela era uma viúva; ele também era; eles podiam ser amantes. Ela morava em Londres; ele também morava. Poderia visitá-la sempre. Inspirou o ar da cabeça feminina que cheirava a lírios e ficou difícil de engolir. Podia vê-la sempre que tivesse vontade; passariam dias, meses sem fazer outra coisa a não ser ficar no quarto, juntos e...

Deu um passo em falso, quase tropeçando.

– Encontra-se bem? – ela perguntou, sem desviar os olhos de sua camisa.

– Sim, desculpe-me.

É claro que não estava bem. Mas o que, em nome de toda a ordem do mundo, acontecia com ele? Por acaso não iria se vingar através dela? Que absurdo fora esse de amante e cama por toda a eternidade?

– Por que lady Stone está se divertindo às custas da vida de Anabele? – Lilian perguntou e desviou o olhar de sua camisa para olhá-lo com uma sóbria seriedade.

Ele demorou um tempo a responder, estava com o pensamento tão longe desse assunto que só não tropeçou outra vez porque se considerava um homem com um reflexo bom.

– Ah, esse assunto outra vez – afirmou se recompondo. – Graças a Deus não temos nenhum vaso ao alcance de suas mãos.

Ele assistiu a ela ruborizar.

Lilian Radcliffe devia ser uma das únicas mulheres que ficavam realmente atraentes enquanto suas bochechas se tingiam de vermelho-constrangido.

– Só perguntei porque não consigo entender o que ela tem a ganhar – ela explicou.

– Às vezes as pessoas fazem certas coisas só pelo fato de que não têm nada a perder.

– Então, agradeça a ela. Acho que, no fim, lady Stone fez um favor a Anabele.

– Isso é serio?! – ele indagou, surpreso com a própria conclusão recente a respeito de Lilian. – A senhora é uma defensora do amor romântico; quem diria – afirmou, tentando soar irônico e não surpreso.

Ela olhou para baixo e então o encarou. Simon jurou que viu um lampejo de tristeza nos olhos cor de...

Os olhos de Lilian Radcliffe eram quentes como o ouro derretido. Amarelos com traços verdes. Ele girou-a uma e outra vez, no silêncio dos olhos mais bonitos que já tinha visto na vida. *Como não havia reparado antes neles?*

– Sim, talvez o senhor tenha razão, mas esse não é o ponto principal. Talvez seja melhor que eles se casem de uma vez. Isso é claro. Se o senhor Joe tiver um pouco de honra, deve pedir que Anabele se case com ele logo.

– A senhora está sugerindo que...

– Não estou sugerindo nada – ela o interrompeu de maneira ríspida e respirou fundo, ganhando fôlego –, apenas acho que isso pode evitar que... Bem, que eles fujam juntos. Aí, sim, se não se casarem, as chances de as irmãs de Anabele conseguirem um bom casamento estarão arruinadas.

Ele deixou a mão escorregar um pouco mais, ganhando espaço na cintura da jovem. Ela era curvilínea e pequena. *Se encaixariam perfeitamente na cama também.* Cerrou o maxilar com força, tinha que se controlar.

– Vou transmitir seus agradecimentos a lady Stone – disse de maneira sucinta.

Estava desconcertado demais com Lilian encaixada em seu corpo.

– Não seja cínico, eu não falava sério quando pedi para agradecê-la.

– Ah, então a senhora estava sendo cínica? – precisava manter-se isento e distante.

– Oras, seu... seu mal-educado.

E ela ruborizou outra vez. Simon, sem perceber, apertou-a ainda mais junto a si.

– A senhora me ofendeu antes.

– O senhor ofende minha capacidade de discernimento. Eu não o ofendi, e, sim, a lady Stone. Não sei o que ela pretende intermediando cartas anônimas de um casal que não está oficialmente comprometido. Também não aprovo seu comportamento, milorde. Tinha que entregar tal carta? Por acaso não conhece os jovens apaixonados? Deus sabe o que eles são capazes de fazer.

– Por isso considera que eles devam se casar? – Simon segurou a vontade de rir, ela era realmente uma moralista recatada. – Apenas por trocarem cartas de amor?

– Como sabe que eram cartas de amor?

– Agora quem me ofende é você, Lilian. Acabou de dizer que as cartas eram comprometedoras.

– Ah, sim, eu não... eu...

Ela soprou o ar pela boca, através daqueles lábios cheios e vivos que pediam para serem beijados de todas as maneiras que existiam. Ele gostaria de fazer isso e de criar novas maneiras de beijar, algumas que fossem somente para ela. Os pelos de sua nuca arrepiaram-se quando o hálito quente de Lilian tocou a base de seu queixo. Ela era muito menor do que ele, que era bem maior que a maioria dos homens. Ele poderia dobrá-la com uma mão e imobilizá-la com a outra. Apesar de pequena, as curvas do corpo de Lilian encaixavam com uma perfeição infernal no seu. Toda ela enchia sua consciência: o roçar do vestido, as pernas quase entre as suas, a respiração em seu rosto e os lábios entreabertos e o aroma e...

E ficou excitado.

Em um salão de baile, dançando uma peça de uns vinte minutos, o que significava que essa tortura estava pela metade, afastou-se um pouco no meio de um giro a fim de que ela não notasse o volume extra em suas calças. Se Lilian percebesse como o afetava, estaria em uma posição de vulnerabilidade. Odiava se sentir vulnerável. Ouviu a voz feminina o trazer de volta à presença dela, o que não melhorava nada a sua situação.

– Sim, as cartas podem ser comprometedoras, mas não é somente por isso que acredito que devam se casar. Como disse, se Anabele for desonrada, logo toda sua família responderá por isso. E Deus os livre! Eu sei bem o que é ter seu mundo desmoronado em poucos dias.

Se existia uma situação em que ela parecia ainda mais atraente era quando chamava a Deus em tom de blasfêmia; algo na maneira como o lábio se curvava um pouco para baixo antes de proferir o santo nome em vão o deixava louco. Bem, tinha que admitir de uma vez por todas, ele a desejava muito mais do que havia imaginado ser capaz. Muito mais do que havia planejado.

– Cristo, senhor Thorn, está me ouvindo?

Não, ele a desejava muito mais do que era aceitável, tendo em vista que queria se vingar do ex-marido dela usando-a e não se perder entre os lençóis com a dama.

– Sim, estou – ele mentiu.

E Lilian prosseguiu com o discurso em que ele não estava conseguindo se fixar por culpa dos lábios dela. Talvez, se pudesse unir o útil ao muito agradável: vingar-se e, claro, desfrutar ao máximo daquela atração meio incoerente que ele vinha sentindo por ela. Isso alteraria um pouco o plano original; ele teria que seduzi-la antes do imaginado e, assim, poderiam ficar juntos pelos dias que restassem até que Anne Stone retornasse a Easton House e finalizasse o plano, humilhando-a em público. Também havia a senhorita Anabele Bowmer. Arruinar uma família inteira somente porque a mãe de Anabele se casou com o amante de lady Anne vinte anos antes? Essa ideia meio descabida com resultados catastróficos para três jovens o incomodou. Por mais falso moralista que pudesse parecer, já que queria se vingar de um cadáver usando uma viúva inocente, sentiu-se no direito de intervir a favor de Anabele. Afinal, fora ele quem havia apresentado Joe a Anne Stone. *Essa intervenção facilitaria minha aproximação junto a Lilian* – justificou a si mesmo. Teria que dar explicações a Anne Stone sobre o retorno de Joe. Entretanto, com ela era fácil lidar; meia dúzia de palavras macias e uma boa rodada de diversão na cama acalmariam os ânimos de sua amante por ele ter protelado um pouco o jogo dela.

– Acredito que talvez essa seja a melhor saída – ouviu Lilian, que parecia terminar o seu raciocínio.

– Vou pensar a respeito – apesar de não ter ouvido nem meia dúzia das palavras que ela disse, sabia que o assunto era Anabele Bowmer.

– Como assim?

– Fui eu quem entregou a carta e quem fez com que minha tia convidasse Joe para se juntar ao nosso grupo. Fui inconsequente, apesar de não saber quase nada a respeito da senhorita Bowmer e do senhor Joe. Atendi a um pedido de lady Stone, que dizia querer ajudar a um amigo. Fiz isso sem averiguar nada, principalmente com relação à carta. Deixe-me resolver, ao menos a parcela de responsabilidade que me cabe.

Ela suspirou.

– Você faria isso?

– Sim.

– Tem um lado meu que agradece – Lilian disse e pestanejou com os olhos cravados nos dele.

Ele se sentiu tonto. Na hora, diminuiu o ritmo em que rodava junto a ela. É claro que culparia a valsa; apesar de ser um dançarino experiente, o problema era com a valsa e não com aquele par de olhos amarelos. Ele não ficava tonto por causa de olhos femininos.

– Esses dias no campo – Lilian acrescentou –, sem a presença dele, talvez seja do que Anabele precise para conseguir pensar e tomar a melhor decisão.

– O que você considera a melhor decisão?

Era melhor para os dois que ele se mantivesse no diálogo.

– Não concordo que ela se case com um homem somente pelo dinheiro e pela segurança que daria à sua família, mas acho que fugir sem pensar em consequência alguma não é o caminho certo.

Ela franziu o cenho e, meu Deus, ele precisou fechar os olhos e engolir em seco. Claro que o cenho franzido não era o problema e, sim, o fato de ela estar ali, a poucos centímetros de distância. Simon conseguia sentir o ar que entrava e saía pelo nariz de Lilian e conseguia também imaginar uma maneira bem mais divertida de fazê-la expulsar o ar do pulmão, entre gemidos de prazer. *Tenho que me concentrar. Maldição!*, acabara de perder a fala dela outra vez. Ouviu:

– Se eles querem ficar juntos, porque nada poderá os separar, bem, que se casem como deve ser. – Ela encolheu os ombros.

– Eu posso tentar ajudar – Simon sugeriu. – Talvez conversar com o senhor Joe e descobrir o que ele quer de verdade.

Por que acabara de se oferecer para fazer aquilo? Como se ele não soubesse as verdadeiras intenções de Joe. O que acontecia com o seu raciocínio ao lado dessa mulher?

– Você faria isso mesmo?

– Acho que é o pai da dama quem deveria fazer, mas, como estamos aqui e o pai da jovem não – ele bufou –, sim, eu faria. – Tentou soar entediado, mas não conseguiu porque Lilian sorriu para ele.

Giraram mais algumas vezes e ele olhou-a; ela ainda sorria. Os olhos brilhavam mais e tudo parecia entrar nos eixos. Era com aquela expressão que Lilian Radcliffe deveria sempre olhar para todos, ao menos para ele. Ela parecia agradecida de verdade. Aquele gesto sincero preencheu seu peito como poucas coisas conseguiam preencher. Cansado de se irritar ou de tentar lutar contra suas reações diante dela, ele resolveu dançar e aproveitar a sensação de ter Lilian entre seus braços um pouco mais.

Capítulo 12

Agosto de 1845
Lorde Simon Thorn é um homem muito diferente daquele que todos julgam.
Ele é um bom homem, tenho certeza disso.

– Estou lhe dizendo que a minha tia ordenou que arrumassem suas malas; elas já estão na carruagem que o levará de volta a Londres em exatos... – Simon olhou o relógio em cima da escrivaninha na biblioteca e concluiu – ...em exatos quinze minutos.

Joe Lanscape o encarava como se estivessem nascendo nabos em sua cabeça.

– Mas eu acabei de chegar – o jovem de cabelos escuros e lisos, olhar suave e voz sedutora respondeu.

– E nós agradecemos sua rápida visita.

– Mas eu não me despedi de Anabele.

Joe continuou encarando-o em silêncio, como se aguardasse alguma explicação. Simon não tinha paciência para lidar com homens da espécie de Joe Landscape. Ele se achava muito esperto, mais até do que aqueles que realmente mereciam o título. O barão respirou fundo e esfregou os olhos com a ponta dos dedos, contou mentalmente até dez e disse em um tom de voz baixo.

– Você e eu sabemos por que está aqui. Sou amigo de Anne Stone, foi por meu intermédio que você conheceu a dama. Fui eu também quem conseguiu seu ingresso nesta casa e, agora, sua despedida. Portanto, Joe, nos poupe da encenação, levante a bunda dessa poltrona e vá para Londres.

– Deixe-me ao menos escrever uma carta para ela – o jovem pediu com o olhar desolado.

Então Simon perdeu a paciência. Tipos como esse professor de música conseguiam despertar o pior nele. Levantou de uma única vez e puxou o jovem pelo braço, obrigando-o a ficar de pé.

– Vamos, você vai pedir a mão de Anabele em casamento.

– O quê? – O rapaz ficou mais branco do que as teclas de um piano.

– Se você está assim tão entusiasmado, imagino que queira se casar de uma vez. Eu consigo uma licença especial e...

– Eu não vou me casar com ela, eu não posso – Joe murmurou com a voz quebrada, talvez por causa do apertão que ele passou a dar no braço do jovem.

– Ah não? Então...

Apertou um pouco mais.

– Não tenho dinheiro para sustentar Anabele. E mesmo que tivesse... – Joe franziu o cenho e disse com uma careta de dor. – Achei que fosse amigo de lady Stone, achei que o senhor e ela estavam juntos nisso e que...

– O senhor está achando muitas coisas. Quer saber o que eu acho? – ele praticamente torceu o braço do professor, que grunhiu e tentou se soltar. – Acho que o senhor deve voltar a Londres agora e se convencer do absurdo que seria arruinar uma jovem inocente e toda sua família por capricho ou dinheiro. Joe respirava com peso; seu rosto se tingiu de vermelho. Simon o soltou abruptamente. – Vá agora antes que eu me arrependa de não o obrigar a se casar com Anabele.

O jovem o encarou em um ofegante silêncio por alguns segundos, girou o corpo e saiu da biblioteca quase correndo, como se fugisse de uma assombração ou de um assassino.

Simon sentou-se na poltrona atrás de si e passou a mão nos cabelos repetidas vezes enquanto tentava se acalmar. Lembrou-se da conversa que tivera com a tia pela manhã. Ele a convenceu de que a presença do músico, que antes parecera uma boa ideia, era, na verdade, dispensável.

Com esses dias e noites espetaculares que estão fazendo, trancar as pessoas dentro de casa é um grande desperdício, ele disse para a tia, tentando soar casual.

– Mas foi você quem insistiu em convidá-lo – lady Marfleet respondeu, parecendo confusa.

– Eu devia estar muito mal-humorado quando fiz isso. Acredito que a sua reunião terá ainda mais sucesso se entretermos a todos com atividades ao ar livre, onde possam aproveitar dessa beleza que são os jardins de sua propriedade.

Sabia que era o ponto fraco da tia, os jardins. Na verdade foi a paixão pelos jardins e pelas esculturas as quais Simon realizava nos troncos das árvores que fez com que a tia o amasse mais do que aos outros sobrinhos e netos. Jardinagem e marcenaria; essas eram as atividades que levaram Simon a nunca se acomodar em sua propriedade. Ele queria ter os jardins mais indescritíveis que pudessem existir. Durante anos estudou sobre plantas, viajou atrás de espécies raras, ajudou a projetar os jardins de Parklane Hall, em suas terras, em Durham, cuidou com as próprias mãos deles e os amou. Depois que ficou viúvo, esqueceu-se por completo de plantas e flores ou arbustos e marcenaria. Era vida demais para alguém que havia morrido por dentro como ele.

Entretanto, sua tia não duvidava de que, talvez, ele ainda estivesse vivo afinal. Margareth Marfleet era a única parente viva que ele tinha que não cuspira em sua cara após ele ter recebido o título de assassino. E por ela ser a condessa de Easton, uma das damas mais temidas e respeitadas da família, ninguém teve coragem ou ousadia de desafiá-la.

Mesmo tendo sido convidado pela tia diversas vezes às festas de verão ou aos seus eventos em Londres, essa fora a primeira vez, desde que a esposa morrera há seis anos, que ele aceitou um dos convites dela. Justificava sua ausência junto à tia dizendo que não queria estragar o evento com sua presença indesejada. Mas, no fundo, Simon sabia que não queria se expor uma vez mais a essa corja de pessoas hipócritas. Ele decidiu não se importar com suas opiniões e nem mesmo se divertir com a presença delas, há seis anos, quando o desejo de vingança se sobrepôs a tudo.

Com exceção do clube de jogos, onde ele era respeitado e temido pelos nobres que o frequentavam, e da cama de suas amantes, muitas da alta sociedade, onde ele era desejado e, talvez, temido também, nunca mais se misturou ao mundo da aristocracia. Entretanto, a tia jamais o abandonou. Sabia que contava com a adoração dela e, por isso, não foi difícil convencê-la a desconvidar Joe Landscape.

Olhou a sala e se fixou ao relógio que trabalhava em cima de uma das mesas. O professor já devia estar deixando Easton House. Logo mais iria procurar por Lilian e contar que Joe havia partido. Esperava que essa notícia os aproximasse; esperava que fizesse Lilian sorrir. Ele sentiu um certo contentamento, afinal fora ele quem aproximara Anne Stone de Joe. Talvez, essa tenha sido a primeira boa ação que fizera em anos e sentia-se bem. Sentia-se estranhamente satisfeito. *Já nem lembrava mais o que era isso.* Recordou-se do sorriso de Lilian e se sentiu ainda melhor. Fechou as mãos com força e sacudiu a cabeça. *Mas que diabos.* Desde quando o desejo por uma mulher exercia essa espécie de fascinação sobre ele? Talvez devesse aceitar um dos convites que recebera nos últimos dias e se divertir com alguma outra mulher antes que seus instintos e sua parte homem falassem mais alto.

– Vamos, Anabele, há três dias você não sai deste quarto – Lilian sacudiu de leve, pelo ombro, a amiga, que olhava o dossel da cama como se estivesse hipnotizada.

– Ele nem mesmo se despediu – Anabele disse em tom de queixa.

– Querida, nós já conversamos sobre isso. Para mim, essa é a prova de que ele não queria nada honrado com você, de que ele... – Lilian sentou-se na cama ao lado dela e concluiu. – De que ele talvez não sinta nada por você.

– Foi minha mãe, não foi? – Anabele perguntou chorosa.

– Sua mãe? – Lilian não entendeu.

– Quem obrigou Joe a ir embora.

– Não, querida, não foi sua mãe, eu tenho certeza de que não foi ela.

Achou melhor omitir a conversa que Simon tivera com Joe, queria poupar Anabele de mais desgostos e sofrimento. O barão havia contado a Lilian, no dia em que Joe deixou Easton House, que o professor confessou não ter nenhuma intenção de se casar com Anabele. Para ela, essa foi mais uma confirmação de que Joe, junto a lady Stone, estavam brincando com a vida de Anabele. Há três dias a amiga só chorava; Lilian já não aguentava vê-la sofrer.

– Vamos nos divertir um pouco – ela insistiu e pegou a mão da jovem, puxando-a para que se levantasse.

– Sentar para tomar chá com um bando de velhas fofoqueiras não é minha ideia de diversão – Anabele afirmou mal-humorada.

– Você sabe que não estou a convidando para o chá da tarde e, sim, para os passeios que estão acontecendo todos os dias. Ontem fomos ao vilarejo; hoje haverá alguns jogos durante o dia nos jardins.

– Não estou disposta a jogar nada – a jovem fungou.

– Fiquei sabendo que depois do baile de hoje acontecerá um jogo de perguntas somente para os mais jovens. – Anabele, por fim, abriu os olhos, parecendo curiosa. – É claro que não me convidaram diretamente. Você sabe que só quem me convida para alguma coisa são as matronas e fofoqueiras e as velhas centenárias e os condes surdos.

Anabele sorriu timidamente.

Lilian ergueu as sobrancelhas em um gesto brincalhão.

– Era eu quem deveria estar na cama deprimida. Tenho 22 anos e só recebo convites para chás e para rodas de bordados e...

– Mentira – a amiga contrapôs. – Simon Thorn a convidou para dançar.

As bochechas de Lilian esquentaram. Era verdade. Depois do primeiro baile, os convites para as valsas se tornaram parte de sua rotina junto a lorde Owen. Todas as noites ele a tirou para dançar e todas as noites ela aceitou, escandalizando um pouco os convidados.

– Você corou – a jovem confirmou com uma expressão cômica.

Lilian olhou para baixo.

– Temos dançado vez ou outra, sim.

– Somente isso?

– Não... quer dizer, sim – ela encarou a amiga, um pouco envergonhada. – É claro que é somente isso. O que mais poderia haver além disso?

Anabele suspirou e jogou os pés para fora da cama.

– Você reclama que nada de interessante acontece em sua vida, mas você é a primeira a não permitir que nada aconteça.

– Isso não é verdade – Lilian contrapôs um pouco irritada. – Minha vida é muito interessante. – Não fora totalmente sincera. Não achava sua vida muito interessante. Mas, também, não desejava algo muito diferente do que tinha, ou desejava? Sacudiu a cabeça e disse. – Eu, pelo menos, tenho participado das reuniões, jogos e passeios e nunca, jamais, pensaria em recusar um convite do visconde de Dexton.

– Por que diz isso?

– Porque foi ele quem me procurou mais cedo para saber de você. Ele pediu para que a convidasse para os jogos que acontecerão hoje após o baile. Aqueles para as pessoas mais jovens, lembra? – Lilian ergueu as sobrancelhas em um arco, aguardando a reação da jovem.

– Sendo assim – Anabele ficou em pé –, vou me arrumar. Não é educado recusar o convite de um visconde, certo? – Terminou com os lábios em um sorriso menos tímido.

– Sim, você está certa, ainda mais quando esse visconde está sendo disputado como um cavalo puro sangue em um leilão.

"Eu aceito jogar, se você também jogar."

Era por culpa dessa frase de Anabele que Lilian estava sentada em círculo junto a trinta convidados, na biblioteca de Easton House, em frente a uma roleta portátil que tinha acabado de ser girada. Era por culpa dessa frase aparentemente inocente que todos a encaravam aguardando uma resposta dela, especialmente Simon. Era culpa da frase e, claro, da maldita bolinha que girou, girou e girou e pousou bem em cima do número que deram para ela – o número 14. Já estavam na sétima rodada e Lilian começava a agradecer a Deus porque, ao que tudo indicava, aquela seria a sua noite de sorte; não fora sorteada uma única vez.

Que jogo mais infantil. Ela desdenhava em silêncio há pouco.

– As damas recebem um número – explicou lorde Aiders, no início das rodadas – e os cavalheiros giram a roleta, quando uma dama for sorteada, ela terá que responder a três perguntas daquele que a sorteou... só que – lorde Aiders parou com um sorriso malicioso antes de acrescentar –, só que as perguntas serão feitas na varanda e somente quem ouvirá as respostas é o cavalheiro em questão – disse e apontou com os olhos para as portas francesas.

Que jogo abominável. Que maldita bolinha.

– Número 14 – lorde Owen repetiu.

Lilian continuou olhando ao redor em um silêncio incrédulo e nervoso lembrando que há poucos minutos sua mente estava anuviada e serena, cheia com as lembranças da infância que os aromas da biblioteca resgataram; couro, papel envelhecido, floral adocicado, almíscar e conhaque. Ela recordava relaxada e até mesmo satisfeita que a biblioteca de Milestone House, a casa em que cresceu, era um dos seus cômodos favoritos; silenciosa e aconchegante. Adorava o barulho do virar de páginas sempre presente enquanto Kathelyn lia e Lilian bordava ou apenas quando se enroscava em uma manta largada na poltrona deixando o tempo passar. Vez ou outra se perdia nas páginas de um romance e se perdia no tempo e...

– Lady Radcliffe – Simon entoou enfático com olhos azuis cobertos de júbilo –, acho que é o seu número, estou errado?

Não, infelizmente ele não estava errado.

– Está certo.

– Então... – ele se levantou e apontou com a cabeça para a varanda onde os dois últimos casais ainda conversavam – vamos – concluiu com ar perverso.

Não, não irei.

– Sim – sacudiu a cabeça inconformada –, vamos.

Lilian sabia que eram apenas três perguntas e não devia se sentir tão intimidada diante do desafio, acontece que quem iria elaborar as questões era Simon Thorn. Se fosse qualquer outro cavalheiro, ela estaria indo com boa disposição e com a certeza de que nada poderia a envergonhar, bem... na verdade, nenhum cavalheiro teria a ousadia de envergonhar dama alguma, exceto é claro, o homem que a olhava com um ar de sádica satisfação. Certamente ele já devia ter elaborado as perguntas mais indecorosas que era capaz de criar.

Saíram para a varanda.

As perguntas mais indecorosas que qualquer pessoa poderia sequer imaginar.

Ela respirou de maneira falha o ar anoitecido de orvalho e a brisa do verão a envolveu.

Encostou na balaustrada, apoiando as mãos vagamente trêmulas.

As perguntas mais indecorosas que já foram pronunciadas em voz alta por alguém. Ela tinha certeza disso.

– Você está pálida – apontou Simon – são apenas perguntas Lilian, não vou arrancar os dedos de sua mão ou as unhas dos seus pés.

– É claro que não, hãn... é só que...

– E não exagere, afinal, nós já conversamos a sós algumas vezes nesses últimos dias.

Ela sabia que isso era verdade, era apenas que...

– Eu sei, é que... bem, acho que o senhor poderia usar o pretexto do jogo para satisfazer algumas curiosidades... obscuras.

Os olhos de Lilian cresceram surpresos e indignados quando Simon gargalhou alto e da sua cara.

– Agora que você está sugerindo, gostei da sua ideia – ele disse e deu dois passos, se aproximando mais.

– Eu não estou sugerindo nada.

– Você vê, Lilian – ele umedeceu os lábios antes de acrescentar –, eu tenho a fama de libertino e quem aqui estava pensando em... curiosidades obscuras? É assim que você definiu?

Que homem insuportável e irritante. Lilian estreitou o olhar.

– Eu não estou pensando em nada disso.

– Acontece que agora eu estou – disse e olhou-a dos pés à cabeça com uma lentidão de arrepiar. – Na verdade, estou pensando em algumas questões que lhe deixariam ainda mais ruborizada.

Lilian tocou as bochechas com as pontas dos dedos, sabia que ele falava a verdade. Às vezes ela detestava a transparência de suas emoções.

– Pare de me torturar e acabe com isso de uma vez.

E Simon gargalhou novamente.

– Está certo, vou ser... quase um cavalheiro, eu prometo.

"Quase um cavalheiro."

Simon jogava com as palavras e era isso que ela temia. A maioria dos homens, ou melhor, dos rapazes presentes na sala de jogos não possuíam nem um terço da vivência e da perspicácia de Simon. Suspirou tratando de se conformar, afinal, ela entrou no jogo porque quis.

– A minha primeira pergunta é – ele fez uma pausa, olhou-a profundamente antes de concluir –, o que você sentia por Rafael?

O coração de Lilian acelerou.

– O que eu... desculpe lorde Owen, mas eu não entendi. – Ela realmente não sabia nem por onde começar a responder tal pergunta.

– Não entendeu?

– Não senhor.

Um casal deixou a varanda e outro chegou. Como estava escuro, via-se apenas o contorno dos corpos, era quase impossível distinguir quem eram as pessoas que entravam e saíam dali.

– O que quero saber, Lilian – disse ele surpreendentemente próximo –, é se Rafael era capaz de lhe deixar sem ar quando se aproximava de você... assim.

E chegou ainda mais perto.

– Ou seu coração se acelerava a olhos vistos quando ele sussurrava algo em seu ouvido, como agora – e continuou junto a sua orelha – ou se suas pernas ficavam bambas e se ele era capaz de acender o seu corpo como eu acredito que consigo fazer.

Dizendo isso, Simon mordeu de leve o lóbulo de sua orelha, provocando todas as reações em Lilian que ele descrevera há pouco e se afastou, apenas o suficiente para não chamar atenção dos outros casais.

Ela perdeu momentaneamente a voz enquanto os seus sentidos eram varridos e assolados como se um furacão houvesse passado por cima dela.

– O senhor é um indecente – começou ofegante –, um arrogante e um libertino e... e eu não vou responder pergunta alguma e só não lhe dou um tapa porque... porque eu não quero chamar a atenção dos outros participantes e porque eu sou uma dama – levou as mãos ao peito ainda bastante afetada antes de concluir –, com a sua licença, milorde.

E tentou sair, mas a mão dele fechada em seu cotovelo a deteve.

– Você não respondeu e por mais que tenha ficado ofendida com a minha pergunta.

– Perguntas – ela o corrigiu.

– Muito bem, por mais que tenha ficado ofendida com as minhas perguntas, se sair agora estará burlando as regras de um jogo que a senhora aceitou participar... e Lilian – ele fez uma pausa com olhar ameaçador –, acredite, eu sei cobrar uma dívida de jogo.

Ela deu dois passos para trás, aumentando um pouco a distância entre eles. Olhou para a mão de Simon que ainda envolvia o seu cotovelo.

– Solte-me milorde e eu responderei as suas perguntas.

Era melhor que usasse a inteligência, senão acabariam discutindo e realmente chamariam a atenção do grupo. Era melhor responder logo as perguntas desse libertino, descarado e...

– Desculpe se lhe ofendi – disse ele sem parecer arrependido –, é somente que... que preciso saber.

– A resposta é não, não e não.

– Não, Rafael não despertava nada disso em seu corpo? Ou não, você não percebe o que está sentindo?

– Não, eu nunca senti nada disso, nem com Rafael e muito menos com o senhor.

E ele voltou a segurar o seu cotovelo.

– É mentira – sussurrou.

– O senhor está me ofendendo outra vez.

– O que eu sei é que você está apavorada, Lilian.

– O quê?

Sim, talvez estivesse mesmo assustada.

– Se não, porque você tem evitado a minha companhia durante as tardes e se esquivado da minha presença como fugiria do diabo talvez, quando me encontra pelas manhãs?

– Eu não tenho feito nada disso.

Sim, ela fazia. Mas, isso não era totalmente verdadeiro, Lilian jantava com ele todas as noites e também vinham dançando juntos nos últimos bailes.

– Nós jantamos e dançamos juntos – justificou-se.

– Desde a nossa primeira valsa, você não me olha mais nos olhos... você dança comigo como se estivesse arrependida ou contando os passos para que a peça acabe, por quê? – ele perguntou e apertou um pouco a curva do seu braço como se exigindo a resposta.

– Por que esse é o comportamento adequado para uma dama... me dê licença – e sacudiu o braço de leve.

– Agora mesmo você está fugindo, se não é isso – ele abaixou a cabeça com olhar absorto –, você acredita que eu realmente matei a minha esposa ou se importa demais com a opinião dos outros e não quer que a minha aproximação lhe prejudique, se for essa a verdade... me diga e eu me afastarei de vez, não quero lhe prejudicar.

Então Simon a soltou e abriu caminho para que ela passasse.

Porque ele complicava tanto as coisas? Por que ele não podia ser uma companhia aborrecida e convencional, ao menos por algumas horas?

Lilian mordeu o lábio por dentro para não chorar e disse:

– O que você quer de mim?

Ele olhou para o horizonte por um tempo em silêncio. Os sussurros e risadinhas dos outros casais e os barulhos da noite eram os únicos sons que preenchiam a varanda.

– Há muitos anos – Simon murmurou – eu não me sinto tão bem junto a uma pessoa, você me olha, ao menos me olhava sem... sem medo, por favor, não me evite.

– Eu não sei do que você está falando.

– O que eu quero dizer é que... não se afaste, se você não é capaz de perceber o que estamos sentindo um pelo outro, não me negue a sua amizade... por favor.

Ele disse estamos sentindo, ele se incluiu e pediu por favor, por favor.

Ela nunca imaginou que Simon pudesse pedir por favor a alguém, não desse jeito, demonstrando que queria a companhia dela e parecendo sincero ao fazer isso. Parecendo que a sua companhia era importante, como se ela realmente pudesse trazer alguma coisa boa para ele. Quanto ao que ele disse sobre sentir alguma coisa, isso não era verdade. Não podia ser. Ela não podia, não queria sentir nada, é claro que ela não sentia nada além de respeito e talvez compaixão, no fundo acreditava que ele era inocente das acusações que o perseguiam e se sentia mal por ele. Essas reações do seu corpo junto a Simon era porque ele a deixava um pouco nervosa, ele era intenso demais. Bem... nunca lidou com alguém tão intenso e, ao contrario do que ele disse, não tinha medo. Não tinha porque ter. E não estava mentindo. Ou estava? *É claro que não.* Precisava provar para si mesma que ele não a afetava, que ela era capaz de controlar suas emoções como sempre fez, que não havia esse "nós" e "estamos sentindo". E só por isso, concordou.

– Está bem, lorde Owen, eu...

– Simon... seremos amigos, não seremos?

– Está bem Simon, podemos ser amigos – ela disse ainda tentando se convencer de que não sentia e nem mesmo sentiria nada por Simon nem por ninguém. Ela não sentia nada que pudesse ameaçar a sua tranquila imparcialidade.

Capítulo 13

AGOSTO DE 1845

Graças a Deus Anabele está mais calma e começa até mesmo a se divertir entre o grupo de convidados. Uma viagem certamente é o lugar perfeito para conhecer bem as pessoas e até mesmo para se surpreender com elas. Eu mesma estou bem surpreendida com a companhia frequente, agradável e inquietante de lorde Owen.

Era uma tarde quente; eles faziam um piquenique à beira do lago. Estivera conversando com Lilian boa parte do tempo, até que ela pediu licença. Simon imaginou que era para cuidar de necessidades pessoais.

A partida de Joe completava uma semana, e esses dias foram mais do que Simon podia imaginar, muito mais. Lilian mostrava-se uma pessoa completamente distinta do que ele havia imaginado: espontânea, divertida, sincera, pura. Lilian era a pureza vestindo braços e pernas.

Acreditava na bondade dos outros.

Ela acreditava até mesmo nele, que não tinha mais nada de bom a oferecer há muito tempo; nem procurava ter. No decorrer desses dias, os sorrisos de Lilian se tornaram mais frequentes. Eles vinham aproveitando boa parte do tempo juntos. É claro que quase nunca a sós. Iam sempre em grupos maiores, junto a outras pessoas. Mas a companhia dela fazia de Simon alguém que ele tinha esquecido que existia.

Entretanto, não o fazia esquecer a ideia de seduzi-la.

A sede de vingança aos poucos se dissolvia diante de uma necessidade muito maior, fazer de Lilian Stanwell sua amante. Queria dela tudo o que um homem quer de uma mulher que deseja. Essa era outra mudança; ele procurava quase inconscientemente desvincular dela seu nome de casada, usando seu nome de solteira – Stanwell. Ela era boa demais para carregar o fardo enorme daquele sobrenome.

Lembrou-se da tarde anterior: eles passeavam entre as trilhas dos jardins; ela parou junto a uma flor e disse:

– Não são engraçadas?

– Quem? – ele perguntou sem entender.

– Essas flores. Sempre achei que elas pareciam com anáguas.

Ele gargalhou, simples e espontaneamente. Ela o fazia gargalhar com uma frequência muito maior do que a normal.

– Sim, elas parecem mesmo. Venha aqui, quero lhe mostrar uma coisa – ele ofereceu o braço, e ela aceitou.

O grupo em que estavam caminhava um pouco mais à frente. Lilian não tinha medo de sua companhia; tratava-o como um homem normal e isso era inquietante e maravilhoso. Tinha esquecido como era bom não ser olhado com culpa, medo, raiva e desconcerto. Tinha esquecido que isso poderia ser algo bom.

– Aqui – ele disse, apontando para uma outra flor. – Essas parecem o bigode de um nobre arrogante.

Ela riu alto, e ele se sentiu presenteado com um som que fazia música às flores.

– É verdade – Lilian confirmou.

– Vamos – ele a puxou por alguns metros, aproximando-se um pouco mais do grupo que seguiam. – Essas – ele disse animado – parecem os lábios de uma dama.

– Sim – ela sorriu, ruborizou e deixou as flores ciumentas e opacas, porque nenhuma ali se comparava a ela ou àqueles lábios.

– Você entende muito de flores?

Lilian olhou para as últimas apontadas.

– Eu costumava gastar boa parte de meu tempo com o jardim da minha propriedade, em Parklane Hall, mas isso foi em outra vida – ele falou para dentro; não queria que ela escutasse, não queria nem ele mesmo ouvir.

– Aquelas ali – ela disse com a voz cheia de humor – parecem os chapéus de lady Kent.

– Mas aquilo não é uma flor, é um arbusto.

– E um bem feio na verdade – ela torceu a boca –, como os chapéus dela. Repare. – Indicou com a cabeça o grupo que ia mais à frente. – Ela carrega uma árvore horrorosa na cabeça. É sempre assim, galhos e penas e dez metros de tecido.

E ele gargalhou outra vez.

Lilian sabia como fazer o passado e todo peso que o acompanhava sumir como mágica. Olhou para a frente; ela voltava para a área onde acontecia o piquenique naquela tarde, só que não caminhava devagar e de maneira elegante como sempre, e, sim, segurando as saias, tentando correr de maneira eufórica em sua direção. O rosto branco, os olhos meio vidrados, os cabelos desprendendo do coque rígido. Ele perdeu o ar e deu dois passos para trás, angustiado.

– Um... – Ela chegou junto a ele, resfolegada. – Simon! – Tentou respirar.

Ele, sem perceber, a segurou pelos ombros, exigindo que ela falasse logo, que o tirasse da agonia que foi vê-la tão alterada.

– Fale, Lilian, pelo amor de Deus.

– Um... – Respirações entrecortadas – ...um gatinho.

Ele engoliu em seco. Demorou um bom tempo até que a informação entrasse em sua mente. *Ela disse "gato"?*

– Ali! – Lilian apontou em direção a uma árvore. – Pode cair, um gato... – E continuou alterada. – Ajude-me.

Sim, ela havia dito "gato".

Simon respirou uma dezena de vezes. Primeiro para reordenar o equilíbrio e recobrar a capacidade de se manter em pé. Depois, a fim de não sacudi-la a ponto de desprender todo o restante do coque de seus cabelos. *Um susto desses por causa de um maldito gato? Cristo!*

– Lilian – ele disse de olhos fechados; se olhasse para ela ou para a árvore que ela apontava, era provável que a sacudisse de verdade –, você está bem?

– Sim, é claro, mas, o gatinh...

– Mulher louca – ele murmurou –, como pode se alterar assim por causa de um animal estúpido?

– Simon, eu... – ela começou com a voz falha.

– Quase me matou de susto.

– Mas ele está no alto, você precisa ajudá-lo! – Lilian não desistia.

– Eu quem estou precisando de ajuda. Jesus, Lilian, não sinto as pernas até agora! – Ele abriu os olhos e viu que ela mordia o lábio inferior, contendo o riso. – Você está rindo de mim? – Estreitou o olhar.

Ela negou com a cabeça, mas continuou contendo o sorriso com os dentes sobre os lábios.

E ali o tempo parou.

Ou deixou de existir, a exemplo do que acontece naqueles textos românticos e piegas de poetas bêbados, estúpidos e apaixonados. Culpa daqueles dentes nos lábios e dos cabelos meio em desordem. Ele não soube direito o motivo, só entendeu que foi ali, junto ao lago de Easton House, com uma chuva de Sol respingando nos cachos meio soltos dela, que ele quis beijá-la outra vez. Como nunca quis nada na vida. Ele quis beijá-la como o louco que era acusado de ser. Os seus corpos estavam próximos e, conforme Lilian enchia o peito de ar, os seios dela tocavam sua camisa. Ele precisava muito mais do que isso. Precisava somente abaixar a cabeça e prová-la. Lilian pareceu sentir a eletricidade que os chicoteava; chegou a entreabrir os lábios, as suas pálpebras pesaram. Não, foram as dele que pesaram. Desceu as mãos dos ombros estreitos e correu toda a extensão das costas dela.

Ouviu-a arquejar.

Sua respiração alterada; tudo estava alterado.

Ele abaixou o rosto, iria beijá-la alheio a qualquer coisa. E Lilian era tão apaixonada ou inocente que talvez permitisse o beijo. Era preciso apenas ganhar espaço, trazê-la um pouco mais para junto, imobilizar sua cabeça, deixá-la sem saída e…

Um estalo próximo o fez desviar a atenção dos lábios dela para a frente.

Ao menos umas dez pessoas do grupo olhavam aquela cena estarrecidas.

O sucesso de meu plano sem nenhum esforço – ele constatou.

Sem nenhuma estratégia mirabolante.

Ela entregou para ele de bandeja. Fácil demais. Simples demais. Vazio demais.

Devia prosseguir, beijá-la e então encarar esse grupo com o sorriso diabólico da vitória.

Devia fazer isso logo, mas…

Não quis.

Ao contrário, sentiu nojo de si por pensar em tal coisa naquele momento. Isso porque, em vez da satisfação por ter conseguido alcançar o que se propôs, ele sentia algo ainda maior, uma necessidade louca de protegê-la, de tirá-la dos olhos de todos, de levá-la embora junto a si, carregá-la nos braços, sumir. Não fez, é claro que não. No lugar, deu alguns passos para trás. Lilian piscou, parecendo confusa. Ela estava de costas para a audiência. Nem notara o que aconteceu.

– Hã! Onde está esse gato? – ele perguntou com a voz rouca.

Ela o olhou perdida; então as sobrancelhas finas desenharam um arco.

– Ali! – Apontou com o dedo em direção a uma das árvores. – Precisamos ir, ele estava tão assustado.

– Vamos – ele disse e afrouxou o nó da gravata, abalado.

Ao passarem pelos demais convidados, alguns cochicharam, outros apenas os observaram.

Ela chamou por Anabele, que conversava distraída junto a outro grupo. A jovem, que tinha retornado às atividades há alguns dias, ouvia a explicação meio atropelada de Lilian sobre o gato e a árvore. Logo umas cinco pessoas resolveram segui-los na aventura.

Era melhor que não estivessem a sós; nem poderiam se afastar desse jeito a sós. Se estivessem a sós, ele não salvaria gato algum, não sem antes beijá-la – até...

Até que ele próprio fosse salvo. Por sorte, estavam na frente da árvore quando esse pensamento assustador invadiu sua consciência; não teve tempo de refletir a respeito.

– Mas ele está muito alto – lorde Aiders disse.

– É melhor chamarmos um dos criados para tirá-lo de lá – completou a senhora Bickel.

– Não, não podemos – Lilian quase gritou –, ele pode cair a qualquer momento ou se jogar.

– Ninguém aqui poderá subir nessa árvore – disse lorde Drechsler, outro almofadinha.

– Inferno – Simon murmurou –, eu subo.

Não se ouviu coro algum de oposição preocupada, o que provavelmente aconteceria se qualquer outro homem se candidatasse a subir. Enquanto tirava a casaca, ele supôs que a não oposição à sua oferta tinha dois motivos:

ninguém tinha coragem de se opor a ele; ninguém se preocupava com ele a ponto de levantar a voz.

Com as mãos nos bolsos da calça, analisou a árvore que teria de escalar a fim de resgatar o gato. Devia ter no mínimo uns dez metros de altura. Viu o galho mais baixo que usaria para ter acesso aos demais e se aproximou da árvore.

– Cuidado, por favor.

A mão enluvada de Lilian tocou seu ombro.

– Não vai ser a primeira nem a segunda árvore que escalo na vida. Pode ficar tranquila, o gato chegará em segurança ao chão.

– Eu me preocupo de verdade com você. Podemos chamar alguém e...

Não a deixou terminar e já se pendurava no galho mais próximo. Impulsionou o corpo para cima e foi com movimentos calculados ganhando a árvore em direção a seu objetivo. Ignorou as mãos que suavam um pouco e o fato de que, conforme ele subia, a árvore parecia muito mais alta do que na segurança da terra firme. O ar entrava e saía rápido pelo esforço dos músculos. Um pé em outro galho e mais um impulso dado. Pisou em falso ou o galho não era tão grosso quanto calculara. Sentiu a sola da bota derrapar, agarrou com esforço uma saliência acima e conseguiu se reequilibrar sem cair. Respirou aliviado e pisou em um lugar mais firme. Ouviu uns gritinhos abafados e a voz de Lilian se sobrepondo aos demais sons.

– Simon, desça, pelo amor de Deus.

– Não, Lilian – ele disse em voz alta –, vou salvar esse gato e depois matá-lo com as próprias mãos.

– Cuidado – ela pediu.

Uma vez com o gato nas mãos, o caminho de volta poderia ser mais fácil se aquele felino estúpido não tivesse cravado as unhas na base de seu pescoço.

– Maldito, pare com isso – resmungou quase junto ao chão.

Os seus pés tocaram a terra e o gato infeliz enterrou as unhas mais fundo em sua pele. Arrancou-o de si com um movimento meio bruto e afastou o corpo do animal do seu rosto. O filhote se contorcia agitado.

– Obrigada! – Lilian pegou o bichinho com uma habilidade espantosa. – Que bom que conseguiu. Por um momento achei que teríamos que mandar alguém lá em cima para resgatar o senhor também – ela disse em tom de brincadeira, enquanto todos viravam para retornar ao local do piquenique.

Ele olhou para o felino que se aninhava confortável no colo dela.

– Como você consegue isso?

– O quê?

– Que ele não queira matá-la. – Apontou com a cabeça para o gato. – Ele devia ter essa reação comigo, afinal fui eu quem o salvou.

– Eu não sei, sempre foi assim. – Ela aconchegou o gatinho como um bebê. – Eles parecem se acalmar em meu colo.

– Hum – respondeu, sentindo o pescoço arder pelo arranhão e o músculo da perna puxar. Talvez tenha distendido alguma coisa nessa aventura ridícula.

– Eu agradeço. – Ela o surpreendeu com um beijo na bochecha.

Aqueles lábios, os mesmos com os quais ele vinha sonhando havia muitos dias, e somente um toque deles, fizeram o seu rosto esquentar.

O que é isso?

Agora ele corava como uma velha encalhada por causa de um beijo no rosto? *Cristo e todos os pregos que usaram nele!* Se fixou no grupo à frente e notou que ninguém mais olhava na direção deles.

– De nada – disse muito mais inconformado do que aparentava. – Vou voltar para casa – continuou, pisando firme –, Deus sabe o que mais você pode encontrar em perigo e o que eu terei que fazer se continuar aqui.

Se continuar aqui eu é quem estou em perigo.

Saiu ouvindo o som da voz dela se perder junto aos próprios passos contra a terra. Não entendeu o que ela disse. Mas entendeu, sim, que boa parte de si sentiu prazer em bancar o herói e em ganhar um beijo no rosto por isso.

Deus o ajudasse.

Capítulo 14

Agosto de 1845

Lista: Como Simon Thorn passou a fazer tanta diferença em minha vida em apenas dez dias?
Um: ele me afeta de um jeito estranho;
Dois: quanto mais o conheço, mais ele me surpreende;
Três: sempre considerei interessantes pessoas ou bichos que precisassem ser salvos; será que é esse o caso?;
Quatro: intrigante. Simon é muito intrigante.

Lilian parou a pena e olhou através da janela à sua frente.

Em parte do tempo que passavam juntos, ela via nele um homem distinto de sua fama de frio, controlador, perigoso, desalmado; em outra, ela tinha certeza de que ele havia matado a esposa. Não, isso não era verdade. Lilian tinha certeza de que ele não era um assassino, mas ele era muito inquietante. Bem, possivelmente era um dos seres mais complexos que já conhecera; em muitos momentos sorria de maneira descontraída e a deixava à vontade e feliz com sua presença. Como se fossem amigos de longa data. Em outros, ele se fechava do mundo igual a um caramujo centenário e se afastava e parecia a olhar com raiva ou indignação. Simon era misterioso e profundo. Profundo, como o azul de seus olhos quando escureciam por... desejo? Ele a desejava. Ela estava certa disso. Ou quase, já que tivera muito pouca experiência com homens e desejo. Entretanto, desse pouco que conhecia, ela sabia reconhecer quando um homem queria uma mulher e, como ela nunca fora desejada por ninguém dessa maneira tão intensa e clara, nem mesmo por Rafael, ele a afetava tanto. Pegou a pena e continuou a rabiscar sua lista no papel.

Cinco: ele me faz sentir viva de um jeito que nem sabia ser possível. Será que sou eu quem precisa ser salva?;
Seis: toda vez que me olha, meu coração sai pela boca;

Sete: as mãos suam. Mentira! O corpo inteiro sua. Seria injusto culpar somente as mãos;
Nove: as pernas amolecem;
Dez: eu não raciocino direito;
Onze: calor, muito calor;
Doze: não tenho mais fome;
Treze: sonho com ele enquanto durmo;
Catorze: acordada também, o que é perturbador;
Quinze: quero estar junto a ele o máximo de tempo que puder, mesmo com a prudência e o bom senso ordenando, gritando o contrário.

Ele podia ser sua ruína. Ela sabia que as pessoas há alguns dias olhavam-na de um jeito diferente. Somente essa aproximação pouco comum entre os dois já devia ser motivo de falatório. Ela perderia sua reputação? E, se perdesse, ela se importava com isso?

Não.

A sua boca secou diante da conclusão. Lilian, que sempre cuidou de sua imagem, estava dando muito pouca importância a ela nos últimos dias. Só queria estar com ele, sem pensar em nada. Só queira estar junto a ele, ao calor daquele corpo enorme e poderoso e...

Meu Deus!

Ela o desejava.

Era isso que ele despertava em seu corpo: desejo. Demorou a entender porque nunca sentira nada parecido por homem nenhum. Mas só podia ser isso. Notou a cabeça pesar e a visão turvou. Desejá-lo seria uma traição à memória de seu marido?

Muito pior do que a imagem que construiu era sua autoimagem. Ela se orgulhava de como lidava consigo mesma. Olhou o reflexo no espelho. Queria que Simon a beijasse. Queria sentir sua pele, seu cheiro; queria senti-lo por inteiro. Apertou a pena com força na mão.

Estava manchando o voto de fidelidade que fizera ao marido.

Jurou no leito de morte dele jamais se envolver com outro homem. Rafael era bom demais, e morreu cedo demais para merecer que ela sequer pensasse nisso. Fechou os olhos.

A pena, ela ainda a apertava como se seu equilíbrio dependesse disso.

Lembrou-se do quarto do marido na casa de Londres, o leito que foi seu resguardo final, e da última vez em que o viu. A cama era como um casulo da morte. Ela sabia que ele estava lá, esperando acontecer. Acompanhou o mesmo processo ao lado de sua mãe alguns anos antes. Sentia-se perdida e sozinha uma vez mais. Tinha um filho pequeno e ninguém a quem pedir apoio emocional e carinho. Ela ficava dia e noite quase inteiros ao lado dele; foi assim por duas semanas.

– Lilian – ele disse com a voz fraca. Ela se aproximou e se sentou a seu lado; nos últimos dias ele mal tinha forças para falar.

– Na minha escrivaninha, aqui do quarto – ele respirou cansado e continuou com a voz ainda mais fraca –, você encontrará uma carta, uma carta minha. – Rafael ofegou e tossiu.

Lilian levou o copo que estava na mesinha ao lado da cama e ofereceu água a ele.

– A carta – ele prosseguiu após dar um gole –, você deve entregá-la à sua irmã, caso a veja algum dia.

Uma carta de Rafael para Kathelyn? Uma carta que ele pediu no seu leito de morte que entregasse à irmã que não via há três anos, desde que o pai a expulsara de casa? O que seria? Ouviu a voz fraca do marido explicar:

– Eu preciso que ela me perdoe por um mal-entendido do passado – ele disse parecendo ter recuperado um pouco sua determinação –, mas você deve me prometer que não irá abri-la.

Lilian normalmente não era uma pessoa curiosa. Ela não se importava muito com os segredos dos outros. Se fosse sincera, teria que admitir que ela respeitava a intimidade dos outros apesar de, por vezes, ficar curiosa. Mas ali, naquele dia, ela sentiu a maior vontade de sua vida de perguntar, exigir respostas. Não o fez. Nunca fazia, não era certo. Se Rafael não contara espontaneamente, ela não exigiria saber.

– Promete que não irá abrir, mesmo que nunca mais a veja? – o marido exigiu.

– Prometo.

Como poderia negar? Ele estava morrendo.

– Lilian – ela ouvi a voz dele que voltava a ficar baixa –, perdoe-me por qualquer coisa que possa ter feito. Se... – Ele tossiu e tomou algumas respirações com dificuldade. – ...se eu fiz algo que não a deixou feliz, perdoe-me.

Então ela se conformou e, de certa maneira, entendeu. Talvez fosse uma necessidade daqueles que sentem que estão deixando esse mundo, a de pedir perdão a todos. E, ali, ela se compadeceu do marido; frágil, acabado, sem nada do homem vigoroso e forte que conheceu. Ele não era nem mesmo o esboço desse homem.

– Você não tem que me pedir perdão, Rafael, você me fez muito feliz e...

– Não, eu tenho que pedir perdão. Por favor, perdoe-me por não ter sido bom o bastante – ele disse com a voz entrecortada pela dificuldade de respirar.

– Você é o melhor homem que eu conheci e... E você realizou todos os meus sonhos; uma casa, um casamento, um filho... Você fez isso quando ninguém mais faria.

Quando acabou de falar, Rafael chorava. E ela também chorou porque estava outra vez sozinha. Todas as pessoas que amava a deixavam. Foi naquele momento que resolveu fazer a promessa de não ter mais ninguém.

– Eu nunca mais vou me casar, eu...

– Lilian... – Ele tossiu muitas vezes; quando parou, disse. – Apenas seja feliz.

– Isso me fará feliz; ser fiel a você me fará feliz.

Dessa vez, não houve resposta. Rafael morreu um dia depois.

Ela se olhou no espelho outra vez, passou a mão no rosto, no queixo, escorregou a ponta dos dedos nos lábios. Lembrou-se do toque de Simon. Notou as bochechas ficarem vermelhas. Sentiu-se suja, pequena e confusa.

Não era certo, era o máximo do errado, mas mesmo assim Lilian só conseguia pensar que ele era tudo o que ela queria naquele momento.

Se ela se apaixonasse.

Cristo. Jesus!

Olhou a pena trêmula; culpa dos dedos nervosos contra ela.

Ela estava apaixonada?

Recordou-se da voz de Anabele ecoar em sua consciência.

– Para você é fácil falar porque nunca se apaixonou; se um dia passar por isso, entenderá como dói e como é forte e como nada do que você faz parece amenizar esse sentimento. Ele não pede permissão, ele se apossa da sua vida e, então, você não controla mais nada.

Estava perdida.

Olhou o papel. Podia escrever o número dezesseis da lista. A frase gritava em sua mente: *Estou perdidamente apaixonada pelo homem mais errado de toda a Terra.*

Como isso foi acontecer?

Ela sempre se julgou imune a essa classe de sentimento tão espontâneo, tão irracional, tão fora dos planos. Como isso foi acontecer justo com ela?

Engoliu em seco, atordoada, e sentiu raiva de si, dele e do mundo.

Sentiu nojo de si, da promessa que fez ao marido, do desejo de quebrá-la.

Se Simon a quisesse, ela o aceitaria? Mancharia sua reputação e sua alma?

Sim.

Foi a resposta que rompeu dentro dela.

Lilian pegou com os dedos ainda trêmulos a lista que estava à sua frente e rasgou em tantos pedaços quantos conseguiu. Jogou uma chuva de fragmentos brancos ao ar. Abaixou a cabeça no tampo da penteadeira.

Ela teria que ir embora e esquecer toda aquela loucura. Se fosse apenas a vaidade, estaria disposta a pagar seu preço. Mas abrir mão de seu orgulho, de sua honra? Acreditava que era um preço alto demais a se pagar. O melhor a fazer seria partir antes que Simon a deixasse sem nenhum dos dois.

Diante dessa certeza, ela chorou.

– Eu devo ir na primeira hora da manhã – Lilian disse, sentando-se em uma das poltronas da biblioteca após o jantar.

– É uma pena, você sabe como sua presença influenciou e influencia o comportamento de Anabele – Caroline Bowmer afirmou depois de dar duas palmadinhas em seu ombro.

– Sim. Bem... eu apenas não posso mais ficar.

A senhora Bowmer olhava para ela e para a porta da sala de jogos, lugar onde todos os cavalheiros se reuniam para fumar charuto, beber conhaque e, claro, jogar após o jantar.

– Eu entendo, minha querida, você tem um nome a zelar, e essa sua amizade repentina com o barão assa... – Lilian lançou-lhe um olhar que mostrava com clareza que desaprovava o apelido –, com lorde Owen – a mulher prosseguiu em um tom mais ameno. – A sua amizade com ele... Ah, bem, a senhora sabe, as pessoas começam a falar. Mas, como sempre, a senhora toma a atitude correta.

Lilian odiava ser o alvo das fofocas. Odiava ainda mais ter que mentir para deixar de ser o alvo das fofocas. Mas, infelizmente e dada as circunstâncias, não havia outra saída senão a mentira. Jane, sua ajudante de quarto, dizia que Lilian não sabia mentir, afirmava que seu lábio inferior tremia um pouco toda vez que ela tentava esconder algo. Graças a Deus, a senhora Bowmer não era Jane nem Kathelyn. Sua irmã mais velha, essa, sim, era capaz de dizer quando Lilian tinha a intenção de contar alguma inverdade antes mesmo que ela abrisse a boca.

– A senhora deve lembrar que só me aproximei de lorde Owen por causa de Anabele e da visita inesperada de Joe. Imaginei que ele, na qualidade de sobrinho preferido de lady Margareth, teria influência para fazer com que a tia cometesse a descortesia de desconvidar o senhor Landscape, arrumando qualquer desculpa esfarrapada. E, de fato, funcionou.

– Sim, é claro, mas... Joe já se foi há vários dias, e a senhora está ainda mais próxima do barão agora. – Caroline Bowmer apontou para a sala de jogos como se mostrasse um culpado.

– O que queria? – ela se defendeu. – Que eu pedisse um favor desses sem revelar os meus motivos para isso e, após ele concordar, que eu me afastasse de maneira ingrata e rude? – Lilian não parava de mentir. E seu lábio tremia tanto que aumentava o trepidar das velas nos lustres de cristal, ela tinha certeza disso.

Mentiu que Simon só concordou em conseguir que Joe fosse embora de Easton House porque foi ele quem o colocou lá dentro. Omitiu que Anabele havia recebido uma carta – ou mais – de Joe e que tal carta foi entregue pelas mãos do barão. É verdade que fez isso para manter sua promessa junto a Anabele e não para proteger Simon. Não, fez isso também porque acreditava, de uma maneira quase infantil de tão ingênua, que Simon tinha se arrependido de suas ações impensadas.

Deus, chega!

Não queria mais se lembrar do real motivo que a levava a mentir para protegê-lo e da razão de sua fuga da casa de lady Margareth Marfleet.

– Está certa, milady – foi a voz esganiçada da senhora Bowmer que a devolveu para a biblioteca. – Eu nem sei o que teria feito aqui sem a senhora. E, veja – a cabeça ruiva da mulher apontou em direção a Anabele –, ela está conversando com o visconde Dexton. É a segunda vez hoje que ele dispensa sua atenção a Anabele. Não é maravilhoso?

Lilian concordou com um sorriso educado. Pouco depois, assistiu a Anabele pedir licença ao visconde e a sentar a seu lado com uma expressão perdida. Caroline Bowmer, que parara de falar com Lilian, distraiu-se com uma conversa paralela.

Anabele se aproximou mais e disse em tom de segredo:

– Há dias reparo na maneira como lorde Owen olha para você.

– De que maneira me olha? – as bochechas arderam.

– Sei por que vai embora e acho que você é uma tola por não aproveitar esta festa e talvez viver coisas com as quais nunca nem sonhou.

– Anabele, você não entende – ela suspirou vencida. – Eu não posso.

– Por quê? Você é viúva; ele também é.

O coração de Lilian disparou e ela olhou para baixo; sentiu-se envergonhada, antes de declarar qualquer coisa.

– Jesus Cristo, Lilian, o que você tem a perder? – a jovem insistiu.

Ela olhou para um e outro lado a fim de se certificar de que ninguém ouvia e disse:

– A minha honra, o meu orgulho, tudo o que eu acreditei e acredito ser.

– Isso não é nada comparado ao que você pode viver junto a ele. Eu reparei, e acredito que boa parte das pessoas também, na maneira como vocês ficam quando estão juntos.

Ela levou as mãos às bochechas.

– E como ficamos?

Lilian sabia como ficava; sem razão, sem pernas, sem ar, sem voz, sem a menor capacidade de querer nada que não fosse estar mais próxima a ele.

– Como um casal apaixonado fica.

– Apaixonado? Que absurdo. E mesmo… mesmo… – ela ofegou e abaixou ainda mais o tom de voz – …mesmo que, por acaso, eu tivesse cometido a maior estupidez da minha vida e me apaixonado por ele, Simon… quero dizer, lorde Owen não é o tipo de homem que se apaixona por alguém.

Anabele olhou para os lados com uma expressão maliciosa e deu uma risadinha.

– Eu sabia – a amiga vibrou.

– Shhh! Quieta, Anabele. – Ela bateu com o leque nas coxas da amiga, que riu ainda mais. – Nada vai acontecer, entendeu? – Lilian sussurrou incrédula diante do que acabara de confessar em voz alta.

– Vamos – Anabele não desistiu –, você deve se dar uma chance.

– Não. – Lilian reprimiu a vontade de rir.

Vergonha? Nervoso? Não soube. Ou, talvez, pela primeira vez na vida ela se permitia ser jovem.

– Nunca ouviu que os libertinos, quando se apaixonam, são os melhores e mais devotados maridos do mundo? – a amiga cochichou.

– Essa história é uma tolice. – Ela ainda lutava contra o sorriso. – Libertinos de verdade não se apaixonam, não são reformados e nem se permitem correr esse risco.

– Se Simon for inocente do crime que o acusam, você não acredita que ele tem motivos de sobra para ter vestido esse papel horrível, até mesmo para se proteger? – Anabele perguntou em um tom quase desafiador.

– Não... quer dizer... – Piscou confusa. – Acredito que ele seja inocente do assassinato, mas não da libertinagem.

– Talvez, sob essa aparência inatingível, exista um coração grande demais que ele quer proteger, e não a sua reputação.

Lilian sentiu o próprio coração acelerar. Porque ela mesma queria proteger o seu coração. Olhou para uma das portas à frente; era a entrada da sala de jogos onde Simon estava.

– Lilian – a senhora Bowmer voltou a chamá-la –, estava dizendo a lady Kent que a senhora está certíssima, como sempre, em deixar esta propriedade antes que a aproximação com lorde Owen a prejudique de alguma maneira. É a atitude mais acertada que podia tomar.

A senhora Bowmer não saía do lugar; o assunto não mudava nunca. Anabele cutucou discretamente suas costelas. Lilian olhou a jovem, que imitava a mãe com uma careta engraçada.

– Eu não vou por sentir que minha reputação esteja ameaçada, senhora Bowmer – respondeu, concentrando-se para não gargalhar da brincadeira da amiga.

– Ah, não? – perguntou a mulher com olhos bem abertos de surpresa.

– Não. Vou porque recebi uma carta de minha babá dizendo que meu filho machucou o braço há alguns dias quando a desobedeceu e subiu em uma árvore.

– Oh, meu Deus! – a mulher disse com um pesar forçado.

– Está tudo bem, mas, a senhora deve entender, sou mãe e não sossegarei até vê-lo e ter certeza de que realmente se encontra bem.

– Não, é claro… A senhora tem mais é que ir ver seu filho.

Pronto, estava feito. A maior mentira de sua vida? Talvez sim. Sentiu-se tão mal por ela que todo motivo de graça que compartilhava com Anabele se esvaiu e as suas mãos tremeram acompanhando os lábios. Podia ser castigada por mentir usando seu filho? *Deus me livre.* Ela realmente estava com muita saudade do filho; nunca se afastara por tanto tempo dele. Então não havia contado uma grande mentira. Era por um bom motivo, e tinha certeza de que essa informação nos lábios de uma das maiores fofoqueiras de Londres garantiria que todos na reunião soubessem seus motivos para ir embora em apenas uns quarenta minutos. Ela sairia e em poucos dias seu nome estaria desvinculado de qualquer fofoca relacionada a Simon Thorn e, o principal, sua honra e seu coração estariam seguros.

Tcha! *Plaf*! *Plot*!

– Desgraçado! – ouviu-se, seguido pelo barulho de outros estouros vindos da sala de jogos.

Metade das mulheres já se levantava; outra metade se abanava freneticamente com seus leques e tapava murmúrios assustados com as mãos. As costelas de Lilian apertaram os pulmões.

– Simon… – Escapou de seus lábios.

Antes de se dar conta, ela seguia um grupo de damas até a sala de jogos.

– Com licença – foi dizendo entre braços, casacas, saias e penteados.

Uma vez dentro, a fumaça forte de charuto fez com que ela ficasse sem ar; as costas largas e a altura dos homens não a deixavam ver tudo o que acontecia. Eles não eram tão altos; Lilian que era bem pequena. Esticou o pescoço e viu que o homem no meio de uma roda aberta, feita por móveis afastados e pessoas curiosas, era bem mais alto do que o restante, era Simon. Era ele quem brigava. Como um gato de rua, como um marginal. Como se estivesse em seu antro de jogatina ou em um bordel.

E quem quer que fosse seu parceiro de briga, apesar de não ser tão grande quanto ele, parecia ágil, já que o barão acabara de se esquivar do que Lilian acreditou ser um golpe e, agora, esquivava-se outra vez.

– Eu aposto cem libras no barão assassino – gritou um dos homens.

– Eu cubro sua aposta em lorde Aiders.

Ah! Então é esse o adversário de Simon. Ela tentava quase em vão se contorcer, pular, abaixar e desviar a fim de enxergar qualquer coisa. Enquanto ganhava espaço, se perguntava por que os homens eram tão idiotas, por que tinham que brigar daquele jeito. E se realmente se machucassem? Seu coração parou por um instante. E se Simon se machucasse?

Ai, meu Deus!

Se fossem dois nobres tradicionais e orgulhosos, possivelmente nem estivessem metidos em uma briga para resolver as coisas, porém Simon não era um aristocrata comum. Não como ela entendia que deviam ser os nobres comuns. Ele não se importava com nada. Sua reputação já não valia coisa alguma e seu senso de honra e de justiça talvez o levassem a resolver as coisas assim, entre socos, grunhidos e gritos. Ela ouviu a seu lado o senhor Melbourne, que falava sem se dar conta de sua presença.

– E tudo isso porque lorde Aiders apostou que seria ele o próximo a levar lady Radcliffe para a cama.

Oh, Jesus! Sua visão ficou turva; era sobre ela, a briga era por causa dela.

– Eu nem sabia que homens da classe dele se preocupavam em defender a honra de uma dama – continuou o senhor Melbourne.

– Bem, talvez ele tenha ficado enciumado – respondeu o visconde de Dexton.

– O barão assassino enciumado? – alguém perguntou entre os murmúrios.

– É mais provável que seja por ciúmes do que para defender a honra de alguém – o senhor Melbourne contrapôs.

Ar, ela precisava de ar e...

Crash!

– Nossa! Essa deve ter doído! – Ela ouviu uma voz masculina afirmar.

Quem foi atingido? Precisava saber; mal sentia as pernas, seu corpo.

– Com licença, senhores, por favor – ela nem notou que sua voz se sobressaía ao enorme burburinho.

A satisfação por ter o caminho aberto para sua passagem foi tamanha que nem percebeu que todos os olhos da sala se desviavam da luta para ela. Em segundos, ela assistia, como primeira da fila, ao espetáculo de entretenimento brutal armado por Simon e lorde Aiders. Em apenas um ou dois segundos a mais, seu estômago torceu ao ver sangue no rosto e na camisa branca de Simon; ele estava ferido. *Deus, ele está ferido! Crash*! O rosto de lorde Aiders foi jogado para trás com o que ela acreditou ser o murro mais forte que alguém já deve ter tomado na vida; três passos cambaleando para trás e o lorde caía, possivelmente desmaiado no chão.

Silêncio.

Apenas sua respiração existia; todos os sons do mundo silenciaram. Simon olhava para baixo, para o corpo caído de lorde Aiders. Alguns outros nobres já estavam agachados junto ao nobre estendido como um salame posto para secar.

– Ele está desmaiado – vociferou o senhor Melbourne junto ao corpo inerte do visconde.

– Monstro! – Soou uma voz no meio do grupo.

– Assassino! – respondeu outra voz masculina.

E os sons aos poucos voltavam a preencher o ambiente.

Em um piscar de olhos, a audiência toda se manifestava ofendendo e acusando Simon de monstro, assassino ou de assassino monstruoso. Gritos cortavam o ar e diminuíam o coração de Lilian, que notou Simon abaixar a cabeça e encarar os próprios punhos cerrados. E antes que ele resolvesse responder a todos com violência ou que saísse da sala enxotado como um criminoso, ela sentiu o sangue ferver no rosto, na cabeça, em todo o corpo.

– Tomem vergonha, senhores – Lilian gritou.

Fez isso com tanta força e atitude que, de imediato, a sala preenchida por berros e acusações silenciou.

– Os senhores só o ofendem por causa da fama que ele carrega. Se fosse lorde Aiders o vencedor e Simon estivesse estirado no chão, estariam dando-lhe os parabéns. – Ela ofegava e gesticulava, libertando a raiva reprimida, escondida, nunca vista. – O que ele fez de tão errado? Foi acusado por um crime que ninguém ao menos sabe se foi ele quem cometeu? E, agora há pouco, defendeu-me diante dos senhores que se dizem pares uns dos outros?

Ela encarou aqueles que alcançou; um a um, os homens desviavam os rostos, e as mulheres a desafiavam com suas bocas meio abertas. Lilian só sentia o sangue ferver.

– Vergonha – ela gritou. – Os senhores ao menos deram a ele o benefício da dúvida? E se fosse com um filho ou com vocês próprios que algo semelhante tivesse acontecido?

O silêncio era quebrado por um pigarrear e o abanar de alguns leques.

– Os senhores se julgam tão acima do bem e do mal, tão cheios de normas e etiquetas e conseguem ser ainda piores do que a escória a que o acusam pertencer – ela gritava resfolegada. – Coloquem ao menos um dedo em suas consciências e se perguntem se ele não pode ser inocente. Talvez devessem então todos os senhores pagar pelo crime que ele não cometeu. – Ela sentiu lágrimas descerem pelo rosto.

– Lilian… – Ouviu atrás de si, próximo à sua orelha. – Já chega – Simon continuou em voz baixa –, você não precisa me defender, eu não… não me importo.

– Mas eu, sim, me importo – ela continuou vociferando. – Como podem ser tão cruéis?

– Lilian, querida. – A mão dele envolveu sua cintura e a trouxe para junto do corpo como se quisesse guardá-la. – Não faça, eu…

Ela jurou que a voz de Simon estava embargada. Encarou-o e viu que os olhos azuis reluziam lágrimas ou estavam cobertos de sangue demais para que Lilian tivesse certeza disso.

– Você está… – Ela tocou na bochecha dele.

– Vamos sair daqui. – Ele deu um passo, levando-a junto.

Somente quando pisou em falso e Simon sustentou-a do tropeção foi que Lilian piscou e sua razão fugida voltou a estar presente, como se despertasse de um sonho. Porém, diferente da ilusão, ela não estava a sós em sua cama, respirando aliviada. Estava, sim, cercada de pessoas que a olhavam e cochichavam como se ela fosse cúmplice de um assassino. O que ela pensava fazer? Não entendeu a própria resposta ou pouco se importou com ela, queria apenas sair de lá junto dele, continuar dentro daqueles braços, protegida e acolhida. Ali ela encontrava forças para se opor ao mundo se fosse preciso; encontrava forças até mesmo para passar por cima daquilo que acreditou e defendeu durante boa parte de sua vida.

Eles andaram toda a extensão das escadas e dos corredores em silêncio.

Simon sentia o coração pulsar com força nos membros do corpo inteiro, concentrado em um específico. E isso nada tinha a ver com a dor que ele sentia no corte acima da sobrancelha.

Lilian o defendera na frente de todos os convidados de sua tia. Como uma justiceira cega. Fora a única pessoa em seis anos que fez algo parecido. Ele não entendeu o porquê daquela atitude. Também não se preocupou em entender. Só conseguia pensar em chegar ao seu quarto e beijá-la, arrancar as roupas dela... Não, deveria lavar o sangue do rosto primeiro; então, aí, sim, beijá-la e arrancar aquele vestido horroroso do corpo dela.

– Simon, você está quase correndo – ela disse resfolegada.

– Sim, você tem razão. – Sua voz saiu rouca, e ele aumentou ainda mais a velocidade das passadas.

– Agora, sim, estamos correndo – ela confirmou, respirando pela boca. – Pare, isso pode aumentar o sangramento.

– Ainda não é rápido o bastante.

– Dói tanto assim? – Lilian perguntou.

Então ele a olhou; boca entreaberta, faces coradas, alguns fios dos cabelos presos entre os lábios, lábios esses que ele precisava provar. Precisava tanto que nada mais importava.

– Você não faz ideia – ele respondeu e voltou a correr, puxando-a.

Apenas mais um pouco e logo estaria sobre ela, dentro dela. *Cristo!* Estava tremendo. Parou à porta do quarto. Colocou a mão na maçaneta. A razão obscurecida pelo desejo não o deixou perceber que a porta deveria estar fechada. Só quando se jogou para dentro é que tomou consciência de que sua tia e dois criados estavam naquele ambiente. A audiência dificultaria o plano de despir Lilian e estar dentro dela em no máximo dez minutos.

– O que diabos a senhora está fazendo aqui? – ele disse em tom ácido, sem raciocinar.

– Simon! – Lilian contrapôs com a voz estrangulada, ainda mais vermelha do que estava antes de cruzarem a porta de seu quarto.

A tia mediu-o dos pés à cabeça e, então, a sua presa – ou melhor, Lilian – antes de dizer:

– Você está horrível, Simon – ela encolheu os ombros estreitos e arrumou o monóculo na ponta do nariz. – Eu soube da briga, o Sr. Barson, o meu mordomo, veio correndo me avisar. Então imaginei que talvez você precisasse de ajuda antes de... – Ela parou a frase no ar e olhou para Lilian. – Antes de se retirar.

– Eu... eu... – Lilian sumia no batente da porta a cada palavra que soltava. – Eu vou para o meu quarto, já que... já que não precisa de...

– Não vai a lugar algum. – Ele soltou entre os dentes e entoou autocrático. – Tia, agradeço sua atenção, mas lady Radcliffe me acompanhou até aqui porque tem muita experiência em ajudar animais feridos.

Ele ouviu Lilian puxar o ar com força ao seu lado.

– Animais? – Margareth perguntou, segurando o monóculo, como se o objeto pudesse evaporar em seu rosto caso ela não o fizesse.

– Pessoas, animais, todo tipo de ser vivo com problemas – ele completou impaciente.

Lilian sufocou um gemido mortificado no peito.

– Eu... Não é bem... Na verdade, acredito que sua tia... – ela tentou se justificar.

– Você não vai a lugar algum. Boa noite, tia – ele disse como um general.

– Simon Thorn – Margareth Marfleet estreitou os olhos por cima da armação dourada –, deixe lady Radcliffe se recolher em paz.

– Ela não quer ir. – Ele começou, apertando os dedos de Lilian entre os seus.

– É melhor mesmo eu ir – Lilian o interrompeu, puxando a mão para longe da sua.

– Mas...

– Ela vai, Simon – a tia o cortou.

Ele sentiu o gosto de ferrugem do próprio sangue na boca quando ela pediu.

– Com licença.

Assistiu, ainda inconformado, a Lilian fazer uma genuflexão e deixar o quarto, se afastar de seu corpo e ir embora antes de satisfazer seus desejos. Ficou com mais raiva da tia do que do nobre idiota que ofendera Lilian há pouco, no salão de jogos.

– Não adianta fazer essa carranca; esse seu vinco entre as sobrancelhas não me intimida, Simon, você já devia saber.

– Eu não estou fazen…

– Sente-se. O doutor Piers já deve estar chegando.

– A senhora chamou um médico? – Mergulhou ainda mais na frustração.

– É claro que sim. Lorde Aiders precisou ser despertado com sais. Disseram-me que o rosto dele tem o aspecto de um pedaço de bife martelado.

– Que exagero! – Simon contrapôs e jogou o corpo na cadeira bufando.

– Dizem que você só não o matou porque lady Radcliffe interveio. – A condessa arqueou as sobrancelhas.

– É mentira.

A tia olhou para os dois criados que encaravam a parede, mas que não por isso eram surdos, e disse:

– Obrigada, vocês podem ir. Quando o doutor chegar, por favor, tragam-no até aqui.

Simon encostou a cabeça no respaldo da poltrona e viu os olhos de Lilian: amarelos, brilhantes, como dois vagalumes dourados. Ficou frustrado uma vez mais com a presença invasiva da tia.

– E pare de bufar porque a conversa que teremos ainda nem começou – ela afirmou em tom de voz inflexível.

– Ah, tia, poupe-me. A senhora não me tirou de Londres para me dar lições de moral sobre brigas entre cavalheiros – ele disse desafiador. – Se fosse um crime tão ruim, teria que interditar minha casa de jogos.

– Eu não ligo a mínima para o rosto de lorde Aiders e, se quisesse arrumar briga com todos os meus convidados, eu lamentaria muito o inconveniente de incomodar o doutor Piers tantas vezes, só que… – Ela o encarou. – Nossa conversa nada tem a ver com quantos socos você deu no rosto daquele almofadinha.

– Ah, não? – Simon indagou surpreso, ainda pensando na insatisfação que experimentava por ter deixado Lilian sair de seu quarto.

– Você sabe que eu não sou tola. Entendi o que o levou a bater no lorde e, se eu fosse homem, talvez eu mesma o tivesse acertado.

Os lábios dele esboçaram um meio sorriso. Ele sempre gostou da tia.

– Tem a ver com Lilian Radcliffe – ela concluiu.

Talvez ele não gostasse tanto assim da tia, afinal.

– E o que tem ela?

– O que você pensa estar fazendo, Simon? – a condessa indagou.

Ele realmente detestava ser questionado.

– O que eu penso não devia estar ocupando sua mente, tirando-lhe as horas de sono, tia. – Ele voltou a encostar a cabeça na poltrona e fechou os olhos.

– Não, eu só lamento que não tire as suas horas de sono.

– Posso saber a que a senhora está se referindo? – Ele voltou a encará-la.

A tia suspirou e sacudiu a cabeça em uma negação.

– Que você brinque com sua vida; que você queira se enterrar naquele inferno de jogos e se relacionar somente com mulheres… – Margareth se empertigou. – Mulheres baixas, como Lady Stone e ou outras mulheres da vida.

Simon sufocou uma risada; a tia continuou ainda mais irritada:

– Não ouse rir, Simon, estou falando sério.

– Tia, estou com metade do rosto ensanguentado e a outra metade pulsando de dor; rir está bem difícil.

– Como dizia – Margareth voltou a mexer no monóculo –, que queira fazer o que bem entende de sua vida e com a vida de mulheres que não tem nada a perder, não me importo.

– Bom, era o que faltava agora, a senhora se importar com a classe de mulheres com que me envolvo e…

– Não seja impertinente menino, eu o vi nascer.

Ele bufou e encolheu os ombros.

– Está vendo – ela apontou para ele –, está dando de ombros. Simon, o que, em nome de Deus, aconteceu com o homem que você é?

– Com o homem que eu sou? – Ele forçou uma voz entediada.

Não estava com humor para manter esse tipo de conversa com a tia, que era, na melhor das hipóteses, a única pessoa pela qual ele tinha um mínimo de respeito e admiração. Mas, às vezes, ele a considerava uma velha turrona e metida. Ela continuou impune:

– O homem que eu sei que você é, apesar de tudo de horrível que aconteceu em sua vida. Você deve lembrar que eu não suporto a hipocrisia da sociedade, nunca suportei.

– Por isso a respeito.

E era a verdade.

– Não, Simon, você me respeita porque eu sou a única pessoa que não engulo esse papel que você assumiu desde que Cristine se foi.

Então os músculos do seu corpo enrijeceram. Ouvir o nome de sua finada esposa sempre o levava ao limite do equilíbrio. Ninguém era idiota ou corajoso o suficiente para fazê-lo em sua frente, com exceção, é claro, de Margareth Marfleet. Sua maldita tia.

– Nós não vamos ter essa conversa – falou entre os dentes.

– Sim, nós estamos tendo essa conversa, queira você ou não. Há seis anos eu quero ter essa conversa com você, só que ela nunca me pareceu tão necessária quanto agora.

– Ah, pelo amor de Deus, tia, eu estou sangrando. – Ele forçou uma careta de dor. – Vá cuidar de seus convidados e me deixe.

– Não terminei, Simon. – Ela cerrou os olhos. – Você vai me escutar, nem que eu tenha que amarrá-lo para isso.

– Fale de uma vez, Cristo! – Ele usou o tom de voz mais aborrecido e autocrático que era capaz de alcançar.

Ela nem mesmo piscou. *Dragão insuportável.*

– Quero saber onde está o homem que eu sei que você é, e não essa farsa – a tia gesticulou para ele com desdém e concluiu –, que você criou e sustenta há seis anos.

– Eu criei? A senhora está louca. Ah, que inferno, tia, eu estou sangrando.

E de repente a cabeça começou a doer também.

– Está certo, você não a criou sozinho, mas você é quem mantém essa imagem – ela continuou sem alterar a expressão.

– O quê?

– A fama de assassino e libertino frio, Simon.

– Pronto, agora tenho certeza, a senhora não está bem do juízo – ele disse, sentindo a mandíbula travar.

– Você se sente rejeitado, julgado, culpado e saiba que é você mesmo quem cria e alimenta as situações que reforçam essa imagem.

A condessa analisava o bordado da manga de seu vestido, como se conversasse sobre flores com sua amigas gordas e velhas.

– O médico? Onde ele está? – Lilian já devia estar deitada; ele queria se livrar daquela conversa.

– Agora quer ver o médico? Você ouviu algo do que eu disse? – a tia indagou de maneira mais ríspida.

– Sim, tia, ouvi. Sou eu quem alimenta e cria qualquer monstro, besta ou o que quer que seja.

– Simon, você nunca fez nada para desmentir essa acusação injusta.

– Injusta? Tem certeza? – Ele assistiu a um sorriso irônico nascer nos lábios dela.

– Está vendo – a tia continuou com ar vitorioso –, prossegue fazendo isso agora mesmo. A diferença é que eu não engulo essa farsa. Você nunca fez nada para provar sua inocência, vestiu a roupagem que as pessoas atribuíram a você, acomodou-se nesse traje e desfila com ele para que todos vejam que é real. – Margareth suspirou. – Se ao menos Robert estivesse vivo.

– Não traga o nome dele para essa conversa; não faça isso! – Ele tentou soar o mais ameaçador que conseguiu; não adiantou.

– Sei que, se ele estivesse vivo, você não deixaria sua vida virar essa bagunça.

– Ele está morto – Simon admitiu taciturno.

– Espero que ele não esteja vendo o que você fez com a sua vida. – Ela apontou em sua direção como se mostrasse uma pilha de roupas velhas.

– Eu já disse que ele está morto, assim como tudo… tudo… – Não concluiu.

Robert Thorn, o irmão mais novo de seu pai e mais velho que sua tia. O único homem que ele amou e respeitou na vida, a única pessoa que lhe ensinou algo de bom e que fez com que a sua vida fosse algo que valesse a pena. Fora o tio quem o criou depois que o pai morreu quando ele tinha apenas oito anos recém-completados.

– Está certo, não vamos falar de Robert, vamos falar de você e de lady Lilian.

Ele bufou uma vez mais. Não porque estava impaciente e, sim, porque aquela conversa começava a incomodar mais do que o corte em cima do olho.

– O que tem a lady, tia? – perguntou de maneira ácida.

– Mesmo desaprovando sua escolha de vida… – Margareth disse, encarando-o após remover o monóculo ou a armadura, antes de acrescentar. – Mesmo não concordando com a maneira que você encontrou para enfrentar seus problemas, eu não posso aceitar em silêncio que envolva em seu jogo uma dama inocente como lady Radcliffe... uma DAMA... – Ela deu ênfase à palavra dama, como se ele houvesse esquecido o significado dela e continuou. – Uma dama que não conhece nem uma cartinha sequer do jogo que você está querendo que ela participe, seja qual for esse jogo. Simon, ela não está preparada para as consequências, diferente de você.

E então, todo o desconforto que ele sentia com a conversa se transformou em ironia.

– E posso saber que jogo é esse? – A tia, por mais esperta que fosse, agia igual a todos os nobres que desprezava; estava querendo proteger a dama inocente do vilão corruptor.

– O mesmo que você joga há seis anos.

– Vago, muito vago. Eu não sei a que se refere – ele respondeu coçando a ponta do queixo de maneira displicente.

– Eu posso não saber de tudo, porque você nunca quis me contar, mas eu sei que há seis anos você desistiu de provar sua inocência diante da sociedade porque, talvez, sua raiva por tudo que teve que enfrentar – ela fechou apenas um dos olhos como se analisasse uma palavra minúscula em um quarto escuro e disse – seja maior do que sua vontade de tentar reconstruir sua vida e de alcançar os sonhos que você sempre quis realizar.

Era demais. Todas aquelas palavras juntas foram demais. Aquela velha, aquela velha insuportável conseguia chegar nele, entendê-lo como poucos. Talvez como nem ele mesmo ousasse fazer há tempos. *Basta!* Ecoou dentro dele. Não ouviria nenhuma outra palavra daquele dragão centenário metido e...

– Você deve se casar com ela.

– O quê? – Exceto esse absurdo que fez seu coração descompensar de um jeito ridículo.

– O que quer que você pretendia ao se aproximar e ao se envolver desse jeito com lady Lilian foi o suficiente para arruiná-la, caso você não se case com ela. Mesmo ela sendo cunhada de um duque, mesmo ela sendo uma viscondessa, ela nunca mais será recebida ou respeitada por ninguém, e acho que isso seria o fim para ela. – A tia terminou com a voz pesarosa.

O coração continuava surrando todos os órgãos dentro dele, enquanto a sequência casar-com-Lilian pulsava como o sangue em seu corpo.

Que absurdo dos infernos.

Que ideia mais ridícula. Ele fez a única coisa que foi capaz: gargalhou.

– A senhora deve estar louca. Só pode ser isso. Primeiro sugerir um absurdo desses; depois acreditar que se casar comigo seja a solução para salvá-la. Isso, sim, seria a ruína completa dela. – E continuou rindo.

– Não, Simon, não nessa sociedade louca. Por pior que seja sua fama, você a estaria amparando.

– Isso é ridículo. – O coração ainda saltava no peito. – Desde quando ser amparada pelo barão assassi...

– Porque arruinada ela já está – a tia o interrompeu. – Os comentários mais bondosos que eu ouvi a respeito da dama foram os que o levaram a sair aos socos com lorde Aiders. – A tia bateu os dedos de leve nas saias do vestido. – Por pior que seja sua fama – a condessa prosseguiu –, ela teria seu nome protegendo-a, e as barbaridades que as pessoas têm falado sobre a dama seriam perdoadas pelo casamento. Ninguém teria coragem de fazer qualquer tipo de proposta indecente ou de desafiá-la em público enquanto você estiver com ela.

Casamento. Lilian. Casar-se com ela. Ela o aceitaria? Ele queria? Por que inferno seu coração continuava acelerado com essa ideia descabida?

– Não seja hipócrita – ele disse. Não podia. Isso era absurdo, fora de qualquer propósito. – Viúvas podem ter amantes sem que isso as arruíne.

– Não viúvas como lady Lilian – a tia fez uma negação com a cabeça. – Você a conheceu. Pelo amor de Deus, meu sobrinho, isso a destruiria. Lilian nem imagina o que a aguarda quando ela voltar a Londres e quando todos se inteirarem das fofocas. Se ela não tiver seu amparo, sua proteção – Margareth olhou para baixo –, temo que ela não vá suportar. Ela não é o tipo de mulher com quem você está acostumado a lidar, Simon.

– Chega, tia, essa conversa já foi longe demais. Eu não fiz nada; ela tampouco fez algo que justifique uma loucura dessas. E mesmo que tivéssemos feito – ele passou os dedos nos olhos limpando parte do sangue já seco e disse –, não me importo com o que ninguém pense ou fale, nem mesmo com a saúde social de lady Radcliffe; isso não é problema meu.

Era seu plano, sua vingança concluída. Sentiu um desconforto no estômago e no peito e nas mãos também. A verdade era que talvez, sim, se importasse com a saúde de Lilian; não social, mas com ela. Cristo, ele realmente se importava com Lilian.

Ficou com ainda mais raiva de si e da tia ao comprovar isso.

– O duque de Belmont, ele não deixará isso passar em branco – Margareth o ameaçou.

– O cunhado de Lilian Radcliffe?

– Ele mesmo.

Simon deu uma gargalhada com um som beirando ao assustador.

– Ah, tia – disse entre as risadas –, o dia em que eu tiver medo de um duque, por favor, mande alguém intervir, é certo que estarei com problemas mentais sérios.

– Pense na dama; pense em Lilian, Simon – a condessa pediu com um semblante cansado.

– Não me importo – mentiu.

Sim, importava-se muito mais do que gostaria.

– Então… É triste.

– É mesmo?

– Você talvez tenha fingido por tanto tempo ser esse tipo de homem desonrado e desumano que, acho, começou a acreditar que é assim de verdade.

Ele se levantou de uma vez.

– Agora chega, tia, a senhora foi longe demais.

A porta se abriu no mesmo instante em que o corpo da condessa se ergueu da ponta da cama onde estava sentada. Era o médico.

– Eu vou me recolher – disse Margareth ao passar pela porta. – Boa noite, doutor Piers, cuide bem dele, é um homem de ouro, apesar de estar tão coberto de pó que nem mesmo ele se recorda disso. – Ela suspirou devagar e completou antes de sair. – Mas sei que talvez, e se ele quiser, é capaz de se lembrar de quanto pode ser feliz ainda.

Com a metáfora de ouro e pó e felicidade, a tia saiu. Deixou-o no quarto com um aperto no peito, com o coração disparado e com a ideia de Lilian como sua esposa, acabando com o pouco que restava de seu equilíbrio naquela noite.

Capítulo 15

Setembro de 1840 (cinco anos atrás)

A minha irmã Kathelyn Stanwell acabou de sair de casa, expulsa pelo meu pai. Eu sempre admirei a coragem dela, sempre quis ter a ousadia e a confiança que Kathe tem para ir atrás do que deseja. Mas agora eu simplesmente não sei. Como iremos sobreviver com essa ruptura, com as saudades e diante desse escândalo?

Um – Eu não sei.

Era certo que nem devia pensar em fazer uma coisa dessas.

Mas nada nela estava certo. Isso porque, apesar de saber que deveria estar em sua cama, dormindo, ou pelo menos tentando dormir, ela estava em pé, em frente a uma porta. Às cinco da manhã. Isso depois de passar a noite em claro, rolando de um lado a outro no colchão.

O travesseiro não era aquele com que estava acostumada, e essa podia ser a justificativa para a falta de sono, a não ser o fato de que o travesseiro nunca atrapalhou seu sono antes.

Se ao menos Simon não estivesse nela, entrando em sua pele, parecendo respirar em sua orelha, talvez ela conseguisse dormir. Como ele não parou de respirar em sua mente um só instante, ela também não parou de pensar nele.

Se Margareth Marfleet não estivesse dentro do quarto de Simon, Lilian teria tido certeza de que ele ficara bem e teria conseguido descansar. Ela não sossegaria até ver como ele estava. *Não sossegaria até vê-lo.*

Quando deu por si o braço levantou e...

Toc, toc, toc.

Bateu à porta de Simon. Bem de leve, para não acordá-lo, o que era ridículo, porque a essa hora ele estaria dormindo. Convenceu-se rapidamente de que, se ele não abrisse em cinco segundos, ela iria embora. *Um, dois, três, quatro e...*

A porta abriu.

– Lilian – ele disse após olhá-la dos pés à cabeça, como se ela fosse uma ilusão.

Simon não estava com a cara de sono nem com roupas de dormir. Estava, na verdade, demais... muito desalinhado. O ar esquentou e ficou preso na garganta. Ele vestia apenas a calça de lã preta. E vinha sem a gravata, com parte da camisa aberta. E aqueles pelos esparsos e pretos, da mesma cor dos cabelos dele, saíam do triângulo de pele. A camisa deveria cobrir essa pele e esses pelos. E tinha também o pescoço largo e a barba por fazer e a maneira como ele a olhava, que fazia tudo passar mais devagar. Lilian estava ofegando antes de falar uma palavra sequer.

Simon escrutinou o corredor e perguntou:

– Está sozinha?

Ela assentiu, ainda incapaz de falar.

Sem que tivesse tempo de pensar em nada, a mão dele envolveu a sua, puxando-a para dentro do quarto enquanto a outra fechava a porta atrás de si.

– Eu vim ver se estava bem. – Ela o olhou timidamente.

Simon apenas aquiesceu com a respiração rasa entre os lábios abertos.

– Você... – Quando notou, seus dedos tocavam de leve o corte em cima da sobrancelha dele. – Está bem? – concluiu com muita dificuldade.

– Não.

– Não? – ela indagou com a voz desaparecendo.

– Graças a Deus. – Simon deu alguns passos e prendeu o corpo de Lilian entre o dele e a porta. *E, Jesus, como ele era grande.*

– A quê? – Lilian soprou conforme ele crescia ainda mais sobre ela.

– Isso.

E a boca dele cobriu a sua. Os dedos cavaram os cabelos dela e ele a puxou para mais próximo. Os lábios iam de um lado a outro sobre os dela; quentes, macios, cheios de vontade, exigindo que ela cedesse. Ela perdeu a firmeza das pernas e todo o corpo respondeu sim àquela carícia tão íntima, perturbadora, devastadora.

– Abra a boca – Simon ordenou.

– Hã? – perguntou em um som abafado.

– A boca, abra.

Sem voz, sem força e sem estrutura, Lilian obedeceu. Não devia ter feito. Devia mandá-lo parar e voltar imediatamente para o quarto dela, para

Londres, para sua vida segura. Mas Lilian se viu consumida na hora por um fogo que destruía as barreiras internas. Destruía a sua razão e acabava com qualquer lógica. A língua dele a invadiu com urgência e força, movendo-se com perfeição em um ritmo enlouquecedor. Se não fossem os braços de Simon, estaria no chão, como uma poça de água. Conforme a língua entrava e saía da sua boca e os lábios sugavam e os dentes mordiam, ela gemia e se entregava mais e se permitia mais. Intuitiva, levou a própria língua para dentro da boca dele tentando imitar o que ele fazia. Simon grunhiu e empurrou-a contra a porta. As mãos dele a ergueram, o penhoar cedeu um pouco e apenas o tecido de algodão fino da sua camisola e a calça de lã dele os separavam. Então, ele pressionou a dureza de seu desejo contra ela, entre suas pernas; uma, duas e três vezes. A cada investida dele, ela gemia e perdia ainda mais a força. Perdia ainda mais a razão. Já nem sabia mais o que perdia.

– Ah, meu Deus, Lilian! – ele disse dentro da sua boca, dentro do beijo. – Eu não vou aguentar, eu preciso, preciso tanto – continuou resfolegado, mantendo a fricção do quadril entre suas pernas em um movimento que a fazia tremer e ver estrelas.

Os dedos dele desfiaram a fita que prendia seu penhoar enquanto a língua de Simon abria trilhas de fogo em seu rosto e pescoço, espalhando deliciosas ondas geladas em seu estômago. A peça caiu e ela nem se deu conta, só o que percebia é que estavam mais juntos; ela tinha mais de Simon em si, e isso era tudo com o que se importava.

Em um movimento rápido, ele envolveu-a com os braços e ergueu-a no colo. Enquanto caminhava com ela, os lábios masculinos beijavam sua fronte e diziam coisas que ela não compreendia.

– Deus, quando isso aconteceu? – Alguns beijos. – Não era para ser dessa maneira. – Outros beijos. – Mas é impossível. – Beijos e ele a tombou sobre a cama. – Nunca quis tanto uma mulher.

Simon tirou a camisa; ela ainda não respirava. Ele deitou em cima dela, todo ele. O peso não era muito, não a sufocava, ao contrário, a comprimia de um jeito que parecia completá-la. Lilian deslizou as mãos por suas costas. A pele masculina era quente, arrepiava-se e se contraía com o toque dela. Os lábios dele pressionaram os seus; a língua acariciou o interior da boca dela em um beijo profundo, lento e possessivo.

– Diga que será minha, Lilian – ele pediu com a testa colada na sua, a respiração rápida.

– Sim.

– Diga que é minha e será para sempre minha.

– Sim – ela confirmou com a voz arrastada, entorpecida de desejo.

– Somente minha e de mais ninguém.

A mão dele subiu pela sua coxa, fazendo com que suas pernas se afastassem. *Devia mandá-lo parar, devia fugir correndo daquela cama.* Abriu a boca a fim de protestar, quando dois dedos escorregaram para dentro dela e somente um gemido entregue escapou do seu peito. Lilian perdeu o fôlego ao sentir o polegar de Simon que atingiu um ponto pulsante entre suas pernas e começou a desenhar movimentos circulares, bem em cima dele. *Devia pedir para ele parar, devia exigir que ele parasse naquele instante.*

– Não pare! – suplicou conforme o dedo dele subia e descia naquele ponto sensível, varrendo o seu corpo com choques de prazer. Lilian teve vontade de rir e chorar e gritar e implorar e, quando deu por si, fazia tudo isso ao mesmo tempo.

– Sim... Sim... Por favor, Simon, por favor, eu... – Os dedos dele colocavam fogo no mundo. Ela continuou resfolegada. – Eu não devia... Eu não sabia que podia, eu... prometi ser fiel a meu... meu marido – soluçou. – Mas não posso, eu nunca senti... – As lágrimas desciam por todo seu rosto. – Por favor, eu não posso mais... Perdoe-me, Rafael, mas eu... eu não posso manter a promessa que fiz. – Ela inspirou pela boca e sussurrou rendida. – Simon, eu quero você mais do que tudo.

Devagar os dedos dele deixaram de se mover enquanto Lilian arquejava, exigia-o e o buscava com os quadris. Simon parou com aquele contato tão fundamental e ela se sentiu vazia e trêmula, à beira de um precipício de emoções nunca experimentadas.

– Por favor, Simon, por favor – continuou implorando incoerente entre um gemido e outro. Ele se afastou de uma vez e Lilian mergulhou na confusão; sentiu-se tonta e perdida. – Simon?

Um frio intruso invadiu seu corpo e talvez sua alma quando ela abriu os olhos e encontrou o homem que a deixou entregue e exposta como nunca esteve em pé, olhando-a com uma expressão tão gelada que a paralisou.

– O que você disse? – ele perguntou entre os dentes.

Ela apenas sacudiu a cabeça enquanto o corpo ainda ardia e exigia por algo que sabia que somente Simon poderia lhe entregar.

Assistiu a ele vestir a camisa e caminhar, afastando-se da cama. Ela mal enxergava sob a cortina de lágrimas que se avolumava nos olhos.

– Eu... Simon... Eu... Desculpe-me. – A fala sumiu ao vê-lo agachar e apanhar seu penhoar perto da porta.

Ela ainda estava deitada, com as pernas abertas, a camisola enrolada na altura do quadril; não sabia o que tinha feito de errado. Não sabia o que estava fazendo.

– Eu quero... você – tentou dizer, mas a voz quase não saiu.

Simon jogou o penhoar sobre ela.

– Vista-se, lady Radcliffe, e vá para seu quarto.

– Mas... eu... – ela tentou dizer e teve certeza de que todo o frio do mundo estava naquela cama. Nada parecia capaz de deter o tremor que fazia seu corpo vibrar. Os dentes batiam, as lágrimas desciam sem controle e a respiração não funcionava mais. Lilian viu tudo se fechar em um buraco negro.

– É surda? – Um elo quente envolveu seu braço e um impulso a ergueu da cama.

Mãos a vestiam e a sustentavam e, por mais incoerente que fosse – e era –, os braços dela envolveram o único corpo que podia fazer o frio passar.

– Por favor, não faça... – Apertou o rosto contra o peito dele.

– Pare, mulher. Chega! – ele ordenou com a voz dura e implacável. – Você irá para seu quarto sozinha ou terei que carregá-la?

A cabeça dela ainda estava apoiada no peito masculino. Aquele que a fez desejar toda a vida e todo o calor que nunca havia experimentado, que nem sabia existir, era quem a levava para o matadouro.

– Por quê? – Foi outra pergunta involuntária.

Simon amarrou bruscamente a fita de seu penhoar.

Então, sem entender como, deu dois passos para trás. Sentiu que fora empurrada por uma força invisível. Talvez, a força da indignação, da raiva e da maior dor que ela já experimentou na vida.

– Por quê? – ele repetiu sua pergunta.

As sobrancelhas negras subiram em um arco e ele deu uma risada irônica. O som fez com que o estômago dela se contraísse e um gosto ruim subiu até sua boca. Ele entoou ríspido:

– Porque você não vale o esforço. É quase como interagir com um cadáver e, se eu gostasse disso, deitaria com a minha esposa morta.

Ela expulsou todo o ar do pulmão junto a um soluço.

– Monstro! – Saiu de sua boca junto com o choro.

– Sim, senhora, é isso mesmo que eu sou. Ah, você está negando?

Ela nem percebeu que sacudia a cabeça.

– Vá chorar em seu quarto, Lilian, e me deixe em paz – dizendo isso, ele girou o corpo e saiu em direção à varanda.

A porta recém-aberta talvez permitisse que o vento frio do início da manhã entrasse no quarto e a atingisse, mas Lilian já estava congelada. Acreditava que nunca mais conseguiria aquecer seu coração. Saiu correndo do quarto que abrigou a cena que a arruinaria. Em momento algum enquanto ela se entregava a ele conseguiu pedir para que Simon parasse. Em momento algum realmente quis que ele parasse. Ela tinha que o ter impedido. Afinal, era o que sempre fazia; se afastava e se fechava.

Entendeu, enquanto caminhava, que algumas pessoas parecem entrar na vida de outras para derrubar suas defesas, desconstruir suas verdades, despi-las. Ela estava em pedaços, como um quebra-cabeças de milhões de peças. Cada passada que dava para longe de Simon deixava no chão fragmentos do que ela acreditou ser. Podia sentar, trabalhar em sua reconstrução e fazer isso durante horas, dias, meses ou anos. O grande buraco que sentia no peito contava a ela que talvez fosse impossível se recuperar por inteiro. Lilian deixou a peça mais importante nas mãos de Simon; ela deixou com ele não o orgulho ou a honra que acreditava antes ser o que tinha de mais vital. Lilian deixou com ele o seu coração.

Tudo nele pulsava.

E não pela maior onda de desejo que já experimentou na vida, mas porque sentia como se tivesse um trovão retumbando em seu interior, esmagando seus órgãos e acabando com todo o equilíbrio da maldita Terra.

Mal conseguia botar o ar para dentro do corpo.

Quando ele deu tanto poder àquela mulher?

Ou, pior, quando ela se apossou de seu corpo, afetou seus sentidos e passou a comandar todo seu autocontrole?

A mão dele apertou a balaustrada da varanda e fez isso com tamanha força que deveria sentir dor, mas não sentiu. A verdade é que Simon não percebia nada além do incoerente asfixiamento e, claro, do tremor que insistia em não abandonar seus músculos. Fechou os olhos.

Você já enfrentou coisa pior. Ele tentava, em vão, se convencer disso.

"Eu prometi ser fiel a meu marido... Rafael, me perdoe", ela disse. Aquelas duas frases, o fato de ela se lembrar de seu finado marido, de levar aquele homem para a mesma cama em que a vontade de tê-la ganhava por completo a batalha contra a parte dele que um dia quis vingança devia ser motivo suficiente para ele odiá-la e querer matar aquele desgraçado uma vez mais.

Sim, ele ficou cego de ódio. Tomado pela raiva por ter permitido que o desejo roubasse o lugar daquilo que era a única coisa com que ele se importou durante muito tempo: a vingança.

Ouvir dos lábios dela, dos lábios da esposa de Rafael que havia jurado fidelidade a ele, àquele desgraçado, enquanto ele, Simon, estava louco, perdido de desejo, levou-o a um ódio visceral, ainda maior do que aquele que já havia experimentado enquanto queria se vingar.

Queria?

A expressão de Lilian... *Cristo! Ela ficou sem cor alguma no rosto.*

Era provável que sua tia tivesse razão; toda essa loucura que experimentaram talvez fosse mais do que ela pudesse suportar.

Pouco antes, sem dormir, tentava digerir a conversa que tivera com a tia, buscando se convencer de que a velha era louca, apesar de se sentir ridiculamente satisfeito com aquela ideia de casamento. Então, Lilian bateu à sua porta. Quando a viu em pé, em frente a seu quarto, uma vez mais desafiando toda a prudência e todas as normas da moral, teve certeza de que se casaria com ela. Não, isso era mentira.

Ele não conseguiu pensar em nada que não fosse na urgência de estar dentro dela. Mas o que roubava seu ar até aquele momento? Bufou e levou as mãos aos olhos, esfregando os dedos com força em cima deles. O que o matava por dentro não era o ódio por ela ter colocado o nome do ex-marido na cama com eles, era "Você não vale o esforço, é como interagir com um defunto".

As palavras dele e não as dela eram as culpadas pelo desassossego, pela pressão no peito e pela falta de ar. Sacudiu a cabeça e deixou o corpo levá-lo ao chão, ele enfim compreendia o que infernos acontecera naquela cama. Ele ficou possuído de…

Ciúmes.

O ódio também cumpria sua função, mas o que o massacrou – e o massacrava – até os ossos eram ciúmes.

Por que ela evocou a figura de outro homem e uma jura de fidelidade quebrada? Como? Ele havia passado por cima de tudo o que acreditava ser e querer e só conseguia sentir, pensar e perceber uma única coisa: ela, Lilian.

Sentia ódio de um homem morto.

Queria se vingar de um homem morto. E agora?

Sentiu o maior ciúme já experimentado em sua vida de um homem morto?

E, então, um novo trovão ecoou em seu interior, ainda mais forte e desestruturante do que o primeiro: ele, o barão assassino, temido, odiado e respeitado, estava deslumbrado por uma viúva recatada. Esfregou os olhos outra vez com as mãos. Nunca em toda sua vida a ideia de que pudesse passar por isso cruzou a sua consciência. Ele não tinha medo de desejar uma mulher dessa maneira insana, ele ignorava essa possibilidade com tanta sinceridade que achava-se imune a esse tipo de descontrole emocional, àquele retumbar trovoso que o consumia por dentro toda vez que via ou que pensava em Lilian. Nunca. Nunca havia experimentado isso. O ar entrou com mais dificuldade em seu peito.

E agora, o que devia fazer?

Ir embora e tentar esquecer.

Esquecer Lilian.

Nunca tê-la.

Como? Quando somente essa ideia fazia com que os órgãos se comprimissem mais.

Ele seria capaz de esquecê-la?

Poderia procurá-la e pedir… O quê? Perdão?

Ele poderia fazer isso?

Humilhar-se dessa maneira?

Lilian seria capaz de perdoá-lo?

Um aperto cobriu a sua garganta e um ardor estranho tomou os seus olhos. O céu estava negro, apesar de já estar claro na primeira hora da manhã. Relâmpagos e trovões ecoavam pela terra e não apenas em seu interior. Aquela região era conhecida pelas piores tempestades de verão da Inglaterra.

O humor dele não ia melhor do que as nuvens no céu. Ele teria que deixá-la ir.

Era absurdo acreditar que seria capaz de dar a ela qualquer felicidade, uma vez que ele era destruído demais pelo ódio para sequer merecer essa chance. Os olhos arderam ainda mais e uma umidade invadiu sua face. Aterrorizado, ele levou os dedos até as bochechas e comprovou que eram as lágrimas que turvavam sua visão e não o vendaval que desfigurava a copa das árvores. Levantou assustado com o volume de seu descontrole. Ele nem se lembrava da última vez que chorara.

Meu Deus, por quê? Por que sentia tanto?

Possivelmente ele era egoísta demais e não seria capaz de deixá-la ir, não sem tê-la, não sem ter tudo o que podia dela. Olhou para frente querendo encontrar uma explicação para seu desassossego; tentava buscar entre as árvores e as flores dos jardins de Easton House alguma maldita resposta. Foi então que ele viu alguém – a julgar pela roupa, uma mulher – galopando em direção ao bosque, em uma velocidade alucinada.

O quê? Franziu o cenho e estreitou o olhar.

Quem seria a louca capaz de montar em um cavalo sob um anúncio de uma tempestade daquela proporção? O estômago gelou, as mãos amoleceram e todo o ar do mundo acabou.

Somente uma pessoa. Apenas uma pessoa usava aquela cor de vestido pavorosa.

– Lilian – soprou inconformado, enquanto seu corpo assumiu uma inteligência autônoma.

Vestiu-se o mais rápido que conseguiu e saiu correndo pela mansão em direção aos estábulos.

O único pensamento que passava por sua cabeça, vez ou outra, era que, se ela não se acidentasse e morresse, ele mesmo a estrangularia por ser tão inconsequente.

Capítulo 16

Fevereiro de 1841 (quatro anos atrás)

Já tem algumas semanas que sou lady Lilian Radcliffe – Viscondessa de Wheymouth, a vida de casada é... bastante diferente do que eu sonhei.

Lilian nunca foi disso. Montar em um cavalo sem raciocinar e sair galopando sem destino.

Nem mesmo os protestos do cavalariço a detiveram.

– Não, senhora – ele disse quando ela pediu que lhe arriassem um animal. – Uma tempestade muito forte está se formando nesta direção.

Ele apontou para o céu. Lilian nem olhou. Quer dizer, ela tentou olhar, mas as lágrimas nos olhos não a deixaram enxergar direito. A verdade é que ela estava tão desesperada para escapar dali, correr para qualquer lugar longe de tudo aquilo, que nada a deteria.

– Se o senhor não me ajudar, eu montarei sem sela.

O homem calvo e baixinho a encarou com os olhos entrecerrados e sacudiu a cabeça.

– Que fique claro: se algo acontecer, eu não me responsabilizo – ele falou isso em voz alta, chamando atenção de dois outros meninos que trabalhavam no lugar.

Ela só deu de ombros. Mais uma irreverência, Lilian soube. Mas nada nela funcionava como antes, porque nem mesmo se arrependeu disso.

Talvez, agora que já galopava há uns vinte minutos, chorando, que olhava para os lados sem saber direito que direção havia tomado desde que deixara os estábulos, enquanto o céu parecia ficar cada vez mais negro, e o vento, mais violento, talvez, sim, se arrependesse um pouco.

Puxou as rédeas e o cavalo parou. Limpou as lágrimas do rosto com as costas das mãos. Olhou para frente e então para os lados. Easton House era uma propriedade imensa. O seu coração estourou junto a um trovão e um clarão que rasgou o céu; o cavalo, inquieto, sapateou.

– Calma – disse ela, passando a mão no pescoço do animal. – Calma, garoto, vai ficar tudo bem. – Engoliu em seco. – É só uma chuva.

Outro relâmpago rasgou o céu junto a um estrondo que fez toda a Terra tremer. Sentiu o estômago se contrair quando notou que o mesmo relâmpago atingira uma árvore a alguns metros de distância. O cavalo ficou ainda mais inquieto.

– Meu Deus, o que eu fiz? Onde estava com a cabeça? Você sabe em que direção ficam os estábulos? – perguntou ao cavalo.

A sua montaria só sapateava e puxava com força o pescoço para frente e para os lados.

– Está bem – ela disse como se tivesse tido alguma resposta do animal –, já entendi. Vou deixar as rédeas soltas e vou... – E afrouxou as rédeas nas mãos e cutucou a barriga do cavalo, estimulando-o a seguir. – Deixar você nos levar de volta. – Foi só o que ela conseguiu falar antes que ele disparasse como um alucinado por dentro das trilhas à sua frente.

Não havia nada que Lilian pudesse fazer, nem mesmo pensar. Toda sua atenção se voltou para a necessidade de se manter em cima do lombo daquela besta descontrolada.

Ela se agarrava mais à crina a cada galho e buraco que o cavalo atravessava como se nem mesmo estivessem ali. Entre a respiração brusca do animal e o barulho do atrito das patas dele sobre a terra e os trovões e o recente despencar de toda a água do mundo que a cegava e a ensurdecia, Lilian ouviu algo parecido com alguém gritando seu nome, acompanhado pelo galope de outro cavalo atrás de si. Ela não tinha certeza; havia muito acontecendo ao mesmo tempo para que ela conseguisse ter certeza de qualquer coisa.

Então, tão abrupto quanto quando começou a correr, o cavalo se deteve de uma única vez, como se tivesse por fim alcançado o lugar que desejava. Um lugar que Lilian não conseguiu distinguir. Por causa da parada brusca, ela, apesar de estar com as mãos atadas à crina, fora arremessada à frente e só pode sentir o corpo deslizar e cair.

Não que ela tenha perdido a consciência ou desmaiado. Ela não lembrava direito. Talvez ela tivesse, sim, perdido a consciência. Já que a última imagem em sua mente era a de estar desabando de cima do cavalo. E agora?

A chuva estava quente?

Por que era como se os pingos de água fizessem carícias mornas em seu rosto, em seus olhos, em suas bochechas, em seu queixo. Seu coração estava acelerado de uma maneira deliciosa, e o estômago estava cheio daquela torção de prazer que sentia somente quando estava junto a uma pessoa. Suspirou.

– Você está bem, querida?

Junto ao dono dessa voz quente e rouca.

Talvez ela tenha morrido na queda, porque, em vez do frio das pedras no chão, seu corpo estava envolto pelo calor e pela maciez; havia, ainda, as carícias, que começavam na testa e continuavam pelos cabelos, por dentro do coque, e a voz que insistia em perguntar:

– Você está bem? Sente alguma coisa?

As gotas mornas voltaram, dessa vez junto com a sensação de acolhimento e com o abraço de um corpo grande. Ela lutou contra o peso das pálpebras e, devagar, abriu os olhos.

– Graças a Deus! – Ouviu com mais clareza. – Está acordada. Você está bem?

– Simon? – Seus olhos o reconheceram. A consciência sabia que era ele, mas uma parte sua jurava ser impossível. Os lábios dele deixaram gotas de chuva morna por todo o rosto dela. – Não é a chuva? – perguntou meio tonta.

– Sente alguma coisa? Está com dor? – ele insistiu resfolegado.

A chuva, ao contrário do que ela acreditara, caía com uma força gelada. Percebeu isso quando se sentiu ensopada e fria; tremia e batia o queixo.

– Eu... – começou a dizer e foi erguida nos braços de Simon.

– Estamos em frente à casa de caça de meu falecido tio. Acho que meus primos ainda caçam, eles devem manter a casa em ordem. Os cavalos entraram nas baias. – Ele apontou com a cabeça para o lado e subiu alguns degraus em direção à varanda de um chalé de madeira com janelas de cristal.

– A chave costumava... – Simon esticou o braço e tateou a borda do batente da porta. –, está aqui – ele confirmou.

Mas o que Simon fazia ali? A porta foi aberta; ela ainda tremia.

– Fale, você sente dor? Está sentido alguma coisa, querida? – A voz dele soou incerta.

Ele deixou mais alguns beijos, dessa vez, na sua fronte.

O que Simon Thorn fazia ali, com ela nos braços, beijando seu rosto, chamando-a de querida, como se... como se...?

– Ponha-me no chão, Simon! – ela pediu bastante irritada.

– Não – alguns beijos a mais em sua cabeça –, você caiu do cavalo. Caiu sentada, então se levantou e despencou como uma fruta podre. Pode estar machucada. – Outros beijos. – Vou deitá-la aqui na cama.

– Como você é gentil... uma fruta podre? É sério? – Lilian entrecerrou os olhos e ordenou: – No chão, agora, lorde Owen.

Ele deteve os passos por um segundo ou dois. Lilian ainda tremia, porém acreditava não ser mais de frio e, sim, de raiva.

– Não – disse ele –, você pode ter se machu...

– Oras, pare de falar como se você se importasse com alguma coisa e me coloque em cima do... no chão! – Dizendo isso, ela se debateu dentro daqueles braços compridos e fortes. Conseguiu girar o corpo, jogar as pernas para baixo e ficar em pé em um pulo.

– Você está louca, não pode ficar... – Ele segurou os ombros dela. – Não pode ficar em pé.

– Não encoste em mim. – Ela olhou para uma das mãos de Simon, que envolvia seu ombro. – Tire as mãos de mim.

Em vez de soltá-la, ele a abraçou.

– Lilian, escute... – disse com os lábios em sua testa. Ela se contorceu como uma minhoca dentro dos seus braços. – Estou tremendo até agora e isso nada tem a ver com as minhas roupas molhadas – prosseguiu, detendo-a –, apesar de me sentir gelado até os ossos... Cristo, o susto que tomei ao vê-la despencar daquele cavalo... Fique quieta! – Simon exigiu entre os dentes, talvez pela força que devia fazer a fim de não soltá-la.

– Largue-me. Não fale como se importasse a você.

As mãos dele corriam por suas costas em um ritmo cadenciado e forte.

– Mas eu me importo, me importo muito mais do que deveria, do que planejei, do que desejei. – E os lábios dele cobriram os dela.

Pega pela surpresa, Lilian não conseguiu reagir enquanto toda aquela maciez quente se movia sobre sua boca e fazia cócegas no estômago e o coração bater mais forte. Ela abriu a boca apenas para protestar; ele não sabia disso. A língua invadiu sua boca e tomou-a com toda a força que Simon possuía, com toda a violência que ele transparecia. Como se quisesse, com a língua, marcá-la para sempre. As mãos que a pressionavam se afrouxaram conforme ela desistia de lutar e se entregava. Simon gemia na medida em que ela cedia, e o beijo ávido e duro ficou gentil, doce e suave. A língua, que antes a deixava sem ar, tocava a sua, contornava seus lábios com toda ternura. Foi um beijo nu e entregue. Simon se mostrava com os lábios, tentava provar quem era com a língua e dizia muito mais com os baixos gemidos que escapavam do peito dele do que com qualquer palavra.

– Meu Deus – ele disse sem fôlego e se afastou um pouco; continuou com a testa colada na dela. – Perdoe-me, minha pequena, pelas coisas horríveis que falei hoje mais cedo.

O peito dela subia e descia rápido e o frio pelas roupas molhadas voltou a estar presente. Lembrou-se da dor que sentiu quando ele a largou daquele jeito na cama, da morte que experimentou quando ele a acusou de fria, do vazio em que mergulhou quando ele a expulsou da maior entrega de sua vida. Ela ergueu o braço e se afastou o bastante para ganhar o ângulo certo; a palma da sua mão cortou o ar e foi ao encontro da bochecha de Simon. A cabeça dele caiu para o lado, empurrada por seus dedos, que moldaram a pele do rosto masculino.

– Não perdoo – disse sem entender de onde viera essa reação e essa força.

Ele respirava com peso de dez homens; ela também estava ofegante. Ela realmente havia dado um tapa na cara de um homem – e de um homem bem grande na verdade. O fio de um sorriso satisfeito se abriu em seus lábios. O sorriso morreu quando Simon virou o rosto a fim de encará-la. Duas labaredas azuis enchiam de fúria aquele olhar. Talvez enchessem o quarto e toda a grande propriedade também. Lilian soube que qualquer um, qualquer coisa viva que se deparasse com aquela expressão, pediria a extrema unção. Bem, talvez tenha sido aquele o olhar responsável por sua fama de assassino. Engoliu em seco, mas o calor ardido em sua palma e os vergões vermelhos que se abriam como galhos no rosto de Simon não a deixavam se arrepender totalmente.

– Estou viva, apesar de você acreditar que não – disse com firmeza, tentando parecer impassível.

Uma veia pulsou no maxilar travado dele. Simon realmente era bastante ameaçador.

Concluiu que talvez fosse por esse tipo de dupla atitude tola que pessoas perdiam a vida. O corpo masculino cresceu alguns centímetros contra o seu. Ele a empurrou para trás e a prendeu junto à parede. Uma das mãos dele fechou em seus dois punhos e levou seus braços para cima, esticados como um tronco sobre sua cabeça.

– Solte-me – ela exigiu. E as pernas dele entraram entre as suas. Lilian sentiu o desejo dele comprimir seu ventre. Simon era muito maior e mais forte e estava por todos os lugares. – Solte-me, seu monstro – ela tentou outra vez, com a voz falha. Culpa da língua dele que brincava com sua orelha.

– Nunca mais. – Ele soprou e voltou a mordê-la, a sugar e abrir um rastro de fogo em sua pele, a caminho da boca.

– Solte-me... – Foi mais um gemido do que uma exigência.

Ela abandonou a resistência quando sentiu que Simon tremia e ofegava e quando entendeu que talvez ele estivesse tão afetado como ela.

– Vou fazer você me perdoar, Lilian – ele jurou em voz baixa, tão próximo ao rosto dela que o ar quente das palavras sussurradas acariciaram os seus lábios.

E, então, ele a beijou de uma maneira nova, um beijo que era a mistura dos dois anteriores; violento e tenro, exigente e macio. Quantas maneiras existiam de se beijar? Quantas vezes ela perderia todos os sentidos e o controle do corpo com um beijo dele? Talvez para sempre, intuiu, enquanto ele a beijasse como se fosse a primeira e a última vez. Simon a ergueu em seus braços, mas os lábios ainda estavam sobre os dela. Lilian o queria; queria tanto Simon, a boca dele nela de todas as maneiras possíveis, que soluçou.

– Simon – ela disse, sentindo os músculos tremerem junto com a voz –, eu não sei se posso, eu não vou aguentar. – A visão dela se turvou e lágrimas desceram por suas bochechas. – Eu não queria, eu nunca quis... – Ele a beijou de leve; os lábios nas lágrimas e no seu queixo. – Eu sempre achei que a honra, as minhas palavras, o que acreditava... – Sentiu os lábios dele se moverem por toda sua face. Tentou explicar. – Eu... eu... Nada do que acreditei por todo esse tempo... – Ele a deitou na cama. Ela lutava pelo ar. – Nada mais importa ou faz sentido, só... – Um soluço mais alto saiu de seu peito. – Estar aqui e você e... você. – Ela tentava se expressar sem fôlego, enquanto ele abria os botões de seu vestido. – Por favor, não me deixe agora ou eu não vou aguentar.

– Shhhh – ele disse. – Está tudo bem, minha pequena. A mão dele acariciava as costas dela em um movimento calmante de vaivém. – Também passei por cima de muitas coisas para estar aqui, assim, com você – ele disse e a beijou outra vez.

Todo o corpo dela foi invadido por aquela mesma necessidade que sentira mais cedo, só que ainda maior, mais forte, mais louca. Lilian destrancou a porta do calabouço onde havia se encerrado por medo, por vontade própria, por nunca ter se permitido. Nem mesmo pensou que, se Simon a deixasse agora, ela não poderia trancar essa porta e se proteger outra vez. *Seria impossível.*

Ele já havia tirado o vestido ensopado que a cobria; ela estava nua em cima da cama. Quase nua, já que as roupas íntimas e molhadas revelavam tudo o que Lilian escondia do mundo; curvas fartas, mamilos rosados, busto macio. Ela era muito, muito mais do que havia sonhado. Apesar de ter despido Lilian em sua mente várias vezes, nunca imaginou tanto; lábios entreabertos, maçãs do rosto coradas. Ele levou as mãos trêmulas até a jaqueta e removeu parte da própria roupa.

– Os cabelos, solte-os para mim – exigiu e se arrependeu logo que disse.

Se já estava a ponto de estourar com ela parcialmente coberta e com os cabelos amarrados, quando tudo estivesse livre, quando toda Lilian estivesse exposta... Cristo! Precisava voltar a respirar.

Ela lutava contra as forquilhas. Achou melhor se ocupar; tirou a camisa de olhos fechados, tomou três respirações, inspirando o que conseguiu de ar, e abriu os olhos no momento em que um trovão nascia de algum lugar lá fora – talvez fosse de dentro dele. Eram dourados, os cabelos, e abriam em ondas até a cintura. Apesar de estarem molhados, eram dourados vivos, não pálidos como estava na moda; intensos como os olhos dela. Escuros na raiz; uma cortina de luz nas pontas. Tudo estava escondido dentro do coque. Ele engoliu em seco e só então reparou que ela o encarava. Meu Deus, que olhar era aquele? Era feito de fogo e queimava.

– Simon – ela disse, mas não com a voz comportada e baixa com a qual estava acostumado, aquela que todos conheciam.

Era a voz que ela guardava só para ele, talvez somente para os dias de tempestade quando o olhar dela acendia e fervia as nuvens no céu. A combinação da voz, nos lábios, com seu nome de batismo, disparou pelas veias dele uma série de choques. Ele entendeu ali, ajoelhado entre as pernas dela, que tudo mudaria – talvez, para sempre.

Movido por essa certeza, levou as mãos até a barra da camiseta dela e começou a erguê-la; ele precisava de tudo o que aquela Lilian feita pelos raios e pelos trovões pudesse revelar.

– O que você está fazendo? – ela perguntou, e a voz fraca estava de volta.

– Tirando sua roupa – ele respondeu, ainda tentando levar a peça para cima.

– Mas, está de dia. – Ela olhou pela janela, apontando a claridade que envolvia o quarto.

– Graças a Deus que está.

– Mas... – Ela ofegou.

– Lilian, por favor, querida, eu preciso... preciso tê-la inteira em mim. Deixe-me... Por favor.

Ela soltou os braços e ele inspirou fundo, removendo a regata. Quando terminou, teve que engolir três vezes o bolo que se formou em sua garganta. O próprio desejo por ela triplicou. Acontece que a desejava desde que a tomou nos braços pela primeira vez. Se fosse franco, teria que admitir que a desejava desde que colocou os olhos em cima dela. Ele tentou se enganar, mentir para si mesmo e fugir, mas seu corpo não permitiu nenhuma dessas reações. Bastava que ela estivesse por perto ou falasse ou pestanejasse. Bastava que ela respirasse para que ele a desejasse como um louco. Por isso, não estranhou a garganta estar seca e quente como se descesse lava através dela pela visão de Lilian descoberta. Umedeceu os lábios e levou as mãos instáveis em direção aos seios. Eles eram macios, redondos e enchiam as suas palmas inteiras; apertou-os, escorregando os dedos até que o polegar e o indicador se fechassem nos mamilos rosados. Sentiu-os intumescer conforme os beliscava e cerrou os olhos enquanto um grunhido de prazer escapava do próprio peito. Apertou-os um pouco mais e ouviu um gemido de Lilian.

– Você gosta disso, querida? – Simon perguntou e encontrou-a com os lábios entreabertos, faces coradas e olhos arregalados.

Ela parecia assustada. Sem soltar os seios dela, seu novo lugar preferido em toda a Terra, ele entendeu que Lilian devia estar um pouco nervosa com a intensidade de cada toque entre eles. Porque algo assim tão forte não podia ser sentido apenas por ele. Ou podia? Deitou-se ao lado dela. Os pelos macios do braço de Lilian roçaram em seu peito; foi o suficiente para a pele arrepiar e queimar com o contato. Simon apoiou a cabeça no travesseiro e, com os lábios colados na sua orelha, primeiro sugou o lóbulo e depois mordiscou. Ela movimentou as ancas e sem querer ou propositalmente friccionou a ereção dele com a lateral da coxa; ele teve que morder o lábio a fim de se controlar para não cobri-la com o corpo e saciar seu desejo como um cachorro vadio.

– Você é tão linda – disse resfolegado e continuou massageando os seios: um, depois o outro. – Eu a desejo tanto.

– Ahn... Simon. – Ela gemeu e ondulou os quadris, matando-o aos poucos com mais uma fricção.

– Agora eu vou terminar de despi-la e fazer com a boca e com a língua e também os dentes o mesmo caminho que os meus dedos percorrem em sua pele.

Apertou e girou devagar um mamilo e, então, deu a mesma atenção ao segundo. Lilian respirava cada vez mais rápido. Ele já não respirava mais.

– Vou descer meus lábios por aqui – afirmou, traçando uma linha no abdômen –, e então lamber aqui – completou desenhando círculos no umbigo dela.

Lilian ergueu os quadris buscando o contato; ele gemeu porque, a cada movimento dela, sua excitação era pressionada e tudo dentro dele reagia como se fosse implodir.

– Você sabe onde mais me quer, não é? Onde quer os meus dedos, os meus lábios e a minha língua? – Simon perguntou com a segurança de que ele, sim, sabia, o que desejava fazer com ela.

– Não – ela contrapôs com a voz trêmula.

– Ah, não? – Deixou a mão escorregar e abaixou os calções de Lilian, que automaticamente fechou as pernas. Ele a olhou com atenção: bochechas ainda mais vermelhas e olhos mais arregalados. – Você está assustada, querida? – ele indagou ansioso e, com uma das mãos, voltou a trabalhar no seio e no mamilo.

Mas por que ela estaria assustada?

– Quer que eu pare?

Por que Cristo ele perguntou isso? Se ela dissesse que sim, o que ele faria? *Por favor, não diga sim.*

Lilian apenas soltou o ar de maneira falha por entre os lábios, não negou. Ele respirou aliviado e logo desceu com os lábios pela mandíbula e colo, sentindo a pele dela arder e tencionar no local do beijo; continuou devagar até alcançar um dos seios. Quando o pressionou com a boca, ela arqueou o corpo jogando o pescoço para trás. Ele estava adorando assistir a Lilian, sua dama recatada, se contorcer enquanto gemia e ofegava em busca do prazer. Ela moveu novamente os quadris, friccionando-se contra sua ereção com mais força. A coluna de Simon foi invadida por uma onda quente quase dolorosa. Ela o estava enlouquecendo. Simon lambeu e depois sugou um dos mamilos e com a outra mão impôs uma pressão suave em suas coxas a fim de alcançar o ponto entre as pernas. Lilian, devagar, se rendeu.

– Ah… Santa mãe de… – Simon sussurrou quando o dedo alcançou sua fenda úmida. – Você está tão pronta.

– Desculpe-me.

– Não, não me peça desculpas. Você está perfeita. Eu é quem estou a ponto de explodir e ainda nem mesmo tive a coragem de olhá-la por inteiro.

– Coragem? – ela perguntou em um silvo.

– Temo que não vou aguentar – ele afirmou e penetrou-a com um dedo, movendo-o devagar.

– Ah… Simon – ela murmurou e enterrou as mãos entre os cabelos dele. – Não vai aguentar? – Lilian repetiu, parecendo confusa.

– Mas eu sou um homem de palavra – afirmou, lambendo e mordendo o umbigo dela; ele é quem estava confuso. Como podia ser tão intenso? – Vou fazer com a boca o que estou fazendo com os dedos. – E tocou-a com o polegar no cerne de sua feminilidade desenhado círculos rápidos, enquanto ainda a penetrava com o outro dedo em um ritmo lento e exploratório.

Lilian mexeu o quadril de maneira frenética; ele passou a ir de encontro ao próprio prazer, segurando-a e também movimentando o corpo. O ar saía em rajadas curtas de sua boca; o perfume dela invadia-o a ponto de deixá-lo quase descontrolado.

– Isso está certo? – ela tentou dizer entre gemidos.

Simon não entendeu. Não entendia mais nada a não ser a necessidade de tirar tudo dela, todo o prazer que ela pudesse sentir.

– E então – ele continuou, massageando-a –, eu vou chupar você aqui – concluiu, apertando o ponto onde seu polegar deslizava.

Lilian sufocou um grito e as pernas dela começaram a tremer.

– Isso, Simon…? – A boca dele desceu até seu ventre. – Isso… ah… Deus… é certo? – ela indagou com a voz falha.

Ele deteve a boca que alcançara a virilha e se ergueu, encarando-a. Removeu os dedos de dentro dela ainda olhando-a, levou-os até a boca e chupou-os com uma deliberada lentidão; suas pálpebras pesaram enquanto desfrutava do melhor sabor do mundo; lírios, doce e Lilian. *Sim, era definitivamente o melhor sabor.*

– Isso – ele puxou o ar de maneira falha – é perfeito – concluiu e observou a jovem dos pés à cabeça. Gotas de suor faziam alguns fios de cabelo grudarem em sua testa; os lábios, que pediam para serem beijados, gritavam ainda mais alto. Os seios cheios e os mamilos entumecidos. As pernas indecorosamente abertas, majestosamente abertas, esplendorosamente abertas. Lilian estava exposta e entregue. Ele sentiu todo o corpo tencionar em uma onda violenta de necessidade. Acreditou que iria ensinar-lhe algo sobre o prazer e sobre o ato de amar quando, na verdade, estava ele próprio deslumbrado e entusiasmado como um aprendiz. Sua ereção comprimiu a calça e um desejo consumista invadiu suas veias dilatadas. Teve certeza de que todo o sangue que restava fora direcionado para o membro que pulsou dolorido. Ela mordeu o lábio inferior. Antes que Lilian pudesse dizer qualquer outra coisa ou antes que ele tivesse um orgasmo – ou dois – somente olhando-a, Simon baixou a cabeça e cumpriu com a língua, com os lábios e com os dentes tudo o que havia prometido com as palavras. Primeiro lambeu de maneira lenta e apreciativa; depois mordeu de leve; e então passou a sugar entre os lábios o botão que pulsava ao menor toque. Precisava senti-la explodir em sua boca, então introduziu um dedo e moveu-o junto à sua língua. Ela arqueou o corpo, contorceu-se, chamou por Deus diversas vezes, agarrou os cabelos dele, tremeu e gritou "Simon!" quando deslizou entregue para o êxtase. Ele já não se importava com nada a não ser com ela, o gosto dela e o prazer que ainda lhe daria, que ainda dividiriam. Removeu a calça de lã, libertando sua ereção, e subiu pelo corpo da amante, fazendo o caminho contrário.

– Minha – ele disse enquanto a boca envolvia um mamilo novamente. – Só minha – repetiu, contornando o pescoço com a língua dando leves mordidas na orelha. – Inteira para mim... – Já nem sabia mais o que estava falando, só precisava falar.

Então, deitou em cima de Lilian e todas as curvas dos dois corpos se encaixaram com perfeição; os seios dela acolhendo o peito dele; os mamilos rijos dela tocando e eriçando a sua pele. Sentiu os pelos do corpo arrepiarem e o sangue esquentou ainda mais conforme ele a beijou longa e profundamente, abafando os próprios gemidos de prazer. Ele nunca fora um homem muito sonoro na cama. Mas, Jesus, algo nela, no cheiro, nas curvas, nos sons que ela fazia, o levavam a perder o controle. Simon emoldurou o rosto feminino entre as mãos e encarou os olhos de fogo líquido; eles molhavam seu rosto. Lilian estava chorando. Era provável que ele também estivesse porque nunca tivera qualquer experiência que acendesse o seu corpo e seu desejo daquela maneira. Nunca foi tão forte ou real. Ela era pura paixão e desejo, lava e relâmpagos. Uma tempestade vulcânica. Gemia, tremia, puxava, comandava e explodia. Como se tudo isso estivesse escondido sob o coque e o vestido cinza. Lilian não era cinza, ela era escaldante, vermelho vivo. Tudo estava guardado para ele, tinha certeza disso. Nem precisava perguntar, era tudo dele.

Ele a beijou até estarem sem fôlego, se afastou um pouco e a observou enterrar a cabeça em seu peito enquanto o corpo voltava a convulsionar e soluçar.

Soluçar?

– Lilian? – O estômago gelou. – Querida, está tudo bem?

Um soluço mais alto e outro ainda mais longo.

– Meu Deus, Lilian, você está me assustando. Eu fiz alguma coisa de errado?

Ela sacudiu a cabeça em negativa e as mãos macias dela envolveram os seus ombros; entretanto, os soluços continuaram ainda mais altos.

– O quê, querida? O quê? – perguntou nervoso.

O mundo à sua volta paralisou enquanto ele aguardava a resposta; não conseguia pensar em nada que justificasse aquilo.

Ela desenterrou o rosto de seu peito e o encarou. Estava com os olhos inundados de lágrimas e as bochechas molhadas. Ele puxou o ar com força e o coração acelerou de ansiedade.

– Eu nunca, nunca antes senti nada assim – ela confirmou com a voz falha.

Ele expirou longa e aliviadamente. *Então era isso*? Ela não estava triste. Talvez estivesse um pouco confusa e sem entender como era possível tudo ser tão intenso entre eles; ele compartilhava desse sentimento.

– Eu também não, minha pequena. Nunca, nunca foi dessa maneira – confirmou, deslizando os dedos pelos cachos dos cabelos dela.

– Não – ela sacudiu a cabeça. – Eu não sabia, Simon. – Foi a vez dela segurar o seu rosto entre as mãos. – Eu nunca – uma lágrima rolou – fui beijada.

Ele não entendeu; ela explicou:

– Nunca, eu nunca, Simon, fui beijada nem tocada. Eu nem sabia.

– Como assim, querida? – Ele estava enuviado demais para se dar conta do que ela, ainda ofegante, derramando lágrimas, com a voz rouca pelo prazer alcançado, tentava explicar.

– Era sempre de roupa – outro soluço –, de camisola, sem beijo, sem toque, no escuro. Isso… isso… – ela disse, atropelando as palavras. – Isso que acabamos de fazer está certo, não está? – Lilian buscou dentro dos olhos dele a resposta.

Ele piscou e sacudiu a cabeça. Cristo! Seria possível? Seria possível que aquele filho de uma prostituta nunca tivesse dado prazer a ela? Ainda de olhos fechados, ele o matou dez vezes mais.

– Porque nada nunca pareceu tão certo – ela disse e suspirou.

Quando abriu os olhos, encontrou um sorriso no meio das lágrimas. Por um momento breve, toda a raiva que pudesse sentir daquele homem virou um único sentimento: satisfação. De certa maneira, ela era inteira dele. Aquele bastardo, por mais desgraçado que tivesse sido – e foi –, não havia tirado nunca nada dela. Ele sorriu diante da comprovação. Nem mesmo o prazer.

– Acho que vou agradecer àquele bastardo.

– A quem?

– Esqueça isso, esqueça. – E ele a beijou, tentando passar para ela toda a satisfação que sentia; de certa forma, era o primeiro. – Agora eu vou amar você, Lilian.

Ela concordou, fechou os olhos e agarrou-o com força. Ele estava tão tomado pelo desejo que quase não percebeu que ela tremia. Quase, mas notou. Simon considerava ter uma boa experiência com mulheres na cama, então acreditava ser capaz de diferenciar tremores de desejo ou prazer de tremores de medo. Lilian estava apavorada.

– O que foi, minha pequena? – perguntou, controlando seu desejo e cobrindo o rosto dela com beijos. Queria passar confiança a ela; queria que ela entendesse que o que quer que fosse que pensasse que aconteceria entre eles, medo era a última coisa que ela devia sentir.

– Nada – ela disse, ainda de olhos fechados, respiração acelerada e rosto um pouco pálido.

– Lilian – ele respirou fundo –, o que você acha que vai acontecer aqui?

– O quê? – ela o encarou.

– Fale, querida – ele a incentivou, tocando-a na face.

– Bom, é que eu... acho que agora deve doer. – Simon arregalou os olhos; ela se apressou. – Não, não, por favor, eu não me importo... Você... você... – ela molhou os lábios com a língua –, você me deu tanto... que acho, quer dizer, que posso... não tem problema que agora machuque.

Foi a vez de ele fechar os olhos e respirar fundo. A última coisa que ele queria era ficar colocando aquele bastardo na cama que dividiam, mas, pelo visto, talvez Lilian tivesse tantos motivos quanto ele, ou até mais do que ele, para desejar se vingar daquele maldito. *Desgraçado!*

– Maldito! – ele soltou entre os dentes. – Se ele não estivesse morto, Lilian, juro que o mataria.

Ela apenas o olhou, parecendo ainda mais confusa.

– Querida, vamos tentar esquecer tudo aquilo que achamos saber sobre o mundo, as pessoas e sobre como funcionam as coisas?

Ela concordou em silêncio. Ele a beijou uma, duas, três, cinco... Perdeu a conta de quantas vezes, enquanto com os dedos a estimulava nos seios e entre as pernas, abrindo-a e penetrando-a uma vez mais.

– Sabe o que um amante de verdade faz? – Simon perguntou em sua orelha; os dedos a massageando e estimulando o cerne do prazer dela.

– Não – ela respondeu com um ronrono.

– Ele entende que, quanto mais prazer entrega, mais recebe de volta – invadiu-a com outro dedo enquanto a massageava. – O que quero fazer com você, e quero tanto, tanto, como nunca quis com nenhuma mulher em minha vida, é entregar-lhe prazer e aumentá-lo junto ao meu, é estar dentro de você e lhe dar todo meu corpo para que faça dele o que sentir precisar, querer ou desejar.

– Ah, meu Deus, Simon. Como? – Ela ofegava em um ritmo rápido e com o quadril voltou a buscá-lo com movimentos para cima. – Como é possível ser assim? – Lilian perguntou conforme ele aumentava a velocidade de seus dedos.

– Não sei, minha pequena, eu também não entendo – ele respondeu e a beijou com uma força faminta.

Não entendia mesmo, porque desde o princípio ela o levava ao limite, o deixava com as pernas bambas somente ao olhá-lo. Simon considerava ter uma vasta experiência com mulheres de todas as classes, idades e silhuetas, mas nunca havia experimentado nada parecido às reações de seu corpo junto a Lilian. Também não entendia.

– Ahnn… Simon – Lilian sussurrou enquanto os seus dedos espalhavam a umidade dela por todas as dobras macias e rosadas.

Ele foi dominado por uma necessidade violenta e primitiva; precisava estar dentro dela, como se isso fosse vital. E, sim, Deus o ajudasse, porque era. Introduziu mais um dedo movendo-os em um ritmo cadenciado.

– Simon, por favor… não pare! – Lilian afundou as unhas em seus ombros e contraiu todo o corpo.

Entendeu que ela estava perto de alcançar outro clímax e removeu a mão que a provocava. Lilian o olhou em um misto de desespero e incompreensão.

– Desta vez – ele começou e introduziu um joelho entre as pernas macias –, vamos fazer isso juntos.

Simon a beijou, sentindo a cabeça do seu membro tocar a fenda úmida e quente. Foi coberto por lava, trovões e relâmpagos; essa era a sensação que corria por suas veias. Ele precisava ir devagar; ele tinha que se concentrar para ir devagar. Lilian mexia os quadris, buscando-o e o impelindo para dentro. Ela seria seu fim.

– Meu... Meu Deus – ele disse entre o dentes e, com uma investida lenta e se controlando ao máximo para não assustá-la, Simon a preencheu.

Ela somou um gemido junto a um soluço dentro da boca dele.

– Abra os olhos. – Ele usava toda a sua força para se manter parado.

Lilian o encarou.

– Está doendo? – ele perguntou.

Ela sacudiu a cabeça.

– Eu quero ouvir, Lilian. – Mexeu-se apenas um pouco enquanto todos os músculos tremiam pelo esforço de se manter parado.

– Sim, Simon, por favor – Lilian disse erguendo os quadris outra vez, fazendo-o ir ainda mais fundo.

Deus, se não se controlasse, partiria ela em duas.

– Sim, está doendo? – ele começou a se mover lentamente.

– Sim, Simon, pelo amor de Deus, continue.

Ele sufocou uma risada de satisfação dentro da boca dela e começou a se mexer em um ritmo lento e preciso como uma dança, olhando-a, beijando-a, devotando-a como nunca achou possível fazer. Desceu os lábios pelo pescoço dela e então pelos seios outra vez. Lilian enterrou os dedos em seus cabelos e ele arfou com a sensação. A cada investida, uma onda de prazer corria em seu ventre e em sua espinha, exigindo que ele se movesse mais fundo e mais rápido. Ele queria ir devagar, ele precisava ir devagar.

– Está bom, querida?

– Sim! Meu Deus, sim! – ela disse, cravando as pontas das unhas em sua cabeça.

– E se eu tocar aqui, melhora? – escorregou a mão entre seus corpos, alcançando o cerne de sua feminilidade e, com os dedos, passou a massageá-lo.

Entretanto, isso não melhorava quase nada para ele. Senti-la assim, estar dentro dela e ter que se conter para não machucá-la era uma tortura.

– Sim... Deus, sim – isso ela disse jogando a cabeça de um lado a outro no travesseiro.

Ela iria enlouquecê-lo em poucos dias.

– Mais, Simon! – ela exigiu.

Talvez matá-lo também.

– Deus, Lilian, você é tão apertada, tão perfeita.

Um prazer visceral o possuía pouco a pouco; temia não conseguir se segurar e se deixar ir antes dela, tendo investido apenas umas... Cinco vezes? Acreditou que sim. Teria um orgasmo precoce como um colegial inexperiente. Respirou fundo de maneira entrecortada e as mãos dela envolveram suas nádegas puxando-o, enquanto ela o enlaçava com as pernas. Um laço forte de Lilian, lírios e do maior prazer que ele já experimentara em sua vida.

Bom, talvez ela o enlouquecesse ou o matasse em algumas horas apenas. *Que se dane tudo!*

Ele iria, sim, dar a ela o que pediu e o que ele precisava mais do que o ar, do que a vida, do que o último desejo concedido a um homem. Beijou-a, conforme suas investidas se tornaram mais fortes. Isso não diminuiu; ao contrário, aumentou a necessidade de estar ainda mais fundo, mais rápido.

Mais forte.

Mais fundo.

Mais rápido.

Mais forte.

Lilian gemia e arqueava contra ele; passou a ondular os quadris ao mesmo tempo em que ele arremetia, o que aumentou seu prazer ao limite do tolerável. Eles, juntos, viraram um único movimento e uma mesma massa de pernas, braços, lábios, suor e lágrimas. Tudo passou a ter um único sentido para ele: ela, estar nela, dentro de Lilian. Tomá-la. Dar-se inteiro. Amá-la. *Deus!*

– Simon, ah, Simon, por favor, não pare – ela disse resfolegada, os olhos brilhando, os lábios vermelhos e inchados pelos beijos apaixonados que trocaram.

Todo o corpo dela se contraiu; ela gritou e se contorceu embaixo dele explodindo sua libertação. Com uma das mãos, Lilian enterrou as unhas nas costas dele; com a outra, puxou sua cabeça para que ele a beijasse. Simon aumentou o ritmo e a força das estocadas e torceu os cabelos dela em punho, exigindo que ela abrisse a boca por completo. Quando Lilian cedeu, ele enfiou a língua o mais fundo possível. Queria preenchê-la de todas as maneiras que pudesse.

– Cristo, Lilian!

Ele a beijou outra vez e seus músculos foram varridos por espasmos que começavam nos dedos dos pés e subiam até a ponta dos fios de cabelo, agarrou a cabeceira da cama com força e os nódulos dos dedos ficaram brancos, deu uma última investida e grunhiu dentro de mais um beijo. Entregou-se à enorme explosão de prazer e se derramou demoradamente dentro dela.

Simon se soltou e a envolveu com os braços. Girou sobre o colchão a fim de liberar o seu peso de cima dela e a aconchegou em seu corpo. Ela se aninhou nele como uma gatinha e soltou um murmúrio de satisfação. Ele nem sequer lembrou ou se questionou por que, em momento nenhum, tomou o cuidado necessário para evitar uma gravidez. Só conseguia pensar que nunca mais queria sair daquela cama e que queria proteger e cuidar de Lilian para sempre. A última coisa que lembrava ter dito antes de apagar foi:

– *Nunca nada foi tão bom.*

Capítulo 17

MARÇO DE 1841 (QUATRO ANOS ATRÁS)

Meu Deus, eu não compreendo como algumas mulheres insinuam que se sentem realizadas depois que os seus senhores as procuram para cumprir com suas obrigações maritais.

Lilian acordou com um sopro quente em sua orelha e com uma grande mão envolvendo possessivamente seu seio. A sua razão entorpecida já sabia o motivo daquela mão ali e o porquê daquele corpo enorme envolvê-la como se fosse um cipó junto a um tronco.

Olhou ao redor e comprovou que a casa era pequena e aconchegante, tinha cheiro de madeira e mato molhado, quadros de cenas de caça decoravam as paredes. A janela em frente à cama mostrava que o dia começava a ir embora ou a chegar outra vez. Não tinha muita ideia de quanto tempo havia passado.

Simon dormia relaxado com a expressão solta. A ruga entre as sobrancelhas havia desaparecido. Assim, com a boca um pouco aberta, olhos fechados e cabelos bagunçados, ele parecia mais jovem, menos ameaçador, mais vulnerável. Esse Simon, sem a frieza no rosto, também mexia com ela. O calor entre as pernas e o coração acelerado não a deixavam esquecer que aquele corpo solto e rosto quase inocente eram do mesmo homem que a amara três vezes, cada uma delas de uma maneira nova e mais intensa que a outra. Aproximou-se até que os lábios estivessem sobre os dele, relaxados e inertes. Em seu ventre tinha uma parte de Simon que não estava relaxada e muito menos inerte. A certeza de que ele a queria mesmo dormindo levou-a a fazer algo impensável, algo que ela nem ousaria imaginar antes de Simon em sua vida. A sua mão deslizou sobre os músculos do abdômen dele.

O coração disparou. O que estava a ponto de fazer?

– Hum, Lilian.

Olhos fechados e boca meio aberta. Ele ainda dormia? Munida de coragem deixou a mão descer mais e fechou-a sobre a ereção dele. Passou a acariciá-lo de leve. A respiração de Simon ficou acelerada e ele soltou outro gemido, um grunhido de preguiça e prazer. Ela ficou maravilhada ao ver como ele era macio, duro e quente. Deixou o movimento ganhar velocidade e aumentou a pressão da mão que o envolvia. Um gemido mais alto e a respiração mais sofrida de Simon eram a prova de que ele estava gostando, apesar de estar de olhos fechados. *Será que ainda dorme?*

Ele era um dos homens mais bonitos que Lilian já vira. Enorme, masculino e lindo. Ela podia pintá-lo um dia. Talvez começasse pelo rosto: ovalado, queixo quadrado; depois desenharia as sobrancelhas marcantes e negras como os cabelos dele; então faria o nariz, que parecia já ter sido quebrado; deslizaria o pincel pelos lábios cheios e escureceria o maxilar com a barba que sempre sombreava sua expressão. Como se ele fosse masculino demais para ter um rosto liso. E Lilian sabia, ele era. O corpo de Simon era grande; braços fortes, peito largo, ombros e pernas compridas e torneadas. Sabia também que podia ser considerado muito forte para os padrões de beleza na Inglaterra. Mas, pela primeira vez, Lilian discordava. Todos aqueles músculos tinham uma finalidade incrível de imobilizá-la, conduzi-la e desfazê-la enquanto a amava. Por último, pintaria os olhos; eles não eram claros e, sim, azuis sombreados pelo preto, como o céu da noite. Não podiam ser claros, Simon era intenso demais para ter algo de claro. Ele era muito profundo para ter os olhos límpidos e cristalinos. Ele era...

– Ahhh – ela deu um gritinho ao sentir o corpo ser conduzido para cima do dele.

Não conseguiu piscar nem respirar; ele sentou-se na cama, erguendo-a dentro do beijo. As pernas dela enlaçaram os quadris dele enquanto Simon envolvia suas costas com os braços, e o beijo se aprofundou.

Estava nua, sentada em cima de Simon, agarrada nele como uma preguiça, quando ela ouviu primeiro um estalar e depois...

– Oh, meu Deus!

Uma voz assustada seguida por uma dezena de outros ruídos, exclamações e murmúrios abafados. Sem que ela conseguisse pensar, Simon já a tinha deitado e puxado a coberta para escondê-la.

Contou antes de ter o rosto enterrado no peito masculino: Margareth Marfleet, Caroline Bomwer, lorde Exton, lady Cavendish e lorde Drechsler. Parados em fila junto à porta de entrada que, por infelicidade, ficava a apenas uns vinte passos da cama em que estavam. A casa era pequena, não tinha paredes, portas ou divisões, o que obviamente proporcionava uma vista livre e desimpedida para a cena que ela e Simon criavam. Sentiu as bochechas arderem ao entender que essas cinco pessoas a tinham visto nua. Os braços de Simon a envolveram de maneira protetora. Todos a tinham visto sobre um homem que também estava nu, e eles se beijavam em uma posição que somente cortesãs famosas deviam conhecer. Justo ela, a viúva recatada. E justo ele, o maior depravado do reino. Teve certeza de que aquele seria o maior escândalo já visto na Inglaterra. Os ruídos abafados e os sons de cochichos continuavam e aumentavam.

– Agora que os senhores já têm distração garantida para ao menos as próximas cinco gerações, podem, por favor, nos dar licença? – Ela ouviu Simon dizer em um tom que julgou ser o mais irritado que alguém já deve ter usado em vida.

Silêncio.

– Tia – ele continuou –, a senhora pode, por favor, acompanhar seus convidados para fora desta maldita casa?

– Nós estávamos preocupados. Vocês desapareceram há quase um dia, já tínhamos vasculhado boa parte da propriedade, então...

– Tia, por favor – Simon pediu entre os dentes.

– Simon – lady Marfleet o chamou –, você sabe o que deve fazer.

– Ah, mas que inferno! Saia daqui agora antes que eu resolva levantar como estou e forçá-los todos a nos deixar em paz.

– Muito bem – a condessa disse –, vamos embora. – Antes de ouvir a porta fechar, lady Marfleet concluiu. – Não me decepcione, Simon.

Lilian estava de olhos fechados com a testa apoiada no peito dele quando a porta fechou e Simon passou a beijar sua fronte, seus olhos e suas bochechas.

– Querida, você está tremendo.

– Estou? – não tinha nem percebido.

Ele girou o corpo e se colocou em cima dela, segurando seu delicado rosto entre as mãos.

– Lilian eu... eu... acho que... – A respiração dele ficou acelerada.

Lilian engoliu em seco.

– Nós teremos que nos casar – Simon afirmou de uma vez.

Ela perdeu o ar.

– Casar?

Sim, sabia que era o certo a se fazer. Mas não tinha pensado nisso. Na verdade, não tinha pensado em nada ainda. E era a justificativa para aquilo tudo. Meu Deus, o que eles tinham feito?

Estava arruinada.

Envergonhada em público.

Se eles não se casassem, seria o fim de tudo; sua reputação estaria perdida. Jamais a perdoariam.

E o mais absurdo de tudo é que não conseguia se sentir arrependida; envergonhada, sim, mas não arrependida. Aquela tinha sido a experiência mais incrível de sua vida. Não sabia se estaria disposta a abrir mão dela mesmo que tudo desse errado. O casamento com ele bastaria para que as pessoas continuassem a aceitá-la? Não. Sabia que não. Simon não era um cavalheiro, era alguém não bem-vindo nos círculos que Lilian frequentava. Casar-se com ele não a livraria da ruína social, mas a protegeria; ela não seria publicamente rechaçada, devorada por todos. Ele sabia como lidar com a ruína; o amparo de Simon podia impedir que as pessoas, ao menos na sua frente, a humilhassem. Com certeza, ninguém esperaria que o barão assassino fizesse o que parecia certo em uma situação dessas. Ela própria estava sem ar pela recente proposta e, claro, pela exposição vergonhosa. Ouviu-o continuar:

– Eu sei que... bom, eu sei que eu não sou considerado o melhor partido do reino. Sei também que se existisse uma lista de bons partidos e que se meu nome fosse colocado nela por engano, a lista se incendiaria e viraria pó em segundos; e que talvez, se existisse outra lista, com o nome dos piores partidos, eu a lideraria, mas eu quero lhe dar minha proteção. – Ele apertou o nariz, agitado. – Entendo que se casar comigo não irá salvar sua reputação e que se...

Lilian percebeu que ele estava nervoso e, como parecia difícil para Simon fazer aquilo, tocou no rosto dele.

Ele fechou os olhos e respirou fundo.

– Sei que jamais me escolheria por livre e espontânea vontade, sei também que talvez ninguém fizesse isso. Nem mesmo pensava em fazer esse pedido até agora, mas, diante do que aconteceu... Lilian, eu quero, quero muito protegê-la e cuidar de você e... Meu Deus! – Ele soltou o ar em uma rajada entrecortada pela boca. – Eu quero muito, muito mesmo fazer isso.

Ela mordeu o lábio inferior enquanto pensava. Notou que as pupilas de Simon se deslocavam rápidas de sua boca a seus olhos e de seus olhos para a boca outra vez. Quis beijá-lo. Quis ficar para sempre ali, junto a ele. Entendeu que realmente estava apaixonada. Só isso justificava toda a entrega impensada, a quebra de sua palavra, a quebra do que ela acreditou ser o seu conceito de honra. Ela nunca quis isso, nunca buscou isso. Até mesmo se protegia desse tipo de sentimento irracional. Entretanto, ali, envolta pelos braços dele e dentro daquele oceano azul que invadiu sua alma e inundou o seu coração, Lilian soube que pouco importava o que qualquer pessoa pudesse pensar ou dizer – ou quase isso. Ela queira ser dele mais do que já quis qualquer outra coisa na vida. Entendeu também que Simon não a estava pedindo em casamento porque a amava, e, sim, porque talvez tinha um senso de honra que ninguém acreditava que ele pudesse ter. Talvez nem ele mesmo acreditasse. Então, seu coração foi invadido pela certeza do que ela já sabia: Simon fora injustamente acusado de matar sua esposa. Ouviu-o continuar, a fim de convencê-la a aceitá-lo.

– Eu juro que farei o que estiver ao meu alcance para merecê-la.

– Sim, Simon, eu aceito.

– O quê? – ele piscou, parecendo surpreso.

– Eu aceito me casar com você.

Ele ficou em silêncio, encarando-a, enquanto um sorriso nascia no canto de seus lábios. Ela abriu a boca para perguntar se estava tudo bem, e, antes que conseguisse iniciar a pergunta, ele a beijou. Jesus, como ele a beijou. É claro que era um beijo novo, outro que ela descobria conforme a língua dele ia tão fundo em sua boca que parecia querer grudá-la nele para sempre.

– Eu juro – ele disse ofegante –, que não vou matá-la.

Os músculos dela endureceram embaixo de seu corpo. É lógico que ela endureceu inteira. O que diabos ele tinha acabado de dizer? Que jura imbecil fora aquela? Aliás, em que tipo de paspalho ele havia se convertido?

Cristo! Primeiro quase implorou para que ela se casasse com ele e agora essa maldita afirmação. Como se fosse natural estar entre as juras de um pretendente a de não matar a esposa. Ele sabia que ela talvez tivesse aceitado seu pedido porque havia ficado sem saída, por impulso, pois era a única alternativa que restava a ela. Mas diante da imbecilidade que acabara de dizer, é claro que Lilian recuaria.

Sentiu-se asfixiar.

Momentaneamente ele se deixou ficar alegre com aquele pedido idiota e com a resposta dela. Agora, entretanto, voltava a se convencer de que não nascera para ter segundas chances nem para tentar ser feliz ou fazer alguém feliz. Simon sempre estaria mais seguro em seu mundo cínico e envolto pela ausência de sentimentos. A raiva e a sede de vingança não o feriam. Por que diabos ele se permitira acreditar, mesmo que por poucas horas, desde que a teve em seus braços, que talvez Deus pudesse sorrir entre as nuvens negras de sua vida?

Tudo desmoronou quando ele sentiu o corpo dela vibrar; tinha certeza de que Lilian chorava arrependida. Nada poderia ser pior do que ver o arrependimento nos olhos dela pelo que haviam dividido. Estava pronto para se levantar, se vestir, voltar para Londres e se enterrar em seu antro de jogos fingindo não se sentir o idiota que matou sua sede vingança se entregando à mulher que devia odiar. Movia-se para se erguer da cama quando ele reconheceu que o tremor era uma risada, e não um soluço. Notou o corpo pequeno de Lilian vibrar ainda mais conforme as ondas da risada viravam uma gargalhada. Somente então ele teve coragem de abrir os olhos e, surpreso, encará-la.

– Ai, meu Deus, Simon, ainda bem – ela voltou a rir –, porque eu não quero morrer tão cedo.

– Desculpe-me, eu não sei por que disse essa estupidez. Se você não tiver o bom senso de desistir agora, eu juro, Lilian, que provo... Eu tenho como provar que sou inocente.

Então ela ficou séria e o encarou por um silencioso momento, enquanto seu coração ameaçava sair pela boca.

– Acredito em você, Simon, caso contrário nem estaria aqui, dessa maneira. Você... – Os dedos de Lilian percorreram a linha de seu maxilar. – Você não precisa me provar nada.

Luz do Sol se infiltrando pelas nuvens densas e frias e penetrando através de anos de ódio, raiva, dor e desilusão. Não precisava entender tudo o que vinha sentindo, já havia desistido disso há dias junto a ela. Entretanto, não tinha como negar que o pedido impulsivo de casamento que ele fez há pouco e, o principal, o fato de ela ter aceitado o deixou… Feliz? Sim, era aquela sensação quente que se alastrava outra vez em seu peito, a esquecida felicidade. Fez o pedido movido por impulso ou por uma incoerente vontade de protegê-la; o motivo já não importava. Agradeceu mentalmente a qualquer que tenha sido a debilidade inexplicável que o levou a fazer o que fez. Poderia, sim, casar-se com ela, desfrutar de toda aquela atração que o cegava e se manter isento de qualquer emoção maior, assim evitaria comprometer seu bom senso e sua paz de espírito. E, quem sabe, com o passar do tempo, poderia até mesmo voltar a ser feliz de verdade. Imagens de uma vida no campo e uma família tomaram sua mente. A vida com que ele sempre sonhou. Exalou o ar pela boca, afastando aquela onda de pensamentos. Ele desfrutaria dos benefícios dessa reviravolta em seus planos e em sua vida sem pensar em mais nada e começaria naquele mesmo momento.

– Vamos acabar o que estávamos fazendo antes de sermos interrompidos? – Simon propôs com a boca descendo em direção aos seios dela.

– Mas as pessoas estão aí fora.

– Não, querida – ele afirmou e notou a pele clara de Lilian se arrepiar.

– Como sabe?

– Porque agora eles devem estar muito ansiosos para contar o que viram ao resto dos convidados que, por sua vez, serão ouvidos pelos criados, que espalharão tudo pelo condado, até a nossa vida estar na boca de todos no reino. Ninguém fará mais nada além de falar.

– Acho que você tem razão – ela respondeu, fechando os olhos.

Ele se ocupou de um mamilo. Mordeu, sugou e lambeu-o com uma calma deliberada. Lilian, enquanto gemia e se contorcia, enroscou os dedos entre os fios de cabelo dele. Antes de dar a mesma atenção ao outro seio, ele afirmou:

– Já nós dois estaremos ocupados demais com coisas bem mais interessantes para sequer pensar no que as línguas lançam ao pronunciarem os nossos nomes.

– Simon – ela gemeu quando a boca dele se fechou no outro mamilo.

– Isso, querida, a única maneira que eu quero ouvir o meu nome pelas próximas décadas é através de seus murmúrios de prazer – dizendo isso, ele voltou a se encarregar de fazê-la repetir seu nome diversas vezes.

Capítulo 18

Junho de 1841 (quatro anos atrás)

Eu estou esperando um filho de Rafael, um filho... Estou tão feliz que tenho certeza, tudo terá valido a pena.

Tinham acabado de fazer amor, estavam meio abraçados e soltos na cama. O casamento fora marcado para a manhã seguinte. A tia de Simon usou toda sua influência no condado e, apenas três dias após serem flagrados, entrariam na igreja local. Lilian ainda não acreditava que em poucas horas seria a senhora Thorn. Baronesa de Owen. Esposa de Simon. Esposa. Casada outra vez. Meu Deus, como a vida mudava e rápido; ela nem se deu conta. A voz rouca do futuro marido chamou sua atenção.

– Acho que nunca vou parar de querer você desse jeito, meio louco. – Ele a beijou. – Somente a você – Simon afirmou e a puxou para que ela se deitasse sobre seu colo.

Lilian ainda não tinha pensado em muita coisa; é claro que gostou de ouvir aquelas palavras, porém, homens, principalmente homens com a fama de Simon, não se mantinham fiéis. Ela não conseguia nem pensar na ideia de Simon com outra mulher sem que isso fizesse miséria com pelo menos dois dos seus órgãos vitais. Ela não suportaria.

– Nós não moraremos em Londres – ele afirmou com a voz ainda enrouquecida pelo prazer recém-vivido.

Ela sentiu um aperto no peito. Sabia como alguns nobres pensavam; eles largavam suas esposas na casa de campo, onde passavam apenas alguns meses por ano, e moravam em Londres com suas amantes. O aperto do peito subiu para a garganta e ela ficou em silêncio. Nunca foi de falar muito aquilo que sentia. Não gostava de questionar os outros. Não gostava de se expor; sabia que, por mais que Simon tivesse decidido continuar vivendo parte do ano dentro de seu inferno de jogos em Londres, enquanto ela criava seus filhos no campo, não o questionaria. Foi assim que ela aprendeu a ser a vida inteira. Porém, nunca esteve apaixonada antes e engolir as coisas que pensava ou sentia; parecia bem mais fácil quando se estava isenta da passionalidade. Isenta de emoções. *Isenta de vida.*

– Faremos como você achar melhor... – Sua voz saiu trêmula e baixa.

– Você está bem? – Simon pareceu perceber o que ela pensava.

Ele a encarou; ela forçou um sorriso.

– Sim, estou.

– Lilian?! – Simon envolveu o rosto dela entre as mãos. – O que foi, pequena?

Ela piscou demoradamente; não conseguiria manter a postura impassível de sempre. Não conseguiria fingir que nada estava diferente dentro dela.

– Você... Eu... Bem, sei que algumas mulheres aceitam, mas eu... – Ele franziu o cenho, ela se apressou. – Eu não quero que tenha amantes. Não suportaria, Simon, se você se deitasse com outras mulheres; eu acho que enlouqueceria.

O coração surrava as costelas; Simon continuou a encará-la por um tempo em um sério silêncio. Ela tinha certeza de que ele iria dizer algo para colocá-la no lugar.

– Eu jamais aceitaria que você tivesse outros homens, jamais! – ele confirmou com um tom quase autocrático. – Portanto, nunca faria com você aquilo que não quero que você faça comigo, entende?

Ela aquiesceu momentaneamente aliviada e sorriu com a ideia de uma vida no campo com uma família grande e com Simon ao seu lado. Imaginou que logo estaria grávida; em seu primeiro casamento, não demorou muito a acontecer. Será que depois que ela estivesse grávida Simon ainda sentiria o mesmo? Será que ele continuaria a desejá-la?

– E ainda será assim mesmo depois que eu...? – Quando percebeu já havia falado em voz alta.

– Depois?

– Depois que eu ficar grávida? Você vai continuar me querendo? – Lilian, muito sem graça, concluiu a pergunta.

– Como assim, querida? – Ele pareceu verdadeiramente confuso.

– Eu sei que é normal. Depois que eu ficar grávida, talvez você não me queira mais. – Resolveu ir até o fim e assistiu aos olhos de Simon crescerem enquanto as sobrancelhas grossas desenharam um arco em sua testa.

– Quando você ficar grávida acho que eu vou querer ainda mais. – Simon respirou fundo e acariciou o rosto dela. – Lilian, não haverá nada mais sensual e bonito do que saber que você, a minha mulher, está gerando um filho meu, entende? – Ele a beijou de leve na testa. – Eu a desejo muito, minha querida, e nada vai mudar isso. Ele a beijou outra vez com paixão, como se quisesse provar com os lábios o que tinha acabado de dizer.

Lembrou-se de sua vida com Rafael e entendeu que nunca fora uma mulher de verdade para o falecido marido. Será que ele encontrava isso que ela tinha com Simon com amantes fora de casa? Talvez por isso os nobres buscassem amantes, por não desejarem suas esposas, não como Simon parecia a querer. Os lábios quentes dele contornaram a curva de seu rosto. Ele a encarava com os olhos sombreados de desejo uma vez mais. Ela se sentia tão inexperiente junto a Simon; era como se não houvesse sido casada.

– Fico feliz em saber. Bom – Lilian passou a ponta dos dedos no maxilar dele e continuou de maneira tímida –, acho que o fato de ter sido casada não ajuda em nada, porque não aprendi muitas coisas com meu primeiro casamento; na verdade, sinto-me quase tão despreparada quanto uma donzela... – Ela sacudiu a cabeça em uma negação e explicou envergonhada. – Depois que fiquei grávida, Rafael nunca mais me procurou. Achei que isso fosse o esperado.

Simon enrijeceu os músculos dos braços e respirou fundo diversas vezes. Quando ele falou, a voz estava baixa, porém Lilian nunca viu sua expressão tão sombria.

– Pelo visto aquele canalha não vai conseguir fazer com que eu sinta menos ódio dele nunca.

– O quê? – Ela sentiu o estômago gelar.

O que será que Simon quis dizer com isso?

Ele respirou fundo outra vez.

– Lilian, eu vou lhe pedir um favor, um enorme favor, na verdade.

Ela concordou com a cabeça, um pouco nervosa.

– Eu não quero nunca mais ouvi-la falar o nome desse bastardo. Será que você consegue fazer isso por mim?

– Eu... Eu... acho que...

– É tão difícil assim? – ele indagou em um tom de voz duro e frio que lhe arrepiou os pelos da nuca.

Ela nunca viu Simon usar esse tom de voz. Mentira, ela tinha visto, sim, naquele dia em que a expulsou do quarto.

– Não, tudo bem, eu não falo mais dele – concordou sem pensar direito.

– Ótimo – ele disse sucinto.

– Mas...

Ela entendeu depois de concordar: como poderia nunca mais falar do ex-marido? Ela tinha as propriedades para administrar e tinha o título dele que o filho herdara e tinha o próprio filho.

– Mas o quê? – ele perguntou com a boca presa em uma linha.

– Eu tenho a renda anual que ele me deixou e há também as propriedades pelas quais sou responsável, mas, principalmente, tivemos um filho. Nem mesmo com ele eu posso falar de Rafael?

Será que toda essa reação de fúria contida seria por ciúmes? Será que Simon era tão passional a ponto de sentir ciúmes de um homem morto? Ele manteve um longo e contemplativo silêncio. Quando respondeu, pareceu mais calmo, porém, ainda estava frio e distante.

– Venderemos as propriedades. Quanto à renda? Não quero que você use esse dinheiro para viver. Faça o que quiser com ele: caridade, doe à igreja... mas ele não compra nada que entra em minha casa, fui claro?

Ela apenas concordou, muda. Estava um pouco assustada com essa reação do futuro marido.

– E quanto a Paul? – indagou com um frio na barriga.

Simon ficou em um pensativo silêncio, Lilian já estava a ponto de perguntar outra vez quando ele respondeu.

– Eu nunca vou deixar faltar nada para o menino, ele terá tudo o que os filhos que viermos a ter terão... Mas eu nunca serei um pai para ele, entendeu?

– Como assim? – Ela realmente não tinha entendido.

– Eu nunca poderei sentir por ele nada e quero deixar isso claro para que você não me cobre depois algo que não poderei dar.

Lilian não tinha sonhado em dar outro pai para Paul, mas também nunca tinha sonhado em se casar outra vez. O que a angustiou não foi o fato de Paul ter que crescer sem a figura de um pai e, sim, todo o ódio que se abateu na expressão do futuro marido com essa conversa.

– Isso tudo porque ele é o filho de outro homem?

Simon ficou quieto por um tempo olhando para o dossel da cama.

– Lilian, preste atenção – ele a encarou –, não quero que crie falsas expectativas, porque eu simplesmente não serei capaz de assumir o papel de pai do seu filho. E isso é tudo o que posso lhe dizer agora.

Os olhos dela se encheram de lágrimas; além das palavras, sentiu que havia raiva na maneira com que Simon se expressava.

– Ele é só uma criança, Simon, e é meu filho. – Virou de lado, afastando-se dos braços masculinos.

– Eu poderia não ter lhe falado, mas, em vez disso, estou oferecendo a verdade, a minha verdade. Ele não será maltratado. Eu não tenho raiva de crianças, Lilian, mas não serei capaz de... de... sentir algo por ele além de respeito, entende?

– Não sei... – Ela foi sincera. As mãos de Simon a puxaram para que o encarasse outra vez. – Por quê? – ela insistiu.

– Por motivos que eu tenho e eu vou lhe explicar algum dia, mas não hoje. – Ele fechou os olhos parecendo cansado. – Dê-me um tempo, tudo mudou muito rápido. Sei que para você também. Apenas me dê um tempo, nos dê um tempo.

Ela ficou muda sem saber o que pensar ou o que responder.

– O casamento – ele pontuou mais calmo –, eu achei que nunca mais... Eu jurei que nunca mais... Apenas me dê um tempo. – E exalou o ar com força. – Sei que podemos fazer isso dar certo, eu só estou sendo sincero – afirmou em tom de voz apaziguador. – Seria mais fácil enganá-la.

– Tudo bem, Simon. – Ela não quis brigar, não quis discutir faltando poucas horas para o casamento deles. – Foram muitas mudanças e acho que nós dois precisamos mesmo de um tempo até estarmos confortáveis com tudo, mas quero que você se lembre de que, seja qual for a classe de problema que você enfrente com relação a meu filho ou a meu ex-marido, orgulho masculino, vaidade, seja o que for, eu também passei por cima de muitas coisas em que acreditava para estar aqui.

Os dois se encararam sem falar nada por um longo momento e então ele a abraçou, surpreendendo-a. Ela se deixou ser acolhida pelos braços fortes que a apertavam com uma força calculada.

– Eu vou lhe explicar tudo, no tempo certo, eu juro que vou – Simon prometeu com os lábios colados em sua testa.

Lilian se agarrou na esperança que sempre nutria sobre todos em qualquer situação de sua vida; qualquer que fosse aquele motivo que ele alegou ter, poderia ser algo sem importância; com tempo, o motivo poderia ser suplantado pelo carinho que nasce da convivência diária com uma criança. Simon talvez mudasse de ideia.

Capítulo 19

Agosto de 1845

Eu me casei outra vez. Sou oficialmente a baronesa de Owen.

Ela olhava hipnotizada para a pedra vermelha e retangular envolta por uma fileira de pequenos brilhantes. Era a pedra que descansava no anel colocado por Simon em sua mão esquerda. Casaram-se na igreja do condado e logo em seguida partiram para Londres. Lilian apoiava a cabeça no ombro do marido.

Marido.

Acreditou que nunca mais fosse se referir a alguém com esse título. Lembrou-se da cerimônia; ela ainda usava o vestido de seda azul-claro costurado às pressas para o dia. Foi uma cerimônia simples, mas bonita; ao menos Simon estava de tirar o fôlego, como sempre. Surpreendeu-se com a presença de mais da metade dos convidados na cerimônia do casamento e até com os cumprimentos e os votos de felicidades após o evento. Ficou surpresa porque, durante os dias que sucederam o escândalo, metade dos presentes em Easton House passou a tratá-la com um frio distanciamento e a outra metade com uma mal-educada descortesia. Deram esse tratamento a ela, mesmo com a ameaçadora e constante presença de Simon a seu lado. Anabele foi uma das únicas pessoas que não mudou seu comportamento em relação a ela. Fez isso mesmo diante da sua mãe, que deixou claro que não aprovava mais a amizade dela com a filha. Lembrou-se da hipocrisia de Caroline Bowmer, que, antes dos últimos acontecimentos a exaltava, e depois passou a insinuar que a rebeldia e a insubordinação de Anabele talvez fosse pela má influência que Lilian estava exercendo sobre ela. Suspirou um pouco inconformada.

– Não acreditava que algumas dessas pessoas fossem assistir ao casamento – ela disse com a cabeça ainda apoiada no ombro de Simon.

– Eles não perderiam a possibilidade de testemunhar um acontecimento desses nunca – Simon respondeu e acariciou os cabelos dela.

– O quê? Uma viúva intocável se casar?

– Não, mais parecido com uma besta indomável, como eu, ser colocada no cabresto por uma viúva intocável – ele respondeu com uma divertida ironia.

Lilian gargalhou.

– Ou você não se inteirou sobre os últimos comentários? – Simon disse com um sorriso na voz.

– Não. Quais foram?

– Agora todos estão convencidos de que eu me apaixonei perdidamente. Viu? Não foi apenas a sua reputação que sofreu danos com essa história. Eu – Simon continuou com uma forçada indignação –, um assassino frio, um cínico manipulador, alguém que está acima da classe dos libertinos comuns, que era elogiado por devasso, fui colocado na guia pelas mãos de uma dama recatada.

– Oh, coitadinho, como você irá sobreviver? – Lilian perguntou, sentindo o coração disparar, porque, apesar de estar falando em tom de brincadeira, Simon não afirmou, mas também não negou, que estivesse apaixonado por ela.

– Não sei – ele disse com pesar caricato. – Acho que você vai ter que me recompensar – falou, desabotoando as costas do vestido dela.

– Acho que posso – ofegou ao sentir a língua dele invadir sua orelha – fazer isso por você. Afinal, com que moral você irá encarar seus amigos de jogos e administrar seu antro de libertinos?

– Estou tentando recuperar a minha moral aqui. – A mão de Simon invadiu a saia do vestido e subiu em direção às suas meias de seda, baixando-as. – Na verdade, minha querida, há apenas uma opinião com que me importo atualmente.

– É mesmo? – ela perguntou depois de suspirar. – E de quem?

Lilian era consciente de uma necessidade, talvez tola, de ouvi-lo confirmar que estava apaixonado; tola porque homens como Simon não se apaixonavam. Também não se casavam com viúvas certinhas a fim de ampará-las. Ela, há alguns dias, nem pensava muito em honra, promessas quebradas, orgulhou ou vaidade. Podia fazer uma lista mais tarde para entender quantos paradigmas havia quebrado e quantas coisas novas e prazerosas havia descoberto. Sim, faria isso com toda certeza e acreditava que a lista dos prazeres descobertos seria maior do que a de regras burladas, o que era na mesma medida maravilhoso e perturbador.

– Por que você não me diz o que acha? – ele perguntou ao penetrar dois dedos em sua intimidade.

– Ahn, porque eu...

Simon moveu os dedos com mais velocidade.

– Por quê? – ele insistiu na orelha dela.

– Não sei... Nem me lembro da pergunta – ela admitiu resfolegada.

– Que bom, se você conseguisse pensar, aí, sim, estaríamos com problemas. – Ele a beijou e a deixou, além de palavras, sem ar.

Acabara de entrar em casa. Tudo parecia igual; as paredes forradas de tecidos, os dourados nas sancas e os florais cobrindo os tapetes e as almofadas; o conhecido tique-taque do relógio da sala de estar. Seria o mesmo ambiente, sons e atmosfera se não fosse pelo nada insignificante motivo de que ela usava uma aliança no dedo esquerdo e de que essa aliança era uma nova e não a que usara desde que disse sim a Rafael Radcliffe.

Elsa estava sentada na sala de estar cochilando na poltrona.

– Olá, Elsa – ela disse com tom de voz alto, e a mulher acordou.

Sabia que a preceptora tomaria um enorme susto com a novidade; qualquer pessoa teria essa mesma reação.

Elsa se levantou rápida, como se não estivesse cochilando há pouco, deu alguns passos na direção de Lilian e a abraçou.

– Você voltou alguns dias antes do esperado.

– Sim, é verdade – Lilian disse, apertando os ombros da preceptora com carinho. – Onde estão Paul e Arthur?

– Estão descansando um pouco.

Ela assentiu e respirou fundo; estava morrendo de saudades do filho. Lembrou-se da conversa que teve com Simon, um dia antes do casamento. A única conversa realmente difícil que tiveram.

– Você está diferente. – A voz da senhora Taylor a trouxe de volta à sala de sua casa.

A preceptora já havia se sentado outra vez e a encarava. Lilian se sentou de frente a ela, encheu o pulmão de ar e coragem e decidiu que seria melhor contar de uma vez:

– Elsa, sei que vou lhe dar uma notícia inesperada, mas eu, enquanto estive fora... Eu...

Aquilo parecia bem mais fácil em sua mente. Falar em voz alta para a antiga preceptora, a pessoa a quem ela tinha como uma mãe, estava sendo difícil. As palmas molhadas de suor eram a prova disso.

– Eu me casei com Simon Thorn e ele, em algumas horas, deve estar na frente de casa para me buscar. Vou me mudar para Parklane Hall, em Durham. Seguimos viagem ainda hoje. – Conforme ela ia falando, Elsa perdia a cor do rosto; ela prosseguiu rápida, atropelando as palavras. – Ele é um bom homem, é diferente de... daquilo que as pessoas falam. E você pode ir comigo, é claro, até Kathelyn retornar daqui a um mês e... e... ele é... – Ela suspirou. – Ora, Elsa, pare de fazer essa cara, achei que, pela sua experiência de vida, por tudo o que passou junto a Kathelyn, não fosse desmaiar como uma dama afetada quando lhe contasse! – Soltou todo o ar de uma vez dos pulmões e ficou encarando a preceptora com o cenho franzido.

– Meu Deus, Lilian, ele é um assassino! – a preceptora disse sem cor até nos lábios.

– Não, é claro que não.

– Como não?

As bochechas dela arderam.

– Elsa, ele não é, eu sei que não.

– Você não tem como saber. – Elsa levou as mãos ao peito.

Resolvida a tentar acalmar a preceptora, Lilian contou tudo o que tinha acontecido, desde o dia em que ela colocou os pés em Easton House, pulando, é claro, as partes mais íntimas. Terminou o relato dizendo:

– Daí ele disse que poderia até mesmo provar sua inocência.

Elsa, que tinha escutado todo o discurso em silêncio, se manifestou:

– Se ele pode provar que é inocente, por que deixou que todos acreditassem que ele não era durante tantos anos?

Lilian bufou.

– Eu não sei, acho que ele deve ter seus motivos. Eu... eu não sei. – A mulher se ergueu da poltrona parecendo nervosa; Lilian a acompanhou. – Eu me casei com ele, Elsa, e estou feliz, preciso acreditar nele... preciso. – Fechou os olhos e fez uma negação com a cabeça. – Também não vou obrigá-la a ir junto comigo; caso se sinta melhor, pode ficar aqui com o Arthur até Kathelyn retornar.

– Ai, Lilian – Elsa deu um meio sorriso –, você parece não me conhecer.

Ela ergueu os ombros confusa.

– Como assim?

– Não existe a menor possibilidade de que eu a deixe ir sozinha – a preceptora explicou.

– Sério?

– É claro que eu irei com você.

– Obrigada – Lilian disse aliviada –, vou me sentir um pouco mais em casa com sua presença por lá.

Elsa sacudiu as mãos no ar, levantou e caminhou em direção à porta.

– Vou escrever uma carta e pedir para entregarem na casa de sua irmã, avisando onde estamos. Eles voltam daqui a um mês; fico com você por três semanas e venho para Londres preparar a chegada dos dois. Imagino que após quase quatro meses eles vão estar com muita saudade do filho, é melhor que esteja por aqui quando eles voltarem.

Lilian levantou-se e se aproximou da preceptora.

– Você está certa. É uma viagem longa até Durham e acho que, se meu sobrinho não estiver aqui quando voltarem, é capaz que minha irmã mande nos prender.

Elsa sorriu e segurou a mão dela.

– Querida, eu acho que confio em sua intuição e, se você diz que acredita que ele seja inocente das acusações, em vez de assassino, ele é uma vítima. – A mulher olhou para baixo e continuou: – E eu entendo o que é virar uma desonrada diante da sociedade.

Lilian soltou o ar de maneira audível; sabia que a senhora Taylor falava da própria vida e de sua irmã Kathelyn.

Elsa a abraçou.

– Parabéns pelo casamento, desejo muitas felicidades aos dois.

– Obrigada – Lilian disse. – Vou acordar Paul, estou morrendo de saudades. Vou também conversar com ele e prepará-lo para a mudança.

– Vamos, eu ajudo você. – Elsa ofereceu e saíram as duas da sala de estar meio abraçadas e ainda sorrindo.

Capítulo 20

Agosto de 1845

Lista: como tornar a mudança para Paul mais fácil.
1- ficar o maior tempo possível com ele.
Dois...

Há alguns dias lady Stone não comia quase nada, não dormia quase nada, não falava com praticamente ninguém. Estava com muita raiva para digerir a comida, para se entregar ao torpor do sono ou para conversar com qualquer imbecil que lhe dirigisse a palavra. Todo esse caos interno começou quando ela recebeu a última carta de Simon, há cerca de cinco dias.

Aquele homem estúpido.

Como pudera abrir mão do combinado deles? E fez isso em poucas linhas.

– Ahhhh – ela bufou entre os dentes sentindo o maxilar doer.

Havia decorado aquela carta; lido e relido mais de cem vezes tentando encontrar algum sentido implícito nas palavras, tentando buscar algo por entre as linhas.

Mas não havia nada além do que aquele homem insuportável escrevera.

"*Prezada Lady Stone*", começava assim a carta odiosa. Desde quando Simon se referia a ela com tanta formalidade? Como se ele fosse algum tipo de cavalheiro. E continuava:

> *Minha tia teve que sugerir educadamente que Joe fosse embora; não me restou outra opção senão concordar com ela. Neste momento não me encontro com disposição ou humor para levar adiante nosso combinado. Portanto, entenda. Está fora do meu controle; não a ajudarei mais em seu plano. Também*

estou abrindo mão do que havíamos combinado anteriormente sobre sua ajuda em meu próprio desejo de vingança junto a 'você-sabe-quem'. Assim, ninguém está em débito com ninguém. De minha parte, sinta-se à vontade para seguir com suas intenções e com sua vida. Conversamos melhor em uma próxima oportunidade.

Cordialmente,

Simon Thorn.

Cordialmente? Cordialmente?

Ele terminara o romance que mantiveram por anos com um "cordialmente" e um amontoado de palavras impessoais?

Ela ainda não conseguia acreditar e, somente por isso, dirigia-se, naquele momento, até a residência de Simon em Londres. Fora informada há pouco da recente chegada do barão. Se Simon acreditava que ela era uma das mulheres com quem ele estava acostumado a fazer o que bem entendesse sem sofrer consequência alguma, estava muito enganado.

Um monte de correspondências e papéis para assinar era o que Simon encarava tentando encontrar coragem para começar a fazer o que precisava ser feito. Seu advogado acabara de sair seguido pelo administrador do Black Horse. Ele era um homem de negócios e não um aristocrata desocupado. Teria que analisar logo tudo o que havia se acumulado ao longo dos dias de sua ausência, porque se comprometeu com Lilian a deixar Londres no final daquele mesmo dia. Agora, além dos negócios, ele tinha uma esposa para cuidar. O pensamento de que isso seria possível há quinze dias lhe tiraria a paz ou o faria gargalhar ou, mesmo, o deixaria enjoado. Mas Simon não estava nauseado, nem rindo com ironia, muito menos sem paz, estava, ao contrário, com um sorriso muito satisfeito nos lábios. Não tão satisfeito porque sentia falta de Lilian. *Infernos!* Apoiou a mão na testa e sacudiu a cabeça; tinham se separado há menos de três horas, e ele estava sentindo falta da esposa, e não apenas de estar dentro dela, como ressaltava a parte orgulhosa e masculina dele, e, sim, dela. Já tinha decidido que não iria mais se irritar com esse tipo de sentimento nem com as ironias da vida, que fez com que o mesmo objeto de sua intenção de vingança se tornasse a mulher que ele mais desejou – e desejava. E, depois de todos esses dias de convivência, devia admitir sem culpa, raiva ou vontade de matar alguém, que ele nutria por ela algo além do desejo, além da paixão física. Lilian entrou em seu sangue como uma tempestade e agora aquecia seu coração como o Sol depois da tormenta. A vingança fora esquecida, o Sol tinha esse efeito de cegar e entorpecer. A verdade é que nunca sentiu raiva dela; nunca, por mais que quisesse, conseguiu de fato desejar que ela respondesse pelos erros daquele bastardo. Em vez do ódio e da sede de vingança, houve apenas a necessidade, o desejo. E agora? Carinho? Gostar?

– Eu sei que ele está em casa, senhor Brown. – Simon ouviu uma voz alta ecoar pelos corredores. Ele sabia de quem era aquele tom petulante de voz. – E não sairei daqui até que ele me receba, ou melhor... vou eu mesma entrar.

E entrou.

Ao olhá-la com o queixo empinado e a expressão de alguém que acredita que nunca deve ser contestada, ele entendeu que fora um imbecil.

Por que se envolvera durante tanto tempo com uma mulher daquelas? Fechou os olhos com força, sacudiu a cabeça, voltou a encará-la e indagou com uma forçada displicência:

– Você foi rápida; cheguei a Londres não faz nem três horas.

– Tenho os meus meios.

– Nunca duvidei disso.

Ele assistiu a Anne dar a volta em sua escrivaninha e parar perto dele. Perto demais.

– Faz duas semanas que não nos vemos e há poucos dias fui realmente surpreendida por algumas palavras suas.

– Veio até aqui tão rápido apenas para dizer isso?

– Não – ela replicou ríspida. – Vim até aqui porque exijo saber o que está acontecendo.

Simon ergueu as sobrancelhas; na maioria das vezes, esse gesto bastava para fazer qualquer pessoa pensar melhor no tom de voz que estava utilizando com ele, mas não funcionava com Anne Stone. Ela apenas riu com ironia.

– Além de sua carta ofensiva, eu recebi a visita de Joe há alguns dias. Ele me disse que você foi perguntar quais eram as intenções dele com Anabele. – Ela estreitou o olhar. – Estou certa de que ele estava enganado, de que você não faria uma coisa tão absurda.

– Anne... – Ele começou com a voz baixa e controlada, não estava com a menor paciência para dar satisfações a ela. – Eu não me lembro de tudo o que falo em minha vida. Talvez tenha perguntado algo a Joe. – Simon apoiou as duas mãos na mesa. – Se era só isso, eu estou muito ocupado e...

– E o que escreve você lembra? – a viscondessa o interrompeu de maneira ríspida.

– O que você quer, Anne?

Ele assistiu à boca dela abrir um pouco, talvez surpresa pela pergunta; logo a expressão dela se fechou, voltando a ficar inelegível. Ele conhecia aquela mulher, sabia que ela era movida por interesses. Anne Stone nunca sairia de sua casa para visitá-lo se não desejasse algo que ela entendia que ele pudesse lhe dar ou ajudá-la a conseguir. Era melhor ir direto ao assunto, assim se livraria dela de uma vez. Tudo o que ele queira era mantê-la o mais distante possível de sua vida dali em diante, mais precisamente distante de Lilian. Por isso a urgência em sair de Londres; não queria que Lilian corresse o risco de esbarrar com as sombras de seu passado. Não queria dar oportunidade às pessoas com quem Lilian estava acostumada a conviver de tratá-la mal por ela ter se casado com ele. Em Parklane Hall estariam distantes de tudo, de toda essa hipocrisia. Lilian não estaria exposta a nenhuma situação constrangedora. Ele não permitiria.

– Você está diferente, Simon – Anne disse e tocou em seu ombro, lembrando-o de sua presença. – Algo aconteceu que você não me contou?

Ele deu graças a Deus; possivelmente ela ainda não tinha escutado os rumores de seu casamento.

– Fale de uma vez: o que você quer? – perguntou no tom mais pragmático que conseguiu. Precisava parecer indiferente.

– Eu quero ter certeza de que está tudo bem entre nós e de que eu posso continuar contando – ela enfiou a mão dentro do colarinho da camisa dele – com você, querido.

Simon, sem pensar em nada a não ser em se livrar daquela carícia não desejada, tirou bruscamente a mão de Anne de dentro de sua camisa.

– O que quer que nós tenhamos vivido só foi interessante enquanto foi conveniente para nós dois. – Ela arregalou os olhos; Simon prosseguiu. – Não faça essa expressão de quem tem um coração capaz de se desiludir. Você só me procura quando tem algum interesse, e eu sempre soube que era somente nisso que se baseavam as nossas trocas.

– Você está rompendo comigo?

Ele respirou fundo, olhando os papéis sobre a mesa.

– Não, minha querida – encarou-a –, não se pode terminar algo que nunca começou.

Simon sustentou o olhar e viu a boca dela tremer. Acreditou por alguns segundos que Anne Stone choraria. Não teve tempo de ensaiar qualquer sentimento de pena pela mulher.

– Você não pode romper comigo. – Ela deu uma risada cínica e voltou a tocá-lo no rosto. – Ninguém o entende como eu, querido.

Mais uma vez ele afastou a mão dela de sua pele. Meu Deus, ele só queria que ela fosse embora.

– Eu estou muito ocupado – afirmou e voltou a atenção para os papéis a sua frente.

– Eu posso esperar, não estou com pressa – ela disse e sentou-se sobre a mesa.

Ela não desistiria, não iria embora facilmente. Ao perceber isso, ele perdeu a pouca paciência que ainda lhe restava.

– Anne – disse, aumentando o tom de voz –, eu vou precisar ser mais claro sobre as minhas intenções de que me deixe e siga com a sua vida?

Então ela empalideceu, levantou-se e deu dois passos para trás.

– É por causa dela, não é? Daquela mulher insípida e sem graça. – Ela deu uma risada fria. – Eu sabia que isso poderia acontecer, homem estúpido.

– Chega! – Ele se ergueu atrás da mesa.

– Você é patético. Apaixonou-se mesmo por ela? Poderia ser engraçado se não fosse ridículo.

– Eu disse que já chega, Anne.

Ela voltou a rir com ironia.

– Você não passa de um fraco e inútil. Como pode? Apaixonar-se pela mulher do homem que você mais odiou em vida?

Ele voltou a se sentar e respirou fundo.

– Isso não tem nada a ver com ela. Conforme-se com a realidade de que nada dura para sempre e de que as pessoas só permanecem juntas enquanto há algum interesse para ambas. Não seja hipócrita, você só está aqui porque deve desejar alguma coisa em troca. – Queria e precisava manter a conversa e essa mulher longe de Lilian.

– Ou então... – Ela franziu o cenho. – Ainda é por causa de sua vingança? Você não me contou. Apesar de ter adiado o desenrolar da minha, foi bem-sucedido em seus planos?

O que ele precisava fazer para que ela o deixasse em paz, sair de sua casa e de sua vida? Indignou-se consigo mesmo dessa vez. Por que Cristo ele manteve esse caso durante tanto tempo?

– Eu percebi que tenho coisas mais interessantes a fazer do que gastar o meu tempo me vingando de um homem morto.

Ele empilhou um monte de correspondências que estavam à sua frente. Ela sacudiu a cabeça.

– Você deveria contratar um escritor romântico para dar vida a essa idiotice que estou presenciando.

– Vá para casa, Anne. – Ele tamborilou os dedos no tampo da mesa, displicente.

Ela entrecerrou os olhos.

– Imagino que embaixo daquele vestido horroroso deve ter algo que valha muito a pena.

Simon a encarou sem responder; queria, na verdade, estrangulá-la. Mediu a largura do pescoço dela; seria fácil esmagá-lo até que ela ficasse roxa e morresse. Como isso não era possível fazer sem que fosse para a prisão e enforcado logo depois, fechou as mãos em punho sobre a mesa com força.

– Terminou? – perguntou ele.

– Vocês, homens, são todos iguais: tão fracos que beiram à estupidez.

– Vá para casa, Anne – disse de olhos fechados, porque as suas mãos continuavam em volta do pescoço dela.

– Vou porque você está me deixando entediada. – Ela bocejou com os dedos sobre a boca. – Mas, saiba, isso – apontou para ele e para si – ainda não acabou.

– Não perca mais seu tempo entediando-se e me deixe em paz.

– Você pode, com sua imbecilidade, ter atrasado os meus planos, mas foi só isso, um atraso.

E lá estava ela com toda sua frieza e teimosia, querendo destruir a vida de uma jovem e de uma família inteira por capricho. Quis matá-la outra vez, mais irritado consigo mesmo do que com a louca à sua frente, porque sabia que era, em parte, responsável por aquele absurdo.

– Em vez de usar Joe para destruir a vida de outras pessoas, por que você não o usa em beneficio próprio e talvez, assim, se sinta um pouco menos frustrada?

Então ela gargalhou.

– Olhe quem fala. A viúva conseguiu, em pouco dias, transformar um homem de verdade em um cãozinho adestrado.

Ele se levantou, empurrando a mesa com o corpo.

– Fora, Anne! – gritou entre os dentes.

– Você vai se arrepender.

– Eu já estou arrependido – ele mediu-a de cima a baixo – de ter perdido tanto tempo com você.

Simon assistiu às bochechas dela se tingirem de vermelho e acreditou que, se Anne pudesse, o envenenaria com o olhar, mas, como ele não caiu morto, ela recolheu as saias e saiu sem dizer mais nada. Ele suspirou parcialmente aliviado. Fizera tantas besteiras na vida e, com certeza, o longo envolvimento com Anne Stone foi uma das piores.

Capítulo 21

Agosto de 1845

Minha nova casa é um castelo do século XVII. Muitas alas e portas fechadas, muitos lugares que devo conhecer antes de me sentir em casa.

Durham era uma cidade no condado de mesmo nome, a norte de Londres, próximo a Escócia. A cidade parecia uma criação de algum pintor ou artista; um rio circulava como uma ferradura, uma espécie de meia ilha; na parte central dessa ferradura, um enorme castelo se refletia em suas águas. Simon contara que o castelo normando atualmente abrigava as instalações da University College. Lilian já conhecia o local porque as terras do viscondado do ex-marido ficavam em Northumberland, no condado vizinho. A Lilian isso pareceu uma grande ironia do destino. Apesar da enorme vontade de comentar sobre a estranha coincidência, ela se manteve em silêncio. Lembrou-se do pedido de Simon para que não tocasse no nome do ex-marido.

No dia que passou em Londres antes da mudança, enviou uma carta a seu advogado e outra a seu administrador; ela não poderia vender as terras do viscondado, já que essas faziam parte da herança que o filho recebeu junto ao título, mas havia autorizado que a casa de Londres fosse colocada à venda. Sobre a renda mensal que recebia, resolveu fazer um fundo e guardar todo o dinheiro para que Paul, em idade adulta, decidisse por seu melhor uso.

Havia chegado há apenas um dia e, por insistência de Simon, eles iriam visitar algumas lojas na cidade, inclusive, e principalmente, uma costureira.

– Você vai tirar o cinza de uma vez por todas – o marido disse enquanto cruzavam a porta da loja e completou com um sorriso contido. – Apesar de não pretender deixá-la muito tempo vestida, não quero que você use mais essa cor de roupa.

– Simon! – Lilian exclamou envergonhada.

O marido sorriu malicioso, possivelmente pelo vermelho que ela sentiu lhe cobrir o rosto.

– Não acredito que você esteja de volta – a mulher de meia-idade, cabelos mais pretos do que brancos, em um elegante vestido de seda verde-escuro, disse sorrindo.

– Bom dia, senhora Warhol. Acho que a senhora é uma das únicas pessoas na cidade que me recebe com tanto entusiasmo.

Lilian notou a mulher sair de trás de um balcão coberto por tecidos, linhas e fitas. A costureira cruzou a distância entre ele.

– Deixe-me olhar direito para você. – Ela o mediu de cima a baixo. – Elegante como sempre; impecável e elegante seria mais correto. Os homens continuam invejando sua capacidade de vestir qualquer roupa e de deixá-la perfeita no corpo?

Simon sorriu divertido.

– Os homens que invejam a roupa de outros homens não costumam mais conversar sobre esse tipo de futilidade comigo.

A senhora Warhol sacudiu a cabeça.

– Roupas não são futilidades, Simon. Elas, muitas vezes, dizem mais sobre as pessoas do que as palavras.

– No meu caso, a minha fama antecede as roupas ou as palavras.

Lilian sentiu o estômago gelar diante da frieza com que Simon afirmou isso.

– Tsc, tsc, tsc! – a mulher fez com desdém. – As pessoas se tornam cegas e tolas quando resolvem se divertir com calúnias e fofocas da vida alheia.

– Mais uma vez, afirmo, acho que a senhora é a única que pensa assim em toda a cidade; arrisco-me a dizer que, talvez, em quase toda a Inglaterra.

– Eu o conheço desde que nasceu – a costureira deu um beijo carinhoso na bochecha dele e continuou – e fico muito envergonhada em saber que pessoas que também o conhecem possam levantar a voz para acusá-lo sem provas.

Lilian olhou para baixo, sentindo uma pontada no peito. Quanto Simon havia sofrido por causa disso? Escutou a voz da mulher que parecia surpresa.

– Meu Deus, só agora me dei conta de que esta jovem encantadora o está acompanhando.

– Esta jovem encantadora é a nova baronesa de Owen – Simon disse e Lilian encarou a senhora que abriu um sorriso sincero ao olhá-la com mais atenção.

– Fico muito feliz por vocês e dou as minhas felicitações.

– Agora, além de sua amizade e dos votos, precisamos de sua ajuda para vesti-la como ela merece – o marido afirmou e Lilian prendeu o ar.

Como assim vesti-la como ela merecia? Simon continuou:

– Cores, rendas, sedas, musselinas, decotes e, como a senhora disse há pouco, use o seu talento para revelar toda a beleza que a minha esposa tenta encobrir com esses quilômetros de tecido e essa cor apagada e desnutrida.

Ela arregalou os olhos, não sabia se ria ou se ficava irritada.

Os lábios da senhora Warhol esboçaram um misto de diversão e cumplicidade.

– Vou pegar meu mostruário de tecidos. Você conhece o caminho, Simon. Leve-a até o quarto de provas.

– A senhora Warhol, além de costureira, é uma excelente parteira – seu marido afirmou em voz alta enquanto Lilian era medida pelas mãos hábeis atrás do biombo.

– É mesmo? – ela perguntou curiosa.

– Minha mãe foi parteira durante toda a sua vida e eu a acompanhei por anos; acabei aprendendo algumas coisas.

– Foi a mãe dela quem ajudou no meu parto e no parto dos meus irmãos também.

Lilian ouviu a voz de Simon ecoar através do quarto.

– E como eles estão, Simon? Você tem notícias deles? – a senhora Warhol perguntou enquanto circulava o busto de Lilian com a fita métrica.

– Não, desde que Cristine faleceu.

– Entendo... Tolos arrogantes – a mulher murmurou e rabiscou algo no caderninho de notas a seu lado, possivelmente uma das medidas dela.

Após alguns minutos de silêncio, Simon falou:

– Queremos roupas íntimas também. Não economize nas rendas e na seda.

Lilian mordeu os lábios por dentro e olhou a mulher, que sacudia a cabeça em um movimento afirmativo pelo espelho.

– Eu vou ajudá-la a tirar o resto da roupa, preciso de medidas mais precisas – a costureira disse e começou a desabotoar as costas de seu espartilho.

– Mas ele está... – Lilian apontou sem graça em direção ao marido.

A senhora Warhol sorriu com os olhos brilhando de diversão.

– Estamos atrás de um biombo, Simon não consegue ver nada. Além do mais, não é como se ele não tivesse a visto antes.

Lilian se olhou através do reflexo; vestia somente as calças curtas, os cabelos estavam meio fora do coque, as bochechas rosadas e a respiração um pouco acelerada. Sentia-se pura e totalmente envergonhada.

– Simon tem razão, milady – a costureira começou –, a senhora é uma beleza escondida.

Lilian começou a negar e a senhora Warhol a impediu.

– Vou fazer uma coleção de roupas que ressaltarão e reavivarão tudo isso – ela comentou, apontando em sua direção.

– Eu... Eu não conseguiria usar decotes ou nada muito justo, eu nunca usei e...

– Não se preocupe – a senhora Warhol terminou de anotar mais um número e fechou o caderninho –, não vou fazer nada que faça a senhora se sentir desconfortável ao usar.

– Han... Vermelho. – Lilian ouviu a voz rouca do marido sugerir.

– Vermelho? – ela repetiu surpresa.

– Deixe-nos ver os tons de vermelho que a senhora tem em seu mostruário – Simon pediu.

– Eu não conseguiria, eu... Não poderia. – Tentou negar, sentindo que o rosto e o pescoço ardiam.

Aquela era uma cor tão escandalosa.

A costureira enrugou a testa pensativa.

– Esse mostruário que eu trouxe não tem os vermelhos – levou dois dedos aos lábios –, mas você tem razão, Simon, ela ficaria belíssima em uma cor tão viva.

A respiração de Lilian ficou ainda mais acelerada.

– Eu não sei se poderia.

– Não seja tola, é claro que poderia – a mulher afirmou em voz baixa.

– Vá buscar o que a senhora encontra nesse tom – Simon sugeriu.

– Isso, boa ideia, temos alguns vinhos e bordôs caso a senhora se sinta mais confortável, e ficarão tão bons quanto o vermelho – a senhora Warhol confirmou animada.

Lilian assentiu automaticamente.

– Esperem aqui – a costureira falou e girou o corpo para sair. Antes de desaparecer, ela disse. – É melhor se sentar, talvez eu demore um pouco para encontrar esses mostruários.

Ouviu os passos ágeis da mulher se afastarem. Olhou para os lados e encontrou sua regata; estava a ponto de pegá-la quando escutou o barulho de uma cadeira sendo arrastada contra o piso, seguido por passos pesados e pela porta sendo fechada.

– Simon?

Click.

– Simon? – Sua respiração ficou ainda mais rápida.

Passo, passo e outro passo em sua direção.

– Simon? – ela saiu do biombo, virou-se de uma vez e deu de cara com o corpo alto e os ombros largos do marido.

– O que você pensa que está fazen…

Não conseguiu concluir, os lábios de Simon cobriam os seus e um beijo quente e possessivo engoliu o resto de sua pergunta. Ele empurrou o corpo dela contra a parede enquanto percorria com as mãos seu torso, cintura e seios.

Quando os lábios abriram uma trilha de beijos queimando o seu pescoço, ela conseguiu dizer quase sem voz:

– Está louco? Em que você está pensando?

Ele mordeu e sugou sua orelha. Ela gemeu e sentiu que perdia a sustentação das pernas.

– Sim, estou louco e a ponto de morrer desde que entendi que você estava nua a poucos passos de distância.

O ar não entrava, e ela tentou empurrá-lo quando as mãos dele alcançaram sua intimidade.

– Nós seremos rápidos – o marido continuou.

Lilian achou que morreria ao se sentir úmida, quente e inundada de desejo com a perversão de Simon. Uma risadinha nervosa escapou do peito dela.

– Não, eu não quero.

Foi incapaz de deter mais um risinho nervoso quando os dedos do marido a penetraram enquanto o polegar a estimulava naquele ponto que espalhava choques por todo seu corpo e que a deixava mole e sem fala.

– Sim, você quer. – Dizendo isso, ele a beijou outra vez.

– Envolva o meu quadril com as pernas – o marido pediu e cobriu um mamilo com a boca.

– Não, Simon. – Lilian gemeu junto ao protesto.

Ele ergueu a cabeça, encarou-a de um jeito perverso com os cabelos em desordem, os olhos possuídos de um fogo insano, a respiração alterada e disse:

– Nós vamos fazer isso, meu amor, e quanto mais tempo você demorar, mais chance teremos de ser descobertos aqui.

– Seu... seu diabo – ela disse sorrindo.

Ou achou que disse, porque Simon a beijava outra vez com a mesma loucura admitida por ele há pouco.

Ou a senhora Warhol demorou para voltar ao quarto de provas tempo o suficiente para que eles acabassem sem serem pegos em flagra – no que Lilian julgou ser o ato mais indecoroso que ela já praticara na vida – ou – o que ela não gostava nem de pensar – a mulher percebeu o que acontecia e deu o tempo necessário para eles se recomporem e somente então entrar. Estava tão entorpecida e feliz ou mortificada e satisfeita que nem mesmo se opôs aos cinco vestidos entre bordôs, vinhos e vermelhos que Simon encomendou para ela.

Depois que saíram da costureira, foram até a joalheria. Simon, apesar dos protestos de Lilian, tentou provar que era capaz de sustentar sozinho a economia da pequena cidade. Indiferente aos olhares cruzados e aos cochichos que os seguiam na rua, o marido se mantinha bem-humorado, dotado da mesma imparcialidade irônica que ela já havia percebido que ele assumia nessas situações.

– Você está com fome? – Simon perguntou quando saíram do joalheiro.

– Um pouco – ela disse e passou a mão sobre o braço dele.

– Vamos comer os melhores doces que existem no condado. Estamos ao lado da casa de chá que os vende, o que acha?

– Hum-hum – murmurou, lembrando-se dos mais de vinte vestidos que o marido encomendara.

Meias, camisolas, penhoares e espartilhos. Rafael nunca se importou com o que ela vestia e ela tratou de se convencer de que não ligava para isso. Porém, não podia deixar de sentir uma certa satisfação com a maneira de Simon demonstrar que desejava vê-la bem-vestida. Não se tratava das roupas, mas de se sentir admirada por um homem, por seu marido.

Suspirou satisfeita com o cheiro de massas doces que pairava no ar ao cruzarem a porta da casa de chá. Franziu um pouco o cenho ao notar que o burburinho da loja que estava bem movimentada sumiu por completo assim que eles ganharam espaço em seu interior.

Simon ou não percebeu ou fingiu não perceber que as pessoas cochichavam e se acotovelavam com descrição logo que eles escolheram uma mesa e se sentaram.

– Vou pedir algo para comermos – o marido disse e levantou o braço para a atendente que caminhava entre os clientes.

Notou o coração que batia forte contra as costelas. Ela não estava habituada a ser o centro das atenções e, tinha que ser sincera, ninguém naquele lugar os olhava com admiração. Também não estava habituada a ser desprezada ou humilhada em público daquela maneira. Fechou os olhos e respirou fundo.

Não importa o que os outros dizem ou pensam a meu respeito. Isso sempre importou; entretanto, agora não devia significar mais nada. Não podia significar mais nada. Tentava manter a expressão impassível quando ouviu um homem murmurar:

– Será a próxima que ele matará, pobre mulher.

O ar ficou preso no peito quando ela entendeu o que tinha acabado de ser dito em voz alta por alguém. Então, a expressão inatingível de Simon se alterou. Em um movimento brusco, ele se ergueu, empurrando a cadeira abruptamente.

– Quem disse isso? – o barão perguntou entre os dentes com as mãos fechadas em punhos ao lado do corpo.

– Seja homem e diga na minha cara.

Silêncio.

– Vamos, seu covarde! – Ele incitou a audiência e continuou com a voz estrondosa feito um rugido. – Eu estou fora há seis anos desta maldita cidade e vocês ainda não arrumaram nada mais interessante para fazer do que falar da vida dos outros?

Silêncio.

As palmas das mãos de Lilian molharam sobre a mesa.

– Eu fecho as minhas minas de carvão, fecho todas elas, e essa cidade afundará no desemprego e na crise, entenderam? – Ele bufava o ar através da boca como rajadas de vento em uma tempestade. – Não falem comigo, virem-me a cara, riam às minhas costas, atirem pedras no meu caminho, eu não me importo! – ele quase gritou esta última frase e prosseguiu com a voz cheia de raiva em um tom mais controlado, nem por isso menos ameaçador. – Mas, se eu ouvir, se eu sequer sonhar que qualquer pessoa foi rude com a minha esposa ou que a fez se sentir mal, eu não terei descanso até acabar com vida de cada morador dessa cidade, fui claro?

Algumas pessoas pigarrearam, outras tossiram desconfortáveis.

– Fui claro? – ele exigiu como um imperador.

Os olhos de Lilian se encheram de lágrimas. Foi inundada por um turbilhão de emoções tão grande, que demorou para perceber o sentimento de orgulho e felicidade que tomaram o seu peito. *Nunca ninguém me defendeu dessa maneira antes.*

– Sim, milorde – algumas vozes abafadas concordaram.

Ele exalou o ar com força e olhou para a esposa. Lilian não teve certeza, mas acreditou que o marido balbuciou as palavras:

– Desculpe-me.

Ela negou com a cabeça, só queria dizer para ele que estava tudo bem. Ouviu-o continuar:

– Eu quero que vocês entreguem em Parklane Hall todos os bolos e biscoitos e chás e todo o maldito estoque que foi produzido hoje nesta loja.

Ele caminhou até o balcão e colocou um maço de dinheiro sobre ele.

– Tem dinheiro suficiente para comprar a produção de um mês inteiro – disse e se dirigiu à esposa. – Vamos, querida, o ambiente aqui está deplorável – Simon estendeu a mão e a ajudou a se levantar.

Quando do lado de fora, Lilian respirou fundo algumas vezes a fim de se acalmar.

– Todo o estoque de doce? – tentou soar divertida, queria quebrar o clima tenso que ainda pairava no ar.

Ele aquiesceu sério com a boca presa.

– Vamos ter que passar na senhora Warhol outra vez – ela sugeriu, alisando as saias do vestido.

Simon deteve os passos e a encarou.

Lilian forçou um sorriso.

– Vou pedir para ela aumentar as medidas do que encomendamos. Imagino que terei que comer tudo o que será entregue. Seria um enorme desperdício, afinal lhe deu trabalho conseguir e…

– Desculpe-me, Lilian – ele disse e passou o braço por cima do seu ombro –, prometo jamais deixá-la passar por algo parecido outra vez.

– A não ser que seu interesse seja me ver sair rolando entre sedas e musselinas. – Ela riu espontânea.

– Não falo dos doces, falo da…

– Eu sei – Lilian o interrompeu –, está tudo bem, Simon. Eu não me importo. – Dizendo isso, ela recostou a cabeça no ombro do marido e se deixou ser conduzida por ele até a carruagem.

Capítulo 22

Agosto de 1842 (três anos atrás)

Eu não me importo de passar alguns meses por ano a sós, nas terras do viscondado. É assim que deve ser um casamento ideal, casais apaixonados podem ter comportamentos bastante inadequados. Estou satisfeita com o meu casamento tranquilo e dentro dos padrões.

Parklane Hall era uma construção imponente no estilo Barroco. Um palácio erguido no século XVII pelos primeiros barões de Owen. Alas intermináveis abrigavam 194 quartos. Salas, salões e saletas. Três bibliotecas e uma coleção de obras de arte de causar inveja até mesmo à rainha.

Caminhava entre os corredores do palácio junto à senhora Thousand, a governanta da casa. Há mais de duas semanas, desde que chegara a Durham, já havia percebido algumas coisas sobre Simon, sobre a propriedade e sobre sua nova rotina. Listava essas coisas em sua mente, enquanto atravessava as alas do palácio.

Um: Simon era um homem viril, muito viril e não tinha a menor vergonha disso. Quem tinha vergonha era Lilian, que quase derretia com o ardor das bochechas todas as vezes em que o marido se levantava da mesa do almoço, pegava sua mão e subia para o quarto, em plena luz do dia. À noite, ele exigia que dormissem juntos, o que, entre os nobres, era considerado uma depravação.

Dois: a propriedade era belíssima, tinha os jardins mais bem cuidados e mais espetaculares que Lilian já vira na vida. Ela ficou sabendo, não pelo marido, que o cuidado com os jardins era uma das obsessões dele antes de tudo mudar com a morte da ex-baronesa.

Três: Simon mal se dirigia a Paul e a Arthur, sobrinho de Lilian. Ele não os tratava mal, apenas os ignorava por completo.

Quatro: durante os dias, Simon se mantinha ocupado com a administração da propriedade e só ia vê-la na hora do almoço, uma hora após o almoço, quando subiam para o quarto. Depois, ele saía e só voltava à noite.

Lilian aproveitava esse tempo para ficar com Paul e com o sobrinho e para conhecer a casa, a propriedade e os criados, assim como fazia naquele momento.

O marido havia afirmado que ela devia se sentir em casa e era com essa certeza que vasculhava a ala norte da mansão. Segundo a senhora Thousand, essa ala e os quartos encerrados há anos ali, eram os lugares mais sombrios e cheios de segredos do castelo. A mulher baixinha de cabelos grisalhos, olhos azuis e bochechas coradas seguia com ela pelo longo corredor.

– Era aqui que sua senhoria dormia, antes de tudo acontecer. – A mulher pigarreou, apontou com a cabeça para outra porta. – E aqui é o antigo quarto da…

– Ele mudou de quarto?

Lilian tinha certeza de que ocupavam os dormitórios principais do castelo; pelo visto, se enganara.

– Ah, sim, milady, logo depois do que aconteceu ele… ele praticamente arrastou os móveis sozinho até a ala sul. Não acredito que sua senhoria permitiria que milady dormisse em um quarto que guarda tantas lembranças horríveis.

– Senhora Thousand – ela disse, encarando a porta do quarto da antiga baronesa –, a senhora disse que trabalha com a família há muito anos.

– Sim, desde que eu me lembro. Conheci a sua senhoria quando ele era uma criança.

– A senhora acredita que foi ele que…? – Lilian perdeu as palavras.

Como perguntar algo tão difícil?

– Quem matou…? – A mulher rechonchuda fechou os olhos e sacudiu a cabeça. – Não, milady, eu tenho certeza de que não foi ele. Na época, fui uma das únicas pessoas que trabalhavam na propriedade com essa opinião.

Lilian queria perguntar como a ex-baronesa tinha morrido, mas achou que já tinha falado demais. Calou-se.

– Posso? – indagou com a mão na maçaneta do quarto.

A mulher deu dois passos para trás e recuou.

– Não entre aí, milady.

– E por quê? – Sentia-se movida por uma curiosidade obscura.

– Porque esse quarto é assombrado.

Lilian soltou o ar com uma risada nervosa.

– Eu não acredito em fantasmas, senhora Thousand. Se a senhora quiser, espere-me aqui fora.

A mulher se benzeu duas vezes. Lilian respirou fundo e entrou.

Quando deu dois passos para dentro, o coração disparou. As cortinas estavam fechadas, o quarto tinha cheiro de terra molhada, algo entre o mofo e o pútrido. Acreditou que entrava em um pântano.

Pudera ninguém entrar aqui, Jesus.

A respiração ficou sofrida conforme ela avançava, e a ponta dos pés esbarrou em algo no chão; pela pressa em alcançar as cortinas, nem se deu ao trabalho de tentar erguer ou enxergar o que quer que fosse. Pegou o tecido pesado entre as mãos e, com um vigoroso puxão, escancarou as cortinas de uma vez. Suspirou aliviada ao olhar para a vista; constatou que aquela era a parte mais incrível dos jardins. Era um lugar rebaixado, cercado por árvores altas – um jardim privativo. Nele, flores de muitos tamanhos concorriam por espaço junto ao verde, árvores de espécies que acreditou nunca ter visto na vida se distribuíam entre as cores das pétalas. Um lago redondo que lembrava um espelho negro refletia o verde e as flores e um caramanchão de tirar o fôlego. Ela ainda não tinha visto aquela parte da propriedade. Sentiu-se em um quadro romântico, cercada por uma história de terror.

Virou o corpo e analisou outra vez o quarto. Apesar do cheiro desagradável de espaço fechado e de umidade, ela não viu nenhum fantasma arrastando correntes nem qualquer outro ser que habita os pesadelos. A cama e os móveis estavam cobertos por tecidos brancos, e isso era o mais parecido a uma assombração que existia lá dentro. Olhou para o chão e reparou que o objeto que havia chutado ao entrar era um quadro. Aproximou-se e ergueu a pintura. Prendeu o ar ao ver Simon ao lado de uma jovem de cabelos loiros. Ela tinha um rosto de porcelana e os olhos mais azuis que já havia visto. Era uma beleza. Simon mais jovem, ou com uma expressão mais leve, sorria de maneira discreta e tinha um brilho no olhar que ela quis devolver a ele. A jovem, ao contrário, parecia que acabara de voltar de um enterro.

– Milady, por favor, vamos, deixe esse quarto.

Lilian olhou para a senhora Thousand, que estava pálida como uma vela. Encostou o quadro na parede, saiu e encerrou a porta atrás de si.

– As cortinas, a senhora não vai fechá-las? – a governanta perguntou.

– Não, não vou.

– Mas... mas...

Lilian acreditou que a mulher iria desmaiar.

– É que... Bom, não é certo perturbar os fantasmas.

– Senhora Thousand, eu não estou entendendo.

– Eles não gostam da luz do Sol – a mulher afirmou com os olhos cravados na porta.

– Eles? – ela perguntou olhando ao redor.

– Os fantasmas – a governanta respondeu.

Lilian respirou fundo e entendeu que a mulher estava apavorada.

– Mais um motivo para deixarmos o Sol entrar em uma incontida abundância, não acha? – perguntou, tentando parecer descontraída.

Ali ela decidiu que faria o possível para tirar as recordações sombrias que existiam, não apenas daquela ala da mansão, mas também, e principalmente, do coração de Simon.

– Meu Jesus! – a senhora balbuciou resfolegada e se benzeu algumas vezes mais. – Bem, talvez milady esteja certa. Tenha piedade, senhor – a governanta bendisse em tom de voz incerto.

– Outra coisa, nós vamos mandar limpar esses dois quartos e tirar os móveis todos daqui – ela ordenou com a maior naturalidade possível.

– Como assim, senhora?

– Deixaremos essa ala livre de todas as recordações que não sejam aquelas que ela pode trazer a partir de agora. Assim, com o tempo, até elas sairão. – Lilian apontou com a cabeça para a porta recém-fechada.

– Sim, milady, como desejar – a governanta respondeu resignada.

Imaginou que, se a mulher fosse dizer o que pensava, seria mais parecido com "A senhora é louca, milady. Vamos interná-la".

Já caminhavam de volta pelo corredor quando Lilian falou outra vez:

– Pela janela do quarto, vi um jardim e um caramanchão maravilhosos, gostaria de ir até lá.

– Milady, não, eu sinto muito. – A senhora Thousand sacudiu a cabeça com olhos enormes.

– Não?

– Sua senhoria me mataria se soubesse que a levei até lá.

– E por quê?

– Porque, ele... Bem... O barão proibiu terminantemente que qualquer pessoa frequente aquele jardim.

– E por quê? – Lilian insistiu.

– Bem... Porque... – A mulher pareceu pensar na resposta. – Porque era o local preferido dele e da antiga baronesa, e o local carrega todo o peso das tristes recordações desta casa.

Lilian acreditou que a governanta não queria revelar tudo o que sabia; a expressão dela beirando a desespero era prova disso. Entretanto, entendeu também que, se queria fazer daquele lugar um lar, teria que tentar expulsar os fantasmas dali. Não os reais, que ela não tinha certeza se existiam, e, sim, aqueles que aprisionam de verdade: os fantasmas da culpa, do medo e da tristeza. Com isso em mente, pediu decidida:

– Eu quero ir até lá, senhora Thousand. E, não se preocupe, eu me entendo com Simon.

– Está bem, milady – a mulher concordou derrotada. Siga-me, por favor. – A governanta deu um suspiro longo e audível e se benzeu umas quantas vezes mais.

Ela sabia que não podia ser contestada. Lembrou-se da fala do marido no dia em que entraram em Parklane Hall, diante da fila de mais de cinquenta criados.

– Esta é a sua senhora – ele disse –, tudo o que ela desejar é como se fosse uma ordem minha.

Talvez Simon não tivesse imaginado que Lilian desejaria quebrar algumas regras e romper com alguns estigmas arraigados não apenas dentro de sua casa, mas dentro de seu coração.

Haviam descido um lance de escadas e andado por um corredor amplo e iluminado pela transfusão de luz solar vinda de um enorme vitral que percorria as escadas do chão ao teto. As cores transferidas dançavam junto aos degraus de mármore e se estendiam por todo o corredor.

Pararam em frente a uma porta dupla toda entalhada. Lilian acreditou que as geometrias desenhadas ali não pertenciam àquela terra. Era tanta precisão e riqueza de detalhes que não parecia uma porta comum e, sim, a entrada de um santuário. Duas colunas cavadas na própria madeira ladeavam os desenhos que se fundiam entre flores, losangos, folhas, círculos e quadrados. Ela não resistiu e tocou em uma flor; um lírio que a luz coloria. Somente então olhou mais atentamente para o vitral e notou que ele era uma reprodução idêntica ao desenho da porta, só que em vidro e em cores.

Atravessaram o portal mágico e ela olhou ao redor.

– Isso é uma oficina? – perguntou surpresa, bastante surpresa.

– Sim, milady... A única entrada para aquele jardim é por aqui.

– Que lindo – ela disse enquanto tocava uma cadeira.

Mas não uma cadeira qualquer. Era como se as folhas crescessem dos pés e então subissem dando voltas cheias de si até se fecharem no encosto.

A parede frontal da oficina; uma porta de madeira e vidro acompanhava toda a extensão do cômodo e abria a vista para o jardim.

– Magnífico – ela disse enquanto encontrava mesas de trabalho, ferramentas espalhadas e muitos, muitos móveis e peças esculpidas. – Lindo! – murmurou encantada.

– Milady – a governanta atraiu sua atenção do tampo de uma mesa coberto de papéis.

Lilian acreditou que eram desenhos de móveis. Ouviu-a:

– A sua senhoria nunca mais entrou aqui e talvez, se ele souber que, bem, que a senhora...

– De quem era a oficina?

A mulher atarracada olhou ao redor e suspirou antes de responder:

– Dele, milady.

– Lorde Owen?

– Sim, senhora.

Os pelos da sua nuca se arrepiaram.

– Ele fazia isso? – passeou o olhar pelo cômodo, ainda sem conseguir absorver nem metade das peças que estavam lá.

– A oficina e os jardins eram as duas paixões de sua senhoria desde que ele era um rapazinho.

Lilian tocou em uma mesa; os pés dela eram anjos tão vivos que pareciam respirar o ar guardado do cômodo.

– Ele nunca mais?

– Não, desde que tudo aconteceu... ele... – a governanta fechou os olhos –, ele nunca mais voltou a esta casa, a não ser agora.

O estômago de Lilian se contraiu e gelou. Por que será que após seis anos Simon resolvera voltar para aquela casa? Somente por que havia se casado com ela?

– A senhora quer conhecer o jardim?

Lilian concordou e viu a governanta puxar uma corrente cheia de chaves que pendia do seu avental. Após um minuto de procura, a senhora Thousand caminhou até a porta, enfiou a chave na fechadura e a girou.

– Lírios? – disse enquanto o aroma extraordinário das flores varria o ambiente.

Ela contou ao menos cinco cores diferentes das flores.

– Eram as preferidas da sua senhoria – a governanta respondeu, olhando para fora.

– Os lírios? – perguntou sem conseguir tirar os olhos das flores.

– Sim, desde que ele era pequeno. Quando criança, ele dizia que o cheiro o acalmava. O antigo barão, o pai de sua senhoria... – a mulher sacudiu a cabeça em uma negação e continuou –, quando ele ficava triste, nós colocávamos alguns em seu quarto.

– Sempre amei os lírios; gosto tanto do perfume que uso uma essência feita deles. – Ela sorriu incrédula com a coincidência. – Uso-o faz anos.

– Vou lhe contar um segredo – a senhora Thousand abaixou o tom de voz. – O senhor Donneley, o jardineiro de Parklane Hall, nunca deixou esse jardim sem cuidado, desobedecendo a ordem de sua senhoria. Por isso ele está tão bem cuidado e as flores, tão vivas. O senhor Donneley jura que seria um enorme pecado deixar um jardim feito com tanto amor se acabar.

– Lembre-me de agradecer ao senhor Donneley pessoalmente – dizendo isso, ela cruzou a porta e, em poucos passos, estava no paraíso.

Naquela noite, durante o jantar, Lilian não conseguiu tirar os olhos das mãos grandes de Simon. Enquanto ele levava a taça de vinho ou os talheres à boca, entendeu o porquê da pele de suas mãos ser algo entre macia e áspera. Algumas reentrâncias entre os nódulos dos dedos e alguns calos que pareciam ter sempre estado ali. Mordeu o lábio pensando em quanto aquela mesma mão podia criar coisas lindas e em como era triste que ele nunca mais houvesse feito nada.

– Você está quieta hoje – a voz do marido cortou o ar da sala e a mão dele, aquela que observava há pouco, repousou sobre a sua.

Apesar dos costumes mandarem marido e mulher sentarem em extremos distintos da mesa durante as refeições, Simon, que não se importava com esse ou com qualquer outro costume, como o de dormir em quartos separados, por exemplo, e Lilian sentavam-se próximos. Desde que se casou com ele, Lilian vinha quebrando tantos paradigmas, tantas normas, tantos padrões de comportamento que nem se lembrava mais se devia ou não se importar com isso.

No fundo ainda estranhava e, por vezes, pegava-se apresentando comportamentos padrões automaticamente: não conseguia deixar de se envergonhar diante dos criados pelo fato de dividirem a mesma cama; ou de ficar vermelha até o dedinho do pé com certas coisas que faziam durante as noites. A última que Simon inventara ainda a deixava sem fôlego somente com a lembrança, não apenas pelo constrangimento, mas, principalmente, porque havia gostado. Gostado muito. Se alguém imaginasse que se deixou ser amarrada com as gravatas do marido há dois dias. Deus, ela mesma ainda não acreditava. Naquela noite, ele a deixou nua e exposta somente com o colar e o brinco de diamantes. Uma vez com os punhos amarrados, Simon cobriu os olhos dela com outra faixa de seda. Em seguida, os dedos do marido espalharam algo oleoso e macio sobre os seus lábios.

– O quê? O que é isso? – Lilian perguntou com a voz trêmula.

– É um batom vermelho. – Já a voz de Simon estava tão rouca que ela mal reconheceu.

– Mas... Mas eu não uso... nunca usei. – Instintivamente ela esfregou um lábio no outro.

– Você é uma deusa ruborizada – ele murmurou e escorregou a mão quente e pesada lentamente por suas coxas, barriga, em seus seios. – Não se envergonhe da sua beleza, meu amor, e nem do seu poder de sedução.

Ela soltou o ar em um silvo por entre os lábios quando a boca quente de Simon pressionou um mamilo.

– É assim que eu a desejo sempre – o marido afirmou.

– Amarrada? – ela indagou com a voz falha.

– Não, vestida somente com joias.

E aquela declaração tão crua e indecorosa a fez gemer de prazer e contorcer o corpo em busca do toque experiente dele.

Passou as mãos nas bochechas que ferveram com as lembranças de quantas vezes o marido a fizera perder a cabeça naquela noite. Apesar de ainda não compreender como Simon conseguia fazer com que sempre dissesse sim, ela se sentia cada dia mais à vontade e nem um pouco arrependida de tudo o que faziam enquanto se amavam.

– Muito quieta – a voz forte do marido a despertou do devaneio e ela piscou.

Simon prosseguiu com um sorriso sem-vergonha no canto dos lábios:

– Agora, por exemplo, suas bochechas estão vermelhas. Se não estivéssemos na sagrada mesa de jantar, eu juraria que está pensando no que farei com você esta noite. Estou errado, senhora Thorn?

As bochechas arderam ainda mais acompanhadas de um calor entre as pernas que se tornava familiar junto ao marido.

– Pensava em colares de diamantes e gravatas de seda... Nada em que uma dama não devesse pensar à mesa.

Os olhos do marido escureceram. Ela se sentiu pronta para ele. Simon pareceu perceber porque sua respiração se alterou. Tinha que admitir que ela estava muito mudada e que gostava cada vez mais dessa nova Lilian; ousada e provocante. O marido a fazia se sentir desejada e feminina. Ele abriu a boca na intenção de falar, mas, antes que o barão pudesse dizer qualquer coisa, a senhora Taylor entrou na sala com Paul no colo.

– Desculpe-me por interromper seu jantar, milorde – Elsa Taylor disse e abaixou o corpo.

No momento em que os pezinhos dele tocaram o chão, Paul correu até Lilian e a abraçou.

– Estou com medo, mamãe – ele disse choroso.

– Medo? – Lilian perguntou, afagando os cabelos loiros do filho. – Medo de quê?

– De fantasma.

– E por quê, meu amor? Se sabemos que fantasmas não existem.

O menino se afastou um pouco e só então Lilian notou que as lágrimas cobriam as bochechas rosadas do menino.

– É que o Jonathan... – ele começou.

– O filho do cavalariço – a senhora Taylor explicou.

– Ele me disse – o filho continuou com a voz embargada – que aqui nesta casa mora um fantasma e que ele não gosta de mim e nem da senhora.

Lilian engoliu em seco e olhou para Simon, que encarava o próprio prato em uma postura rija. Ela tocou no rosto de Paul, enxugando as lágrimas dele.

– Mesmo que esse tal fantasma exista e que ele não goste da nossa presença, bem... Ele teria, então, duas opções – ela voltou a olhar para Simon, que ainda encarava o prato –, ir embora daqui ou aprender a gostar de nós dois.

– Mas eu não quero, mamãe, não quero que ele goste de mim, eu quero voltar para casa. – Ela notou que Simon elevou ainda mais a coluna como se saíssem lâminas das costas de sua cadeira.

– Acontece, meu anjo, que aqui é a nossa casa agora – ela enxugou as lágrimas do rosto dele –, e, na nossa casa, não existem fantasmas que não gostem da gente.

O filho olhou para a mãe e para Simon e deu alguns passos em direção ao barão, surpreendendo a todos.

– O senhor é grande e forte e o senhor me ajudaria a enfrentar esse fantasma? – o menino disse com a voz ainda embargada e com o olhar baixo.

Lilian percebeu que o marido reteve a respiração, ao menos pareceu reter, porque o rosto dele mudou de cor em segundos e o seu peito subiu em um golpe curto. Se alguém gritasse na orelha dele assustando-o, ele talvez tivesse uma reação parecida. Nesses dias de convívio, Paul nunca se aproximara assim de Simon e, como ele mantinha a distância, acreditou que o menino se sentia intimidado. O marido olhou para Lilian que, sem perceber, acenou positivamente com a cabeça, enquanto pedia mentalmente *Por favor, por favor, seja gentil. Ajude-o.*

– Sim – Simon disse em um tom de voz quase inexistente. – Ahn! – aclarou a garganta. – Sim – repetiu um pouco mais decidido.

– Muito obrigado, senhor.

Paul era uma criança e, como toda criança, era guiado pela espontaneidade; ele pulou nos braços de Simon e o abraçou.

Lilian acreditou que o marido cairia para trás diante do susto. O que não aconteceu por pouco, ela supôs. O rosto sem cor do barão e os olhos arregalados contavam que ele só não desabou no chão porque a cadeira era grande e forte e tinha um espaldar alto. O que aconteceu em seguida quase fez com que ela mesmo caísse para trás; Simon ergueu uma das mãos evidentemente relutante e, com o braço não muito disposto, envolveu o corpo da criança, dando alguns tapinhas confortantes no ombro pequeno. Paul afastou o rosto do peito dele e perguntou com a voz quebrada pela timidez.

– O senhor será o meu novo papai? Eu – ela viu o filho encarar Simon – posso chamá-lo de papai?

Uma cortina de lágrimas cobriu a visão de Lilian; ela sabia que devia intervir, era o que precisava fazer. O olhar que Simon lançou a ela implorava por isso, só que ela não o fez. Estava paralisada e tão surpresa com a cena quanto o próprio Simon devia estar.

– Eu... eu... acho que... – o barão olhou para baixo e concluiu com mais firmeza – não. Você deve me chamar de lorde Owen.

Lilian piscou e as lágrimas acumuladas ganharam o rosto. Discreta, ela as enxugou com o guardanapo. O silêncio que se instalou após a resposta de Simon fora o mais longo e pesado de sua vida. Sentiu o coração apertar de dor e sabia que nem mesmo o direito de reclamar ela tinha. Simon avisou antes que seria assim.

– Vamos, Paul, dê boa noite e vamos dormir, já está muito tarde. – A senhora Taylor, percebendo o clima tenso, se retirou rapidamente com o menino.

A quietude não fora quebrada nenhuma outra vez até o fim do jantar. Isso não era verdade, o bater dos talheres nas porcelanas, o relógio de parede e seu batucar e a porta da sala de jantar que era aberta enquanto os criados retiravam a mesa estavam lá. Ela olhou para o marido algumas vezes tentando entender o que ele pensava ou sentia, mas ele não retribuiu o olhar uma única vez. Quando acabaram de comer – comer? Lilian mal conseguiu colocar uma garfada a mais na boca –, ele pediu licença e se retirou da mesa. Deixou-a com um bolo de lágrimas e a comida não engolida na garganta. Acreditou que, naquela noite, dormiria sozinha.

Capítulo 23

Setembro de 1845

Hoje, acho que eu dormirei sozinha. Graças a Deus não acredito em fantasmas.

O escritório estava escuro, exceto pela luz de um único candelabro disposto sobre a mesa. Ela brigava com o líquido âmbar e com as facetas do copo de cristal, tentando torná-lo mais claro. Simon brigava com o mesmo copo, que voltava a ficar cheio uma vez após a outra. Não era uma saída corajosa, ele sabia, mas era o único jeito de dar o espaço que ele sabia que Lilian precisava, ou que ele precisava, ao menos naquela noite.

Deus!

A maneira como ela o olhou depois que ele pediu a Paul para que o tratasse por lorde Owen. Só a lembrança do olhar dela ainda queimava seu peito. Ele não tinha pensado nisso ainda, mas acreditava, ao menos uma parte sua, que ela jamais o olharia daquele jeito. Olhos frios e acusadores.

Depois de quatro doses, ele entendeu que ela não tinha o direito de ficar triste com isso, afinal não avisara que seria assim?

Entretanto, ele mesmo não contava com o pedido feito por Paul há pouco.

Por um momento sentiu-se compelido a abraçar o menino e a lhe oferecer conforto; era humano afinal, e Paul era apenas uma criança.

Então a pergunta o levou de volta à realidade. "Posso chamá-lo de papai?"

Ali estava, em frente ao filho do bastardo, do homem que ele mais odiava no mundo. E tentado a falar "Sim, você pode".

Sabia por que isso nunca seria uma possibilidade; a raiva que sentia pela existência daquela criança fora cultivada por anos, desde o dia em que soube de seu nascimento. À época, estava com tudo pronto, todo o plano e estratégia traçados e elaborados para colocar em prática sua vingança. Enfim, poderia arruinar Rafael. Durante anos ficou atrás de algo que comprometesse o canalha.

Quando comprou a casa de jogos, tinha certeza de que em algum momento apareceria algo ou alguém que soubesse como atingir o nobre. Afinal, Rafael era tudo, menos um santo; gostava de jogar e de se envolver com mulheres, vivia com amantes. Ele acreditou que, ao comprar o antro de jogatina que Rafael frequentava, possivelmente, em algum momento, ou o próprio nobre se comprometeria ou algo comprometedor de seu passado viria à tona.

O primeiro dono da Black Horse, Charles Black, havia morrido havia poucos meses assassinado em um beco atrás de sua própria casa de jogos. Charles não tinha família, portanto a propriedade fora fechada e colocada à venda. O desejo de Simon não era somente desmoralizar Rafael – isso ele podia fazer no momento em que publicasse a maldita carta que o inocentava do título de barão assassino –, o desejo de Simon era acabar com toda a vida de Rafael.

Assim que adquiriu a Black Horse, sabia que era uma questão de tempo até conseguir alguma coisa contra Radcliffe. Porém, algo mudou. Meses após a compra da casa de jogos por Simon, Rafael se casou com Lilian e, por alguma razão que Simon nunca entendeu, passou de um crápula libertino ao cavalheiro mais recatado e comportado de Londres. Nunca mais jogou ou bebeu ou teve amantes. Simon esperou alguns meses, pois acreditava que hora ou outra Rafael Radcliffe iria retornar a seus hábitos duvidosos. Mas isso não aconteceu. Ao contrário, ele era visto em clubes de cavalheiros apenas nas salas respeitosas, em passeios com a esposa pelo Hyde Park e nas missas aos domingos.

Levava uma vida tão correta e tediosa que todos juravam que ele nascera para ser o par da dama mais respeitada da Inglaterra; Rafael era perfeito para Lilian.

Bebeu uma dose a mais enquanto seu peito queimava, e não sua garganta. Lembrou que os dois pareciam um casal de santos de igreja, aqueles colocados sobre o altar. Bufou. Essa era a Lilian que ele aprendeu a detestar. A mulher que corrigiu e afastou Rafael da vida em que Simon poderia encontrar sua brecha para a vingança; a Lilian que ele acreditou que daria arrepio na espinha de qualquer homem que tivesse um pouco de calor nas veias; a Lilian que era cinza como os vestidos que ela usava no meio-luto. Não a sua Lilian, a sua amante calorosa, a sua esposa, a sua Lilian de vermelho.

– Minha mulher – disse em voz alta e arrastada para o par de velas à sua frente. – Minha – repetiu a fim de abrandar a angústia que queria tomar conta de seu peito junto às lembranças.

Então, um ano após o casamento de Rafael, quando já havia praticamente desistido de encontrar algo que pudesse acabar com a vida dele, finalmente descobriu o que esperou por muito tempo. O pai de Rafael, o então visconde de Wheymouth, tinha uma dívida de jogo tão grande com o antigo proprietário do Black Horse que, se fosse cobrada, com toda certeza levaria à ruína toda a família do nobre. Simon sabia que a ruína era certa, pois já havia se informado sobre as finanças da família Radcliffe.

Lorde Richard morreu pouco antes do filho se casar com Lilian, mas, além da dívida recém-descoberta em um livro de contas da Black Horse, que ficara perdido em um cofre na casa do antigo proprietário da casa de jogos, Simon fizera outra descoberta. O trunfo tão grande quanto a dívida eram cartas descobertas no mesmo cofre, cartas que nunca chegaram a seu destinatário. Em uma delas o senhor Charles Black, o antigo proprietário da Black Horse, contava a um amigo que o herdeiro do viscondado de Wheymouth o estava ameaçando de morte caso ele cobrasse a dívida que lhe cabia. Em outra carta, ele contava que iria entrar com todos os recursos possíveis a fim de receber a fortuna que lhe era devida pelo pai de Rafael. Acabava a nota afirmando que, se algo acontecesse a ele nos próximos dias, o primeiro suspeito deveria ser o herdeiro do visconde, Rafael Radcliffe.

Simon encheu o copo outra vez e se lembrou de Lilian; fechou os olhos ao sentir o coração disparar e a respiração encurtar, algo que sempre ocorria quando pensava na esposa. Esfregou as mãos no rosto, cansado. Recordou que, quando descobriu tudo isso sobre Rafael, rira durante horas pelas ironias da vida. Ele acabou sendo acusado de um assassinato que não cometeu, enquanto, ao que tudo indicava, o próprio Rafael seria um assassino. O culpado por ele ter perdido tudo o que um dia sonhou na vida.

Olhou as velas à sua frente, e o fogo hipnótico trouxe mais recordações: Simon já estava com tudo pronto, tudo organizado, todas as provas colhidas; seria um escândalo tão grande ou maior do que aquele que ele mesmo protagonizara. Sabia também que, como novo proprietário da Black Horse, poderia, se quisesse, cobrar a dívida que era devida ao antigo proprietário. Rafael seria acusado de assassinato – no mínimo seria suspeito, assim como ele; seria banido e publicamente humilhado e nem mesmo o conforto financeiro que Simon nunca deixou de ter restaria ao nobre.

Então, ele soube que o bastardo tivera um filho e simplesmente não conseguiu tomar nenhuma atitude.

Adiou sua vingança.

Não conseguiu.

Sabia como foi difícil o que enfrentou na vida; ser excluído e marginalizado. Imaginou a mulher dele e o bebê passando por algo parecido e não conseguiu colocar em prática seu plano de vingança. Se Rafael fosse arruinado, colocado na rua, sem ter como sobreviver, sua família pagaria pelos erros do maldito desgraçado, assim como ele pagou e ainda pagava.

À época, dizia a si mesmo, para justificar sua aparente fraqueza, que deixaria o menino crescer um pouco e, então, quando a criança fosse maior, ele se vingaria. Entretanto, um ano após o nascimento de Paul, Rafael morreu. Simon nunca se perdoou por ter sido tão estupidamente fraco, por não ter conseguido exigir seu direito de resposta em público, por não ter provado sua inocência e por não ter arruinado o bastardo. Ele fora fraco; não conseguiu fazer nada e só por isso não podia permitir que Paul o chamasse de pai ou que ocupasse qualquer espaço em sua vida que não o lugar do filho de Rafael Radcliffe.

Por acaso não honrava as calças que vestia?

Estava se convertendo em quê?

Em uma espécie de homem sensível e afetado uma vez mais?

Não aprendera nada?

E agora estava casado com a viúva de Rafael. Gargalhou até perder o fôlego com a loucura da vida. E o que era ainda mais absurdo, não se arrependia nem um pouco disso. Se fosse preciso, Simon se casaria com ela outra vez, e de novo, e mais uma vez, se isso garantisse Lilian em sua cama por todas as noites; ele se casaria com ela para sempre.

Cristo, como ele desejava a esposa.

Engoliu outra dose da bebida e se recordou da pergunta do menino e de sua resposta. Não. Paul não o chamaria de papai, nem hoje e nem nunca.

Acontece que somente depois que a resposta saiu de sua boca e que ele olhou para Lilian é que ele se lembrou de Lilian. Entendeu que o melhor a fazer era se afastar e, claro, se embebedar. Porque seu corpo e o desejo desmedido que sentia por ela em todos os momentos do dia não acompanhavam sua consciência e seu orgulho.

Lilian não tinha se dado conta de que a presença de Simon junto a si se tornara quase essencial; estava inquieta e já há algumas horas tentava conciliar o sono, a cama, o travesseiro com seu ouvido.

Isso porque o ouvido estava muito atento aos sons do corredor.

Que horas Simon iria para o quarto?

Ele teria saído de casa?

Quanto tempo já havia se passado?

Ouviu passos pesados pelo corredor e, em seguida, o barulho de algo se espatifando no chão.

– Inferno. – Era o voz do marido.

Com certeza ele havia quebrado o vaso de porcelana que ficava em cima do aparador, junto ao batente. Notou que a porta do quarto dele se abriu e fechou. Ficou encarando o teto por alguns minutos a mais. O olho já pesava e ardia pelo cansaço.

A porta de comunicação se abriu. Simon entrou segurando uma lamparina, vestido em seu robe de seda e tropeçou, quase caindo.

– Simon. – Ela sentou rapidamente, movida pelo susto.

Ele se recompôs do quase tombo.

– Você *essstá* acordada, meu amor? – Simon perguntou com a voz arrastada.

– Você esta bêbado?

Ele apenas assentiu.

– Muito?

Simon encolheu os ombros.

– Quanto você bebeu? – Lilian insistiu.

Ele encolheu os ombros outra vez, deu alguns passos trôpegos, aproximando-se da cama, apoiou a lamparina na mesa de cabeceira e perguntou:

– *Possso* me deitar aí com você?

Sem esperar pela resposta, ele deu mais um passo em direção à cama, tropeçou outra vez, desabou sobre o colchão com metade do corpo em cima do dela e gargalhou.

– Simon – ela deu alguns soquinhos nas costas dele –, saia! Você está me machucando.

Ele girou para o lado, levando-a junto, fechou os braços em sua cintura e a abraçou com força.

– Achei que você nunca mais *fossse* querer me – soluçou – me ver.

– Você saiu de casa?

Ele negou com a cabeça e a apertou ainda mais contra a dureza de seu corpo, enroscou uma das pernas entre as dela, fazendo uma espécie de laço, e grunhiu de prazer. O nariz cavando o pescoço dela e os lábios correndo a pele de seu rosto.

Lilian sentiu o estômago gelar e o coração disparar ao perceber que o marido a queria.

– Como você consegue estar assim tão disposto depois de beber tanto?

Ele ergueu os ombros mais uma vez.

– Mal tem forças para formular uma frase, mas...

– Eu fico assim boa parte *dasss* horas do dia *pensssando* em você – ele disse na orelha dela, com a voz arrastada pela bebida e com a mão buscando levantar a barra da camisola.

– Boa parte do dia? Isso é sério? – ela perguntou surpresa.

– Só quando *essstou* acordado... – Estalou a língua – Dormindo também *muitasss* vezes.

– Simon! – ela forçou uma repreensão bem-humorada na voz.

– Que *botõesss* malditos.

Lilian piscou repetidas vezes confusa.

– Você vai ter que me ajudar, não *consssigo* abrir.

Os dedos do marido se moviam nas costas dela.

– Mas – ela franziu o cenho – esta camisola não tem botões nas costas.

– Ah, não? – ele disse com um sorriso sedutor. – Então é por *isssso* que estava difícil abrir.

Ela reprimiu uma risada com os lábios presos e com um movimento certeiro montou em cima dele, surpreendendo-o.

– Deixe que eu faço isso. – E removeu a peça de uma vez, ficando nua.

Simon olhou-a de baixo a cima devagar; quando parou no rosto dela, ela percebeu que ele estava com os olhos pesados de desejo ou pela bebida e desejo juntos.

– Você é a coisa *maisss* linda *dessse* mundo – ele afirmou após umedecer os lábios.

– E se você não parar de falar *assssim*, eu não vou conseguir fazer nada a não ser rir.

– Chega de falar. – Dizendo isso, ele a puxou para um beijo intenso e profundo com gosto de Simon e de conhaque.

Tinham acabado de fazer amor; com a cabeça no peito de Simon ela mergulhava no torpor do sono.

– Perdoe-me, Lilian – ele disse com a voz rouca.

– Pelo quê?

– Apenas me perdoe.

Ela concordou sem entender a que Simon se referia. Pelo que aconteceu na sala de jantar mais cedo? Acreditou que sim e com essa certeza dormiu aquecida por uma ponta de esperança; talvez, um dia, Simon pudesse vir a gostar de seu filho.

Na manhã seguinte, Lilian lia uma história para o filho e para o sobrinho no chão de uma das salas íntimas de Parklane Hall. Enquanto Paul nem piscava, interessado no desfecho da aventura, Arthur deixava a senhora Taylor bastante ocupada. O menino mexia em tudo o que suas mãozinhas inquietas alcançavam.

– Então o pirata rugiu – Lilian engrossou a voz e continuou –, rendam-se, vocês estão cercados, não tem para...

– Olha quem o senhor Donnelley, o jardineiro, encontrou. – Era a voz forte do marido que interrompeu a leitura.

Ele nunca aparecia no meio da manhã. Lilian elevou os olhos das páginas do livro até Simon; ele segurava uma bola de pelos marrom e branca no colo.

– Zeus! – ela exclamou, levantando em um pulo.

Paul já estava na frente de Simon, que acabara de soltar o cachorro no chão. Arthur largou um pote de prata que ele usava de chocalho e correu para a nova atração.

– "Cacholo" – disse o sobrinho.

– Posso ficar com ele, lorde Owen, posso? – Paul pediu enquanto Zeus se apresentava, dando várias lambidas em seu rosto.

– Se a sua mãe deixar – Simon afirmou e olhou para ela.

– Onde ele estava? – Lilian perguntou.

Zeus correu em direção a Lilian. Passou a dar pulos pedindo colo, como se a reconhecesse.

– Lembra que eu o mandei para cá, quando estávamos em Easton House?

Lilian sacudiu a cabeça em afirmativa e afundou os dedos coçando as orelhas compridas e macias do animal. Ele crescera desde que o viu pela última vez, mas ainda era um filhote. Dava para notar que não ficaria um cachorro muito grande. Poderia ser criado dentro de casa.

– Então, ele havia sumido e reapareceu hoje no jardim – Simon concluiu, limpando as mãos nas calças, que ficaram marcadas de terra.

– Posso ficar com ele, mamãe? Posso? – Paul insistiu.

– Pode. Vamos dar um bom banho nele e tirar todas essas folhas e toda essa lama dos pelos. – Lilian apontou com a cabeça para Zeus. – Aí, sim, você pode ficar com ele.

– Obrigado, lorde Owen, o senhor é a melhor pessoa do mundo – Paul disse e mais uma vez deixou Simon sem graça e sem resposta.

Mas a Lilian não escapou o esboço de um sorriso discreto nos lábios do barão.

– Vou providenciar o banho dessa bola de pelo enlameada – a senhora Taylor disse. – E não coloque o cachorro na boca, Arthur, ele não é de comer – completou.

Todos riram. Todos, inclusive o marido de Lilian, que já não estava mais sem graça.

Capítulo 24

Fevereiro de 1838 (sete anos atrás)

Acho que todas as pessoas são dignas de confiança. Acho, também, uma enorme grosseria quando alguém, sem motivo, parece desconfiar de mim ou de qualquer pessoa que não merece tal falta de crédito.

Duas noites atrás um sonho o despertou no meio da madrugada. Buscou por Lilian e encontrou a cama gelada e vazia. Foi procurar por ela no quarto ao lado, mas a esposa não estava lá. Sem entender onde Lilian poderia ter ido, ele voltou a seu quarto disposto a se vestir para ir atrás dela. Já estava com a mão no robe de seda quando ouviu passos no corredor. Intrigado e desconfiado, foi até a cama ao perceber que ela voltava para o quarto. Fingiu que dormia quando a esposa deitou a seu lado. Não conseguiu pegar no sono nem por cinco minutos mais. Durante o resto da noite e do dia seguinte ele se torturou com um milhão de possíveis hipóteses. Onde a esposa teria ido naquela madrugada? Quanto tempo ela ficou fora do quarto? Era a primeira vez que ela fazia isso?

Poderia ter matado sua curiosidade perguntando a ela. Essa deveria ser a solução mais fácil e a primeira a que qualquer pessoa normal recorreria em uma situação parecida. Mas Simon não era qualquer pessoa. Aprendera como as aparências podiam enganar e como as pessoas mentiam para esconder suas sujeiras. Ele precisava ver com os próprios olhos o que diabos Lilian fez ou fazia fora do quarto durante as madrugadas.

Resolveu que naquela noite se manteria acordado; se Lilian voltasse a sair, ele a seguiria. E assim aconteceu. Ele fingiu que dormia e ela o chamou em voz baixa:

– Simon.

Ele não respondeu; ela levantou e, em silêncio, deixou o quarto. Ficou tão horrorizado diante da confirmação de que era corriqueiro o fato de ela deixar o quarto às escondidas que não conseguiu se levantar e ir atrás dela como o planejado por puro e total pavor. Ficou paralisado.

Lilian demorou um par de horas para retornar, mas era como se fosse uma eternidade. Simon, ainda imóvel, fingiu, uma vez mais, que dormia. Quando a esposa por fim pegou no sono, ele acendeu a vela ao lado da cama e o mundo se desfez.

As pontas dos cabelos dela estavam molhadas. Ele se aproximou e inspirou junto à pele dela e confirmou que cheirava a sabonete e a lírios, como se ela tivesse acabado de tomar um banho ou de se lavar. Com uma dor que começava no peito e se alastrava por todo o corpo, Simon entendeu que, o que quer que fosse que Lilian fazia fora daquele quarto durante as madrugadas, era algo que ela, de alguma maneira, tentava encobrir.

E se ela estiver me enganando com outro homem?

Essa, de todas as milhares de suposições que fazia, era a que mais o afligia. Ao pensar nisso, seu sangue fervia de raiva e, talvez, por isso, era essa a suposição que ele estava mais disposto a dar crédito. Ao menos a parte sombria dele, aquela que jurava ser impossível existir um pingo de verdade no mundo e nas pessoas. A parte dele que tinha certeza de que sempre seria traído e enganado; de que a bondade era para os tolos e fracos; e de que não existia na terra nada de bom. Se existisse, era ele quem não merecia ter isso em sua vida. A possibilidade da traição de Lilian o sufocava e o deixava tão transtornado que ele fez o que não fazia em anos.

Naquela manhã, após mais uma noite praticamente em claro, saiu para cavalgar pela propriedade. Movido pelo impulso, parou o cavalo em frente à capela. Entrou sem se dar conta do que fazia e, diante do altar, se rendeu ao desespero que o atingiu; Simon rezou. A última vez que fez isso foi quando o pai morreu; ele tinha apenas oito anos. Porém, não fora até lá para pedir pela alma dele, como era esperado de um filho aflito nessas horas; fora, ao contrário, para agradecer a Deus que levara embora aquele filho do diabo de sua vida. Como uma espécie de livro mental, voltou a todas as vezes em que o pai o castigou por chorar, ou por querer aprender sobre a escultura em madeira, ou por se interessar pelas flores e árvores. Lembrou-se do dia em que foi castigado pela última vez. Ele tinha acabado de completar oito anos e havia esculpido em madeira uma peça que julgou quase perfeita. Sentia-se tão malditamente feliz pelo que havia conseguido fazer; era uma carruagem puxada por seis cavalos. À época, sua babá o elogiou e o incentivou a mostrar a obra para o barão. Recordou que naquele dia o pai olhou para a peça em suas mãos durante alguns minutos em silêncio.

– Deixe-me ver – o barão pediu.

E Simon lhe entregou orgulhoso a carruagem. O pai analisou com atenção a escultura para depois arremessá-la com um movimento bruto contra a parede. A peça se partiu em vários pedaços.

– Que espécie de homem é você, Simon? – o pai gritou raivoso. – É isso o que lhe têm ensinado os tutores? A ser um tipo de fêmea que desenvolve artes?

Ele negou com a cabeça sentindo lágrimas de raiva queimarem os seus olhos.

– Nunca mais, entendeu, seu moleque?! Nunca mais você fará nada nem parecido, não me envergonhará desse jeito! – O barão o sacudiu pela orelha.

Naquela ocasião o pai o trancou por dois dias em um cubículo escuro e fétido que mais parecia um baú do que um quarto. Quando lá dentro, ele chorou e rezou para que a mãe, que morrera meses depois do parto de seu irmão mais novo, fosse resgatá-lo. Pensava em flores e em árvores, pensava nos lírios que cresciam nos campos de Parklane Hall. Fazia isso com tanta intensidade que chegava a sentir o cheiro deles. Era somente assim que conseguia se acalmar. Não foi a primeira vez que ficou trancado ali, mas foi a última. Algum tempo depois, o pai morreu e ele herdou o título, a renda e a propriedade.

Apertou o respaldo do banco da igreja ao lembrar-se do seu tio, Robert Thorn, irmão mais novo do pai. Foi ele quem ficou responsável por sua educação. O tio era um erudito, um estudioso e foi com quem Simon aprendeu quase tudo o que sabia sobre a botânica. Robert Thorn, ao descobrir o que ele era capaz de fazer com a madeira, montou a oficina e o estimulou a desenvolver suas habilidades. Era na oficina junto ao tio que ele passava boa parte dos dias. Robert Thorn foi o pai que Simon não tivera até então. Foi o tio quem o fez ver que podia, sim, existir algo de bom nas pessoas e no mundo.

– Mentira! – disse a si mesmo, ilusões criadas a fim de tornar a vida um pouco mais tolerável.

Sentia-se perdido, confuso e encolerizado. Estava tão louco de ódio por se deixar levar daquele jeito, por nem pensar direito enquanto estava junto a Lilian, por se sentir pequeno e impotente uma vez mais diante das ações dos outros, e, o pior, por se esquecer completamente daquilo que cultuou em seu íntimo durante seis anos; a descrença, a frieza e o cinismo. Ele olhou ao redor por toda a capela e nem notou que as lágrimas turvavam sua visão. Levantou-se e se sentiu ridículo por estar tão obcecado por uma mulher a ponto de parar de joelhos diante do altar. Sabia que, se Lilian deixasse sua cama durante aquela noite novamente, ele a seguiria até o inferno, se fosse preciso, a fim de descobrir a verdade.

O resto do dia passou em uma mistura louca de emoções. Simon percorreu a raiva e a incredulidade, o torpor e o sofrimento, a cólera e a frieza. Durante o jantar, ele vestiu uma máscara de cinismo e tentou parecer normal; não queria levantar suspeitas, precisava que Lilian acreditasse que estava tudo bem.

Foram se deitar e Simon alegou estar indisposto e cansado. Lilian o beijou de maneira carinhosa e aquilo embrulhou o estômago dele. Fingiu que dormia.

Logo, ele a assistiu, mais uma vez, cumprir o mesmo ritual da noite anterior; checou se ele estava acordado e saiu do quarto. Depois da porta ser fechada, ele deu um espaço curto de tempo e foi atrás dela.

Simon ficou com a boca seca e com a respiração um pouco alterada enquanto seguia sua esposa pelos corredores escuros de Parklane Hall. Quando percebeu que ela tomava o sentido da ala norte e, logo após, quando a viu entrar no quarto de sua ex-esposa e fechar a porta atrás de si, todo o ar do castelo se extinguiu. Respirar ficou impossível.

A mesma prece feita no silêncio da igreja naquela manhã ecoou em seu interior enquanto levava a mão até a maçaneta da porta recém-fechada por Lilian.

Meu Deus, não permita, não permita que ela... Não, Lilian, não dessa maneira, não permita, meu Deus, porque, se for verdade...

Ele não sabia o que seria capaz de fazer. Ficou por um longo tempo encarando a porta como se fosse a entrada do inferno. Estava com a mão pronta para virar a maçaneta quando ouviu a voz abafada da esposa afirmar:

– Eu amo esse seu sorriso.

O sangue deixou a cabeça.

– E quando você me olha desse jeito, eu perco o ar.

Tudo ferveu dentro dele.

– Você é o homem mais lindo que existe neste mundo. Um verdadeiro abuso, meu senhor – ela deu uma risadinha.

E o mundo inteiro explodiu em lava, trovões e relâmpagos que cortavam o interior de Simon e ressoavam por toda a terra na maior onda de ódio e dor que qualquer ser vivo já devia ter experimentado. Que Deus o ajudasse, ele mataria o homem que estava lá dentro.

Lilian deu um pulo e deixou o pincel cair quando Simon avançou porta adentro com peso e velocidade de dez carruagens de guerra. Parou no meio do quarto ofegante. Os olhos vidrados percorreram primeiro todo o ambiente e, então, se fixaram nela.

– Onde ele está?

Ela não conseguiu responder, o coração bombeava muito rápido o sangue, não teve tempo nem de entender a que o marido se referia. Simon cruzou a distância que os separava em três passos e a agarrou pelos ombros.

– Onde ele está, Lilian?

Eram o fogo e as brasas da fúria que ardiam no azul mais escaldante que ela já vira. Se um dia achou que o tinha visto possuído de raiva, soube que nunca na vida tinha sequer passado perto de um homem tão descontrolado como seu marido estava naquele momento. Ele a sacudiu. Lilian sentiu os dentes baterem e uma pontada de dor se alastrou dos ombros pelos braços conforme Simon aumentava a pressão de suas mãos.

– Responda! – ele gritou.

– Quem? – perguntou com a voz falha.

Ele a soltou e foi até a porta de comunicação entre os quartos pisando duro; tentou a maçaneta, mas estava trancada.

– Eu vou matá-lo – Simon disse entre os dentes e abriu a janela do quarto. – Olhou em todas as direções para fora. Virou para ela, os olhos tão obcecados que não enxergavam nada à sua frente. – Com quem você estava falando, Lilian?

– O quê? – Ela levou as mãos até a boca em choque ao começar a entender o que acontecia ali. Apontou para o retrato quase acabado ao seu lado e só então notou que a mão estava trêmula. – Com você. – Engoliu em seco e inspirou fundo, tentado acalmar a respiração alterada. – Quer dizer, com seu retrato.

Ele olhou dela para o retrato e do retrato para ela umas três vezes. Então, fechou os olhos e soltou o ar pela boca em uma exalação lenta e profunda. As mãos, que estavam cerradas em punho ao lado do corpo, relaxaram. Simon respirou mais algumas vezes antes de voltar a encará-la; quando o fez, sua expressão havia se desanuviado. Como se uma tempestade houvesse acabado de dar lugar ao Sol. Mediu-a de cima a baixo com determinada lentidão. Lilian se envergonhou; usava um vestido simples de algodão, todo manchado de tinta, os dedos iam cobertos por diversos tons – com sorte não estaria com tinta até nas bochechas. As mesmas bochechas esquentaram.

Há alguns dias os vestidos que Simon encomendara para ela chegaram e há alguns dias o marido dizia que ela nunca mais vestiria cinza. Ela, que nunca ligou para roupas, se surpreendeu com a facilidade com que se livrou do meio-luto. Decidiu que seria uma hipocrisia sentir qualquer peso na consciência com relação a isso ou com relação ao prazer que experimentava quando Simon a olhava com seus novos vestidos, como se pudesse ver através deles. Ela pintava com o mesmo vestido de algodão surrado e avental sujo há cinco dias, desde que resolvera usar aquele quarto como seu novo ateliê. Devia parecer uma camponesa maltrapilha; até um lenço manchado na cabeça amarrava seus cabelos para protegê-los da tinta.

– Você está pintando? – o marido perguntou com a voz rouca.

– Sim – ela respondeu e olhou para baixo, envergonhada.

– Escondida?

– Não escondida... quer dizer, é um momento meu, eu... eu não me sentiria à vontade de pintar como eu gosto na frente dos outros.

Ele a mediu outra vez, e ela acreditou que as bochechas ficaram ainda mais vermelhas.

Simon, piscou.

– Você sabe que quarto é este?

– Sim, é o quarto da finada baronesa.

– Então... porquê...? – O marido a encarou com uma ruga entre as sobrancelhas, deixando a pergunta suspensa no ar.

– Porque eu... Bem, eu... Eu quero livrar qualquer parte desta casa de recordações tristes.

Simon fechou os olhos e respirou fundo outra vez.

– Você falava com o retrato? – Deu dois passos na direção dela.

– Sim.

– Com o meu retrato?

Ele analisou a pintura, aproximando-se ainda mais dela.

– Sim.

Lilian sentia a intensidade do marido antes mesmo de ele alcançá-la. Estaria bravo?

– E o que mesmo você falava?

– Que você é... Bem, é... – Ela umedeceu os lábios. – Dizia que gosto do...

As mãos dele envolveram a cintura dela e, em um impulso, ela estava colada a ele.

Ela tentou continuar:

– ...que gosto de seu sorriso... e... E você me assustou – afirmou resfolegada.

– Não, quem me assustou foi você – ele contestou com os lábios percorrendo o seu rosto. – Você disse que ama o meu sorriso? – Simon beijou o pescoço dela e, com um único movimento, arrancou o lenço que ela tinha na cabeça. – Dizia que fica sem ar quando eu a olho e que eu sou um abuso, é isso? – perguntou, ainda beijando-a.

Ela negou sem perceber o que fazia.

– Não? – o marido contestou.

– Sim, quer dizer... Eu não me lembro.

– Eu me lembro.

E ele a beijou. Não fora um beijo como os que ela conhecia dos momentos de paixão, esse tinha, além de desejo, uma força e uma espécie de loucura possessiva que a deixou sem pernas.

– Lilian – ele a chamou. E os pés dela perderam o chão conforme Simon a ergueu no colo. Continuou com os lábios colados nos dela. – Eu vou amá-la de um jeito diferente. – Beijou-a outra vez enquanto andava com ela para fora do quarto. – Eu estava a ponto de matar um homem quando decobri que era o meu retrato e… eu preciso tanto de você – ele a beijou e repetiu –, preciso de você com a mesma intensidade da fúria que sentia há pouco.

Ela apenas concordou, incapaz de falar.

Fora do quarto, alguns metros à frente, ele a encostou na parede e disse em sua orelha:

– Se for demais para você, minha pequena, avise-me que eu paro, entendeu?

Ela assentiu outra vez e soltou todo o ar pela boca quando percebeu a fileira de botões das costas do vestido arrebentarem e a roupa sair de seu corpo por um puxão preciso das mãos de Simon. Lilian dobrou o pescoço para trás e gemeu quando a barba incipiente do marido roçou em seus seios junto com o movimento da língua e a sucção de um mamilo e, depois, do outro. Ela se sentiu tonta e acalorada.

– Envolva as suas pernas no meu quadril – ele comandou e ela obedeceu sem questionar. – Não vou ser gentil, preciso de você com força.

Simon a beijou e ela se rendeu à força que ele desejava impor. Ele a penetrou com uma única e violenta estocada. Ela perdeu o ar e um gemido longo escapou de seu peito. Agarrava-se, com desespero frenético, arranhando o robe de seda que Simon nem retirara, puxando-o com as pernas para que ele a penetrasse. Ele continuou investindo com força e o corpo dela era levado para cima enquanto ela o sentia ir cada vez mais fundo. A boca, os lábios e a língua dele alternavam famintos da boca dela para o pescoço, do pescoço para o seios e dos seios para os lábios outra vez. Lilian gritou ao atingir a libertação, e o marido tremeu derramando o próprio prazer em sua intimidade contraída. Ele beijou-a com carinho e ternura, deslizando os lábios por todo o rosto dela; uma contradição, se comparado ao amante quase violento que havia sido.

– Vamos para o quarto – o marido disse e ergueu-a no colo nua.

Deixaram o vestido rasgado para trás. Lilian não tinha nem vontade nem força para responder ou se opor.

Lilian estava deitada com a cabeça no peito do marido após ser amada contra uma parede na ala norte do castelo e ser carregada ainda sem roupas até o quarto. Quando chegaram, Simon a lavou, removendo quase toda a tinta que cobria suas mãos e braços e somente depois se deitaram.

– Faz tempo que você faz isso? – Ele tocou em uma manchinha de tinta que ainda estava lá, no dorso da mão dela.

– Desde que Rafa... Há alguns anos.

– Você acha que eu a proibiria de pintar?

– Não, eu não sei... Quero dizer, Simon, a pintura é algo só meu, não sinto que preciso dividi-la com o mundo ou com alguém.

– Nem mesmo comigo? – o marido perguntou, girando o corpo de lado. Ele a encarou com o rosto apoiado na mão fechada.

– Não, eu acho que não – ela foi sincera.

– Por quê? – a voz dele estava baixa e o cenho, franzido.

Ele tinha se chateado?

– Pelo mesmo motivo, talvez, que você não me contou que é um artista talentoso com a madeira.

Os olhos de Simon cresceram e a boca abriu; ele a encarou surpreso em silêncio, por algum tempo.

– Quem a levou até lá? – indagou, parecendo, além de surpreso, um pouco irritado.

– Eu mesma descobri e fiz com que a senhora Thousand abrisse a porta para mim, queria conhecer o jardim.

Ela sentiu o braço de Simon, que envolvia sua cintura, enrijecer. Ele fechou os olhos e bufou impaciente.

– Lilian, eu não quero que você continue frequentando aquela ala do castelo, ela estava fechada há seis anos e assim deve continuar. E também não quero que você saia durante as noites da nossa cama para ir pintar como se estivesse fazendo algo proibido. Assim como eu a vi se esgueirando pela casa, algum criado poderia vê-la e você viraria alvo de fofocas e falatórios.

Lilian ficou chateada ao se dar conta de que o marido não somente a tinha seguido em silêncio como entrou no quarto tendo absoluta certeza de que ela o traía.

– Desde quando você se importa com aquilo que as pessoas falam? – ela usou um tom mais ríspido, o mais ríspido que conseguiu.

– Eu me importo com o que falam a seu respeito; não estou nem aí com o que falam de mim.

– E, mesmo assim, foi o primeiro a me julgar.

– O que você queria que eu pensasse, Lilian? Ouvindo o que eu ouvi e vendo você sair três noites do quarto?

– Três noites? – Ela sentou na cama em um pulo. – Há três noites? E você não me fala nada?

– Você também não foi a pessoa mais transparente do mundo, minha esposa – ele disse em tom irônico.

Lilian respirou fundo.

Simon tinha razão, ela também escondeu os fatos. Ninguém ali tinha o direito de cobrar nada. A verdade é que ela nunca acreditou que a pintura fosse algo que devesse revelar, era um momento dela, como tomar banho. Mas foram as atitudes dela que o levaram a pensar coisas erradas, a segui-la e a acreditar que ela o traía. Simon tinha uma vantagem e um pouco mais de razão do que ela própria.

Ele apertou os olhos.

– Não quero que você faça nada escondido de mim, Lilian. Não me importo com como ou quantas horas você queira pintar, só não quero que o faça naquele lugar e nem durante à noite.

– Aquele lugar é um quarto da nossa casa – contrapôs e voltou a ficar um pouco irritada.

– Não é. Mandarei demolir aquela ala inteira se continuarmos a morar aqui.

– Isso é ridículo, Simon. Aquela é a área mais bonita do castelo, os quartos são mais amplos... Isso sem contar a vista para o jardim e o lindo caramanchão que você mesmo construiu. – Ela sacudiu a mão no ar desenhando uma negação com o dedo. – Eu não me importo que você tenha feito para ela.

Simon endureceu a expressão.

– Mas acontece que eu me importo – ele olhou para baixo e afirmou com um murmúrio cáustico. – Vou cortar a língua da senhora Thousand, aquela velha metida.

Então Lilian se irritou ainda mais.

Por que Simon se importava tanto? Está certo que o que aconteceu foi algo bem trágico, mas já havia se passado seis anos. E ela também já havia sido casada, perdera o marido muito jovem. Lilian teve que engolir toda sua honra desfazer promessas e acreditar somente na palavra dele. E agora nem mesmo no nome do ex-marido podia tocar. Por que Simon colocava tanto peso no passado? Por que ele simplesmente não o deixava ir embora?

E então, ela entendeu.

O seu estômago gelou. Não era possível que...

Será que ele ainda sentia alguma coisa pela ex-esposa?

As mãos molharam de suor.

Daí, supondo que ela podia se sentir da mesma maneira com relação a Rafael, proibiu-a de tocar no nome dele. Será que, ao olhar o filho que ela tivera com Rafael, ele lembrava dos filhos que não pôde ter com a ex-esposa? E esse seria o motivo de sua repulsa por Paul? Meu Deus, Simon não era um homem incapaz de amar. Talvez ele amasse tanto a ex-baronesa que não suportasse a ideia de outra mulher ocupar o quarto que fora dela ou de tocar em seu nome.

– Por que você se importa tanto, Simon? – ela explodiu.

– Porque sim, e esse assunto está terminado!

Lilian saiu da cama em um pulo abraçando o próprio corpo; tentava se proteger do que acabara de perceber.

– Meu Deus, você nunca a esqueceu – disse com a voz embargada –, você ainda a ama.

– O quê?

– Você, você a ama? Por isso se importa tanto? Por isso deixou sua vida ser destruída, mesmo sendo inocente? Por isso... – Ela levou as mãos até a boca e continuou andando para trás em direção à saída do quarto. – Por isso é tão difícil para você que eu fale de meu ex-marido!

– Lilian, pare – Simon levantou e deu alguns passos, tentando se aproximar dela.

– Não toque em mim – ela disse e se afastou. – Por que se casou comigo? Por que me trouxe para cá?

– Você está louca! Não é nada disso – ele contrapôs entre os dentes.

Ela negou com a cabeça e levou a mão até a maçaneta.

– Aonde você vai? – Simon perguntou com os olhos arregalados.

– Para o meu quarto.

Ele moveu o corpo na intenção de segui-la.

– Deixe-me, Simon, por favor, eu preciso ficar sozinha – dizendo isso, Lilian saiu e bateu a porta atrás de si.

Capítulo 25

Abril de 1845 (alguns meses atrás)

Ontem pintei até o dia clarear (outra vez), será que estou ficando louca?

Simon estava no escritório havia algumas horas. O dia começava a amanhecer.

Tinha concluído algumas coisas durante a sua terceira noite insone.

Lilian era muito diferente da mulher apática e submissa que todos acreditavam que ela fosse. É claro que ele já tinha percebido toda a explosão passional dela enquanto a amava. Ela reagia prontamente a qualquer estímulo, era uma amante apaixonada e receptiva. Fazia quase um mês que estavam casados e ela já tinha aprendido a deixá-lo fora de si, a levá-lo ao limite; sabia tudo o que lhe dava prazer. Ele notou que, apesar de ainda se envergonhar, Lilian não deixava que sua timidez atrapalhasse seu prazer. Ao contrário, ele se encantava cada dia mais; ela, mesmo sentindo vergonha, explorava-o, provocava-o, deixava-se levar e o enlouquecia.

Por todos esses motivos e mais alguns, resolveu que, se era tão importante para ela utilizar a ala norte do castelo, que assim fosse. Ele não iria criar mais um caso em sua vida por causa disso.

A principal conclusão a que chegou foi que contaria tudo a ela. Lilian merecia saber a verdade. Somente assim os fantasmas do passado seriam enterrados de uma vez por todas. Somente assim ele ficaria em paz diante dela. Mas, antes de contar tudo, sabia que precisava arrumar a bagunça que fizera com a sua vida e com a vida de outras pessoas. Precisava fazer isso para ter a prova necessária de que ele a queria tanto quanto devia ser possível alguém querer a outra pessoa. Era a prova de que estava com ela pelos motivos certos, pelo menos desde que a pedira em casamento.

Ouviu três batidas à porta.

Era o senhor Byrne, seu mordomo, homem magricela e branco como uma vela. Toda vez que Simon falava com ele, ficava ainda mais pálido.

– Meu lorde, desculpe interrompê-lo, mas… Mas, ahn, a sua senhora já está… Como o senhor me pediu para avisá-lo… Sua senhora está…

– Na sala do desjejum? – ele interrompeu a demonstração de medo do mordomo.

– Não, senhor – o senhor Byrne respondeu inseguro.

– Então onde? – perguntou de maneira mais ríspida do que intencionava e notou o homem se encolher um pouco mais.

– Ela… ela… Como o senhor me pediu, eu a segui, acreditando que lady Lilian tomaria seu desjejum, só que ela… ela… – o senhor Byrne gaguejou e pigarreou.

– Diga de uma vez, homem! – Ele apertou a borda da mesa com as mãos.

Aonde ela teria ido?

– Ela foi em direção à ala norte – o mordomo murmurou.

Simon sentiu os músculos relaxarem. Por alguns ridículos instantes acreditou que Lilian tivesse deixado a propriedade.

– Obrigado, senhor Byrne – exclamou satisfeito e levantou decidido a encontrar a esposa.

Enchia o peito de ar com uma renovada satisfação, iria resolver as coisas com Lilian na própria ala norte.

Mas antes que conseguisse se inundar com o alívio, seu mordomo voltou a gaguejar.

– Só que não, não a ala norte, ala norte; milady se… se dirigia ao extremo norte e ao…

– Onde? – perguntou e as mãos ficaram molhadas diante da recente informação.

– Milorde, perdoe-me. Eu tentei, a senhora Thousand também… Dissemos a ela que aquela parte do castelo está fechada há mais de vinte… vinte anos. – O homem enxugou o suor da testa. – Mas lady Lilian, quando… quando resolve, o senhor deve saber.

– Não, não sei – ele afirmou de maneira cáustica.

E não sabia mesmo que a pacata e recatada Lilian iria chafurdar toda sua vida e sua casa como uma gata de rua curiosa e metida. Onde estava com a cabeça quando acreditou que morar lá com ela o manteria afastado do passado? Dos problemas? Colocou as mãos sobre o tampo da mesa e notou que elas estavam um pouco trêmulas.

– Tirem-na de lá – ele quase berrou a ordem, e o pobre senhor Byrne sumiu no batente da porta.

– Ela... Ela não nos obedece senhor.

– Cristo! – ele murmurou entre dentes. – Pode ir, senhor Byrne. Pelo visto terei eu mesmo que fazer isso.

Acreditou que nunca mais precisaria colocar os pés naquele lugar. A visão ficou turva e ele esfregou os olhos. O estômago deu uma volta e um gosto amargo subiu em sua boca. Ele estava disposto a fazer qualquer concessão para tê-la de volta, para se entender com ela. Mas, ali, naquele pedaço do inferno, ela não colocaria mais os pés. Nunca mais.

Lilian quase não dormiu. Levantou quando o dia começou a clarear o céu. Levantou disposta a destrancar todas as alas e a descobrir tudo o que Simon escondia dentro daquele castelo. Quando foi até a ala norte e que decidiu que usaria o quarto da antiga baronesa como seu estúdio de pintura, há alguns dias, soube pela senhora Thousand que o corredor no extremo dessa mesma ala era um lugar que estava fechado desde que Simon perdera o pai. Era onde ficava o quarto do antigo barão e o local onde Simon e os irmãos cresceram. O marido construíra uma porta enorme de madeira maciça isolando esses aposentos, e essa mesma porta estava sempre trancada havia mais de vinte anos.

A princípio ela respeitou a decisão do marido em trancar seu passado a chaves, mas diante da certeza de que afundava seu coração, diante da suspeita de que Simon ainda era apaixonado por sua antiga esposa, ela iria até o fim, não tinha mais nada a perder. Desenterraria todos os fantasmas daquele castelo, com as unhas se fosse preciso. Tentaria descobrir a verdade de tudo por si só.

Demorou uma hora para convencer a senhora Thousand a lhe dar a chave da tal porta. Mesmo com a sua insistência, a mulher afirmou em um tom de voz quase desesperado que não a acompanharia.

Lilian pensou por alguns minutos com a chave na fechadura se devia ou não virá-la. Lembrou-se da agonia no olhar do marido quando lhe disse que ela não poderia usar nenhum cômodo dessa ala. Sentiu o coração apertar. Decidida a prosseguir, ela girou a chave de uma vez e destrancou a porta. Teve que usar todo o peso de seu corpo a fim de abri-la. Quando conseguiu e entrou no enorme corredor, quase retrocedeu; era escuro e ainda mais difícil de respirar naquele lugar do que no antigo quarto de Cristine. Começou a tossir e os olhos lacrimejaram. Levou um lenço até o rosto e cobriu o nariz. Continuou avançando sem enxergar muito enquanto o assoalho de madeira rangia embaixo de seus pés. Um pé e outro pé à frente, colocando passos cautelosos enquanto seu coração pulava conforme ela ganhava espaço dentro da escuridão. Devagar, os olhos se acostumaram com a penumbra, e Lilian passou a enxergar contornos de móveis. Mais à frente avistou a sombra de uma cortina fechada; acelerou os passos até lá e, quando alcançou o tecido, puxou-o com um vigoroso movimento. Ainda com o lenço sobre o nariz e a boca, respirou aliviada pelo Sol ter inundado todo aquele corredor empoeirado de luz. Girou sobre os calcanhares para enfim explorar com os olhos o ambiente e deu de cara com um corpo feito de pedra. Gritou assustada sobre o lenço enquanto o peito à sua frente subia e descia rápido; moveu o pescoço e encontrou dois olhos azuis – ou vermelhos –, cheios de dor, confusão e raiva. Era Simon quem viera ao seu encontro. Ela deu dois passos para trás por impulso e o marido fechou os dedos em seus cotovelos, impedindo-a de se mover.

– Você quer fazer uma visita a meu passado assombrado? – ele perguntou com uma expressão aterradora.

Ela engoliu em seco sem conseguir responder.

– Vamos, eu levo você até ele – o marido apertou um pouco as mãos que a detinham.

– Não... Eu acho que eu não quero mais – ela afirmou com a voz estrangulada.

Entendeu ali, e somente ao ver o rosto transfigurado do marido, como estava errada, como havia passado por barreiras que não podiam ser transpostas daquela maneira invasiva. Entendeu, talvez, tarde demais, que algumas portas devem continuar fechadas. Por mais dor que sentisse diante da possibilidade do amor de Simon por Cristine, aquilo, ela ali, naquele corredor, abrindo compartimentos da infância dele sem ter permissão para isso, era errado. Muito errado. Compreendeu tardiamente que talvez tivesse ido longe demais. E, pior – concluiu enquanto o marido a levava em direção a uma das portas do corredor –, que não fora movida até lá pelo amor e, sim, pela mágoa, pelos ciúmes e pela dor. Soube, desfeita em arrependimento diante da própria conclusão, que só estava ali estimulada por uma tentativa tola e egoísta de tentar feri-lo e não de curá-lo.

– Mas agora que já viemos até aqui, você vai visitar cada um desses lugares comigo. – Simon não perguntou e ela se deixou levar em um silêncio nervoso ao primeiro aposento.

O marido abriu a cortina pesada, revelando móveis escuros e cobertos por uma camada tão espessa de pó que pareciam teias de aranha. Era um quarto, Lilian reconheceu. Pelo tamanho e imponência dos móveis, devia ser o quarto do pai de Simon.

– Aqui – o marido apontou com a cabeça e confirmou – dormia o antigo barão de Owen, aquele que todos juram que foi meu pai. Ali – ele murmurou –, naquele canto específico do quarto, é onde ele me ensinava a ser homem.

Lilian, sem que percebesse, tentou se afastar. Queria sair de lá. Não queria ouvir mais nada.

Simon soltava o ar em rajadas curtas através da boca.

– Quer saber como ele me ensinava?

Ela negou com a cabeça.

– Ora, vamos – ele a contrariou em um tom calmo e frio –, você teve todo esse trabalho. Eu encontrei a senhora Thousand chorando na cozinha por não ter conseguido lhe negar a chave que encerra esta área.

– Desculpe-me – ela disse e sentiu o gosto de lágrimas na boca.

– Ele me ensinava a ser homem de maneiras muito criativas – Simon a ignorou. – Dependia do humor dele no dia. Às vezes, usava a palmatória; outras, o chicote de montaria; em algumas, somente as botas ou as mãos; e em outros dias, naqueles que ele se sentia mais inspirado, ele usava tudo isso junto.

– Não – ela disse e colocou a mão sobre os ouvidos. – Chega – pediu junto a um soluço.

– Mas você não vai querer perder a melhor parte, vai? – ele perguntou com a voz quebrada.

Lilian não conseguiu responder. Já era puxada para fora do quarto.

– Aqui – o barão apontou com a cabeça – eram os quartos de meus irmãos, aqueles que foram os primeiros a me acusar de assassino perante toda a sociedade londrina e aqueles que, desde que meu pai morreu, me ignoram como se eu fosse um leproso.

– Eu sinto muito – ela murmurou.

Mas teve certeza de que Simon não a ouviu, porque ele continuou puxando-a até uma porta que ficava no canto de uma antessala. Era pequena e de ferro – Lilian concluiu assustada ao se aproximarem.

– E aqui... – Simon disse com a voz baixa e sombria. – Esta é a melhor parte.

O marido girou a maçaneta e abriu a porta que emitiu um som assustador; uma espécie de rangido agudo ecoado, como um grito de agonia. Ela mesma queria gritar. Não teve tempo. Quando deu por si, já havia sido puxada para dentro. Tiveram que abaixar o corpo a fim de entrar e permaneceram agachados lá dentro. O espaço era pequeno, escuro, fétido e úmido; o teto era tão baixo que ela jurava que nem mesmo uma criança conseguiria ficar em pé. O corpo inteiro tremeu quando um estrondo fechou a grossa porta de ferro apagando a luz do mundo e roubando todo seu equilíbrio. Ela sentou apavorada e abraçou as próprias pernas. Só queria sair dali, queria nunca ter entrado naquela ala. Estava tão desnorteada, confusa e angustiada que demorou um pouco a entender que Simon, seu marido forte e invulnerável, vinha mais apavorado do que ela própria. Ouviu uma série de respirações trêmulas e murmúrios de palavras sem sentido.

– Lírios – ele disse. – Parem – gritou resfolegado. Simon mal conseguiu falar. – Chega, Chega! – voltou a repetir uma e outra vez.

Estava escuro e difícil de inspirar o ar, e ela achou que desmaiaria, mas não. Não podia se dar ao direito de ter essa fraqueza. O que ela tinha feito? Precisava consertar ou tentar consertar as coisas. Foi engatinhando até a parede e, com as mãos incertas e a respiração falha, passou a tateá-la em busca da porta. Quando sentiu o metal frio que encerrava aquele inferno escuro, jogou seu peso contra ela, abrindo-a de uma vez. Deixou o peito ser inundado de ar e a claridade invadir parte do espaço apertado. Viu Simon encolhido em um canto, com a cabeça entre as pernas, balançando o corpo enquanto continuava a repetir.

– Chega, me deixem em paz! Paz!

Ela foi, abaixada e com lágrimas escorrendo pelo rosto, ao encontro dele. Tocou no ombro do marido de leve e ele encolheu sobre seu toque.

– Eu estou aqui, está tudo bem... Estou aqui, não está mais escuro – frisou e sua mão se enterrou entre a massa de cabelos escuros.

Lilian ouviu-o dar uma exalação longa e entrecortada. Simon levantou a cabeça e seus olhos se abriram enormes. Como se ele tivesse, por fim, se dado conta de onde e com quem estava. Ela cobriu o peito dele com a mão e pressionou com os dedos sobre o tecido da camisa onde o coração dele batia acelerado.

– Tudo está bem... Vamos sair daqui.

Jesus misericordioso!

Ficou paralisado, encarando-a por um longo momento, enquanto os tremores de seu corpo diminuíam e sua respiração se equilibrava. Lilian não o deixou por um só segundo; não rompeu o contato visual – e era aquele olhar quente e cheio de luz que o acalmava e que o resgatou. Ela não parou de esfregar as mãos em seu peito, em seus ombros, em suas costas.

O que ele tinha acabado de fazer?

É claro que não estavam brincando de esconde-esconde e ele também não estava em uma posição muito máscula. Nem um pouco máscula, já que abraçava os próprios joelhos e chorava como um menino assustado.

Simon engoliu em seco ao se dar conta do que tinha acontecido.

Ele teve um ataque de pânico. Maldição. Devia ter uns doze anos quando sofreu um ataque desses pela última vez.

– Lilian? – perguntou, sentindo-se ainda mais idiota, porque sabia que era ela ali em sua frente.

Tremeu uma vez mais ao se dar conta do que ele tinha feito; levou-a até lá, arrastando-a pelos quartos.

Maldito descontrolado!

Por acaso não fora até ali apenas para tirá-la daquele lugar e depois colocar fogo naqueles quartos? Acontece que assim que deu dois passos para fora da segurança da porta que isolava tudo aquilo, foi inundado por milhares de lembranças pavorosas que entraram em seu sangue e envenenaram os seus sistemas.

E agora? E agora, meu Deus?

Como voltaria a olhar para a esposa? Ou, o que era ainda pior, como ela voltaria a se orgulhar dele? Como poderia se sentir protegida junto a um homem que se descontrola arrastando a própria mulher como um lunático e depois surta em pânico dentro de um cubículo escuro?

– Está tudo bem, Simon. – Os lábios dela tocaram em sua testa molhada de suor. – Vamos sair daqui.

– Desculpe-me. – Ele cobriu o rosto com as mãos e continuou entre os dedos. – Desculpe-me... Você... você deve estar me achando um covarde, um fraco e um louco – ele mesmo se sentia assim. Sussurrou. – Se quiser... Se quiser ir embora, eu entendo, eu não vou importuná-la e...

– O quê? – ela perguntou.

E Simon a encarou; boca entreaberta, respiração curta e rosto tomado de lágrimas.

– Eu vou entender, Lilian – continuou se justificando.

E uma dor que o impedia de ver se alastrou em seu peito.

– Se julgar que eu não sou capaz de lhe dar amparo e acreditar que eu sou um covarde e desequilibrado, eu... eu vou entender.

A esposa ajoelhou-se entre as pernas dele, obrigando as coxas a se afastarem, e tomou seu rosto entre as mãos.

– Simon – ela o chamou em um silvo –, eu nunca o achei tão forte ou corajoso e humano.

Os músculos do peito dele descontraíram e ele inspirou de maneira longa e ruidosa. Ela o acompanhou.

– Seja lá o que você tenha enfrentado dentro deste lugar horroroso, e, meu Deus, quando era apenas uma criança – ela pressionou os dedos em sua face –, foi algo tão terrível que me admira muito você não ter morrido ou ser capaz de dar um passo para fora de qualquer lugar ou não ter perdido totalmente a cabeça.

Mas aquela era Lilian e não uma mulher qualquer, Simon concluiu. Era a pessoa mais bondosa e linda que ele já conhecera. Foi invadido por uma onda de calor e alívio tão intensa que seus braços involuntariamente a buscaram e a envolveram com força. Quando deu por si, agradecia:

– Obrigado, obrigado por ser você... Desculpe-me por ter agido como...

Os dedos dela cobriram os seus lábios.

– Eu peço desculpas por ter invadido esse espaço sem me importar com nada a não ser comigo mesma e com a dor que eu sentia.

Eles ficaram abraçados por um tempo, quietos e distantes do passado, enquanto a alma de Lilian aquecia o seu coração. Aquecia o seu corpo. Aquecia a sua alma. Ao se sentir mais calmo, Simon resolveu se abrir como nunca tinha feito com ninguém além de seu tio. Tomou coragem junto a uma respiração profunda e disse:

– Meu pai me trancava aqui, ao menos uma vez por semana. Às vezes eu ficava dias preso, perdia a noção do tempo.

O peito dela subiu em um soluço contido.

– Então meus irmãos me atormentavam – Simon murmurou com a voz falha –, batiam na porta, arrastavam correntes, me chamavam de covarde, diziam que eu seria levado pelo fantasma que morava aqui. Eles eram mais novos, mas eu nunca, nunca consegui me colocar contra eles, porque... Porque, por algum motivo sádico e irônico, apesar de ser o herdeiro ao título, meu pai nunca me considerou adequado ou bom o bastante e sempre defendia os meus irmãos.

Os dedos dela entraram nos fios dos seus cabelos, e ela os pressionou em sua nuca em movimentos circulares.

– Você não precisa me contar.

Ela apertou um pouco mais o pescoço dele e beijou-o na face.

Ele sacudiu a cabeça em uma negação, tinha a sensação de que ela precisava ouvir para entender o que acabara de acontecer. Na verdade, era ele quem precisava se explicar.

– Quando eu tinha oito anos, meu pai morreu e meus irmãos nunca mais voltaram para cá. Na escola, os outros meninos me batiam. Apesar de alto, eu era fraco e meio desengonçado. Vivia tendo crises de pânico como a que você viu agora há pouco, principalmente quando ficava no escuro e ou em algum lugar apertado. – Respirou com dificuldade. – Quando meu tio percebeu o que eu vinha sofrendo na escola, ele me tirou do Ethon, e a minha educação foi concluída aqui. Foi meu tio quem teve a ideia da porta, ele me ajudou a construí-la. Eu resolvi que queria ser forte para nunca mais apanhar. Comecei a me exercitar todos os dias. Então, convivendo com meu tio, com tudo o que ele me ensinava e me fazia estudar e com tudo o que ele trouxe de bom para minha vida, entendi que foi o amor e a dedicação dele que me salvaram. Quando me casei, eu só queria uma família grande e uma vida no campo, mas isso também não aconteceu.

Lilian o abraçou e, como ela estava de joelhos, a cabeça dele parou em seu peito. Simon ouviu o coração disparado da esposa.

– Vamos sair – ela murmurou –, trancar esta porta e nunca mais voltar para cá.

Ela pressionou os lábios na sua fronte e o aninhou ainda mais entre os seios. Um desejo muito fora de contexto invadiu as veias de Simon e acelerou o seu coração.

– Não – disse, tentando se recompor. – Trancar uma ala não vai fechar as feridas nem apagar as lembranças que essas feridas trazem. O que acabou de acontecer aqui é a prova disso.

Ela suspirou longamente.

– Eu sei e entendo. Mas o amor, sim, cura. – A voz dela saiu baixa. – Sei que esta parte do castelo não guarda nenhuma recordação alegre, mas, com certeza, aquela outra parte nesta mesma ala, onde está sua oficina, onde você cresceu com seu tio, onde está o jardim que você mesmo fez e o caramanchão.

Os músculos do corpo dele voltaram a se enrijecer.

Ela passou os dedos em sua fronte.

– Aquela ala – Lilian acrescentou – é cheia de recordações alegres. Mesmo que as coisas não tenham acabado como você sonhava, acredito que devemos manter as lembranças de épocas felizes vivas.

– Sim, eu fui... Fui feliz ali, mas...

– Eu prometo não tocar mais no nome de Cristine e respeitar os seus sentimentos por ela, mesmo que isso – ela o interrompeu e continuou com a voz falha – me machuque e que eu me sinta cheia de um ciúme infantil. Eu prometo – ela se deteve e sussurrou. – Desculpe-me, eu não sei se sou capaz de não sentir ciúmes e de – Lilian fungou – e de fingir que não me importo ao perceber que você ama tanto sua ex-esposa que talvez não exista espaço para mim em sua vida e...

– Lilian! – ele exclamou em tom incrédulo. – Não, espere, vamos sair daqui. – E entrelaçou os dedos dela aos seus, puxando-a para a saída.

Uma vez fora daquele buraco infernal, na antessala ampla e iluminada, ele olhou para a esposa, para a mulher que mudou toda sua vida de uma maneira intensa e profunda, e que nem mesmo se dava conta disso.

– Querida – começou ele devagar –, se é assim tão importante para você usar os quartos, a ala norte inteira... reformar, mudar para cá, dormir em qualquer quarto, ou pintar, dar bailes, saraus, jantares... Você pode fazer o que quiser aqui.

Lilian encarava a sua mão sobre a dela. Simon continuou:

– Quanto ao que você me perguntou ontem... – Ela elevou o olhar ao dele. Os olhos amarelos estavam líquidos, claros, cheios de lágrimas. Ele sentiu o peito apertar outra vez. – Não chore, meu amor. – Ela piscou e Simon seguiu com os dedos o caminho das lágrimas. – Querida, eu nunca amei minha esposa. – Ele respirou fundo. – Sim, sentia por ela carinho, amizade e um tipo de amor fraternal, respeito, até tudo acontecer e... Meu Deus, antes de você, eu nunca... Nem sabia que... Olhe para mim, Lilian.

Ele esperou ela levantar os olhos outra vez e perguntou:

– Você tem alguma maldita ideia do que fez comigo? Do que fez em minha vida? – Simon encostou a testa na dela e prosseguiu resfolegado. – Acho que você nem imagina como... Como entrou no meu sangue e como mudou tudo e me mudou. Mas vou provar a você. Eu quero explicar a você todo o resto de meu passado. Eu só preciso de um tempo para... para consertar algumas coisas...

E antes que ele pudesse terminar de falar, ela o beijava. Ah, meu Deus, sim, ela o beijava. Ele queria levá-la inteira para dentro, como se ela fosse o ar e como se ele estivesse sem respirar direito há três dias. E não estava? Ela se afastou com um sorriso tão grande nos lábios que iluminou toda a escuridão daqueles quartos empoeirados.

– É mesmo? Posso usar a ala inteira? – a esposa indagou ainda sorrindo.

– Sim, o que você quiser, até – ele apontou com cabeça para a porta de ferro – este cubículo infernal, se deixá-la feliz.

– Não. – Ela olhou para a porta como uma expressão de repulsa. – Não aqui. – Voltou a encará-lo e perguntou com a voz mais animada. – Mas posso fazer meu ateliê em sua oficina?

– O que você desejar – disse e sentiu o corpo ser empurrado pelos braços da esposa.

Pego desprevenido, ele deu dois passos para trás e caiu sentado em uma poltrona às suas costas. O peso de Simon fez com que uma nuvem de poeira se levantasse. Ele tossiu algumas vezes e ela pigarreou e abanou as mãos na frente do rosto. Lilian ergueu-se sobre a cabeça dele e abriu a janela que estava atrás da poltrona; o quarto se encheu de ar limpo e cheiro de flores. Sem voltar a ficar em pé, ela o beijou com paixão.

– Estes quartos daqui – a esposa começou sem fôlego e se ajoelhou entre as suas pernas – nós podemos reformar ou demolir, conforme sua ideia inicial.

Ele sentiu o coração na garganta ao notar as mãos dela nos botões de sua calça. Os dedos pequenos e ágeis abriram um; depois o outro.

– O quê? O que está fazendo? – ele perguntou com a boca seca diante da visão de Lilian ajoelhada entre suas pernas, abrindo sua calça.

– Vou lhe dar lembranças boas desta área antes de a demolirmos ou reformarmos. Assim – os olhos dela brilharam –, todas as vezes em que você se lembrar daqui – ela passou o olhar pelo ambiente e cravou-os nele outra vez –, garanto que pensará em outra coisa.

– Ah, meu Deus, Lilian – ele soprou quando os lábios da esposa pressionaram seu ventre.

Não tinha mais forças nas pernas para tentar se erguer e tomar o controle da situação.

– Sempre tive curiosidade – ela disse e libertou o membro dele, que endurecia rapidamente – em saber se é possível fazer com você o que você faz comigo. – E lambeu-o de ponta a ponta.

Simon jogou os quadris para cima em um movimento involuntário.

– Mas vou precisar que você me ensine – ela pediu e colocou fogo no corpo dele.

Lilian deixou uma série de beijos por toda a sua extensão.

– Santa mãe de... Lilian! – Ele arquejou. – Você... Você não precisa fazer isso.

– Ah, não? – ela soprou em cima de sua ereção que pulsava e doía de desejo. – Por quê? – perguntou como uma criança contrariada.

– Porque isso é uma coisa… Ai, Jesus, Lilian! – gemeu quando a boca dela, aquelas lábios cheios e macios se fecharam sobre ele.

Concentrou-se e tensionou todos os músculos a fim de conseguir explicar.

– Isso é… Ah… É uma coisa que as esposas normalmente não fazem.

– E quem faz? – ela ergueu a cabeça com as bochechas ruborizadas, mas continuou estimulando-o com as mãos.

Ele não controlava mais os movimentos de seus quadris nem as ondas de prazer que corriam em seu ventre e o enlouqueciam.

– As… as amantes fazem – Simon confirmou, mal reconhecendo a própria voz.

– É errado eu fazer? – Ela umedeceu os lábios e ele viu tudo rodar.

Engoliu em seco porque ela acabara de umedecer os lábios outra vez e disse:

– Não, não é errado, mas… Você não precisa – afirmou, odiando-se por parecer tão cavalheiro e honrado, justo quando desejava tanto aquilo.

Tinha sonhado com aquilo algumas vezes, dormindo e acordado, mas, apesar de dividirem um prazer livre na cama, não tivera a coragem de insinuar algo parecido à esposa. Lilian não tinha quase nenhuma experiência. Ele não queria assustá-la, queria ir devagar. Os lábios dela pressionaram sua ereção outra vez. Queria aquilo mais do que tudo naquele momento.

– Mas eu quero fazer – ela disse com a voz rouca. – Penso que em todas as vezes que você se lembrar destes quartos de agora em diante – Lilian voltou a baixar a cabeça e ele sentiu os ouvidos zunirem e agarrou os braços da cadeira com força –, você vai lembrar que, além de sua esposa, sou também sua amante.

– Cristo amado! Você vai me matar. – Foi só o que ele conseguiu dizer antes dela levar toda a sua virilidade para dentro da boca.

Capítulo 26

Abril de 1839 (seis anos atrás)

Hoje foi o meu aniversário, Kathelyn fez um bolo e levou no meu quarto durante a madrugada. Ela disse que eu, enquanto dormia, insisti que não poderia comê-lo porque o bolo era do castor. Será que era do castor que resgatamos na semana passada que eu falava?

Um par de horas depois do entremeio na ala norte do castelo, eles finalmente sentaram-se recompostos para tomar o desjejum. Simon deveria estar mastigando alguma coisa para matar a fome, mas não conseguia se fixar em nada que não fosse Lilian em sua frente, comendo. Lambendo aqueles lábios perfeitos depois de saborear um morango e um pedaço de brioche com geleia. Já a sua ereção só conseguia fazê-lo lembrar de como ela fora perfeita há pouco, de como ela o enlouqueceu a ponto de ele esquecer onde estava e agarrar os cabelos dela conduzindo-a; ela o enlouqueceu a ponto dele tentar avisar para ela se afastar, mas a esposa não permitiu e ele se derramou dentro da boca dela. E Lilian? Não reclamou, não se assustou ou se enojou. Ao contrário, pareceu saborear, exatamente como ela saboreava aquele maldito bolinho. *Jesus.*

– Querida, você já acabou? – perguntou, mais ansioso do que gostaria parecer.

– Não, por quê? – ela contrapôs e lambeu um pouco de geleia no canto dos lábios.

– Ah, maldição, Lilian. – Ele avançou para cima dela como um louco faminto, ergueu-a da cadeira e a beijou comprimindo a ereção de maneira provocativa contra o ventre dela. – Por isso – disse ele e voltou a beijá-la. – Vamos subir, preciso estar dentro de você – Simon pediu sem tirar os lábios dos dela.

– Agora?

Ele a beijou outra vez.

– Esqueça – dizendo isso, ele circulou sua cintura com as mãos, levantou o corpo dela e a sentou sobre a mesa.

Não queria esperar nem meio segundo para estar dentro dela. Muito menos alguns corredores e algumas dezenas de degraus.

– Simon – ela disse quase sem fôlego. – Você não está pensando...

Sim, ele estava. Na verdade ele não estava pensando em nada sem ser tomá-la na mesa de jantar.

– Eu estou aqui – disse ele para se justificar, enquanto subia a saia e começava a tirar uma das meias de seda dela.

– Isso é claro, senão eu não estaria sobre a mesa – ela exclamou com a voz entrecortada.

Lilian tinha as pernas mais deliciosas da Inglaterra, compridas e torneadas, e a pele dela era macia e quente.

– Eu sei – contrapôs sem se dar conta.

– Simon, pare, alguém pode entrar – ela disse arqueando a coluna em direção a ele.

Como era possível alguém parar, algum homem parar, quando todo o corpo dela pedia o contrário?

– Os criados sabem que eu estou aqui e não vão entrar nem que a casa esteja pegando fogo – ele afirmou abrindo os botões da calça, enquanto, com outra mão, descia o colo do vestido. – Graças a Deus eles têm esse medo e...

– Onde ela está?

Simon demorou alguns segundos para entender que não fora Lilian quem acabara de fazer essa pergunta. Estava tão fora de si e cheio de desejo que não notou nem mesmo a porta abrir antes da pergunta ecoar pela sala. Lilian, ao contrário, percebeu muito rápido que não fora ela quem indagou aquilo. Ficou em pé em poucos instantes e, após levantar o colo do vestido, escondeu o rosto no peito dele.

Maldição! Quantas vezes seriam pegos em situações como aquela? Simon bufou antes de olhar quem diabos tivera a coragem de irromper sala adentro como se fosse a rainha da Inglaterra. Fixou-se na figura feminina parada na entrada da sala com as mãos na cintura encarando-o como se ele fosse o próprio diabo.

– Kathelyn? – ele perguntou em tom de confirmação.

Há muitos anos que não a via e certamente não esperava sua visita. Na verdade, não esperava visita alguma, não esperava ter sido interrompido, para ser bem sincero. Ficaria irritado até mesmo com Jesus Cristo se fosse ele a abrir a porta.

– Kathelyn – Lilian murmurou com a boca grudada no peito dele.

Simon abotoou a calça e arrumou a camisa a fim de que a situação parecesse um pouco menos embaraçosa ou irritante. Lilian, que já tinha a saia abaixada e o corpete no lugar, virou-se, deu a volta na mesa e correu para os braços abertos da irmã.

– Que surpresa! – Ele ouviu a esposa exclamar.

– Humpft… nem me diga – murmurou aborrecido.

Kathelyn, que ainda abraçava a irmã, estreitou o olhar e o encarou.

– Seja bem-vinda! – Simon continuou. – Se soubéssemos de sua visita, estaríamos lhe aguardando fora da mesa do desjejum.

Lilian se afastou dos braços da irmã, e agora as duas mulheres o encaravam.

– Lorde Owen – Kathe o cumprimentou. – E se eu tivesse sido avisada do casamento de minha irmã, antes de ser consumado, também acredito que esta visita se daria em outra situação. – Ela ergueu as sobrancelhas em uma expressão desafiadora.

– Desculpe-me, sua senhoria.

Somente então Simon viu que o corpo pequeno do mordomo estava atrás de Kathelyn. Ofegante e com os olhos arregalados, o homem devia esperar ser executado por tal deslize. O mordomo continuou:

– Eu tentei impedir, mas a senhora, digo, suas excelências entraram sem nem mesmo se importar com a formalidade de serem anunciadas. Eu… eu não consegui impedi-las.

– Está tudo bem, senhor Byrne, não vou enforcá-lo por isso – Simon bufou impaciente.

– Ah, não? Quero dizer, graças a Deus, senhor.

– Pode ir, senhor Byrne. Obrigado. – O barão passou as mãos no cabelo de maneira brusca.

Uma vez a sós, Kathelyn contou que chegaram de viagem uma semana antes do previsto e que Arthur as esperava no vestíbulo para irem atrás do filho e da senhora Taylor.

– Podemos nos reunir todos – Lilian sugeriu. – Eu sei onde as crianças estão.

O quarto que fora reservado para as crianças brincarem estava em silêncio, exceto pela voz dos meninos que se distraíam com alguns brinquedos no chão.

Assim que Kathelyn entrou, abraçou e beijou o filho durante um tempo. Depois, Arthur passou a mão em torno a cintura de Kathe e beijou-lhe a testa com tanto carinho e paixão que era como se eles não se vissem há dois meses. Desde que se reconciliaram e que Kathelyn aceitou se casar com o duque, eles viraram um tipo de ser que não sobrevive sem estar colado no outro. Lilian não achava estranho, os dois demoraram anos até finalmente conseguirem se acertar.

Simon, por algum motivo que Lilian não entendeu, parecia tenso e também a segurava como se precisasse protegê-la. Lilian olhou para a irmã, que encarava Arthur, e Arthur, por sua vez, encarava Simon, que devolvia o olhar ao duque tentando justificar somente com a expressão sua fama de assassino.

– Nós precisamos conversar. – O duque de Belmont quebrou o silêncio.

– No meu escritório. – Simon apontou de uma maneira um pouco ríspida.

Lilian franziu o cenho e assistiu à sua irmã pedir com a mão para o duque ter calma.

Assim que os senhores saíram, a senhora Taylor e Camile, a nova babá de Paul, que haviam se retirado do quarto, retornaram.

– O que deu nesses dois homens? Pareciam tão irritados – a preceptora perguntou, olhando para a porta.

– Arthur ficou muito nervoso quando chegou em casa e descobriu que você – Kathelyn apontou com a cabeça para irmã – havia se casado com o... Bem, com o...

– Maior libertino do reino? – Lilian alisou as saias do vestido.

– Isso também – Kathelyn olhou-a de lado. – Mas acho que a fama de assassino foi o que realmente o deixou... Nos deixou bastante preocupados. Além do mais, você... Você... Bem, Lilian, você é você.

Ela piscou e encolheu os ombros sem entender.

Kathe abriu as duas mãos no ar.

– Ele seria o último homem com quem eu imaginaria que você fosse se casar; na verdade, nem sabia que você estava disposta a se casar outra vez.

– As coisas mudam, Kathe. Você, melhor do que ninguém, sabe que muitas vezes não escolhemos por quem vamos nos sentir... – Lilian se deteve pesando no melhor jeito de se explicar. Respirou fundo e continuou. – Não escolhemos com quem vamos nos envolver – terminou mais decidida.

– Não, claro que não, mas é que você sempre se mostrou tão... tão – Kathe gaguejava, parecendo não encontrar as palavras certas.

– Isenta de emoções? – Lilian a ajudou.

– Sim. Não... Eu ia dizer ponderada e... Todas as vezes em que conversamos e eu insistia para que voltasse a pensar em se casar, você sempre me pareceu decidida a permanecer sozinha que... – Kathelyn olhou para a senhora Taylor e concluiu. – Eu achei que tivesse se casado com Simon amarrada ou sob a mira de uma pistola.

– Por que vocês duas não se sentam? – a senhora Taylor sugeriu em um tom apaziguador. – Camile, por favor, peça para servirem um chá aqui em cima.

A jovem babá assentiu e saiu do quarto.

Lilian contou à irmã mais velha um resumo de tudo que a levou ao casamento. Quando acabou com o relato, Kathe perguntou:

– Então, você está apaixonada?

Ela sentiu as bochechas arderem.

– Ah, Kathelyn, eu não sei... Eu acho que... Ora, parem de me olhar desse jeito – ela pediu para a irmã e para a senhora Taylor.

– Assim como? – a preceptora se defendeu.

– Como se estivessem nascendo orelhas de coelho em minha cabeça. – Lilian apontou com os dedos para cima.

– Não é isso, é só que... Tudo foi muito rápido e... – a irmã emendou.

– Eu estou feliz, Kathe – Lilian a interrompeu e enrugou a testa. – Acreditei que, se alguém fosse me apoiar e me entender, esse alguém seria você.

– Se você está feliz – Kathelyn bateu com as duas mãos sobre as coxas e continuou –, é claro que eu a apoio. Você sabe que não acredito em rumores. Quer dizer, antes me preocupei um pouco, mas, agora, vendo que você está bem, ouvindo a história e... – A irmã deu uma risadinha. – Quando entrei na sala de jantar, Simon também pareceu um homem bem feliz e entusiasmado.

– Kathe! – Lilian reclamou e sentiu as bochechas esquentarem ainda mais.

– Ora, Lilian, você não precisa ter vergonha de mim. Eu entendo, minha irmã, sei bem o que é estar apaixonada e conheço os maridos entusiasmados. Arthur mesmo, desde que casamos, não me dá descanso.

Lilian sorriu e olhou para os próprios pés.

– Pelo amor de Deus, vocês duas, tenham a decência de me respeitar – Elsa Taylor ralhou.

– Acho que nossa família está destinada a proporcionar os maiores escândalos do reino – Kathe disse com um sorriso divertido. – E você, Elsa, depois de tudo o que vivemos, ainda tem esse tipo de postura antiquada.

– Isso não é postura antiquada, isso se chama educação. – A preceptora apertou os dedos longos no punho da bengala.

Kathelyn fechou os olhos e sacudiu a cabeça.

– Senti saudades de você, sua velha ranzinza.

Elsa, por fim, retribuiu o sorriso.

– Eu também senti.

– E você? – Lilian perguntou, olhando para Kathe. – Conte-me como foi a viagem.

– A Grécia é maravilhosa e Arthur me mima tanto que acho que ele já conseguiu me estragar.

– Oh, meu Deus! Deus, tenha piedade de nós. – Elsa juntou as duas mãos em prece.

– Ele diz que quer me compensar por todo o tempo que perdemos e por tudo o que vivi. Eu? – Kathe indagou, levando as mãos ao peito. – Não me acostumo com a hipocrisia das pessoas, os mesmos que me condenaram, as mesmas pessoas que nos julgaram e que me transformaram em uma pária, agora me bajulam. Depois do baile em que a rainha me convidou para cantar e, claro, diante do título de duquesa, agora somos considerados excêntricos, convidados a todas as festas e reuniões como se fôssemos uma atração exótica. Ah, pelo amor de Deus! – Kathe abriu e fechou as mãos em um movimento indignado.

– Eu entendo – Lilian concordou com uma ruga entre as sobrancelhas. – Pessoas que eu considerava amigas também me viraram a cara e mudaram completamente a maneira de me tratar.

Kathe a olhou com uma expressão consternada. Lilian se apressou em continuar:

– Estou feliz de verdade, tanta coisa mudou e... Sei que podemos morar aqui em Durham, sem precisar enfrentar qualquer pessoa ou hipocrisia.

– Se você está feliz – Kathe segurou os dedos da irmã –, isso é o que importa e o que me deixa feliz também.

– E como está a vida de casada? – Lilian acomodou-se na poltrona.

– Estou tão feliz que acho que podia vender felicidade para os outros e ainda sobraria muito para mim – Kathe disse com um sorriso de orelha a orelha.

Lilian notou a irmã levar a mão ao ventre de maneira protetora. Os olhos arregalaram-se diante da recente conclusão: será que Kathelyn estava grávida?

– Kathe, você está...? – ela perguntou olhando para a barriga da irmã.

– Foram quase quatro meses de lua de mel – Kathelyn continuava acariciando o ventre plano –, e acho que sim. Bom, ainda é cedo, mas estou com as regras atrasadas há um mês e já reconheço as mudanças em meu corpo.

– Oh, minha menina – a senhora Taylor levantou-se, interrompendo-a, visivelmente emocionada e a abraçou –, que notícia mais maravilhosa.

Lilian, que estava ao lado de Kathe, também abraçou a irmã. Sentiu-se feliz em saber que seria tia outra vez.

– Arthur deve ser o homem mais orgulhoso e cheio de si e insuportável de tão feliz que já pisou nesta terra – Lilian disse após se recostar no sofá novamente.

– Ele ainda não sabe e, apesar de achar que ele desconfia, quero manter isso para mim quanto tempo puder – Kathelyn afirmou com o olhar decidido.

– Mas por quê? – Lilian indagou confusa.

– Belmont é o homem mais superprotetor, possessivo e mandão que eu conheço. Imagino que, quando souber, ele não me deixará fazer quase nada e, talvez, até mesmo... Bom, até mesmo...

Kathelyn olhou para a preceptora e disse junto ao ouvido da irmã:

– Quando ele suspeitou de que eu pudesse estar grávida, até a maneira de ele me amar ficou diferente, como se eu fosse de vidro. Então, eu o...

– Enganou? – Lilian completou por ela com os olhos arregalados.

– Não, apenas omiti. Quero manter minha liberdade pelo máximo que puder.

– Vou contar para ele assim que o duque colocar os pés neste quarto. – Elsa sacudiu um dedo em riste. – Já basta a aflição que passei na sua primeira gestação, sozinhas em Nova Iorque, sem um homem dentro de casa para nos proteger e que conseguisse domá-la. Graças a Deus – a preceptora jogou as mãos para cima em um gesto de alívio –, graças a Deus terei apoio para impedi-la de cometer suas loucuras e teimosias.

– Que exagero! – Kathe bufou e fez uma careta.

Lilian lembrou que, na primeira gestação da irmã, Kathe e o duque estavam separados e que a irmã fora morar em Nova Iorque a fim de reconstruir sua vida. Tanto Lilian como o próprio duque só descobriram que Kathe tivera um filho um ano após o menino nascer, alguns meses atrás, quando Kathelyn retornou para a Inglaterra. Foi somente então que os dois finalmente se entenderam e se casaram.

– O que você fez na primeira gravidez, Kathe? – Lilian quis saber curiosa e um pouco preocupada.

– Nada demais. – A irmã sacudiu as mãos no ar com um jeito displicente.

– Humpft – a senhora Taylor reclamou.

– Só andei a cavalo – Kathe afirmou com ar inocente.

– É, até a barriga lhe saltar dois palmos para a frente – a preceptora disse e se abanou parecendo nervosa.

– Deus, Kathelyn! – Lilian torceu as saias do vestido.

– Alguém precisava resolver as coisas de casa – a irmã encolheu os ombros.

– Andava a pé a cidade inteira e sem acompanhante, inclusive pelas áreas perigosas – a preceptora entregou.

– Kathe! – Lilian ficou ainda mais aflita.

– O médico ordenou que ela se mantivesse em repouso absoluto durante o último mês de gestação. – Elsa apontou para Kathe, que fazia uma negação com a cabeça.

– E? – Lilian perguntou com os olhos saltados.

– Aquele médico velho e exagerado. Eu estava ótima – Kathelyn disse, torcendo a boca com desdém.

A senhora Taylor estreitou os olhos com repreensão e contou:

– Arrastava móveis, metia-se dentro da cozinha, saía às compras... Deus sabe o que eu passei.

– Como se eu estivesse doente. – Kathelyn ergueu as mãos sobre o peito em defensiva.

– Não – continuou a senhora Taylor –, como se você estivesse carregando uma pluma no ventre no lugar de um menino que nasceu com mais de quatro quilos.

– Prova de que ele passou muito bem na minha barriga.

Kathe voltou a acariciar o ventre. Lilian sufocou uma risada nervosa.

– Vou contar ao duque assim que ele colocar os pés neste quarto – Elsa disse com firmeza.

– Você não faria isso. – Kathe a olhou irritada.

Elsa apenas arqueou as sobrancelhas com uma expressão que dizia "Ah, não?"

Capítulo 27

Março de 1845 (alguns meses atrás).

Algumas pessoas insistem para que eu largue o luto e volte a me casar com um homem honrado. Sugerem isso com a mesma naturalidade que sugeririam para que trocasse de carruagem. Tenho certeza de que essa sugestão simplesmente nunca vai acontecer.

– E então você resolveu casar-se com ela? – o duque de Belmont perguntou com toda sua aristocrática arrogância, enquanto girava o conhaque em sua taça.

Simon já tinha respondido com paciência e controle as outras setenta perguntas, uma mais invasiva do que a outra.

– Sim, foi isso o que aconteceu, como já disse.

O duque respirou fundo, fechou os olhos e fez uma negação com a cabeça.

– Estaria mentindo se dissesse que sua fama não fez com que tirasse conclusões a seu respeito, nem todas elas agradáveis, devo dizer.

Simon sentiu o maxilar travar. Ele já esperava por comentários como esse, mesmo assim não gostou.

O duque girou o conhaque no copo e continuou com olhar desconfiado.

– Você ser incapaz de se casar para proteger a honra de uma dama é uma dessas conclusões que, inclusive agora, ainda teima em aparecer em minha mente.

– Conhecer sua história com lady Kathelyn me faz estranhar um pouco essa sua obsessão com a fama. – Simon deu um gole no seu conhaque. – Por acaso, não foi um erro de julgamento ou mais de um que fez com que sua união com ela se atrasasse em... Cinco anos e que causou uma série de situações bem desastrosas envolvendo a família da dama?

– Owen – começou Arthur com calma –, eu sou responsável pela segurança e pelo bem-estar de Lilian, como você deve saber.

– Sim, eu sei, excelência, só que não mais. Agora, ela é minha esposa, o que não lhe dá o direito de entrar em minha casa e me interrogar como se eu fosse um criminoso, apesar da fama que me persegue. – Simon lançou um olhar desafiador.

– Eu teria a mesma atitude, ou quase isso, com qualquer homem que se casasse com a irmã mais nova de minha esposa em uma situação tão... inusitada e rápida.

– Bom, é verdade, não pedi seu consentimento – assegurou Simon secamente.

– Não, não pediu.

– E não pediria novamente. Se fosse necessário, faria tudo igual outra vez.

Arthur entrecerrou os olhos e Simon ignorou a ameaça:

– A única pessoa que, a meu ver, deve consentir é Lilian. Por que não pergunta a ela como ela se sente em relação a isso?

Belmont tamborilou os dedos no tampo da mesa, olhando para as próprias mãos.

– Não sejamos hipócritas, Owen, não somos mais garotos inocentes; nem eu, nem você. – Arthur o encarou. – Sabe tão bem quanto eu que seu casamento repentino com Lilian é o maior escândalo já visto nesta Terra, maior até mesmo do que foi o meu noivado e tudo que envolveu o meu nome e o de Kathelyn anos atrás. Você não devia fingir surpresa quanto aos motivos que movimentam minha curiosidade e preocupação.

Os dois se entreolharam tensos.

– Não vou nos fazer perder mais tempo – Arthur disse, erguendo-se na cadeira. – A questão é a seguinte: você a fará feliz ou eu o matarei.

E Simon gargalhou.

– Ahhh, milorde, o senhor deveria se preocupar em fazer sua esposa feliz. Deixe que da minha cuido eu.

Foi a vez de Arthur dar uma risada irônica. O escritório vinha carregado por toneladas de hormônio masculino chispando no ar, como o fogo quando encontra lenha virgem. Apesar da crescente tensão, Simon não estava disposto a dar informação nenhuma, além das superficiais; não podia arriscar a contar tudo para o cunhado antes de ter esclarecido as coisas para

Lilian, e não podia esclarecer tudo para Lilian até estar munido com fatos que provassem a ela que ele havia mudado.

Ele realmente havia mudado? Ou apenas voltava a ser, dia após dia, um homem mais parecido com quem realmente era? Sempre fora, talvez. Encarou o duque, fazendo um esforço para não parecer alterado.

– Pergunte a ela, Belmont.

– É o que vou fazer. Se Lilian titubear na resposta, juro que a levo embora daqui agora mesmo, nem que seja arrastada.

A imagem de Lilian sendo levada embora, levada para longe dele, fez o mundo pegar fogo, ao menos fora isso que Simon sentiu acontecer. Em um pulo estava em pé, em três passos ele erguia o duque pela gravata e o prensava contra a parede.

– Encoste um maldito dedo nela e juro que não responderei por mim.

Simon respirava com peso e notou, sem entender o porquê, a sombra de um sorriso aparecer nos lábios de Belmont.

– Solte-me agora, Simon. Já tive a resposta que vim buscar. Entendo que – ele ofegou e prosseguiu com a voz abafada – cuidará dela – Arthur disse.

Simon afrouxou as mãos que agarravam a gravata do duque e o soltou. Caminhou ofegante até a janela. Esfregou os olhos com as pontas dos dedos e encheu os pulmões de ar com esforço para acalmar as respirações. O que acabara de fazer? Ergueu o duque de Belmont, seu novo cunhado, pelo colarinho. Deveria estar tentando impressioná-lo quando, ao contrário, se desequilibrou a ponto de desejar sufocá-lo. E todo esse descontrole porque ele tinha ameaçado levar Lilian embora. Deveria pedir desculpas, não deveria? Ao menos tentar se retratar e parecer um pouco mais civilizado.

– Belmont – ele virou-se e encarou o cunhado –, imaginei que nunca mais fosse me sentir motivado a fazer o que era certo, a me preocupar com a honra ou com aquilo com que se preocupam todos os pares deste reino – bufou com o olhar desdenhoso. – A única coisa que vou falar sobre isso, e espero que se dê por satisfeito, é que Lilian me motiva a ser o melhor que posso ser. Não sou um santo, como você mesmo disse; não escondo de ninguém o que o meu passado revela por si só, mas não sou um assassino, e Lilian fez algo comigo que nem mesmo eu entendo. – Ele apoiou as duas mãos sobre a mesa. – E, acredite em mim, tentei entender durante algum tempo. Eu só quero fazê-la feliz.

A expressão de Arthur suavizou ainda mais, e ele deu um sorriso aberto.

– Que bom. Era apenas isso que eu queria ouvir. Não estou aqui para julgá-lo sobre seu passado, muito menos por sua fama, só queria ouvir da sua boca, notar em suas ações e, talvez, enxergar em seu rosto o que vejo agora.

– E o que vê? – Simon perguntou intrigado.

– Já fui um cínico convicto, talvez tanto quanto você, e entendo que não escolhemos quando e por quem vamos ser totalmente rendidos.

– Você está insinuando o quê? – Simon retrucou, tentado disfarçar até para si mesmo o salto de seu coração diante daquela afirmação do duque.

– Vou deixá-lo tirar as próprias conclusões.

Silêncio.

– Agora, se me der licença – o duque disse –, vou procurar por minha esposa e por meu filho para irmos para casa. Estou exausto. Mal chegamos de viagem da Grécia e nos enfiamos em uma carruagem até aqui.

Simon consentiu em silêncio e assistiu ao cunhado deixar seu escritório. Sentou e enfiou o rosto entre as mãos. Somente então notou como estava quase desesperado para que tudo saísse bem com aquela conversa.

Levantou-se e saiu do escritório resolvido a se despedir de Arthur e de Kathelyn; afinal, eles eram parte de sua família agora.

Cristo, com o que mais terei que reaprender a lidar?

Kathelyn repousava a cabeça no ombro de Arthur, e o embalar da carruagem era estímulo suficiente para fazê-la quase cochilar. No banco da frente, o pequeno Arthur já havia se rendido ao sono. Ela suspirou quando sentiu os lábios do marido deixar uma trilha de beijos em sua têmpora e testa. O polegar dele desenhava círculos no punho dela com uma pressão sugestiva. A respiração quente e acelerada do marido imprimia cócegas entre seus cabelos. O coração acelerou, e ela engoliu em seco quando a mão de Arthur, que até então estava relaxada em sua cintura, a levou para mais perto dele em um movimento possessivo.

– Arthur?

Kathe levantou o rosto para buscar a confirmação das intenções do marido. Os olhos dele estavam escurecidos e pesados; ela abriu a boca para falar, e ele a beijou com uma profunda intensidade.

Kathelyn se afastou um pouco ofegante.

– Não podemos – disse e apontou com a cabeça para o filho que dormia inocente em frente a eles.

– Eu sei, mas você não pode me culpar por desejar – ele disse com a voz rouca.

– Achei que a lua de mel havia sido o suficiente para tirarmos o atraso.

– Nunca será o suficiente – o marido disse e a abraçou pelos ombros. – Não se esqueça de que você me fez implorar durante meses até aceitar a se casar comigo. Não me culpe por me sentir tentado a querer comprovar, a todo momento, se fui realmente perdoado – ele a beijou e disse em cima dos lábios dela. – Inteiramente perdoado.

Mais um beijo longo e, por fim, ele acomodou a cabeça dela em seu peito.

Após alguns minutos de silêncio, com suas respirações em um ritmo normal, Kathelyn questionou:

– Você acha que ela será feliz?

– Acho que Thorn foi apanhado de verdade por sua irmã.

– Por que diz isso? – ela perguntou enquanto os dedos do marido cavavam de maneira carinhosa seus cabelos.

– Porque a reação dele quando eu disse que levaria Lilian embora caso ela não me convencesse de que estava feliz foi a de um homem bem entusiasmado.

– Entusiasmado?

– Apaixonado.

– Apaixonado?

– Mas, mesmo assim, vou tomar aquelas providências sobre as quais já havíamos conversado e investigar o passado dele.

Arthur passou a massagear o pescoço dela com uma pressão certa.

– Está bem. Também me sentirei mais segura dessa maneira.

Ela dobrou o pescoço rendendo-se ao prazer que os dedos do marido provocavam.

– Você acha mesmo que ele está apaixonado?

– Apesar de que, talvez, ele ainda não tenha se dado conta disso – Arthur retrucou com um sorriso na voz.

– Você demorou alguns anos para se dar conta – Kathe disse e soltou um gemido de aprovação. Arthur conhecia seu corpo com tanta intimidade que transformava uma simples massagem no pescoço em um ato de sedução.

O duque beijou a fronte dela.

– Não, querida, eu me dei conta no momento em que a vi abaixada arrombando a porta do escritório de lorde Withmore.

– Esse foi nosso primeiro encontro, há mais de cinco anos, foi tão imediato assim? – Ela repousou a mão no peito do marido, sentindo o coração acelerado por cima do tecido da camisa.

– Sim. O pavor que essa certeza me causou é que foi o culpado por toda a demora em tê-la entre meus braços definitivamente.

– É mesmo muito assustador se apaixonar por uma jovem que arromba portas. – Outro ronrono de prazer escapou por entre os lábios dela.

– Não, assustadora foi a certeza de que o meu coração moraria para sempre fora do meu peito. – Dizendo isso, ele ergueu o seu rosto e a beijou com a mesma paixão que tinham as suas palavras.

Capítulo 28

Novembro de 1834 (onze anos atrás)

Eu adoro as minhas bonecas, gosto de brincar que são minhas filhas. Quando crescer, quero ter uma família bem grande.

Lilian estava deitada embaixo das cobertas enquanto o marido se lavava e se preparava para deitar-se junto a ela. Olhou ao redor e percebeu, com alegre satisfação, que já se sentia em casa em Parklane Hall. Lembrou que, desde a visita de sua irmã Kathelyn, há três meses, mudara seu quarto de pintura para a oficina de Simon. Fez isso por entender que, talvez, estivesse exagerando na determinação de remover todas as lembranças daquela ala da mansão. Tomou essa decisão depois de tudo o que se passou com Simon naquela parte do castelo que voltou a ser trancada para nunca mais ser aberta.

Não falaram mais no que havia acontecido ali, porém, desde aquele dia, Simon parecia mais relaxado e entregue. Apesar de Lilian saber que ainda existiam assuntos a serem esclarecidos sobre o passado de seu marido e de sua ex-baronesa e sobre o pedido dele para não mencionar o nome de Rafael, desde que Simon contara sobre sua infância, ela entendeu que poderia – e deveria – esperar. Dar o tempo que ele havia lhe pedido e confiar nele. E Simon, aos poucos, provava que essa era a melhor maneira de resolver o que quer que precisasse ser resolvido dentro de seu coração – concluiu isso porque, há mais de trinta dias, ela contava com a companhia do marido por quase todas as tardes em sua oficina. Ele ia ler ou sentava-se em uma das mesas e trabalhava sobre documentos da administração de suas propriedades.

Desde que se mudaram para Parklane Hall, há quatro meses, Simon não falou em retornar para Londres nem uma vez. O relacionamento dele com

Paul continuava como o próprio avisara que seria; distante e impessoal. Mas Paul não se dava conta disso. O menino insistia em procurar o barão com dúvidas frequentes sobre brincadeiras e coisas que ele afirmava que, mesmo só tendo quatro anos, apenas um homem poderia responder. Ela notava que dia após dia Paul conseguia penetrar um pouco mais a barreira que o marido construíra a fim de manter a distância. Eram mudanças muito sutis, quase imperceptíveis. Mas Lilian, como mãe, percebia. Simon vez ou outra perguntava como estavam os estudos de Paul e passou a dar mais abertura para as perguntas frequentes do menino a ele. Tinha quase certeza de que, com o tempo, talvez, Simon pudesse assumir um pouco a figura paterna de que Paul precisava e queria. E ela queria tanto que o marido fosse o pai de seu filho e de todos os outros que eles pudessem ter. Lembrou o que Simon havia dito sobre o seu sonho passado de ter uma família grande e uma vida no campo. Lilian não tinha motivos para acreditar que o marido não desejava o mesmo com ela. Sabia disso porque, nesses quatro meses, todas as vezes em que Simon notava que suas regras haviam descido, ele ficava decepcionado. Ele parecia decepcionado. Apesar de nunca terem conversado sobre isso abertamente, ela via os olhos e a expressão dele serem sombreadas pela desilusão. Simon devia desejar filhos e, Deus, como ela queria realizar aquele sonho: ter uma família com muitas crianças, umas dez, no mínimo. *Filhos de Simon.*

Sorriu de satisfação com o pensamento. Deixou de sorrir porque lembrou-se da visita da senhora Warhol alguns dias antes. Resolveu que era hora de ter mais uma conversa franca sobre o futuro, seus sonhos e suas expectativas.

Sentiu o colchão afundar junto com o marido que deitou a seu lado e puxou seu corpo até ela apoiar a cabeça no peito dele.

– A senhora Warhol esteve aqui há três dias.

Simon beijou a fronte da esposa de maneira carinhosa.

– E o que houve? Encomendou novos vestidos? – ele perguntou, ainda beijando-a.

– Ah, não... É que eu estava com minhas regras atrasadas há mais de quinze dias, e isso nunca acontece – ela confessou, tentando parecer casual. – Também não vinha me sentindo muito bem, estava um pouco nauseada e...

– Lilian, por que você – ele ofegou – não me falou nada? Vamos chamar um médico e não a costureira, parteira.

– Você sabe, o doutor Craig não vem aqui. Não se recusou a me atender, mas disse que não colocaria os pés aqui, então...

– Eu vou buscá-lo agora e ele virá aqui nem que seja arrastado – Simon disse afoito e moveu o corpo no intuito de se levantar.

– Não será necessário – ela disse, colocando a mão no ombro do marido –, já me sinto melhor. E minhas regras vieram hoje pela manhã, então foi um aviso falso – afirmou, forçando uma descontração que não sentia; estava, na verdade, decepcionada.

– Ah... certo – Simon disse baixinho e passou a encarar o dossel da cama em silêncio.

Ela tocou no rosto contraído dele.

– A senhora Warhol disse que é perfeitamente normal um casal saudável demorar um tempo para ter filhos.

– É porque ela não sabe quantas vezes por dia nós nos empenhamos em engravidar.

– Tenho certeza de que isso não faz a menor diferença e que...

– O que você pode saber sobre isso? Ou mesmo a senhora Warhol? – ele perguntou com ar sombrio e continuou olhando para cima.

– Simon, está tudo bem.

Ela tentou se aproximar percorrendo com os dedos a linha rígida do maxilar dele. O barão não se moveu.

Ficaram se olhando por um tempo em silêncio. Uma ruga que denotava algo além de preocupação se formou entre as sobrancelhas negras.

– Em um ano a minha ex-esposa não engravidou. – A voz de Simon foi se apagando. – Esqueça isso, a senhora Warhol deve ter razão. – Ele voltou a encarar o nada.

– Querido, você... Tenho certeza de que é só uma questão de tempo.

Ele concordou em silêncio. Lilian sabia que o marido não concordava; também achava um pouco estranho já que, com Rafael, foram apenas meia dúzia de vezes e em poucos meses de casada ela estava grávida. Com Simon, eram, no mínimo, três vezes por dia durante quatro meses. Entretanto, depois da conversa com a senhora Warhol, que parecia tão segura do que falava, Lilian se tranquilizou, entendendo que isso poderia ser normal. Fitou o marido que estava com a expressão dura e o olhar ainda distante.

– Simon, eu não sabia que isso – ela passou os dedos na massa de cabelos escuros dele – o preocupava. Se soubesse, não teria falado na...

– Não me preocupa – ele a interrompeu e continuou encarando o dossel como se encontrasse nele as respostas de que precisava.

Após algum tempo de um silêncio pesado e indigesto, ele se virou de lado para ela, buscou-a com os olhos, tocou com carinho em sua face e deu um beijo em sua testa.

– Tente dormir, minha pequena, eu vou descer até meu escritório. Tenho algumas questões urgentes para resolver e não sei que horas vou conseguir voltar para a cama.

– Mas... – Ele a calou, pressionando os lábios contra os dela.

– Está tudo bem – o marido disse.

E saiu da cama.

Pela primeira vez desde que se casaram, ela dormiu sem estar ao lado dele. Demorou a pegar no sono ao entender que havia questões difíceis que ainda teriam que ser resolvidas sobre o passado de Simon e seu primeiro casamento. Talvez tão difíceis e sombrias quanto aquele quartinho escuro e horrível que eles visitaram. Não viu que horas Simon voltou para a cama.

No dia seguinte, Lilian ia para a oficina de Simon, agora seu estúdio de pintura também, um pouco depois do habitual. Estava no começo do inverno e, Jesus, como fazia frio em Parklane Hall. O corpo tremeu um pouco e ela se enrolou mais na manta sobre os ombros. Sabia que essa região da Inglaterra era conhecida por ter invernos muito rigorosos. Lembrou-se de que, quando era casada com Rafael, não ficavam ali durante o inverno. Decidiu, pela manhã, o que já havia concluído antes: o tempo seria o único e melhor remédio para que o marido se sentisse confortável e lhe contasse aquilo que ainda o atormentava. Não forçaria mais nada. Depois daquela experiência difícil e traumática no extremo da ala norte, precisava acreditar que tudo se resolveria a seu tempo. Precisava confiar em Simon e dar a ele o espaço que ele havia lhe pedido. Essa era ela; sempre fiel demais à sua palavra, sempre fiel demais ao respeito que tinha pela vontade e pelo espaço do outro. Ou, talvez, Lilian sentisse um pouco de medo de conhecer a verdade.

O estômago gelou diante dessa ideia. Não teve tempo de pensar sobre isso; deteve-se antes de cruzar a porta da oficina ao ouvir a voz do filho lá dentro:

– Mas o senhor não poderia fazer brinquedos de madeira – Paul afirmou.

– É claro que poderia, é possível fazer quase qualquer coisa com a madeira – Simon respondeu.

– Até mesmo um cavalinho? – o filho perguntou e continuou com a voz admirada. – Isso deve ser muito difícil.

– Não, na verdade isso seria bem fácil.

Ela sabia que não era certo ouvir a conversa sem anunciar sua presença, mas foi impossível dar um passo para frente. Acreditava que, se entrasse, poderia atrapalhar a naturalidade com que os dois estavam conversando. Ouviu o filho perguntar:

– O senhor faria um para mim?

Lilian fechou os olhos e, sem que percebesse, pedia a Deus que tornasse a relação entre os dois mais aberta e verdadeira.

– Eu – Simon começou – não faço mais...

– Por favor, lorde Owen. Eu posso ajudá-lo se o senhor precisar.

Por favor, por favor, por favor!, ela implorou junto ao filho.

Silêncio.

Entendia que era estúpido torcer por isso. "Sem nenhum tipo de intimidade", Simon deixou claro que sempre seria assim a relação entre ele e Paul. Mas, além de torcer para que ele atendesse ao pedido do filho, torcia para que o marido voltasse a usar a oficina. Era errado que, internamente, tivesse esse desejo, porque, no fundo, sabia que essa era uma decisão que somente Simon poderia tomar.

– Está bem, vou fazer uma cavalinho de pau para você. – Ouviu a voz forte do marido ecoar pela oficina.

Ela soltou a respiração. Desde quando estava sem respirar?

– Muito obrigado, muito obrigado, senhor – o filho disse entusiasmado.

– Não precisa agradecer assim. – A voz de Simon saiu mais baixa. – Não me tomará mais que poucas horas.

Ela resolveu sair e cuidar de outros assuntos, não queria por nada nesse mundo interromper o que ela classificou como o melhor momento vivido entre Simon e Paul nesses meses de convivência.

Capítulo 29

Dezembro de 1844 (alguns meses atrás)

Lista do que falta em meu atelier de pintura:
1- novos pigmentos para o azul e tinta branca;
2- pincéis para acabamento;
3- ...

Deixava o pincel deslizar na tela entre o branco, o cinza e uma gama de azuis. Era a neve que cobria tudo lá fora e que preenchia cada uma de suas pinceladas. Há trinta dias, Simon fez um cavalo de madeira para Paul. O cavalo foi a primeira de muitas peças a que o marido deu vida naquela oficina durante esse tempo. A presença de Paul junto a eles passou a acontecer com uma frequência regular.

Como se fosse natural, Simon ensinava ao menino tudo o que era possível para uma criança pequena aprender sobre madeira, oficina e ferramentas.

Ela nunca perguntou o porquê daquilo, se ele tinha mudado de ideia em relação ao que havia dito sobre Paul. No primeiro dia, quando ele fez o cavalo de madeira, ela tentou não demonstrar como aquilo a emocionou; era muito boa em fingir as emoções. Sempre foi. Apenas comentou com um entusiasmo contido: "Ficou muito bom, Simon. Obrigada, eu fico muito feliz que você tenha voltado a usar sua oficina".

O marido não respondeu e ela não insistiu, mas voltou a se sentir confortável e confiante com relação ao futuro e ao relacionamento deles, de Simon com o filho dela. O tempo seria o melhor remédio para tudo. Ela não duvidava mais disso.

E, então, nos dias que se seguiram, Simon voltou a produzir outras peças, inclusive alguns brinquedos para Paul. Ela apenas sorria e elogiava o trabalho sem dar outra palavra. O que mais a tocava – e, vez ou outra, precisava morder os lábios por dentro para não chorar – era a maneira atenciosa no começo e, com o passar dos dias, carinhosa, com que Simon começou a se dirigir ao seu filho. Há cinco dias ela teve que olhar para fora e disfarçar por uns bons minutos a emoção que lhe cobriu os olhos quando Simon perguntou:

– Onde será que está Paul? Já tem dois dias que ele não aparece.

Seria possível que Simon realmente viesse a sentir algum afeto pelo menino? Dia após dia a sua certeza crescia. Mesmo que, fora da oficina, os dois nunca trocassem mais do que cumprimentos cordiais, ali, naquele espaço cercado por serrotes, martelos, pregos, madeira, verniz, tintas e telas, eles pareciam amigos, pareciam um pai e um filho. Lembrou-se das inúmeras vezes que Simon segurava a mãozinha de Paul enquanto lhe instruía sobre o uso das ferramenta ou quando o parabenizava com orgulho por ele ter acertado algo ou quando brincava com o menino escondendo ferramentas, criando coisas engraçadas e erguendo-o no colo para que ele enxergasse o topo de alguns móveis. A oficina era uma espécie de santuário, onde nenhum problema parecia ser capaz de existir. Rendeu-se à certeza de que a arte tinha o poder de abrir o coração, resgatar e curar feridas e de unir as pessoas.

Além da mudança de postura em relação ao garoto, Simon se mostrava, dia após dia, um homem por quem Lilian tinha vários sentimentos distintos: paixão, enquanto ele a amava uma, duas ou três vezes seguidas; carinho, quando ele a aninhava todas as noites em seus braços e acariciava seus cabelos até que ela dormia; e entusiasmo, quando Simon conversava com ela sobre todos os assuntos.

Ele voltou a falar de sua infância em Parklane Hall e um pouco de seus pais, mas muito de seu tio e tutor Robert Thorn. Ria das histórias que Lilian contava de animais e pessoas resgatadas por ela e de coisas engraçadas de sua infância. As conversas não se limitavam a assuntos esperados entre um casal comum da aristocracia. Simon contava detalhes escandalosos de seu antro de jogos e piadas que deviam ruborizar até uma mulher da vida e que nenhuma dama deveria achar graça ou entender. Às vezes Lilian não entendia, e o marido fazia questão de explicar, normalmente demonstrando a graça da piada em seu corpo, ensinando-a novas lições de prazeres que podiam dividir. Lilian estava a cada dia mais realizada. Sabia que sua vida não tinha mais nada de comum ou ordinário e nunca havia se sentido tão feliz.

Olhou ao redor para a oficina que naquela tarde estava silenciosa e vazia, como cabia a um santuário. Simon tinha saído pela manhã para tratar de algumas questões da propriedade, e Paul, com certeza, não apareceria, estava tomando aulas com um novo tutor. Ela lançou um olhar atento para fora, tentava entender se havia sido fiel em sua pintura aos tons de branco-azulado e cinza que o gelo espalhava por toda a terra, quando viu uma bolinha preta se deslocar entre o gelo. Arregalou os olhos, surpresa.

– Um coelhinho – disse para si mesma.

Tudo estava congelado, inclusive o lago, que era negro e ficara branco. Lilian olhava hipnotizada o floco de pelos pular inocente e alegre deixando seu rastro na neve recém-caída quando sentiu o coração disparar.

– Não, não vá para aí.

Sabia que o lago estava congelado nas bordas, porém, no meio, para onde o coelho pulava, talvez o gelo não estivesse tão firme.

– Saia daí – ela pediu em voz alta.

O coelho parou de pular, mexeu as orelhas de um lado para o outro e olhou para a frente, como se procurando por algo. Então, começou a pular rápido em direção à margem, parecia ter intuído o perigo. Lilian não teve tempo de suspirar aliviada, pois em uma fração de segundos o gelo abriu e a bolinha de pelos preta foi engolida pelo lago. Sem pensar em nada, como sempre acontecia quando um animal podia se machucar ou, nesse caso, perder a vida, ela abriu a porta e correu em direção ao jardim. O choque do vento gélido em sua pele devia tê-la detido, mas assistir à aflição do bichinho se debatendo, tentando desesperadamente agarrar o gelo para sair da água, foi mais forte do que o frio externo e venceu seu senso de autopreservação.

Olhou para os lados ofegante; se tivesse como chamar alguém. Ouviu o som aflito do coelho tentando ganhar a superfície. Correu até a margem e notou rapidamente que o local onde o bichinho havia caído era mais perto da borda do que do meio do lago, o gelo não deveria estar fino ali, então, acreditou que a fenda na superfície do lago já estava lá e que o coelho não a tinha visto, por isso caiu na água. Com isso em mente, se sentiu mais segura. Podia tentar chegar até ele devagar e com cuidado, e teria que fazer isso logo, senão seria tarde.

Ergueu as saias e testou o gelo do lago congelado sob os pés; parecia firme. Firme e sólido. Congelado o bastante para não abrir embaixo dela.

Um pé e mais um, ela ganhava proximidade do ponto onde o coelho ainda se debatia.

– Eu já vou – disse com a voz trêmula.

Uma fumaça se espalhava à sua frente conforme ela respirava pela boca; estava tão empenhada em chegar logo a seu destino que nem reparou que tremia de frio e de nervoso. Ia o mais próximo possível das margens, imaginando que o gelo estaria mais firme ali. Suspirou aliviada ao chegar em um ponto em que alcançaria o coelho. Abaixou-se devagar. Agora era só esticar um pouco mais o corpo e o braço e um pouco mais e…

– Peguei.

Sorriu ao levar a bolinha trêmula e molhada junto ao corpo. Ofegante, ela passou a esfregar com força a mão sobre os pelos ensopados.

– Eu vou levá-lo para perto da lareira e logo você estará…

Creck!

Ela prendeu o ar ao perceber que esse barulho veio do gelo, o mesmo que estava sob seus pés.

Deu um passo tentando colocar o mínimo de peso.

Outro passo pequeno e mais um.

Ela não se arriscava nem mesmo a respirar.

Creeeeck! *Creeeck*! *Creeeck*!

Lilian olhou rapidamente para margem do lago e chegou a pensar que, mesmo que o gelo cedesse, pelo ponto em que estava – mais um passo e *creeeck* –, talvez não afundasse por completo nas águas – e outro passo e *creeck*. E, assim, logo estariam em frente ao… *Creeeck*! *Creeck*! E um estalo bem maior do que os anteriores fez com que o coração dela disparasse ainda mais.

Posso girar devagar e…

Não conseguiu concluir nem o passo nem o pensamento; o gelo cedeu e ela foi puxada para baixo.

Milhares de agulhas fincaram em sua pele conforme ela afundava, quase completamente dentro das lâminas do lago. A dor era tanta que não podia ser a água a causar tudo aquilo. Tocou os pés no que ela acreditou ser uma pedra no fundo do lago e se impulsionou para cima. O impulso foi o suficiente para tirar a cabeça e os ombros das águas. Agarrou com a mão trêmula um volume preto e retorcido que parecia ser a raiz de uma árvore. Como um braço ainda envolvia o coelho, com a outra mão ela passou a puxar-se para fora daquela tortura gelada. Tentava, com esforço, ganhar a superfície quando algo a deteve. Puxou, lutou, tentou e, por mais força que ela colocasse, por mais que seu corpo buscasse com toda vontade sair daquela situação, alguma coisa não a deixava ir. Puxou, retorceu-se e voltou a puxar a perna. Sim, era a perna que estava presa. O vestido, talvez. Alguma coisa deve ter enganchado no vestido. Ela tremia tanto e sentia tanta dor que acreditou que seria impossível se soltar. Se ao menos conseguisse respirar direito. Lilian jogou o coelho em direção à margem e observou a bolinha sair pulando na neve firme. Voltou as mãos para trás. Com mais da metade do corpo dentro da água, ela passou a desabotoar o vestido enquanto tremia, chorava e lutava pelo ar contra a dor que se alastrava por dentro como se fosse rasgá-la inteira. Não conseguiria, seria impossível. Eram muitos botões. Malditos botões. E ela tremia, tremia muito. Voltou a puxar a saia do vestido, mas as pernas estavam pesadas, muito pesadas. Ela baixou um pouco as pálpebras e, ofegante, viu um par de olhos azuis claros; os olhos de seu filho. Conforme as pálpebras pesaram, os olhos escureceram. Era o olhar de Simon que ocupava seu coração.

– Eu o amo – ela disse com o que restava de voz e continuou a tentar lutar pela vida.

Simon ia a cavalo pelas trilhas da propriedade. Tinha acabado de se reunir com seu administrador e seu advogado; foram até a cidade de Durham acertar algumas contas que estavam pendentes junto aos moradores, e ele voltava satisfeito. A cidade progrediu bastante naqueles anos de sua ausência. Puxou as rédeas e o cavalo parou; aquele ponto era o mais alto das terras, ali ele tinha a melhor visão para o jardim privativo. Jardim em que jamais voltaria a colocar os pés. O mesmo em que ele havia trabalhado durante tantos anos para torná-lo no que, à época, acreditava ser o mais bonito da Inglaterra. Naquele inverno especialmente gelado, estava tudo branco, cinza e amarelo.

Amarelo? O que era aquilo?

Ele congelou por inteiro ao entender que era o corpo de uma mulher lutando para sair de um buraco. Não um buraco qualquer, era um buraco sobre o gelo do lago. E, Deus todo poderoso, não era uma mulher qualquer, e, sim, sua mulher. Era Lilian.

Ele disparou com o cavalo desfiladeiro abaixo até o terreno se tornar íngreme demais e até as patas do animal deslizarem pela neve. Antes que matasse ele e o cavalo, ele saltou e correu rampa abaixo, pulando raízes, desviando de pedras, escorregado no gelo, afundando na neve e voltando a correr com toda a vontade de seu corpo e de sua alma. Tudo mergulhou no silêncio e na necessidade mais vital de todas: Lilian. Em poucos minutos ele estava a apenas alguns metros de onde ela tentava, em vão, sair. Em um pulo, deitou sobre o chão e agarrou os dois braços da esposa com força. Deitou porque ainda podia haver água embaixo da neve e, deitado, ele sabia que distribuiria melhor seu peso; a chance do gelo ceder era menor. Ele pouco se importava em congelar até a morte, contanto que Lilian estivesse a salvo. Ela ergueu o rosto e seus olhos se encontraram; pupilas dilatadas, lábios roxos, ela estava gelada, pálida, ofegante e seu peito comprimiu. *Por favor, Deus, não!*, ele pediu fazendo força para tirá-la da água.

– Pre… pre… pre… presa – ela disse com a voz fraca.

– Eu vou tirá-la daí, meu amor. Apenas seja forte.

Dizendo isso, ele arrancou a capa e o casaco e olhou para o corpo de Lilian embaixo da água. Acreditou que o vestido dela estivesse enganchado, talvez, em algum galho ou raiz no solo. Estavam próximos à margem, podia ser isso. Em dois movimentos, ele estava às costas dela, dentro da água, sendo atravessado por um milhão de facas. A água não era funda ali, batia na barriga dele, e Lilian não conseguiu sair porque realmente ficou presa em algo.

– Maldição – disse enquanto rasgava as costas do vestido dela.

Com um puxão rápido ele a livrou da roupa, mas teve que praticamente mergulhar para fazer isso. Dor, dor, dor entrando nos músculos, abrindo os tecidos de seu corpo.

Entretanto, nada se compararia à dor de perdê-la. Com essa certeza, ele encontrou a força necessária para tomá-la no colo e, assim, agarrou a raiz grossa da árvore que daria o apoio para levá-los acima, para tirá-los do lago. Com toda a força que foi capaz de reunir, Simon os impulsionou e em alguns segundos a mais estavam fora da água. Caiu com Lilian deitada sobre ele. Ela tinha espasmos no corpo que pareciam convulsões de tão violentos. Ele também tremia, ou era só seu coração colapsando diante da possibilidade de ficar sem Lilian. Levantou e, em poucos passos corridos, estava dentro de sua oficina, com a esposa nos braços. Fechou a porta e a levou rapidamente aos pés da enorme lareira que estava acesa. Deu graças a Deus pelo tapete grosso de lã de carneiro que forrava o chão junto ao fogo.

Começou a remover toda a roupa do corpo de Lilian, enquanto ela tremia violentamente e tentava balbuciar coisas sem sentido.

– Si… Simon, amo, Si. Simon eu…

Ele tirou as botas dela.

– Paul… Paul…

Agora removia os calções e, logo, a camiseta; sentia o corpo todo tremer e só ofegava menos do que ela.

– Co… co… coelho – Lilian disse.

Simon se levantou e tirou o colete, a gravata e a camisa, enquanto agarrava duas mantas que ficavam sobre a poltrona onde ele costumava ler. Tirou a calça e, já sem roupa, deitou sobre o corpo nu da esposa, cobrindo ambos com os cobertores. Lilian tremia tanto que era quase impossível se manter sobre ela. Passou a esfregar as mãos por toda a extensão de pele dela que alcançava. Lilian parecia uma pedra de gelo.

– Eu a amo, vai ficar tudo bem. Eu a amo, meu amor, vai ficar tudo bem, tudo bem – ele repetia como uma oração.

Nem se deu conta do que declarava em voz alta, para si mesmo, para todos os deuses se eles assim desejassem ouvir.

Após alguns minutos de luta para aquecê-la, ele se lembrou das extremidades; as mãos e os pés de Lilian. Deus, ela podia perdê-los. Levantou-se e passou a friccionar com força e pressão primeiro as mãos e, então, os pés; e as mãos e outra vez e os pés, que estavam roxos e duros como dois blocos de gelo. Ele respirava sem conseguir absorver o ar direito e tremia, mas não sentia frio, era medo. Sim, ele tremia de medo.

– Dói, dói – ela reclamou.

– Vai ficar tudo bem, meu amor, tudo bem. Eu a amo – repetiu com os olhos cobertos de agonia enquanto ainda a esfregava.

Quando os pés e as mãos de Lilian mudaram do roxo para um vermelho vivo, ele voltou a respirar direito.

– Dói, dói demais – ela repetiu.

– Eu sei, querida, você tem que tentar mexer as mãos e os pés. Você consegue?

Ela concordou e gemeu conforme os movimentava devagar abrindo e fechando os dedos. Ele voltou a deitar por cima dela e os cobriu novamente. Somente quando os tremores do corpo dela diminuíram é que ele sentiu um nó estranho apartar o peito e um bolo esquisito se formar na garganta. Lilian se moveu um pouco embaixo dele e o envolveu com os braços. Ela o apertou contra seu corpo. Já quase não tremia mais. Ele soube que tudo ficaria bem e, diante do alívio que sentiu, enterrou o rosto na curva do pescoço dela e absorveu o perfume de sabonete, lírios e água da neve. E junto ao alívio vieram as lágrimas. Simon tomou o rosto dela entre as mãos e a olhou: bochechas levemente coradas e os lábios voltaram a ter a cor das cerejas; cor dos lábios de Lilian.

– O que eu faria sem você? O que eu faria, Lilian, se você... – Não conseguiu terminar. Não teve coragem.

– Eu o amo – ela disse e ele fechou os olhos, sentindo as lágrimas escorrerem pelo rosto. – Eu o amo – ela repetiu e ele a beijou com o maior amor capaz de juntar nos lábios.

Ela ofegou dentro da sua boca e escorregou a língua quente entre a sua, colocando toda a neve para fora do mundo. Simon gemeu e enroscou os dedos na parte de trás da cabeça dela, dentro dos cabelos ainda molhados. Os lábios macios e agora quentes dela se moviam com o mesmo desespero dos dele. Ela gemia, arqueava o corpo e puxava-o com os braços, com as pernas e com as unhas. Lilian parecia precisar provar e sentir que a vida ainda pulsava dentro dela e, Deus, ele queria o mesmo, talvez até mais do que ela própria.

Beijou-a na face, no pescoço, na face, na boca outra vez.

– Eu a amo – disse novamente entre um beijo e outro.

Ele achou que morreria, tamanha a explosão da emoção que correu em suas veias quando entendeu o que dizia sem parar, desde que a tirou do lago. Sim, meu Deus, ele a amava, amava tanto que chegava a doer.

– Eu o amo – Lilian sussurrou bem perto do rosto dele.

Simon fechou os olhos e respirou na curva do seu pescoço conforme se acomodava entre as suas pernas. Precisava estar dentro dela, tocá-la e beijá-la. Precisava dela em todas as partes, era o único jeito de diminuir a dor, o desespero e aquela sensação que queimava sua pele. Que queimava seu coração. Que queimava a sua alma.

– Lilian, você, eu... Eu preciso tanto – disse resfolegado, sentindo sua virilidade pulsar no ventre da esposa. – Você está bem? Quer descansar, dormir?

Ela apenas gemeu lânguida e ergueu os quadris, convidando-o a possuí-la. Ele grunhiu de satisfação. E, rendido, fechou os olhos e a penetrou lentamente. Ela era sempre tão entregue e moldável. Ele arremeteu devagar enquanto seus lábios passeavam por todo o rosto acetinado e perfeito. Levou os braços para baixo dos quadris dela erguendo-a, a fim de penetrá-la mais fundo. Suas investidas, dessa vez, não tinham força; havia, ao contrário, ritmo e profundidade, em movimentos ondulatórios que acompanhavam a curva de seu prazer. Era uma posse nova que ele sentia necessidade de impor. Ela apenas se abria às suas estocadas que se alternavam entre lentas e rápidas, profundas e rasas. Os braços dela o apertavam contra o seu corpo, como se quisessem levá-lo inteiro para dentro. A esposa gemia de maneira lânguida e eles não fecharam os olhos nem por um instante, nem mesmo enquanto ele a beijava no mesmo ritmo em que a penetrava. Nem mesmo quando todo o seu corpo tremia e se contorcia de prazer. Ela pareceu adquirir uma composição líquida, moldável; os seus movimentos se ajustando com perfeição aos dele.

– Eu a amo – Simon repetiu a cada investida e a cada onda quente que varria seu ventre, sua coluna e sua alma.

Abriu os olhos devagar e demorou a entender por que estava nua dormindo com a cabeça no peito de seu marido, que também estava nu, em frente à lareira, no chão da oficina de Simon.

O estômago se contraiu e gelou.

Ela quase morrera congelada.

Meu Deus! Se Simon não tivesse aparecido, ela estaria morta. Levou as mãos à boca e sentiu os olhos turvarem. Simon enterraria outra esposa. Paul ficaria órfão. E o coelho? Pobrezinho, morreriam os dois. Será que ele tinha conseguido sobreviver?

– Está acordada? – A voz de Simon soou fria e reservada, muito diferente da voz do amante que lembrava que ele havia sido há pouco.

Ela apenas assentiu.

– Sente-se bem?

Ela concordou outra vez.

– Ótimo. – Sentiu o peito dele baixar e subir em uma lenta respiração. – Que diabos você fazia dentro do lago, Lilian?

Ele perguntou entre os dentes. Antes de responder, ela girou o corpo e ergueu a cabeça para encará-lo. Ele estava com o cenho franzido, os olhos entrecerrados e o maxilar pulsava. Parecia bem irritado.

– Eu, hãn, eu… – Como ela poderia dizer a verdade sem parecer uma estúpida? Só por isso, resolveu brincar. – Eu queria me refrescar um pouco.

Silêncio. Estalar das lenhas.

Ele lhe lançou um olhar repreensivo.

– Que tipo de brincadeira idiota é essa?

A brincadeira não foi uma boa ideia.

– Desculpe-me, é que… É que o… motivo de verdade talvez lhe deixaria ainda mais nervoso.

– Acho difícil.

Apesar de se mostrar bastante bravo, uma das mãos de Simon envolvia a cintura dela e a detinha próxima a seu corpo.

– Um coelho – ela disse e sentiu as bochechas arderem.

– Um coelho?

– Hum-hum.

Simon respirou fundo uma… Bom, Lilian contou umas cinco vezes.

– Explique melhor, Lilian.

– Eu estava aqui pintando e, então, vi um coelho. Ele era tão pequeno e indefeso. Logo estava dentro do lago e eu… É que não pensei que poderia congelar até a morte – ela justificou apreensiva.

– Você quase se mata por causa de um maldito coelho dos infernos?

– Ele não era dos infernos – Lilian suspirou com uma fingida tranquilidade –, era muito bonitinho na verdade. E se não fosse pelo vestido… Aliás, como meu vestido ficou preso daquela maneira? – Engoliu em seco e disse. – O fato é que, se não fosse pelo vestido, eu não teria corrido risco algum, eu, hãn… calculei bem tudo o que fazia e…

– Maldição, Lilian! – A veia pulsava ainda mais rápida no maxilar de Simon. – Calculou tudo?

Ela sacudiu a cabeça em afirmativa se sentindo boba como uma criança que tenta esconder o que aprontou com medo do castigo.

– Acontece que aquela parte do lago é a única rasa de verdade, o lago inteiro tem mais de três metros de profundidade. Você calculou isso também? – Ele ofegava enquanto falava e seus olhos faiscavam, além das chamas da lareira, um fogo azul incandescente.

– Eu... Eu... É que os lagos normalmente são rasos junto às margens e...

– É um lago congelado, Lilian, não um maldito banho romano. – Ele bufou e a apertou contra o corpo. – Você ao menos sabe nadar?

Ela mordeu o lábio inferior e não respondeu. *Uma criança birrenta.*

– É claro que não – ele respondeu por ela, lançando um olhar acusador.

– Fui eu quem quase morri hoje, Simon – ela disse com um fio de voz e se chateou um pouco, afinal fora ela quem quase congelou até a morte.

– Não, Lilian, se você morresse, me levaria junto. – Ele semicerrou os olhos tentando esconder a emoção. – Meu coração está ligado ao seu, entende?

Os braços do marido a envolveram de maneira possessiva e protetora e Lilian concordou com a cabeça, sentindo o próprio coração dar um pulo com as palavras de Simon. Lembrou-se de todas as vezes que ele jurou que a amava enquanto a fazia dele mais cedo. Acreditou que ele tinha sido inspirado pela adrenalina de toda aquela situação, porém, agora, ele parecia pensar bastante no que falava.

– Desculpe-me – ela disse e afundou o rosto na curva do pescoço do marido.

As lenhas estalavam alto junto ao fogo na lareira. Simon acariciava os cabelos dela.

– Foi nesse lago que eu... – A voz do marido ficou mais fraca e cortada. – Foi nesse lago que eu a encontrei morta há seis anos.

Sem perceber, Lilian sufocou um grito pelo susto contra o peito dele.

– Desculpe-me, Simon, eu... Eu nem imaginava. Nós nunca falamos sobre isso. – Os olhos se encheram de lágrimas e um peso no peito dificultou a respiração dela.

Ele se virou para imobilizá-la com o corpo por cima dela. Olhou-a com intensidade.

– Prometa para mim que nunca, nunca, nunca mais fará algo nem de perto tão estúpido quanto aquilo.

Ela assentiu.

– Prometa, Lilian.

– Eu prometo.

E ele a beijou com paixão por bastante tempo.

– Se eu desconfiar de que você fez algo de novo que seja minimamente tão idiota, eu juro que a amarro no pé da cama, entendeu? – Simon disse ofegante, quando pararam de se beijar.

Não conseguiu responder; ele assaltou os lábios dela outra vez.

Voltaram para o quarto bem mais tarde, cobertos apenas pelas mantas de lã. Naquele dia, Simon entrou na banheira com ela e a ensaboou lentamente como se estivesse devotando-a. Depois do banho, eles jantaram no quarto. Lilian perdeu as contas de quantas vezes ouviu Simon dizer que a amava e de quantas vezes repetiu para ele as mesmas palavras.

Ela quase morreu mais cedo e fora reanimada, não apenas pelo calor do fogo e pelas mãos do marido, mas pela forma como Simon a amou; sem reservas, sem barreiras, sem nada que a afastasse dele. Ela nem sabia que ele tinha mais para revelar ou que seria possível que ele lhe entregasse algo ainda maior do que ter a chance de viver outra vez. Isso porque, além das palavras ditas muitas vezes entre os sussurros e os gemidos de prazer, toda vez que olhou dentro dos olhos dele naquela noite, ela enxergou a alma de Simon. O marido a convidou a mergulhar nele, a se banhar em sua luz e a entrar na profundidade infinita de seu coração. O que Simon escondia do mundo e talvez de si próprio era uma beleza tão grande que a única coisa que podia ser dada de volta em forma de troca era a mesma entrega. Naquela noite, Lilian acabou de dar a ele tudo o que restava de seu próprio coração.

– Bom dia! Você dormiu quase um dia inteiro! – Simon foi quem falou, sentado na poltrona ao lado da cama.

Lilian espreguiçou.

– Tanto assim? – ela perguntou depois de bocejar.

– Seu corpo precisava descansar depois do choque – Simon disse com ar de preocupação.

Lilian olhou para as mãos sobre a barriga e se mexeu na intenção de levantar.

– Deixe-me ajudá-la. – O marido foi mais rápido do que ela e arrumou uma pilha de travesseiros em suas costas. – Como você está? – Simon perguntou, voltando a sentar, desta vez ao lado dela na cama.

– Eu estou ótima.

Lilian analisou os olhos vermelhos do marido, a barba por fazer e as roupas que pareciam dormidas no corpo.

– Você é quem parece cansado.

– Não consegui dormir direito.

– Mas, por...

– Assuntos de negócios – ele a interrompeu.

– Ah, entendo – disse sem realmente entender. – Está tudo bem? – Ela achou estranho o marido se preocupar com assuntos de negócios a ponto de perder o sono. – Algo em que eu possa ajudar? Quer dividir comigo?

Simon deu uma risada cansada.

– Um problema em uma das minas, mas tudo já foi resolvido, você não precisa se preocupar com nada. – Ele se moveu desconfortável. – Você quer que eu peça para trazer o desjejum no quarto?

– Não, não! Na verdade, estou cansada de ficar nesta cama – ela disse, jogando as pernas para fora.

– Deixe-me ajudá-la – dizendo isso, ele envolveu o corpo dela e a ergueu nos braços.

– Simon – ela sorriu divertida –, eu estou bem de verdade, minhas pernas não vão quebrar se eu ficar em pé.

– Está bem – o marido concordou resignado e a colocou devagar no chão. – Eu vou ficar a seu lado para o caso de você precisar de apoio.

Ela tocou no rosto dele, contornando o maxilar forte e quadrado.

– Eu só quero tomar um banho. Acho que você deveria descansar também.

Simon beijou a testa de Lilian.

– Vou chamar Jane para ajudá-la e... – ele respirou fundo, parecendo ainda mais cansado. – Você tem uma visita.

– Visita? – ela indagou, desfazendo os laços que prendiam a camisola.

– Sim, vou deixá-la ver quem é com seus próprios olhos. – O marido girou o corpo com a intenção de se afastar.

– Simon – ela o deteve.

– Sim? – ele voltou a encará-la.

– Está mesmo tudo bem? – Ela lançou um olhar desconfiado.

Depois de tudo o que haviam dividido, de aprender a reconhecer toda transparência que os olhos dele tentavam esconder, Lilian soube que não tinha por que se preocupar em não insistir.

– Vai ficar tudo bem.

Mas algo no semblante dele dizia o contrário.

– Simon – ela voltou a chamá-lo –, sobre seu passado, aquilo que você disse que irá me explicar, eu... Você quer falar sobre isso agora?

Não soube por que havia tocado nesse assunto naquele momento; surgiu de maneira espontânea e impensada. Lilian observou o marido caminhar até ela com a mesma elegância habitual.

Simon emoldurou o rosto dela entre as mãos e a encarou profundamente em um silêncio inquieto.

– Você não faz ideia de quanto eu quero lhe contar tudo. – Beijou-a nos lábios com uma carícia lenta e insistente que a deixou rendida e vulnerável. Acrescentou: – Eu farei isso logo, prometo. – Dizendo isso, o marido a deixou pouco satisfeita e não menos curiosa do que estava antes de insistir em obter a resposta.

Lilian fechou os olhos angustiada. Acreditava – especialmente depois das juras trocadas entre eles no dia anterior, da intensidade de tudo o que dividiram – que nunca mais haveria coisas entre eles que precisassem esperar para serem ditas.

Capítulo 30

Agosto de 1845 (alguns meses atrás)

Hoje, eu vou para a reunião no campo em Easton House. Na noite anterior, tive um pesadelo terrível. Nele, eu seguia um homem todo vestido de negro até a borda de um precipício; ao chegar lá, o mesmo cavalheiro desconhecido sussurrava ao meu ouvido: "adeus, Lilian", e me empurrava precipício abaixo. Acordei assustada com a sensação da queda livre revolvendo meu estômago.

– Meu Deus, Anabele? – ela perguntou, cruzando a habitação em três passos.

A amiga a abraçou.

– Você... Você está bem?

– Sim – a jovem disse com o rosto apoiado no ombro de Lilian. – Quer dizer, não – completou e deixou escapar um soluço contido –, não estou. – Outro soluço, um pouco mais alto.

Lilian se afastou e a pegou pelas mãos.

– Venha, vamos nos sentar – ela disse e foram juntas até o jogo de sofá que ficava próximo à lareira. Mesmo confortavelmente sentadas, Anabele não parava de chorar.

– Você veio até aqui sozinha? – Lilian perguntou preocupada.

Anabele assentiu e levou as mãos cobrindo o rosto, mas não abafou o pranto que se tornou ainda mais alto.

– O que aconteceu? – Lilian insistiu.

A jovem esfregou os olhos com veemência enquanto sacudia a cabeça, encarou-a com ar arrependido e disse:

– Você tinha razão, você tinha toda razão, e mamãe... – soluçou. – Mamãe também.

Começava a entender o que podia ter acontecido e, no intuito de facilitar as coisas para amiga, ou para ela, perguntou:

– É sobre Joe, não é?

– Sim, ele... Eu... Nós... Ai, meu Deus, como estou envergonhada. – Anabele cobriu o rosto outra vez com as mãos.

Lilian suspirou, já sabia de tudo antes de ouvir a confissão dos lábios da jovem.

– Está arruinada, não está?

– Sim – Anabele continuava aos prantos.

– Anabele, eu tenho experiência em tragédias e escândalos de grandes proporções, acredite em mim, chorar não resolverá nada, infelizmente.

Anabele finalmente pareceu lutar contra as próprias lágrimas e se acalmou.

– Vou pedir um chá, e você vai me contar tudo – Lilian afirmou com ar tranquilo, tentando passar confiança.

– Está bem.

– Com calma – Lilian repetiu.

– Sim.

Cerca de uma hora depois, o chá quase não tocado pelas duas mulheres esfriava no aparador à frente, e Anabele terminava seu relato.

– Então, depois que você foi embora de Easton House, o visconde de Dexton se mostrou muito entusiasmado em me fazer a corte, disse que, assim que voltássemos a Londres, conversaria com meu pai e...

– E mesmo assim você fugiu com Joe?

Lilian assistiu às bochechas de Anabele ficarem ainda mais vermelhas.

– Sim – soluço –, eu achava... Acreditava que nós estávamos apaixonados.

– E então ele a desonrou e fugiu mais de dois meses depois de vocês estarem vivendo juntos?

Anabele abaixou a cabeça.

– Ele jurou que nos casaríamos, que ele só precisava resolver umas questões familiares em Yorkshire e que me faria sua esposa, então... – A jovem soluçou outra vez. – Então, na manhã em que eu contei para ele que estava grávida, ele... ele... – Anabele apertou as têmporas. – Abandonou-me, sozinha, sem nenhum xelim no meio da estrada, em uma estalagem. – A jovem rompeu em um pranto descontrolado outra vez.

Lilian, compadecida, afinal Anabele era só uma criança tola e iludida, levantou-se e foi abraçar a amiga.

– Como você conseguiu chegar até aqui?

– Os donos da estalagem ficaram com pena, acho, e me emprestaram o dinheiro para uma diligência. Eu disse que aqui morava a única família que me restava.

Lilian passou as mãos nas costas da amiga, um gesto para oferecer conforto, e perguntou:

– E seus pais, Anabele? E suas irmãs?

A amiga se afastou do abraço e voltou a encará-la com os olhos e o nariz vermelhos.

– Eles jamais me perdoarão. Estão todos arruinados por minha culpa. Eu jamais me perdoarei. Oh, Lilian, por que eu não lhe dei atenção? – A amiga voltou a cobrir a boca em uma expressão desconsolada.

– Vamos pensar em algo – Lilian murmurou. – Deixe-me conversar com meu marido, sei que vamos pensar em alguma maneira de ajudá-la – ela disse sem muita segurança de como isso seria possível.

Conhecia muito bem a sociedade e a maneira como as coisas funcionavam; se Simon não consentisse em apoiar Anabele, dando-lhe abrigo e comida, o futuro da jovem parecia tão sombrio que tiraria a fé e a esperança até mesmo de um clérigo.

– Enquanto isso, você ficará aqui conosco – ela disse com firmeza.

Falaria com Simon, convenceria o marido a ajudá-la.

Pobre Anabele.

Naquela noite o jantar aconteceu em quase total silêncio. Anabele se juntou a eles e as únicas frases trocadas por todos durante a refeição foram:

– Boa noite.

– Está de seu agrado a comida? – Lilian perguntou ao marido.

– Sim – ele respondeu sucinto.

E, depois disso, todos se deram boa noite outra vez.

Não conseguia imaginar o que se passava na cabeça de Simon, já que, durante o dia, o marido se ausentou e só se encontraram na mesa do jantar.

Subiram para o quarto ainda em silêncio e se arrumaram para deitar sem falar nada. Simon já estava embaixo das cobertas. Assim que ela se juntou a ele, o marido virou a fim de apagar a vela de cima de sua mesa de cabeceira.

– Nós precisamos conversar – Lilian afirmou decidida.

Ele se deteve e lançou um olhar analítico.

– Sim, eu também preciso lhe dizer algo.

– Pode falar – Lilian o estimulou.

– Não, você primeiro.

Simon estava muito estranho, mal a olhou durante o jantar, nem depois, quando se recolheram. Mal falou com ela o dia inteiro e, agora, se não fosse ela a puxar o assunto, acreditava que o marido dormiria sem tocá-la.

O que estaria acontecendo?

Essa era a única pergunta que ela queria fazer, a mais importante na opinião dela, mas, em vez disso, disse:

– Acho que, bem, gostaria de tentar ajudar Anabele... – Sacudiu a cabeça e continuou. – Ela não tem mais ninguém; se a família não a apoiar, o que acredito que não acontecerá, ela estará sozinha no mundo com uma criança inocente no ventre.

Ele concordou em silêncio e esfregou as mãos no rosto.

– Eu terei que ir a Londres amanhã e devo me ausentar por uma ou duas semanas – o marido contou sem olhar para ela.

– Duas semanas? – perguntou surpresa.

O peito de Lilian gelou. Desde que se casaram, nunca haviam se separado. Simon sempre fez questão de estar com ela e sempre jurou que a levaria para qualquer lugar que fosse. Com isso em mente, ela contrapôs:

– Eu não posso deixar Anabele sozinha, não agora. Espere um pouco até termos pensado em alguma solução e aí...

– Você não irá comigo, Lilian – ele disse com ar distante.

– É que pensei que...

– É uma viagem de negócios, e eu não teria tempo para ficar com você – Simon explicou sem olhar para ela.

O que havia acontecido? Por que Simon parecia tão estranho? Ele nunca a tratara daquela maneira.

– Eu fiz algo de errado? Eu... – Ela começou, sentindo um nó na garganta.

– Não, Lilian. – Ele girou o corpo de lado e tocou no seu rosto.

Ela fechou os olhos para espantar a emoção indesejada e ouviu:

– Estou há meses sem cuidar dos meus negócios em Londres. Como sabe, não tenho apenas a casa de jogos, tenho vários imóveis alugados. Preciso checar as coisas pessoalmente, e isso pode me tomar alguns dias. É só isso, minha pequena – ele disse e a beijou na testa.

Os lábios quentes desceram e contornaram toda a extensão do rosto dela.

Lilian sentiu a respiração acelerar e uma onda gelada cobriu seu ventre; era o efeito devastador que Simon provocava em seu corpo. Em seguida, ele a beijou na boca, a língua entrando e saindo e desenhando círculos de fogo em seu sangue.

– Serão somente alguns dias – o marido afirmou e voltou a beijá-la.

Ela não ficou feliz, mas não teve coragem de argumentar; pareceria uma esposa infantil e despreparada.

Quando ele interrompeu o beijo, ela perguntou sem fôlego:

– E quanto a Anabele?

– Ela pode ficar aqui. Assim que eu voltar de viagem prometo que cuidaremos disso juntos.

– Não demo…

Ele a beijou outra vez, e o pedido para que ele não demorasse fora totalmente esquecido. Culpa da maneira consumista com que Simon a amou naquela noite, como se quisesse marcá-la para sempre.

Capítulo 31

Maio de 1842 (três anos atrás)
Eu sempre me penso; por que a vida dos homens é tão mais fácil que a nossa?
Como seria a minha vida se eu tivesse nascido homem?

Uma semana após a partida de Simon, estavam na sala de bordado Lilian, Jane e Anabele. As três iam em um concentrado silêncio, aplicando ponto atrás de ponto em seus bastidores. A tranquilidade era cortada vez ou outra por um fungar abafado de Anabele. A jovem passava os dias chorando e disfarçando o choro com discreta parcialidade, como acontecia naquele exato instante.

Apesar de Lilian praticamente não deixar Anabele sozinha e de Anabele até parecer se distrair com as pinturas e com as aulas engraçadas de marcenaria que Paul insistia em lecionar vez ou outra, ou mesmo com os passeios nos jardins ou com as conversas descomprometidas, apesar de Anabele rir e parecer se divertir, Lilian e todos na casa sabiam que a jovem estava triste. É claro que estaria. Ela enfrentava, com apenas dezesseis anos, uma desilusão que muitos levam a vida sem conhecer.

– O pior é pensar o que o futuro reserva para as minhas irmãs – ela disse após largar um pouco seu bordado.

Não, o pior é o que será de sua vida e da vida dessa criança. E, claro, o que será da vida de suas irmãs menores que são quase tão inocentes como o bebê que você carrega no ventre. Lilian pensou em dizer, mas Anabele não precisava de ninguém lhe atirando mais pedras. A consciência dela já a castigava o bastante.

– Simon em breve estará em casa e pensaremos em algo.

O problema é que Lilian sabia que não existia "algo" muito simples e fácil que pudesse ser feito para resolver a situação. Toda vez que pensava em uma solução cabível, ela começava com "assumir as responsabilidades" e acabava com "casamento urgente". Acontece que Joe fugira, e ele possivelmente seria o único homem a ser persuadido a assumir suas responsabilidades e, então, casar-se. Nenhum outro homem se casaria com Anabele depois do escândalo que – ela sabia – já havia sido fomentado envolvendo o nome da jovem e de sua família.

– Anabele – ela começou em um tom apaziguador –, nós encontraremos uma saída.

A jovem enxugou o canto dos olhos.

– Não sou tola, Lilian. Você diz isso há uma semana, e... Eu só posso agradecê-la por tudo o que tem feito, mas eu sei que lorde Owen, por mais... – Ela fechou os olhos como se buscasse as palavras adequadas, abriu-os e disse: – Por mais liberal que seja e por mais que não se importe com honra e moral, não permitiria que sua esposa e sua família convivessem ao lado de uma mulher desvirtuada e seu bastardo. Quando ele retornar, por mais que... Por mais que você peça para que eu fique, eu não poderia, entende? Vocês não podem arruinar... Desculpe-me... – Ela apertou os olhos desanimada. – Vocês não podem se comprometer por mim dessa maneira.

Lilian suspirou e disse:

– Nós nunca a deixaremos sem amparo.

– Não, é claro que não, eu mesma é que ainda tenho um pouco de vergonha na cara. Assim que lorde Owen retornar, eu vou embora.

– Não diga um absurdo desses, nem pense em uma coisa...

Lilian se deteve ao ouvir o som de uma carruagem que ela sabia que dava a volta no átrio da entrada principal. Colocou o bastidor de lado e se levantou entusiasmada. *Simon, graças a Deus*, disse para si mesma. Além de estar com saudades, sabia que o marido conseguiria pensar em uma saída para a situação de Anabele.

Pouco depois, a porta da entrada abriu e ela ouviu a voz do senhor Byrne, o mordomo, e, então, não ouviu a voz de Simon; a voz que anunciou sua entrada era de uma mulher. Lilian olhou para Anabele, que estava lívida, e sentiu o estômago gelar. Anabele era uma fugitiva, já que não avisara a família de seu paradeiro. Deus! Ela nem tinha pensado nisso ainda. Será que podia se complicar por abrigá-la?

O mordomo entrou na sala estendendo um cartão de visita e anunciou:

– Eu a levei até a sala verde, milady.

Lilian pegou o cartão e correu os olhos duas vezes sobre o nome grafado nele.

– Quem é? – Anabele perguntou e só então ela reparou que segurava o ar.

– Lady Stone.

A boca de Anabele abriu um pouco e o cenho franziu, a prova de que estava tão intrigada quanto a própria Lilian.

– O que será que ela quer aqui?

– Não sei, a última vez em que a vi foi em Easton House. Não tenho a menor ideia do que ela pode querer comigo. – Lilian apertou as têmporas, tentando adivinhar a que se devia tal visita.

– Quer que eu a acompanhe? – Anabele ofereceu.

Ela chegou a quase aceitar; então concluiu que não seria prudente.

– Não, até sabermos como vamos agir. Quanto menos gente souber que você está aqui, melhor.

Anabele concordou em silêncio e Lilian ergueu as saias para andar. Saiu respirando profunda e pausadamente em direção à sala onde o mordomo havia acomodado a dama. Afinal, o que será que Anne Stone, ex-amante de seu marido, fazia ali?

A mulher loira e esguia estava sentada e olhava com discreta soberba as costas dos dedos enluvados. Quando ouviu a porta abrir, seus lábios esboçaram um sorriso que arrepiou os pelos da nuca de Lilian. Ela fechou os olhos por poucos instantes, lembrando a si mesma a dama que fora educada para ser: ouviu a voz da mãe ecoar em sua mente:

– Damas não demonstram seus sentimentos; por pior ou por mais difícil ou constrangedora que seja a situação, uma dama não se deixa abalar. A impassividade é o nosso único escudo e é o que nos resguarda daqueles que não são nossos iguais.

– Bom dia, lady Stone, a que devemos sua visita?

A mulher não respondeu. Continuou com o sorriso frio nos lábios e correu os olhos por toda a extensão do corpo de Lilian duas vezes. *Que descortesia.* Lilian logo concluiu que Anne Stone não era a classe de dama com a qual lidou a vida inteira; talvez, diante dela, sua treinada imparcialidade não servisse para nada.

– Veja o que a atenção de um homem como Simon pode fazer. – O sorriso nos lábios da mulher se alargou.

Lilian franziu o cenho intrigada.

Lady Stone explicou:

– Você, minha cara – ela apontou para Lilian –, está tão mudada que se a visse na rua não a reconheceria; os cabelos estão mais soltos, o vestido, a cor das bochechas, o brilho no olhar... Meu Deus! – Ela bateu algumas palmas como se estivesse realmente entusiasmada antes de acrescentar. – Está totalmente mudada.

– Imagino que devo agradecer? – indagou, perplexa.

– Ah, sim, sim, claro. – Anne sacudiu as mãos no ar de forma displicente. – Foi um elogio, mas o alvo real da minha admiração não está aqui, receio.

Lilian era educada, mas não uma tonta. Sabia que aquele comentário fora uma alfinetada, como se toda a boa aparência que Anne julgou enxergar em sua pessoa fosse de responsabilidade exclusiva de um emissor externo; no caso, seu marido.

– Você aceita um chá ou... – principiou, tentando manter a compostura.

– Na verdade, lady Radicl... lady Owen. – A Lilian não escapou a maneira quase irônica como Anne Stone pronunciou seu novo título. Anne prosseguiu. – Não vou tomar muito seu tempo. – Ela abriu a bolsinha de mão que carregava. – Vim apenas lhe entregar estas cartas. Pela sua expressão, vejo que está curiosa. Tome – ela disse, estendendo um montinho de envelopes.

Lilian pegou as cartas e as segurou com uma força calculada; era o tremor das mãos que ela queria esconder. O que será que havia naquelas cartas?

– Não vou lhe deixar esperando para saciar sua curiosidade, sei que não lerá enquanto eu estiver aqui.

Sem perceber, Lilian sacudiu a cabeça concordando.

– Essas são cartas da finada esposa de Simon. – Anne ergueu as sobrancelhas como se a desafiasse por usar o primeiro nome de seu marido em uma conversa formal. – Nelas, a senhora perceberá que lorde Rafael Radcliffe e a ex-baronesa foram amantes.

Lilian perdeu o ar e parte do equilíbrio.

– Poderá ler também, em mais de uma carta de Simon endereçada a mim ao longo de alguns meses, que o que movia Simon após a morte da esposa era a vingança. – Lady Stone esboçou outra vez um sorriso frio e explicou. – Vingança contra seu ex-marido.

Lilian sentiu o sangue zunir nos ouvidos enquanto um gosto amargo envolvia sua boca. Acreditou que o gosto era culpa do embrulho que virou seu estômago de pernas para o ar. Os estômagos tinham pernas? Teve certeza de que sim, tinham.

Sem pensar em nada, ela sentou-se no sofá que ia às suas costas. Não podia ser, não podia ser verdade. Simon não esconderia isso dela, ou esconderia? Abriu uma das cartas. Já nem se importava com protocolo ou etiqueta; não devia ler na frente de lady Stone, se não por educação, por autopreservação. Abriu sem pensar em nada mais e leu.

> *Maio de 1839*
> *Querida Cristine.*

Era a letra de Rafael, ela reconheceu. A data era de alguns meses antes da esposa de Simon morrer. Lembrava que a senhora Thousand havia dito que Cristine morreu em agosto de 1839. Voltou a ler.

> *É impossível continuarmos com nossos encontros. Tive que pensar por nós dois e compreendi que essa história ou acaba agora ou não acabará bem. Esqueça as promessas que lhe fiz, não posso seguir com a minha palavra, não fugiremos juntos. Esqueça-me, é o melhor que tem a fazer.*

A respiração entrava e saía rapidamente de seu peito. Ela nem percebeu que a carta caiu no chão conforme ela agarrava a seguinte do monte e abria, com uma nervosa atenção, o envelope.

Junho de 1839
Cristine.

Era outra vez a letra de seu ex-marido.

> *Não tem como afirmar que o filho que você carrega é meu, afinal, ainda é casada. Use dessa situação para garantir a paternidade de seu rebento; não volte a me procurar.*
>
> *Por favor, entenda de uma vez por todas que o que vivemos foi um erro, uma ilusão. Nunca a amei. Seria impossível, pois meu coração pertence há anos a outra mulher. Para que não crie falsas expectativas, vou lhe dizer agora, vou pedir a mão dessa mulher, minha prima, a primeira filha de um conde, em casamento e farei isso o mais breve possível. É um casamento que a família espera que aconteça, não há a menor possibilidade de que se dê algo diferente. Procure ser feliz com seu marido. Lorde Owen parece ser um homem honrado e que lhe devota confiança e afeto. Faça uso e fruto disso e me deixe em paz.*

Lilian tremia tanto que a folha mal parava em suas mãos.

Kathelyn, meu Deus!

Era de sua irmã que Rafael falava. Ele a amava? Desde antes de se casar com ela, desde sempre. E Rafael manteve um caso com uma mulher casada e a engravidou? Rafael teve um caso com a baronesa de Owen, a esposa de Simon.

Fechou os olhos e respirou fundo. Só então lembrou que havia uma pessoa à sua frente. Não uma pessoa qualquer, e, sim, a ex-amante de seu marido.

Abriu os olhos devagar. Lady Stone a encarava com uma expressão de falsa compaixão. A dama… Dama? A mulher disse:

– As primeiras cartas da pilha eram de seu primeiro marido, não eram?

Lilian olhou para baixo sem responder. Anne prosseguiu:

– Você sabe como a ex-baronesa morreu?

– No lago, ela caiu no lago – Lilian disse em voz baixa.

– Não, minha querida, ela se matou. Simon me mostrou a carta de despedida que Cristine deixou para ele. Mas ele deve ter lhe contado isso, não contou?

Lilian levou as mãos até a boca para deter a ânsia que lhe subiu na garganta e negou com a cabeça. Anne Stone fez uma expressão que Lilian só pôde classificar como jubilosa.

– Entende que seu finado marido foi o culpado das injustas acusações que Simon sofreu todos esses anos? – perguntou e continuou sem dar tempo de resposta. – As outras cartas são de Simon para mim. Em uma delas ele conta como pretendia se vingar de seu finado marido, e a última correspondência do monte que lhe entreguei é uma carta que ele me enviou de Easton House, em que ele afirma que o professor de música já havia chegado e que o nosso plano deveria seguir conforme as instruções que ele me passou nessa mesma carta – lady Stone ergueu as sobrancelhas com desdém e acrescentou. – Para poupá-la do esforço da leitura, eu lhe conto: ele detalha nessa carta que eu deveria retornar a Easton House no último fim de semana, para pegá-la em flagrante na cama com ele.

Lilian só não sufocou diante das palavras daquela bruxa porque já estava sem ar. Queria correr e não ouvir mais nada. Só que não conseguia se mover, como se suas duas pernas pesassem toneladas. Como se tivessem sido enterradas.

Os olhos de Anne brilhavam de satisfação, ela continuou:

– Nessa carta ele conta que a levaria ao chalé de caça de Easton House e que a manteria lá por pelo menos um dia inteiro. Lá seria o local do flagrante. Era suposto que eu aparecesse com um grupo de pessoas, mas parece que realmente vocês foram pegos em flagrante por um grupo antes de minha intervenção.

Lilian enxergou tudo preto e um bolo enorme lhe fechou a garganta e a impediu de falar, de responder qualquer coisa. Lady Stone prosseguiu impune:

– Na carta, ele tinha tanta certeza de que conseguiria seduzi-la que é de dar pena… É claro, da senhora.

Então, Lilian engoliu em seco e tentou colocar para dentro o coração que estava na boca. Conseguiu reunir um pouco de ar antes de pedir:

– Se era somente isso, a senhora pode ir, por favor – disse com a voz embargada.

– Tsc, tsc, tsc, tão educada. – A mulher sacudiu a cabeça com soberba. – Eu estou aqui a pedido de Simon, Lilian. Esta é conclusão de sua vingança. Como Rafael está morto, o barão resolveu usá-la para satisfazer sua sede de vingança. Ele sabia que você ficaria sem saída ao ser flagrada e que se casaria com ele; sabia, também, que a senhora é tão honrada e correta que possivelmente só se deitaria com ele tendo entregue seu coração.

Lilian queria gritar, mas se sentia sufocada, enterrada por aquelas palavras.

Anne levou as mãos ao peito em gesto de sentimentalismo exagerado.

– Ele tinha certeza de que, se você ainda não estivesse apaixonada, em pouco tempo de casada estaria. – A mulher escrutinou seu rosto antes de acrescentar em um tom frio de vitória. – A senhora está pálida como uma vela e com o rosto coberto de lágrimas.

Ao ouvir isso, Lilian enxugou as lágrimas que nem percebeu ter derramado.

– Vejo que ele, como sempre, estava certo. É uma pena que tenha sido uma presa tão fácil, como a definiu para mim Simon, uns dias atrás em nosso último encontro em Londres. Ele perde o interesse rápido quando é assim, entende?

Lilian mordeu o lábio por dentro para não chorar ou gritar ou se jogar no chão e se encolher de tanta dor que sentia. Não queria demonstrar tudo o que estava acontecendo em seu interior; entretanto, não tinha mais forças para nada. Apenas para talvez falar:

– Chega, lady Stone, a senhora já disse o que queria. – Respirou de maneira entrecortada. – Fora da minha casa…

Lilian se levantou em um pulo e a mulher a seguiu.

– Se pensa em ir verificar com ele se é mesmo verdade tudo o que lhe conto, nem perca seu tempo – a mulher disse indo em direção à porta. – Ele vendeu a casa de jogos e deixou a Inglaterra. – Anne colocou a mão na maçaneta da porta e, antes de girá-la, disse. – Vou encontrar-me com ele e… – Lady Stone sorriu. – Não temos data para retornar.

– Fora daqui – Lilian gritou antes que desmaiasse na frente daquela víbora.

Anne abriu a porta.

– Ah, mais um coisa. Sua amiga, Anabele Bowmer, fugiu com o professor de música. O professor, com certeza, pelo que ouvi, já a abandonou arruinada. Foi Simon quem me ajudou a colocar isso em prática.

– Por quê? – Lilian já não comandava mais nada em si, perguntou sem nem mesmo se dar conta do que fazia.

– De minha parte? Para me vingar da mãe de Anabele. Da parte de Simon? – Anne encolheu os ombros. – Acho que por diversão. – Deu dois passos, atravessando a porta. – E, se cuide, do jeito que está abalada, creio que Simon tem razão... Ele afirma que a senhora morrerá em pouco tempo de tanta tristeza.

Dizendo isso, Anne Stone saiu da sala e fechou a porta. Deixou-a sufocada pela angústia e quase morta, tamanha a dor que se alastrava em seu peito.

Lilian apertou as cartas na mão e disse para si mesma:

– É mentira, é mentira – repetiu como uma súplica.

Nenhum homem, por mais frio e cínico que fosse, conseguiria fingir a paixão que Simon demonstrava enquanto estavam juntos.

Ou conseguiria?

Não, ela não acreditaria em uma palavra do que aquela mulher lhe disse. Ela não podia acreditar. Nem mesmo leria as outras cartas antes de ouvir o marido. Iria atrás dele, e Simon estaria em Londres e lhe explicaria tudo; ela acreditaria no marido porque, senão, Anne Stone tinha razão no que disse. Ela não conseguiria suportar.

Ela não soube quanto tempo levou para conseguir se mexer. Olhou para o monte de folhas e envelopes espalhados no chão.

Ela os derrubou?

Não viu nada cair, mas eles estavam lá, inertes, espalhados ao seu redor. Como se não fossem lâminas afiadas cada uma daquelas palavras, como se não tivessem o poder de ferir, arrancar um coração e parti-lo em um milhão de pedaços.

"As palavras possuem um poder mágico, elas podem curar uma alma, e podem, na mesma medida, arrancá-la, esmiuçá-la e jogá-la no chão."

Assim estava sua própria alma: cortada, rasgada e fora de seu corpo. Não soube por que começou a ler as cartas de Simon para sua ex-amante – ou sua amante – o fato é que ela não havia decidido não ler? Ir atrás dele? Ouvi-lo antes de tudo?

Por que, Cristo, suas mãos agiram com vontade própria? Quando percebeu era tarde demais.

Reconheceu a letra de Simon, e o selo quebrado era de seu brasão.

A última carta que leu era aquela em que o marido afirmava sua intenção de se vingar através dela, enviada há poucos meses, enquanto estavam hospedados em Easton House. Aquela carta era a culpada por sua alma estar agora em pedaços.

Ele pedia para Anne Stone, a mulher mais baixa de toda a Inglaterra, armar um flagra no chalé de caça da propriedade, local onde eles realmente foram flagrados.

E então? Pediu para a amante ir até ela agora? E por que somente agora?

As pernas fraquejaram diante da recente conclusão: ela nunca havia dito que o amava até dois dias atrás; ele queria ter certeza antes de acabar com tudo. Seria tão monstruoso ou covarde a esse ponto?

Mandar uma víbora vestida de dama lhe contar tudo com uma fria crueldade e rir de suas lágrimas e humilhar sua inocência ou sua estupidez em entregar seu coração? Simon seria tão cruel assim?

Lilian soube ali, em pé, no meio de sua sala de estar, com uma dezena de cartas jogadas no chão, com as mãos e as pernas trêmulas, que se tudo isso se provasse verdade, Simon seria, sim, o assassino frio que todos o julgavam ser. Ele não matara sua primeira esposa. Rafael, seu finado marido, o fizera, mas mataria a segunda, ao menos tudo o que ela acreditou ser um dia e entregou de presente para ele. Lilian entendeu que, se isso fosse verdade, o que infelizmente as evidências indicavam, ela fora casada duas vezes na vida e, em cada uma delas, ela foi esposa de um monstro.

Respirou fundo algumas vezes. Enxugou as lágrimas do rosto; talvez elas nunca mais secassem. Alisou as saias do vestido, tentou colocar sua máscara de impassividade e saiu em direção ao corredor. Ao passar pela saleta onde Anabele e Jane ainda bordavam, Lilian vestiu um sorriso falso, parou junto ao batente da porta e mentiu:

– Eu não estou me sentindo muito bem, vou me recolher mais cedo hoje.

– Vou ajudá-la a se trocar, milady – Jane ofereceu e largou o bordado junto ao sofá.

– Não, Jane, obrigada... Eu prefiro fazer isso sozinha hoje – ela contrapôs e já se movia para sair.

– Lilian, o que houve? – Anabele perguntou com os olhos arregalados.

Ela tentou engolir o choro da maneira que fora treinada, com sucesso.

– Parece que Simon não é o homem que eu acreditei que fosse – respondeu sem muito sucesso em fingir, sua voz saiu trêmula.

Anabele fez uma negação com a cabeça enquanto abandonava o bastidor do bordado, ameaçando se levantar.

– Fique aí. – Lilian ergueu uma mão no ar sinalizando para que a amiga não se levantasse. – Eu só preciso descansar um pouco – disse com uma elegância pouco natural e acrescentou. – Ao que tudo indica, eu não deveria estar surpresa, porque Rafael, meu ex-marido, também não era quem pensei que fosse.

Lilian girou o corpo para sair.

– Não fique sozinha, converse comigo, deixe-me ajudá-la. – Anabele pediu aflita.

Talvez ninguém mais possa.

– Não, obrigada – Lilian disse em voz baixa, tentando passar uma falsa calma. – Eu estou com... dor de cabeça. – Foi a primeira mentira que lhe ocorreu.

Ela nem se importou em mentir.

Não viu como chegou a seu quarto, nem como sentou à penteadeira e desfez o penteado intrincado, cheio de voltas e tranças. Não viu como a mão passou a bater repetidas vezes no tampo da mesa e nem percebeu como essa mesma mão doía. Agarrou o seu diário e uma caneta.

Começou a escrever.

> Lista de quantas vezes uma pessoa pode ser enganada mesmo só oferecendo a verdade.
> Um: meu marido Rafael Radcliffe foi culpado por uma jovem ter tirado a própria vida e essa jovem estava grávida dele.
> Dois: eu nunca conheci o homem com quem dividi, além do leito, minha inocência e meus sonhos de juventude. O primo era um estranho, o pai de meu filho era um completo desconhecido.

> Três: o que Rafael havia feito a Kathelyn? O que meu ex-marido fez à minha irmã, a ponto de precisar escrever uma carta, pedindo perdão a ela, no leito de sua morte?

Conforme as letras eram rabiscadas, eram também manchadas pelo negro da tinta junto às lágrimas. Elas abriam círculos disformes sobre as palavras como nuvens cinzentas em um céu de chuva. Lilian também se sentia assim: uma nuvem cinzenta em um céu de tempestade.

> Quatro: o que quer que seja que Rafael tenha feito a Kathelyn, de uma coisa estou certa: minha irmã não me contou a verdade.

Mais uma vez ela se sentiu enganada. Talvez, durante sua vida inteira, Lilian tivesse sido ludibriada por todos que a consideravam estúpida demais ou boa demais ou fraca demais para lidar com a verdade. Há anos, quando entregou a carta de Rafael a Kathelyn e perguntou do que se tratava, Kathe disse que era um pedido de desculpas do primo por ele não tê-la ajudado quando ela fora expulsa de casa. Lilian quis acreditar nisso, à época, porém, ali, ela teve a certeza de que a irmã mais velha não havia lhe contado a verdade.

Continuou com mais firmeza nos dedos trêmulos.

> Cinco: Simon quis se vingar de Rafael durante anos, e, então, como Rafael estava morto, concluiu que eu seria a pessoa mais certa para aplacar seu ódio. Mentiu, enganou-me, usou-me.

Ela fechou os olhos sentindo as lágrimas, que não paravam de abrir nuvens negras no papel, escorrerem pela face. Ouviu a voz rouca de Simon repetir em sua cabeça, em seu coração: "Eu a amo, Lilian, eu a amo". Quantas vezes ele dissera isso nas duas últimas vezes que se amaram? Ela perdeu as contas. Se não era verdade, então, por quê?

> Seis: sempre acreditei que o mundo me traria de volta aquilo que eu oferecesse a ele.

Lembrou-se de todas as vezes em que ajudou animais e pessoas, de todas as vezes em que sofreu com a dor dos outros como se fosse dela própria. Recordou como se sentia culpada e errada quando não se colocava a serviço da verdade, da honra, da bondade. Lembrou-se também de todas as vezes que se anulou, que desistiu de ser quem ela queria, de dizer o que realmente pensava ou sentia para não magoar alguém, não correr o risco de ser mal interpretada, para não ficar sem o amor e o reconhecimento dos outros.

Sete...

Escreveu o número na folha manchada. Parou ofegante e analisou aquela lista. Sentiu raiva de si mesma mais uma vez. Ela não fazia essas listas estúpidas desde que se casara com Simon. Estava tão feliz, permitia-se, pela primeira vez na vida, estar tão livremente feliz que havia se esquecido por completo daquela parte dela que exigia que tudo fosse mentalmente organizado, numerado e listado.

– Ahhhh – ela grunhiu junto ao pranto.

Amassou o papel e o jogou na cara refletida no espelho. Como se aquela maldita lista pudesse resolver alguma coisa! Era só mais uma maneira de mentir para si mesma. Olhou-se no espelho com uma atenção fria; enxergou, ali, em sua frente, muitos rostos, menos o dela; bochechas rosadas, olhos vermelhos pelo choro, cabelos soltos e desgrenhados, ombros erguidos, queixo para cima.

– Nunca deixe os ombros caírem, nunca deixe as pessoas notarem fraqueza em sua postura. – Era o que mãe dizia. – Jamais se revele demais, nem mesmo sozinha diante do espelho.

Ela enxergou, entre lágrimas, os olhos da mãe, a boca da mãe, os cabelos do pai, as maçãs do rosto da irmã. Centenas de quilos de outras pessoas, de sombras projetadas em cima dela mesma. Uma mentira em cima da outra, e nunca o que ela realmente foi, sempre o que esperavam que ela fosse; comportada, correta, sincera, boa, justa, uma dama impecável. Ela não sabia o porquê, mas sempre fora assim, desde que se lembrava. Enquanto Kathelyn subia em árvores e se sujava de lama e rabiscava os braços com tinta e nadava no rio e era livre, Lilian bordava e tinha aulas de etiqueta e evitava sorrir porque era inadequado. Então, todos à sua volta repetiam tantas vezes que ela mesma acreditou: *"Você nasceu para ser uma dama. Veja, Ernest", a mãe de Lilian comemorava junto ao pai dela. "Até a maneira como ela caminha é perfeita. Ninguém precisou ensiná-la, já nasceu pronta." Então a mãe baixava o olhar e continuava em voz mais baixa: "Tão diferente da irmã. Se Kathelyn não tivesse saído de minha barriga, juraria que não era minha filha. Mas, você, meu anjo, é todo o meu orgulho."*

Ela tentou ser o orgulho de sua mãe, de seu pai, de sua irmã, de suas preceptoras e de toda a maldita Terra. A vida inteira ela havia se escondido de si e dos outros para não decepcionar ninguém. Ela só queria ser amada e respeitada, ela só queria ser aceita.

Olhou o reflexo outra vez, ele estava distorcido por culpa das lágrimas, não se reconhecia. Escondeu-se de si mesma tão bem, durante tantos anos, que não sabia mais quem era. Sentiu-se apática, pouco atraente e pequena. Ela desafiou tudo dentro de si para estar com Simon e acreditou, por fim, que podia ser mais como ela mesma e menos como os outros esperavam que ela fosse; sentiu-se bonita e desejada por um homem e isso a encheu de uma vitalidade estranha, de uma coragem que ela nunca havia sentido. Rompeu com promessas, obliterou seu senso de honra, passou por cima da etiqueta e da conduta moral por desejo. E se sentiu viva, inundada de um calor que jurava que não nascera para experimentar. E, também, sentiu-se amada, desejada; sentiu que amava tanto ou mais do que era amada, e isso a encheu de liberdade para enfim se preocupar menos com os outros, com o que pudessem achar ou pensar a seu respeito, com o que ela mesma pensava sobre si.

Tudo era mentira.

Ela era uma grande mentira inventada por sua mãe, contada por seu pai, costurada pela sociedade e sustentada por seu medo de viver.

Ela era uma grande mentira. Limpou os rastros do choro que ainda cobriam a sua face e, sem pensar em nada, pegou uma tesoura da gaveta; só queria cortar a mentira, se livrar dos papéis que ela mesma vestiu e assumiu para agradar, para não chamar atenção sobre si e ser amada. Ela odiou o que enxergava refletido no espelho.

Com os olhos enevoados de lágrimas, Lilian segurou os cabelos que lhe caíam abaixo da cintura, torceu-o, fez um maço único e o cortou. A cada mexa que desfiava com a lâmina, ela se sentia desconstruída; cada chumaço a que ela assistia se desprender e parar no chão era uma parte sua inventada, escondida; era um pedaço de sua covardia, de seus medos, de toda a falsa fé que levou na vida e nas pessoas até aquele dia.

Quando acabou, Lilian se olhou no espelho outra vez, os cabelos iam, agora, até o meio da linha dos seios. Ela sacudiu a cabeça e notou a diferença do peso que carregou por escolha própria.

– Quem é você? – perguntou ao reflexo.

Ainda movida por um instinto, uma força que não sabia ter, tirou o vestido; e então o espartilho, a regata, as calças curtas, as meias e, quando esteve nua na frente de si, ela perguntou outra vez:

– Quem é você?

Sem encontrar a resposta, ela girou o corpo, caminhou olhando para os pés nus sobre o piso de madeira. O chão estava frio.

Deitou-se em sua cama, porque não conseguia mais ficar em pé. Encolheu-se como um novelo. Soluçou até dormir, exausta.

Capítulo 32

Maio de 1832 (treze anos atrás)

Há alguma coisa nas cores que me fascina. Elas são ricas como as pessoas na minha opinião.

Dezesseis, dezessete, dezoito, dezenove tons diferentes. Que iam do vermelho escuro, passavam pelo bege e abriam até chegar a um rosa-pêssego, as cores dos motivos florais que decoravam a parede.

Ela contava os tons como fazia quando era criança e estava chateada com alguma coisa.

Na infância essa era uma maneira de se manter distratada da dor, de conseguir colocar para fora os pensamentos que ameaçavam criar raízes nos olhos e virar lágrimas, lágrimas que ela não podia mostrar.

Ali, dentro da sala de visitas em Belmont Hall, em Gloucestershire, na casa de sua irmã, ela nem se importava mais em tentar não chorar.

Depois daquela noite em que cortou os cabelos, ela tinha certeza de que havia chorado tudo o que tinha para chorar e de que nunca mais seria capaz de fazer isso outra vez.

Se fosse sincera, teria que admitir que seus olhos se encheram de lágrimas quando, há cinco dias, o mordomo da casa de Simon em Londres confirmou o que ela já tinha como verdade:

– Ele viajou, milady – o homem atarracado com as bochechas rosadas respondeu.

– Deixou algum recado para mim? Alguma carta?

– Não, milady, eu sinto muito.

No dia seguinte em que recebeu as cartas das mãos de lady Stone, foi para Londres, acompanhada de Jane. Então confirmou que Simon havia vendido a casa de jogos e que havia deixado a cidade, assim como a amante dele havia contado.

Agora, esperava Kathelyn. Iria exigir que sua irmã lhe contasse a verdade sobre a carta que Rafael deixou para ela no leito de sua morte.

Lilian estava cansada das mentiras.

Aquelas que mais a cansavam eram as que ela contou para si mesma a fim de continuar levando a vida dentro da comodidade do conhecido, do conforto de não enfrentar os próprios medos. Porque, durante a longa viagem de quatro dias até Londres e mais um dia depois até ali, ela entendeu que houve uma pessoa que a enganou mais do que todas: ela própria.

No fundo sempre soube que a irmã não havia sido sincera, mas nunca insistiu em desmenti-la.

Sempre soube também que Rafael era apático e a tratava com uma gentil distância fora da cama e com uma fria indiferença dentro dela. Como se o ato conjugal não fosse mais do que um exercício para reprodução com benefício do prazer masculino. Rafael nunca fora seu amigo, pareciam até mais próximos antes de se casar do que depois; nunca dera nada além de seu nome, uma casa e, claro, a melhor coisa que Lilian tinha na vida, o filho.

E ela, apesar de se sentir tentada tantas vezes a envolvê-lo mais em seus dias, a se aproximar do marido, a perguntar se a relação dos dois poderia ser diferente ou, até mesmo, se existia algo de prazeroso para a mulher que justificasse algumas jovens se perderem pela dita paixão carnal, não o fez. Lilian se calou e se conformou. Aquilo que eles viviam devia ser o máximo, o melhor que Rafael podia oferecer. Ela se acomodou dentro do próprio medo de buscar algo a mais, de exigir algo a mais da vida. Então, quando ousou fazê-lo, ir além e se permitir, fora ridiculamente humilhada e traída.

Entretanto, naqueles dias de viagem, em que se manteve mais em um pensativo silêncio do que conversando com Jane, também concluiu que não morreria, que não se permitiria definhar de dor pela mentira dos outros e por sua covardia de uma vida inteira. Ao menos, dessa última vez, ela tinha se permitido viver.

– Oi, Lilian – Kathelyn entrou na sala e encostou a porta atrás de si.

Kathe usava um vestido azul-claro, que mostrava a barriga dos últimos meses de gestação. Ela sorriu e caminhou para abraçar Lilian. Quando se sentaram, Kathe disse:

– Que surpresa sua visita. Como você está?

Lilian olhou para baixo.

– Conte-me primeiro você. – Olhou para a barriga da irmã. – Você está bem? Para quando é o bebê?

– Ela é esperada para daqui a dois meses.

– Ela?

– Sim, tenho certeza – a irmã sacudiu a cabeça.

– Como pode ter certeza? – Lilian indagou, ensimesmada.

Kathe fechou os olhos e suspirou.

– Tudo muito diferente da primeira gestação – a irmã contou, apontando os dedos no ar. – Primeiro foram os enjoos, e agora é um cansaço que parece não chegar ao fim. E foi impossível esconder por muito tempo de Arthur, que me trata, desde então, como se eu fosse de porcelana e me mima ainda mais do que antes – Kathe sorriu. – Acho que virei uma mulher insuportável, tenho todas as minhas vontades atendidas e...

Kathe arregalou os olhos e segurou as mãos de Lilian, possivelmente ao perceber as lágrimas que enchiam os olhos dela.

– Meu Deus, o que foi? O que aconteceu? – Kathe perguntou apreensiva.

Lilian não se sentia bem em despejar tantos problemas na felicidade da irmã, acontece que ela precisava de respostas. Ela precisava de todas as respostas que pudesse ter, como nunca precisou de nada em sua vida.

– Kathelyn, perdoe-me, eu sei que você está grávida e... – Ela olhou para baixo e respirou fundo.

– O que foi, Lilian? Pelo amor de Deus, fale.

– O que Rafael escreveu naquela carta que lhe entreguei anos atrás, quando você retornou a Londres? – Umedeceu os lábios nervosa quando sentiu as mãos da irmã sobre as dela gelarem. Assistiu a Kathelyn arregalar os olhos apática e o seu rosto perder a cor em segundos.

– Por que... Por que você está me perguntando isso agora?

Lilian enxugou as lágrimas que escorriam por sua face.

– Porque eu sei que você não me falou a verdade.

A irmã franziu o cenho e sacudiu a cabeça, parecendo não entender. As pálpebras de Lilian pesaram cansadas e ela encheu o pulmão de ar algumas vezes. Contou tudo o que havia acontecido. De forma resumida, deixou a irmã saber tudo o que descobrira de Rafael há alguns dias e tudo o que Simon havia feito.

– Meu Deus, Lilian – Kathelyn disse com a voz embargada. – Eu... Eu não acredito. Como ele pôde? Como esse homem maldito foi capaz de fazer isso?

Naquele momento não estava pensando em Simon; o foco não era ele. É claro que ela estava pensando nele, mas isso não era novidade nenhuma desde que ele entrou em sua vida. Então, não se dava conta, porque, ali, a única coisa que lhe interessava era saber toda a verdade que envolvia seu passado. Por isso, ela repetiu:

– O que Rafael fez, Kathelyn? – Mesmo morrendo por dentro com medo da resposta da irmã, ela voltou a perguntar com mais firmeza. – Eu preciso saber e... – Piscou. – Por mais difícil que seja, eu preciso saber com quem estive casada por três anos. Eu preciso saber a verdade, porque eu acho – ela engoliu um soluço – que saber a verdade, por pior que seja, é a única coisa que terei para me ajudar a viver, além do meu filho.

Lilian olhou para baixo, para as próprias saias e voltou a encarar Kathelyn, que também chorava. Nunca tinha visto Kathe chorar daquela maneira. Isso fez seu peito e seu coração ficarem pequenos como uma ervilha murcha.

Kathe guardou silêncio por alguns instantes, e Lilian acreditou que a irmã não contaria o conteúdo da carta. Mas, Kathe fechou os olhos, respirou fundo e começou a falar:

– Quando papai me expulsou de casa, a senhora Taylor, Jonas e eu fomos para Londres. Elsa tinha algumas economias e, se não tivéssemos sido assaltados logo no primeiro dia, nós teríamos tido dinheiro suficiente para fazer a viajem até a Holanda e lá pediríamos ajuda a Steve... Eu estava sem comer praticamente nada havia trinta dias, quando resolvi procurar por Rafael.

Engoliu em seco e sentiu o coração acelerar.

Kathe a olhou com ar de culpa e disse:

– Aguardei que ele voltasse de uma festa; ele chegou e me recebeu. Eu pedi a ele apenas o dinheiro da passagem emprestado, a fim de fazer a viagem até a Holanda... Então, ele pediu para que eu fosse sua amante.

Repetiu a mesma proposta que havia feito logo que Arthur desmanchou o noivado comigo. Eu expliquei que devolveria o dinheiro, que era um empréstimo, que eu não aceitaria ser sua amante, eu não podia… não podia me deitar com um homem por dinheiro, eu não conseguiria.

Lilian engoliu em seco uma e outra vez inundada de medo, angústia e desespero pelo que a irmã estava contando. Incapaz de falar, ouviu Kathe prosseguir:

– Ele… – Kathe ofegou. – Perdoe-me por não ter conseguido lhe contar há três anos. Mesmo agora eu… Eu…

– Ele o quê, Kathelyn? – Lilian perguntou, piscando lágrimas; o coração sendo expulso do peito.

– Ele estava bêbado, não lidou bem com a rejeição e… Violou-me; rasgou minha roupa e me tomou à força – Kathe disse com a voz trêmula. – Eu era virgem e… Ele me machucou demais.

Então um grito explodiu de sua garganta seguido por muitos soluços. Lilian cobriu os olhos com as mãos enquanto palavras incoerentes eram despejadas de sua boca:

– Não, não, não! Mentira, isso é mentira! Ele não… – Mordeu os dedos com força.

As mãos de Kathe a seguraram pelos ombros.

– Perdoe-me por não ter lhe dito, é que eu… Sinto muito, Lilian, eu não consegui, eu não queria que você sofresse… Acho que fui fraca.

– Eu não quero ouvir mais. – Ela levou as mãos até os ouvidos. – Eu não quero ouvir – gritou, sacudindo a cabeça.

Quando deu por si, estava abraçada à irmã como se segurasse um pedaço de sua própria salvação. Kathelyn, que também chorava, a consolou:

– Eu sei, eu sei, minha irmã… Meu Deus, perdoe-me, eu tinha que ter procurado por você antes, eu não podia ter permitido que você se casasse com ele… Mas eu não sabia – Kathe afirmou com um fiapo de voz.

O corpo de Lilian convulsionou em uma série de soluços e seus lábios murmuravam cheios de desespero:

– Ele é um monstro, ele foi um monstro. Dividi minha juventude e minha inocência com um monstro, um… um… – soluçou. – Um monstro. Um monstro! – grunhiu, com as mãos fechadas em punho.

O estômago dela embrulhou e Lilian levou a mão até a boca. Com o braço livre, ela afastou Kathe e correu até o lavatório mais próximo. Dobrou o corpo, o líquido quente e ácido subiu de seu estômago revolto. Vomitou. Tossiu e lutou pelo ar. Tossiu outras vezes e limpou a boca com as costas da mão. Ergueu-se e encontrou a irmã, lívida, que a segurou pelos braços, tentando, talvez, lhe dar apoio.

– Eu fui casada com um monstro – disse condoída. – Talvez Simon tenha razão em ter me usado para se vingar de Rafael.

Assistiu a Kathe sacudir a cabeça em uma negação inconformada. Antes que conseguisse dizer qualquer outra coisa, tudo ficou preto, tudo foi engolido pelo nada. Lilian desmaiou.

Acordou sem abrir os olhos e respirou fundo, sentindo a cabeça latejar. Lembrou-se de onde estava; na casa de sua irmã. A confissão de Kathelyn voltou à sua mente: "ele me violou", "eu era virgem e ele me teve à força". Pouco depois, Rafael a pedia em casamento. *Por quê? Por quê? Por quê?* Ouviu a voz do duque afirmar em tom baixo:

– Você está grávida. Ela não devia ter feito você contar essa história agora.

– Ela estava desesperada e eu fugi disso por tempo demais – Kathe disse, tomando cuidado para não acordá-la.

– Eu me preocupo, olhe para você, está pálida e só chora desde que ela entrou nesta casa – Arthur afirmou contrariado.

– E eu me preocupo com ela – Kathe murmurou. – Vou pedir para que Lilian fique aqui conosco, ela é boa demais e pura demais para enfrentar tudo isso sozinha.

Era verdade. Lilian nunca se sentiu forte ou corajosa. Honrada e cautelosa a definiriam melhor. Mas, ali, deitada na cama do quarto do palácio ducal, ouvindo sua irmã mais velha afirmar o que todos sempre acharam a seu respeito, inclusive ela mesma, foi que Lilian se deu conta: às vezes dormimos e, quando acordamos depois de um trauma ou de uma grande mudança, a alma não cabe mais no mesmo corpo. Ela não poderia continuar sendo quem sempre fora porque, senão, Kathe e a odiosa lady Stone teriam razão; ela não suportaria. Aquele corpo não sobreviveria àquela mudança em sua vida e em sua alma. Se quisesse seguir adiante, ela mesma precisava mudar. Abriu os olhos devagar e ouviu a voz do cunhado, que a puxou de volta ao quarto verde e dourado:

– Ela pode ficar aqui o tempo que quiser, mas eu acho que as lembranças do passado não a ajudarão a se curar do presente.

– Eu darei a ela o que for preciso para que supere isso.

– Arthur está certo, Kathe – Lilian se ergueu da cama e apoiou as costas na cabeceira.

– Está acordada? Como você está? – a irmã perguntou com ar preocupado e ela sentiu o colchão afundar conforme Kathe se sentava.

– Sinto como se uma carruagem com dezesseis cavalos tivessem me atropelado, mas – respirou fundo – vou tentar me curar.

Olhou para baixo e viu que vestia uma camisola e um penhorar.

– Você deve ficar aqui até se sentir melhor – Kathe afirmou.

Lilian sabia que voltar para Parklane Hall podia ser a pior ideia, mas sabia também que fugir outra vez era a escolha mais errada de todas. Decidida a enfrentar o que fosse preciso, ela voltaria para casa, mas, antes de partir, precisava ainda entender algumas coisas.

– Kathe, eu preciso de mais algumas respostas que, talvez, só você possa me dar. – Ela terminou de falar e olhou para o duque. Pediu e lançou um olhar interrogativo para o cunhado.

– Não – Belmont disse com uma educada rigidez.

A irmã se levantou, foi até o marido, disse algo no ouvido dele e ele fez uma negação dura com a cabeça. Então, ela o beijou de leve nos lábios e pediu:

– Por favor.

Belmont soltou o ar pela boca de maneira lenta e ruidosa, concordou em silêncio, olhou para Lilian com um pedido explícito nos olhos de "não exagere" e saiu.

Kathelyn voltou a se sentar ao lado de Lilian e pegou em suas mãos novamente.

– Depois do que… – Lilian encarou a colcha em seus pés. – …do que aconteceu, por que Rafael me pediu em casamento?

Kathelyn passou a mão no ventre abaloado.

– Depois do que aconteceu, como você sabe, eu fui para a Holanda e, então, para Paris, e somente depois para Nova York. Foram anos longe de

Londres e, durante esses anos, eu não tive mais ninguém até Arthur reaparecer. Então, Steve veio a Londres e a encontrou por acaso. Na volta, ele me entregou sua carta em que você relatava que havia ficado viúva e que esse finado marido era Rafa… – A voz falhou. – Era Rafael. Foi somente aí que soube de você e do que havia acontecido em sua vida. – Ela apertou um pouco mais os dedos de Lilian. – Então, na carta de Rafael, que você me entregou anos atrás, ele pedia perdão e contava que havia se casado com você para reparar o mal que havia me feito e que havia feito você feliz.

– Não – ela disse exasperada. – Não – Lilian repetiu, encarando a irmã. – Eu acreditei durante anos que ele havia me feito feliz, e então… Então, quando conheci Simon, entendi que nunca havia sido feliz. Rafael – ela fez uma pausa circunspecta antes de acrescentar – nunca foi meu marido de verdade. Ele também me machucava, não tinha carinho por mim, nem me dispensava atenção, ele era apático e nós mal conversávamos. Eu acho que nunca esperei muito dos outros, acreditava que era assim que devia ser um casamento feliz. Nunca tive força ou vontade de exigir algo diferente, até eu estar com Simon e perceber que Rafael nunca fora um homem de verdade. – Voltou a chorar baixinho. – Então, eu descobri que essa felicidade, a que vivi com Simon, também foi uma mentira. E agora?

Kathelyn ficou em silêncio, com olhos cheios de dor e de cumplicidade.

– Eu preciso aprender a ser feliz por mim mesma, sem depender de ninguém, sem depender de nada, além de mim.

– Lilian, perdoe-me, perdoe-me por não ter lhe contado antes, por não ter interferido agora neste seu casamento, por não ter lhe ajudado – a irmã falava e fungava e soluçava –, por não ter impedido seu casamento com Rafael no passado e, agora… por…

Lilian ergueu a mão sobre o peito, um pedido para que Kathelyn parasse de falar. Fechou os olhos e abraçou a irmã.

– Você não tinha como saber no passado, você ficou três anos fora de Londres. E, agora, eu fiz aquilo que achei que era certo. Eu fui enganada, você foi tão vítima quanto eu, Kathelyn… Talvez, até mais. – A sua voz diminuiu. – Você não tem culpa.

– Eu sei, mas eu poderia ter lhe contado antes – a irmã prosseguiu com as bochechas cobertas de lágrimas –, quando nos reencontramos em Londres anos atrás.

Lilian balançou a cabeça e enxugou o rosto.

– Quando nos reencontramos, Rafael já havia falecido. Talvez, no seu lugar, eu também não tivesse contado a verdade. De nada adiantaria naquele momento. Você não tem que me pedir perdão pelos erros e pelos crimes dos outros. Por favor, não me peça perdão.

– Venha morar aqui comigo, deixe-me ajudá-la.

Os olhos de Lilian negaram antes dela.

– Pela primeira vez na vida, Kathelyn, eu quero tentar sozinha, eu preciso tentar me reerguer sozinha.

– Minha irmã, eu não posso permitir que você fique sozinha naquele castelo enorme, desprotegida, depois de tudo o que aconteceu e depois de tudo o que passou. – Kathe voltou a apertar as mãos dela. – Por favor, eu vou ficar mais tranquila com você aqui, ao meu lado e…

– Kathelyn – Lilian a interrompeu –, você se refez sozinha, você traçou seu caminho e você conseguiu chegar lá.

– Eu tinha a senhora Taylor e Jonas, e Philipe e Steve, eu não estava sozinha.

– Por mais que você os tivesse por perto – ela sacudiu a cabeça –, foi você quem fez as suas escolhas e foi você quem conseguiu se curar de tudo o que a vida a fez passar. Eu preciso disso, Kathe, eu preciso tentar ser feliz, me refazer, descobrir quem eu sou de verdade, provar para mim que sou capaz. Isso é a única coisa que me resta.

Kathelyn assentiu vencida.

Lilian continuou com mais firmeza:

– E eu não estarei sozinha, eu tenho Paul e tenho a Jane, e tenho a Anab… – Deteve-se, seria melhor que nem sua irmã soubesse da amiga por ora. – Tenho um batalhão de criados e um castelo para administrar e sempre haverá animais indefesos e pessoas precisando de ajuda atrás de mim, não é verdade? – Ela tentou sorrir e Kathelyn a acompanhou entre as lágrimas.

– E Simon? Você já pensou que tudo isso pode ter uma explicação diferente, que ele pode voltar para casa a qualquer momento?

– Eu duvido muito, mas também não vou alimentar nenhum tipo de esperança sobre a chance de haver outra explicação. Eu duvido de que haja… – Lilian suspirou exausta. – Ele ficou seis anos sem voltar para aquele castelo, acho que a intenção dele é não voltar nunca mais.

A irmã abraçou-a novamente.

– Promete que vai ficar bem?

– Prometo que vou fazer o possível – Lilian foi sincera.

– Você vai me escrever todas as semanas, entendeu? Senão eu mesma vou buscá-la. E garanto que, se enfrentar uma viagem de dias atrás de você, grávida, Arthur ficará bastante enfurecido comigo e possivelmente com você também e aí… Bem, nós teremos mais um problema grande para resolver. – Kathe lançou um olhar insistente. – Passe ao menos uns dias aqui.

– Não, minha irmã, eu preciso mesmo voltar para casa, já estou há muitos dias fora e a viagem de volta é longa. E Paul, ele está lá e eu estou com muita saudade dele.

– Vejo que já chegou aqui decidida.

Lilian concordou em silêncio.

– Deixe-me então chamar Jane para ajudá-la a se vestir – Kathe pediu e se levantou.

– Cuide bem da nossa menininha – Lilian sugeriu com suavidade enquanto Kathelyn saía do quarto.

– Será Elizabeth – a irmã se deteve e contou –, em homenagem à mamãe.

– Chame-a de Lizzie, acho que é um apelido carinhoso.

– Lizzie. – Kathe sorriu e passou a mão na barriga. – Gostei! Assim será.

Capítulo 33

Maio de 1832 (treze anos atrás)
(ainda sobre a observação das cores)
O vermelho, por exemplo, pode parecer um único tom, chapado e solitário. Mas se você o olha por dentro ele é complexo, cheio de variantes e muitas facetas.

Quando Lilian voltou para casa, o caos que se instalara em sua vida insistia em permanecer, agora sobre a forma de Anabele Bowmer, que tivera dores e um sangramento, ameaçando sua vida e a do bebê.

O sangramento começara, segundo a senhora Thousand, havia dois dias. Não era intenso, mas o suficiente para chamar a atenção. Eles recorreram à senhora Warhol, já que o médico do vilarejo se recusara a atender alguém em Parklane Hall e não seria prudente deslocar a moça até a cidade.

– Bom dia, senhora Warhol – Lilian entrou no quarto em que Anabele dormia.

Soube que a costureira estava lá havia dois dias.

– Obrigada por toda a sua ajuda – Lilian disse em voz baixa para não perturbar o sono da amiga.

– Ela está tomando chá de camomila de duas em duas horas para se acalmar e está melhor agora. O sangramento cedeu. Se continuar assim, acredito que não perderá a criança. Pelo que ela me disse, está grávida de dois meses, e esse primeiro trimestre é sempre o mais arriscado, até a gestação se firmar de fato. Mas acho que tudo ficará bem agora.

– Graças a Deus... E à senhora. – Lilian tocou no ombro da mulher em gesto de gratidão.

A costureira a encarou por um tempo com ar consternado e disse:

– E você, como está?

– Estou bem – mentiu.

– Mesmo? Anabele me contou por cima o que aconteceu.

Lilian olhou para a colcha sobre a cama; bordados em tons diferentes de azul e rosa.

– Não estou bem – admitiu por fim.

– Venha, vamos conversar com calma em outro lugar, assim não perturbamos...

– Estou acordada.

Lilian olhou para a amiga que a encarava desperta e segurou suas mãos. Eram pequenas e frágeis.

– Você está bem?

– Bem melhor – Anabele respondeu. – E você, como foi a viagem?

– Confirmei que Simon realmente vendeu a casa de jogos e viajou sem deixar uma carta ou qualquer explicação. Soube também, como lady Stone havia me dito, que ela deixou a cidade possivelmente para encontrá-lo, em algum lugar onde poderão praticar suas canalhices para sempre.

Lilian nem percebeu que as mãos iam cerradas em punho. Lançou um olhar para as duas amigas que a encaravam em silêncio e continuou:

– Confirmei que meu primeiro marido foi um crápula ainda pior do que o atual. – Ergueu os ombros e sorriu com uma falsa displicência, sorriu para não chorar. – Como podem ver, minha vida foi pautada em cima de mentiras e por dois homens que não valem as botas que vestem.

Silêncio.

Apenas os sons das respirações eram audíveis.

– Eu sinto tanto. Nunca imaginei que Simon fosse capaz de fazer algo parecido... – Era a senhora Warhol quem falava. – Sabe, eu o conheço desde que nasceu. Ele foi um menino sensível e triste. A mãe morreu cedo, o pai era um homem frio e cruel, os irmãos o achavam esquisito e excêntrico; logo que o pai morreu, praticamente o abandonaram.

Lilian fechou os olhos. Simon havia contado algumas coisas de sua infância para ela; poucas, mas contara.

– O tio – a costureira emendou –, o senhor Robert Thorn, foi quem deu vida aos olhos dele. Era um homem bom e fora um pai para o menino. Então, quando fez 23 anos, casou-se com Cristine.

Lilian encarou a mulher, queria pedir que ela parasse de falar de Simon, mas uma parte sua, talvez uma parte masoquista, precisava ouvir.

A senhora Warhol, estimulada pelo seu silêncio, continuou:

– Ela era uma jovem linda. Simon e Cristine eram amigos desde crianças. Simon, nas vezes em que conversamos, confessou que não tinha grandes ambições na vida, que queria apenas uma família grande e morar em Durham para sempre. – A mulher deu um suspiro cansado. – Quando tudo aconteceu, eu fiquei arrasada por ele, pela maneira como todos passaram a tratá-lo. Então, ele se foi e durante seis anos as únicas notícias que eu recebi foram através das fofocas que corriam com seu nome. Aí ele apareceu com você em minha loja e, desculpe-me, sei que isso pode não ajudar, mas o brilho que vi nos olhos dele e o sorriso que levava nos lábios... Achei que nunca o tinha visto tão feliz.

Lilian cobriu o rosto com as mãos e negou com a cabeça.

– Por isso, acredite em mim – a senhora Warhol tocou no braço de Lilian –, estou tão surpresa e decepcionada quanto você com tudo o que aconteceu e... Você já pensou que pode ter acontecido algo diferente daquilo que aquela mulher horrorosa lhe contou?

Lilian entrelaçou as mãos e as apertou uma contra a outra, não queria mais chorar, não podia mais chorar. Confessou:

– Sim, eu já criei tantas possibilidades e todas elas acabam com ele me apresentando alguma explicação que justifique tudo isso, mas, sabe, não posso acreditar nelas, porque, se elas não acontecerem, eu sinto que não teria forças para continuar.

– Como é triste as expectativas que colocamos nos outros, porque elas quase nunca são correspondidas e, meu Deus, como isso machuca. – Foi Anabele quem falou.

– É verdade. – A senhora Warhol sentou-se no pé da cama; Lilian, que se sentia exausta, a acompanhou. A costureira prosseguiu. – às vezes eu penso: se somos nós quem criamos as expectativas, então não seríamos nós mesmas responsáveis por nossas decepções ou sofrimento?

– Acho que sim – Lilian confirmou –, mas parece bem difícil enxergar isso enquanto sofremos.

– Sabe por que eu comecei a costurar? – a senhora Warhol perguntou.

As duas negaram em silêncio.

– Porque, quando eu tinha catorze anos, o jovem por quem eu acreditava estar apaixonada se casou com a minha melhor amiga e, logo em seguida, minha mãe faleceu. Eu tinha aprendido tudo sobre ervas e partos e havia sido preparada a minha vida inteira para ser uma parteira, como fora minha mãe, mas, naquele momento, minha dor era tão profunda pela perda de tudo o que eu acreditei amar, que eu precisava costurar meu coração e minha alma. – Ela ergueu os ombros. – Isso não era possível, fisicamente falando, então eu comecei a costurar vestidos. Costurei por mais de dez horas ao dia, todos os dias. No começo, entre lágrimas e soluços... Não me dei conta de quando os pontos colocados nos tecidos passaram a ser os mesmos que me faziam esquecer. – Ela sorriu, um riso cheio de sabedoria da vida antes de acrescentar. – A verdade é que o tempo opera essa costura.

Lilian e Anabele assentiram, olhando cúmplices uma para a outra.

– Você pinta, Lilian. Quem sabe sua alma não precise de cores em vez de pontos? – Anabele perguntou e deu um gole no chá que estava a seu lado.

Lilian não aguentou e gargalhou. Só então notou que os olhos já transbordavam de lágrimas.

– Quantos quadros eu terei que pintar até isso tudo passar? Porque, agora, as únicas cores que me sinto tentada a usar são o preto e o cinza. É como se eu estivesse de luto outra vez. Sinto que, se não tivesse jogado os meus vestidos de viúva fora, voltaria a usá-los.

– Não! – a senhora Warhol disse com ênfase. – Pelo amor de Deus, você não pode usar cores tristes.

– Eu acho que não vou usar.

Lilian guardou luto e então meio-luto por muitos anos. Guardou-o por um homem que nem ao menos merecia; não o guardaria por outro.

– Você precisa de cores vivas, as mais vivas possíveis.

Lilian encarou a costureira, que sorria de maneira compassiva.

Se fosse apenas isso; se a roupa que vestia fosse capaz de tirar toda a dor que sentia; se fosse assim tão simples, ela não hesitaria em colocar qualquer uma delas nem mesmo o...

– Vermelho – a senhora Warhol deu voz aos seus pensamentos.

Ela negou sem perceber.

– Eu não conseguiria, não me sentiria bem. Nunca na vida me imaginei usando algo tão...

– Vivo? – Anabele perguntou.

– Ia dizer escandaloso.

– Você sabia que o vermelho para algumas culturas antigas significa a morte das ilusões? – a senhora Warhol contou enquanto se levantava. – É apenas uma sugestão – ela completou, se dirigiu para a porta. – Agora que Anabele está melhor, vou até minha casa descansar e cuidar das costuras que estão um pouco atrasadas. Amanhã eu passo aqui para saber de você. – Olhou de Anabele para Lilian. – De vocês – corrigiu-se e encostou a porta ao sair do quarto.

– Eu vou me recolher também – Lilian disse.

– Lilian – a amiga a chamou antes que ela se levantasse –, você ao menos considera a hipótese de Simon voltar e de haver uma explicação para tudo?

Ela respirou fundo sem se sentir aliviada.

– Ele disse que passaria uma ou duas semanas em Londres. Já faz mais de quinze dias e… – Ela olhou para as mãos apertadas sobre as saias do vestido e concluiu. – Ele não está em Londres, não veio se despedir ou sequer mandou uma carta.

– Mas pode ser que ele ainda apareça e que…

– Eu li uma carta em que ele elaborava seu plano de vingança, usando-me para tal fim, uma carta endereçada à sua amante – retrucou Lilian com ar triste –, uma carta que ele redigiu enquanto estávamos em Easton House, há apenas alguns meses. – Ela lançou um olhar para a amiga e notou a expressão consternada de Anabele. – Ele nunca me contou nada, nem uma palavra sobre essa parte do passado ou sobre… quase nada. – disse.

– Eu sinto muito – Anabele afirmou amuada.

– Se houvesse mesmo alguma esperança de que ele pudesse, talvez, por um milagre, ter mudado de ideia e ter sido sincero em algum momento, ele teria me contado, ele não teria sumido, ele teria sido, ou ao menos tentado ser, mais sincero.

– Eu… eu sinto muito, Lilian.

– Não sinta, Anabele… Ou, se for sentir algo diante da situação, sinta raiva, porque foram eles que…

Lilian quase contou o que sabia; foram Simon e lady Stone os responsáveis por Joe ter seduzido Anabele e, assim, arruinar toda a família da jovem. Mas ela parou antes de concluir sua fala. Graças a Deus que parou. Anabele estava fragilizada e não precisava de mais essa decepção. Ela saber ou não, naquele momento, não consertaria as coisas. Respirou fundo e disse mais decidida:

– Descanse, nós faremos tudo dar certo por aqui.

Afastou-se da amiga com a certeza de que talvez algumas ilusões eram mais um conforto do que um problema. Entrou no quarto, acendeu os candelabros e olhou ao redor. Apesar de ser o quarto dela, a casa, as portas, as janelas, os móveis, tudo tinha o cheiro e os sons de Simon. Especialmente o quarto ao lado, onde se amaram e dormiram juntos por todos aqueles meses.

Tirou o vestido, deitou-se na cama e concluiu que ela teria que se refazer sozinha e que podia se agarrar a poucas coisas: ao fim das ilusões em sua vida, a um novo começo, a uma nova vida e a uma nova Lilian. Uma que ela não conhecia ainda, uma que ela pintaria ou costuraria com o passar do tempo, como sugeriu a senhora Warhol.

Talvez o vermelho não fosse uma ideia tão descabida.

Capítulo 34

Abril de 1842 (três anos e alguns meses atrás)

Há quem goste de mudanças e de uma vida repleta de aventuras. Já eu me sinto tão confortável com o previsível e com a segurança da estabilidade...

Fazia quinze dias que voltara para casa. Para sua nova casa e nova vida. Fazia quinze dias que ela usava o vermelho e os seus tons variáveis com uma frequência regular. Fazia todo esse tempo que ela depositava a sua força em prosseguir na coragem que ela descobriu ter. O fato é que não tinha se dado conta disso antes. Entendeu que a coragem não se mede em grandes atos ou ações inconsequentes, entendeu que a coragem nasce na disposição interna de fazer tudo dar certo em nossas vidas, mesmo que o mundo pareça desmoronar. Mesmo diante do caos da mudança.

Entendeu também que as pessoas não nascem corajosas e fortes, são as circunstâncias da vida que as levam a desistir ou a prosseguir. E Lilian prosseguia.

Mesmo sentindo-se muito desconfortável com o vermelho nos primeiros dias, mesmo que isso parecesse uma grande tolice, ela se agarrou a essa mudança externa como se fosse o alicerce para todas as outras mudanças que cresciam em seu interior.

Anabele estava morando em Parklane Hall e assim continuaria. A senhora Warhol virou uma companhia frequente nas tardes das duas. Nessas horas, juntas, elas contavam histórias, falavam de seus sentimentos mais profundos, bordavam e pintavam. Dia a dia, ponto a ponto, pincelada a pincelada, elas conseguiam juntas curar feridas e buscar estímulos que as levassem a enxergar as oportunidades da vida e não apenas aquilo que parecia dar errado.

Estavam na sala verde onde se reuniam todas as tardes; Lilian pintava, Anabele lia. E a senhora Warhol ainda não havia chegado. Lilian observou Anabele largar o livro e passar as mãos no ventre:

– Ainda não se vê barriga alguma... – Anabele acariciou o próprio abdômen, pensativa. – Eu escrevi para minhas irmãs e para minha mãe, pedi perdão a elas e contei onde estava – a jovem confessou.

Lilian suspirou com alívio. Seria bom que todos soubessem do paradeiro de Anabele.

– Eu não acredito que ela vá responder, acho que elas nunca me perdoarão. – A jovem se afundou na poltrona.

– Acho que vão, sim, Anabele. Talvez não logo, mas sei que irão, sim, perdoá-la, são sua família.

Lilian lembrou-se de Kathelyn; a irmã escrevia-lhe todas as semanas, e ela respondia como tinha prometido com a mesma frequência. Nas cartas, Kathe insistia que Lilian fosse morar lá com eles por um tempo, até que Simon aparecesse, até que tudo estivesse esclarecido. Lilian acreditava que não havia nada a esclarecer e que, possivelmente, Simon nunca mais retornaria. A cada dia, ela se convencia mais disso.

Estava com o pincel a meio caminho da tela quando a senhora Warhol entrou sem ser anunciada, como era frequente. Nada estaria fora do normal naquela tarde se não fosse pelo fato da costureira estar de braços dados com uma mulher. E, Deus, era uma mulher ferida; e, Cristo amado, ela estava grávida.

Lilian largou o pincel no chão sem se dar conta.

– Senhora Warhol, o quê...? – Umedeceu os lábios. – Está tudo bem?

A costureira, sem responder, levou a mulher até uma das poltronas.

– Sente-se, meu bem, nada mais vai lhe acontecer, aqui você está segura. – Olhou para Lilian, que abriu as duas mãos no ar com mil perguntas entre elas.

Anabele analisava tudo boquiaberta.

A senhora arrumou os cabelos atrás da orelha.

– Lilian, querida, venha me ajudar a preparar um emplastro para a senhora Lysa James.

A mulher em questão estava com o olho roxo e inchado e com a boca sangrando. Jesus, o que havia acontecido? Ela concordou com a costureira e deixaram a sala juntas.

Uma vez na cozinha, a senhora Warhol tirou algumas ervas da bolsa, pegou uma tigela de barro e um pilão e passou a amassá-las. Lilian lembrou-se do rosto ferido e coberto de lágrimas da jovem grávida, enxugou as mãos molhadas de suor nas saias do vestido e falou:

– O que está acontecendo?

A senhora Warhol largou o pilão e olhou para Lilian.

– Desculpe-me, não tínhamos para onde ir, minha casa é pequena. Aquele traste bêbado, o padeiro da vila, ele bateu na mulher grávida. – Ela sacudiu as mãos no ar com um gesto indignado. – E a pobre me contou que não é a primeira vez que ele faz isso e que as surras têm piorado dia após dia.

– Oh, meu Deus! – Lilian sufocou um gemido horrorizado.

– Deus sabe o que aquele maldito pode fazer. Matá-la? Ou à criança que ela carrega – a senhora Warhol afirmou e voltou a amassar as ervas com força.

– Mas por quê? O que o levou a fazer isso? – Lilian indagou com a voz entumecida.

– Parece que o jantar não estava do agrado dele – a costureira explicou bufando.

– Jesus, mas que coisa horrível! – Ela nem percebeu que soltava a prece em voz alta.

– Lilian, querida – a mulher largou o pilão outra vez e segurou as mãos dela –, eu não sei o que fazer.

– Ela ficará aqui – Lilian decretou sem nem pensar em outra saída.

– Você sabe que isso é ilegal, não sabe? Ela é casada – a costureira disse com ar preocupado.

– Sim, sei, mas como podemos mandá-la de volta?

A senhora Warhol apenas sacudiu a cabeça em negação. Lilian prosseguiu:

– Além do mais, aqui é enorme. Mesmo que o senhor James desconfie de onde ela esteja e venha procurá-la, ele não a encontrará.

Lilian levou os dedos ao queixo pensativa e murmurou para si mesma:

– Os quartos da ala norte e o porão ou sótão... Tem o celeiro e... É isso – disse em voz mais alta e exultante. – A casa de verão junto ao rio. Sim, sim, sim! – Ela bateu no tampo da mesa mais animada. – Será perfeito.

Olhou a senhora Warhol que a encarava com uma ruga entre as sobrancelhas e explicou:

– Uma casa de verão secreta que o avô de Simon construiu e que não é usada há anos. Ninguém sabe dela. Era o refúgio de Simon quando ele era garoto. Ele me levou lá há um tempo dizendo que queria reformá-la e...

Ela abaixou o olhar sentindo-se triste com a lembrança do marido, dos planos que fizeram juntos, de seu toque e de sua voz. Travou os dentes irritada e a mão da senhora Warhol em seu ombro a estimulou a prosseguir:

– E o quê, querida?

Ela sacudiu a cabeça para espantar as lembranças e a dor e disse:

– A casa é a uns cinco quilômetros daqui, dentro do bosque junto ao rio. Tem espaço para cultivarmos uma horta e tem um pequeno estábulo e celeiro, será perfeita. Anabele pode ficar lá com ela e lhe fazer companhia, e nós poderemos passar as tardes lá, juntas. – Os lábios de Lilian sorriram. – O que acha?

– Acho que a senhora é um anjo.

– Não – Lilian disse e suspirou –, só alguém que entende o que é ficar sozinha neste mundo, que entende o que é ter que lutar contra a maldade dos outros e, principalmente, o que é ter que se reerguer sobre aquilo que parece o nada. Talvez seja um recomeço para mim também, uma chance de construir algo que realmente valha a pena.

Quinze dias após a chegada de Lysa ao castelo, Lilian, Jane e a senhora Warhol já haviam limpado e organizado boa parte da casa de verão. Lysa e Anabele moravam lá há uma semana. Devagar, começaram a plantar legumes e verduras e também levaram alguns bichos até o celeiro; uma vaca, uma cabra e algumas galinhas. Enquanto passavam os dias por lá conversando, bordando, arrumando a casa e deixando-a cheia de flores, cortinas e tons femininos, Zeus tornou-se companhia frequente e Lilian finalmente descobriu onde o cachorro se enfiava durante os dias em que sumia. A casa de verão era ampla, pé-direito alto, teto de madeira, portas duplas e grandes janelas que davam para uma varanda de frente ao rio.

– Eu acho que os homens são dispensáveis, não precisamos deles para ser felizes; aliás, o que eles fazem além de roncar, meter filhos em nossas barrigas e nos fazer sofrer? – Anabele perguntou recostada em uma cadeira de balanço.

– Meu pai foi um bom homem, ele tratava minha mãe com carinho e gentileza – Lysa afirmou, dando pontos em uma tela –, mas de meu marido... – Ela fez uma careta de dor. – Não sinto falta alguma.

– Eu tive apenas um amante em minha vida e acho que fico mais feliz entre ervas e linhas do que tendo que garantir a satisfação masculina – a senhora Warhol disse enquanto distribuía bolinhos recém-feitos a todas.

Lilian queria dizer o mesmo. "Não sinto falta de ser amada por um homem. Por Simon. Acho que somos muito mais felizes sem eles." *Eu sou muito mais feliz sem Simon,* ela afirmou para si mesma.

Para os criados, aqueles de convívio mais íntimo, dizia que Simon havia viajado e que não tinha data para retornar. Em geral, ninguém fazia perguntas por que essa situação era comum entre casamentos de sua classe. Às vezes os maridos partiam e praticamente abandonavam suas esposas no campo.

Mudanças pequenas e diárias estavam sendo operadas nos cômodos do castelo; cores novas nas paredes, cortinas mais alegres, móveis diferentes, flores, muitas delas, em todas os cantos, mesas e aparadores. Os aromas de charuto, conhaque, sabão de barba e Simon eram substituídos pelo cheiro dos arranjos, água de rosas e risadas femininas. Mas aqueles aromas masculinos não foram apagados da memória de Lilian.

Ela quis afirmar com seu coração leve que não sentia falta do marido, mas não conseguiu. Calou-se irritada consigo mesma. Colocou um bolinho na boca, mastigando-o com muito mais força do que a necessária. Olhou para Lysa, Anabele e a senhora Warhol, que riam, descontraídas, da facilidade com que haviam descartado a presença masculina de suas vidas. Todas se divertiam, menos Jane. Lilian notou que a jovem estava com o olhar baixo e o semblante cansado.

– Jane, o que foi? – ela perguntou em voz baixa enquanto as outras mulheres ainda se divertiam entre si.

– Ah, milady, desculpe-me, mas não posso mais esconder, não da senhora, que é sempre tão boa e verdadeira comigo – a camareira disse com lágrimas nos olhos.

– O que foi, Jane? – Lilian insistiu preocupada.

– Eu... Eu... Ah, meu Deus, que vergonha! – A jovem levou as mãos até as bochechas coradas. – Eu estou grávida, milady.

Os olhos de Lilian cresceram enormes. Ela piscou fundo surpresa.

– Como? Quero dizer, desde quando? De quem? – insistiu sem perceber que falara mais alto e que as outras mulheres olharam em sua direção.

– Desculpe-me, perdoe-me, milady. – Jane a abraçou aos prantos. – Ele disse que nos casaríamos, e então fugiu.

– Quem, por Deus?

– Simon – Jane contrapôs com o corpo convulsionando o choro.

– Quem? – Todos os músculos de Lilian retesaram e ela afastou Jane de seus braços, retendo o ar dos pulmões.

– Ah, não, milady, perdoe-me – Jane fungou.

Lilian sentiu que poderia desmaiar. A jovem continuou:

– Não lorde Simon, pelo amor de Deus, e, sim, Simon Fairfax, filho da cozinheira aqui do castelo.

– Ah, meu Jesus! – Lilian afirmou e se jogou nas costas da poltrona de uma vez. – Jesus Cristo, Jane, você quase me matou. – Ela ainda via tudo escuro.

– Perdoe-me, senhora, eu estou tão envergonhada.

Lilian respirou fundo algumas vezes a fim de se acalmar.

– A senhora irá me mandar embora? – Jane perguntou derrotada.

– É claro que não – respondeu com uma ruga entre as sobrancelhas. – Parece que você não me conhece – continuou enfática. – Você pode continuar me atendendo até sua barriga aparecer, então, quando isso acontecer, mudará para cá. – Mal terminara de falar e Jane a abraçava outra vez.

Olhou para as três mulheres grávidas e entendeu, emocionada, que Deus tinha uma maneira quase engraçada, nem por isso menos extraordinária, de dar aquilo que se desejava. Ela sempre quis uma família grande, uma vida no campo, uma casa para cuidar, com simplicidade e amor. E ali estava ela, cercada por uma família que crescia a cada dia, no meio de uma floresta, em uma casa que parecia retirada de um livro de contos de fadas.

Caminhava pelas ruas da cidade, tinha ido, com a senhora Thousand, comprar alguns alimentos que faltavam no castelo. Eles produziam muitas coisas nas terras, mas alguns itens, principalmente os mais raros, como especiarias, precisavam ser comprados.

Naquela manhã, havia passeado pelos bosques da propriedade como costumava fazer quase que diariamente durante os trinta dias desde a ausência de Simon. Nesses passeios, continuava encontrando, vez ou outra, alguns animaizinhos em situações complicadas. Paul e Zeus eram as companhias dela. O cachorro mais parecia um escoteiro da salvação; era o cão que quase sempre a alertava de algum passarinho caído ou de um filhote machucado. E o filho? Bem, Paul era sua maior motivação. Havia entendido que, se não fosse pelo amor que sentia por ele, talvez tivesse se entregado à dor. E, claro, agora havia os futuros bebês e as novas amigas. O filho passava a tarde com elas e crescia assim entre bordados, chás, pinturas e risadas maternas.

– Bom dia, lady Owen.

Lilian, que caminhava perdida em seus pensamentos em direção à mercearia, demorou a entender que alguém acabara de cumprimentá-la. Piscou, como se voltasse de um transe, e respondeu ainda incrédula:

– Bom dia, é... Hãn...

– Senhora Cornwell. – Foi a senhora Thousand quem emendou; Lilian não conhecia quase ninguém na cidade.

A mulher continuou com uma alegre disposição:

– Uma sorte encontrá-la. Ia enviar uma nota a Parklane Hall, mas, como estamos aqui, vou falar pessoalmente.

Lilian assentiu confusa e a mulher prosseguiu:

– Vou dar um jantar em minha casa semana que vem, algo pequeno, apenas para os amigos mais íntimos, e gostaria muito que a senhora nos honrasse com sua presença.

A boca de Lilian parou aberta e ela moveu os lábios tentando formar alguma palavra; o início de uma resposta àquele convite inesperado e surpreendente. Estava habituada aos rostos virados, aos cochichos e às expressões de compaixão ou de desprezo que os outros dirigiam a ela. Há meses, desde que se mudara para Durham, tinha reaprendido a ordenar suas expectativas com relação ao tratamento que as pessoas dispensavam a ela, que mudara desde o episódio da estalagem: não a maltratavam nunca, mas também nunca ofereciam nada além de um cortês cumprimento a distância ou uma pouco disfarçada rejeição. Isso que acabara de acontecer, esse tipo de comportamento de uma pessoa da sociedade local, era novo e inesperado. Piscou e tentou responder, mas foi interrompida antes de conseguir:

– Sei que, diante do que aconteceu, a senhora deve estar muito ocupada reorganizando sua agenda de compromissos. Entendo que não foi cortês de minha parte abordá-la na rua desta maneira; posso esperar que a senhora consulte sua disponibilidade para a data e responda ao convite para o jantar com calma.

– Diante do que aconteceu? – Foi a única coisa que conseguiu falar.

– É realmente um exemplo de humildade e de discrição, uma dama de verdade, assim como sempre acreditei que a senhora fosse.

Aquilo era também bastante estranho, elogios daquele tipo. Não que fossem uma novidade, afinal tinha lidado com aquele discurso a seu respeito a vida inteira, mas é que, desde que se casou com Simon, desde que se viu envolvida naquele escândalo, acreditou que nunca mais ouviria algo parecido. Nem se deu conta de que não sentiu a mínima falta daquela demonstração entusiasmada, para não classificar de exagerada e pouco sincera, de abordagem. Não entendia coisa alguma do que acontecia ali, mas viu a mulher sorrir com uma forçada simpatia e concluir:

– Saiba que eu sempre, sempre, desde que tudo aconteceu, fui uma das únicas pessoas nesta cidade que o defendeu sem medir esforços. Sempre soube que seu marido era um verdadeiro cavalheiro e um nobre muito honrado e educado e não um... – Ela parou, como se procurando as palavras. – Não alguém capaz de cometer um crime tão brutal, você me entende?

– Entendo. – Mas não entendia.

– Pobre lorde Owen. E agora a senhora, como foram injustiçados. Na verdade, deviam dar a ele um prêmio por ter aguentado, praticamente em silêncio, tamanha injustiça e sofrimento durante todos esses anos. E a senhora também. – A mulher segurou em uma das mãos de Lilian. – Sua humildade é um exemplo a ser seguido, milady.

– Ah, é? Obrigada – agradeceu porque não conseguiu dizer nada além disso.

– Tenha uma boa tarde então, lady Owen – a mulher se despediu e saiu.

Lilian e a senhora Thousand permaneceram em um atônito silêncio, assistindo à senhora Cornwell ganhar distância.

– O que foi isso? – Lilian perguntou.

– Não sei dizer... Ela – a senhora Thousand apontou com a cabeça para a rua – é a esposa de um dos comerciantes mais ricos da cidade e é a maior fofoqueira da cidade também. Quando Cristine faleceu, foi a primeira a nos virar a cara e a espalhar maldades.

– Muito estranho – Lilian concluiu.

E as estranhezas não pararam por ali; a cena do cumprimento se repetiu diversas vezes durante sua caminhada entre as lojas da cidade. Algumas pessoas, ao avistá-la, largavam o que estavam fazendo, saíam das lojas, paravam as carruagens e quase corriam a fim de cumprimentá-la. Como se sempre tivessem feito isso. Como se esse fosse o comportamento habitual de todos junto a ela. No final de umas quantas milhas andadas, Lilian estava atônita. A senhora Thousand apenas sorria incrédula. Já estava a ponto de perguntar para a próxima pessoa que lhe dirigisse a palavra o que, em nome de Deus, estava acontecendo, quando avistou a senhora Warhol correr na direção delas.

– Já sabe, não? – a costureira perguntou esbaforida assim que as alcançou.

– Sei que a cidade entrou em uma espécie de delírio, todos ao mesmo tempo.

– Não sabe o motivo?

– Não, estou bem confusa na verda... – A mulher agarrou a mão de Lilian e a puxou pela calçada.

– Vamos até minha oficina, vou lhe mostrar.

Lilian se sentiu tonta ao ler a nota no *London Times*, o folhetim mais respeitado do reino.

– É da semana passada, mas veja – a costureira emendou –, só chegam aqui uma semana depois.

– E o que isso significa? – ela perguntou muito confusa.

– Significa que ele é inocente.

– Não – ela sacudiu a cabeça. – Sim, é claro que é, eu sempre soube, mas eu não entendo.

– Foi a polícia de Londres que publicou a carta. Eles analisaram outras cartas da dama e concluíram que a letra e a assinatura são mesmo dela.

– Eu entendi isso, mas – ela levou as mãos à boca – não entendo por que somente agora, seis anos depois.

– Sim, quando aparece uma nova evidência, a polícia pode reabrir o caso e... – A senhora Warhol cruzou as mãos sobre o colo antes de acrescentar. – Na época, eles inocentaram Simon por falta de provas conclusivas do que tinha realmente acontecido.

– Eu sei – Lilian disse com um fio de voz. – Mas por quê? Por que isso agora, quando ele não está nem mais na Inglaterra? – os olhos dela transbordaram tensão. – Será que ele... Será que ele tem algo a ver com isso?

– Eu não sei.

Lilian olhou para o jornal entre seus dedos.

– Ele me falou uma vez que tinha como provar sua inocência, mas eu... Ele nunca mais tocou no assunto e eu também não achei certo pedir para ver a prova. Ele podia achar que eu estava desconfiando dele e...

– Não sei se foi ele. A polícia pode ter encontrado a carta sozinha.

Lilian assentiu, tentando não se dar conta de como a lembrança de Simon e qualquer coisa relacionada a ele ainda a perturbava e a deixava sem ar e com vontade de chorar.

– Se foi ele quem entregou para a polícia, por que faria isso somente agora? E por que justamente agora quando a ideia dele é nunca mais voltar para a Inglaterra? Talvez...

– Se foi ele quem entregou, essa, para mim, é a prova de que a ideia dele é voltar para a Inglaterra com toda a certeza. Talvez até mesmo para casa.

Lilian aclarou a voz, tentando disfarçar o bolo na garganta.

– Talvez a ideia dele seja nunca mais voltar para mim, e isso – ela apontou para o jornal e disse – me assusta, senhora Warhol. Eu não sei mais o que esperar dessa história.

– Eu não acredito que você deva temer qualquer coisa. Acalme-se – a costureira sugeriu, olhando-a com compaixão. – O tempo vai responder tudo.

– E se ele ainda não estiver satisfeito? E se ele quiser se vingar do meu filho? Rafael... – ela contrapôs com a voz trêmula com a recente conclusão.

– Paul é filho de Rafael e, de certa maneira, se ele expuser meu ex-marido e tudo o que realmente aconteceu, Paul será desmoralizado e pagará para o resto da vida pelos erros do pai. E se… – ela não conseguiu terminar, sentiu que o ar estava grosso e pesado.

– Vou fazer um chá para nós duas. Acalme-se, Lilian, de repente é o contrário do que você está pensando.

Ela assentiu e a senhora Warhol se levantou, deixando-a só. Lilian releu a carta impressa no jornal que estava em suas mãos.

23 de Agosto de 1839

Querido Simon:

Escrevo esta carta para lhe pedir perdão.

Perdão por minha covardia, por não ter sido a esposa que você merecia, perdão porque você não tem culpa de nada que aconteceu nem mesmo do que acontecerá.

Eu não tenho coragem de seguir, dia após dia, convivendo com a certeza da minha fraqueza e desonra.

Perdão, por último, por não ter sido capaz de amá-lo e por agora tomar essa atitude irreversível de tirar a própria vida. Eu não posso mais continuar aqui uma vez que tudo para mim perdeu o sentido.

Saiba que você foi muito melhor do que eu mereci.

Espero que um dia você encontre a felicidade que merece.

Cristine Thorn, baronesa de Owen.

Capítulo 35

Agosto de 1842

O medo é o pior dos sentimentos. Estou sozinha outra vez. Rafael faleceu, estou sozinha e estou com medo.

Três semanas após o jornal com a carta de Cristine ter sido entregue na cidade, Lilian já havia recebido cinco convites para eventos distintos e ao menos meia dúzia de visitas. Graças a Deus, nenhuma delas era do senhor James, marido de Lysa. Ouvira que o homem bebia tanto que mal conseguia voltar para casa. Sorte de Lysa ter chegado até Parklane Hall inteira. O traste nem devia sentir falta da esposa.

Sobre os outros visitantes, no começo, Lilian pensou se deveria ou não recebê-los. Isso porque não estava com humor para fazer o que ela sempre fez muito bem em sua vida: aturar a hipocrisia alheia. Mas, por fim, resolveu que era uma maneira de ocupar o tempo e de ver, por si só, até onde as pessoas eram capazes de chegar.

Apesar da bagunça de suas emoções após ler a nota no jornal que incentava Simon, de todas as dúvidas que seguiram essa confirmação, naquele momento, ela tinha certeza, ou quase certeza, de que, independentemente do que acontecesse, sempre poderia encontrar um meio de ser feliz. Assim, dia a dia, refazia sua vida em meio à natureza, ao filho e às amigas.

– Oi, Anabele – disse cruzando a saleta da casa de verão, onde encontrou a amiga sentada na poltrona com algumas folhas na mão.

Lysa estava do lado de fora cuidando da horta, Jane descansava no sofá e Anabele não respondeu de imediato. Só então Lilian reparou que a jovem sorria e chorava segurando os papéis como se fossem sua própria vida.

– Lilian – ela disse com a voz embargada de emoção –, você não faz ideia do que aconteceu.

Lilian sentou-se na poltrona atrás de si, de frente para Anabele; não fazia a menor ideia do que iria escutar, mas a amiga parecia feliz e isso a tranquilizou.

– O quê? – ela perguntou curiosa.

– Esta carta – Anabele sacudiu a folha no ar – é de Joe.

Lilian puxou e deteve o ar no pulmão, surpresa, e ouviu a amiga prosseguir entre lágrimas.

– Ele pede perdão por ter me deixado daquele jeito na estalagem. Disse que precisava resolver um assunto urgente junto à sua família e que não poderia me levar ou me envolver.

Lilian assentiu, mordeu a parte de cima do dedo ansiosa e indagou:

– E o que mais?

– Disse que voltou o mais rápido que pode à estalagem e que não me encontrou lá, então ele perguntou onde eu estava e os donos do lugar disseram a ele que tinham pago uma diligência até Durham. Contou que demorou todo esse tempo para juntar os pontos e, por fim, me encontrar. – Anabele mordeu os lábios contendo a risada e concluiu. – Ele está vindo me buscar para nos casarmos.

– Isso é maravilhoso, Anabele! – Lilian levou as mãos ao peito, entusiasmada pela amiga.

– Mas ainda não é tudo.

– Não? – ela perguntou, recostando-se na poltrona, sem cortar o próprio sorriso ao ver a alegria de Anabele estampada nos olhos e no rosto.

– Ele conta que já foi a Londres falar com meus pais e que eles autorizaram o casamento! – Anabele soluçou. – E ainda não acabou. Ele diz também que esse assunto que tinha que resolver era cobrar um dinheiro que deviam para ele, um dinheiro capaz de me dar a vida e o conforto que, segundo ele, nasci para ter.

Lilian torceu as mãos em pura expectativa e assistiu aos lábios de Anabele sorrirem mais. A jovem concluiu:

– Trinta mil libras, Lilian. Nós poderemos enfim nos casar! – Dizendo isso, Anabele cobriu os olhos com as mãos e chorou.

Lilian levantou-se, abaixou-se em frente à amiga e a abraçou.

– Fico muito feliz por você, Anabele. Muito, muito feliz.

– Veja, leia. Esta carta é de mamãe. As boas notícias resolveram chegar todas juntas como uma tempestade de bençóes.

Lilian pegou o envelope da mão da amiga, voltou a se sentar na poltrona que ocupava antes, abriu a carta e leu.

Querida Anabele, que sofrimento passei todo esse tempo sem ter notícias suas e quanto desgosto sua fuga e possível desonra causa a toda sua família. Mas minhas preces foram ouvidas. O senhor Joe Landscape acaba de sair de nossa casa; ele acertou o casamento de vocês com seu pai. Ele nos contou que agora tem condições de sobra de sustentá-la.

Oh, Anabele, como ficamos felizes em saber que tudo irá, por fim, se acertar. Mas as coisas boas não param com a novidade de seu abençoado matrimônio, que acontecerá em breve. Finalmente teremos a nossa família unida outra vez. Estamos todos salvos, querida Anabele, não somente pelo seu arranjo com o senhor Joe, mas também porque recentemente recebemos outra notícia maravilhosa. Parece que meu pai tinha um irmão que fez fortuna em outro país; ele nunca nos falou desse irmão, ou, se falou algo, não me recordo. O fato é que esse irmão faleceu, Deus o tenha. Essa não é a boa notícia e, sim, o fato de ele não ter tido herdeiros. Recentemente, você não acreditará, Anabele, fomos procurados por seu advogado, pois fomos agraciados com uma herança que nos salvou, a todos nós. Suas irmãs poderão ser dotadas e teremos, enfim, o dinheiro para comprar a nossa casa em Hampshire.

O senhor Joe nos contou que lady Lilian a ajudou e que você está na casa dela. Agradeça a essa dama da mais alta estima e apreço com todo o meu coração. Há alguns dias a inocência de lorde Owen foi finalmente provada. Pobre homem injustiçado. Diga a lady Lilian que sempre soube que o senso de honra dela era o maior e mais apurado que existe no reino.

O senhor Joe sairá de Londres em poucos dias para buscá-la e é provável que receba as cartas antes, já que as enviamos em um tom de urgência.

Esperamos ansiosamente a sua chegada.

Sua mãe.

– Anabele – Lilian colocou a carta na mesa à sua frente e disse emocionada –, tudo isso é tão maravilhoso. Estou muito feliz por você, minha amiga.

E realmente era, parecia um milagre.

– Eu nunca, nunca vou me esquecer de tudo o que você fez por mim e lhe prometo que a primeira filha mulher que tiver – a jovem passou a mão na barriga levemente abaloada e concluiu – batizarei com seu nome. Quero também que seja a madrinha dela.

– Estou muito feliz por você! – E estava. – Joe deve chegar logo. A carta foi enviada há três dias.

– Sim! – Anabele sorriu, abriu os olhos como se estivesse surpresa e disse. – Quase me esqueci, chegou uma carta para você também, está em cima do aparador. – A jovem apontou com a cabeça.

Lilian engoliu em seco e foi com o coração nas mãos até o aparador. Era sempre assim, por um motivo que ela não entendia, seu corpo tinha reações frenéticas com toda carta que chegava para ela. Talvez uma parte sua, uma que ela não controlava e achava também muito idiota, acreditava que Simon podia dar notícias, que haveria uma explicação para tudo. Pegou o envelope e viu o selo do brasão ducal da casa de Belmont. Apertou os olhos e fez uma negação com a cabeça, era mesmo uma tola. Respirou fundo, sentou outra vez e leu a carta de sua irmã. Quando terminou, estava sorrindo de maneira espontânea e sincera.

– Minha sobrinha nasceu – ela disse para a amiga.

– Que boa notícia – Anabele contrapôs.

– Sim, vou apenas esperar Joe chegar para buscá-la e vou, com certeza, passar um tempo por lá, talvez alguns meses.

– Não, minha querida, você não sairá desta propriedade por pelo menos uns dez anos e, quando for, com certeza irei com você.

Lilian parou de respirar com a voz estrondosa vinda de suas costas, da entrada da saleta. Olhou para Anabele, que adquirira um tom branco-vela e estava com a boca mais aberta que alguém já deve ter estado na vida sem que caísse do rosto. Jane, que dormia, acordou e sentou-se dura de uma vez.

Ela conhecia aquela voz imponente e forte.

O mundo paralisou. Os sons não existiam mais, nem os músculos de seu corpo, nem a poltrona, nem o chão, nada mais existia. E continuou sem existir quando Simon – sim, o marido dela – apareceu em sua frente, segurou seus dois braços, puxou-a para cima, para os lábios famintos dele e acabou de calar a voz dela com um beijo avassalador. É claro que ela não reagiu, não tinha corpo, nem boca, nem razão para tal. Os lábios do marido, ao contrário dos seus, estavam muito ativos: exigiam e deixavam carícias mornas sobre a sua boca. Por poucos segundos ela se soltou, quis se entregar e retribuir e se agarrar a ele como se fosse seu mundo, sua vida, seu centro. Essas eram as reações que Simon Thorn despertava nela: descontrolado desejo e enorme estupidez. Ele se afastou um pouco, colou a testa na dela e disse:

– Eu achei que fosse morrer. Sinto-me como um moribundo há quase dois meses, desde que deixei esta casa. Quase morri de saudades, meu amor. Aliás, estou há praticamente três horas infernais rodando dentro da propriedade atrás de você. O que você está fazendo aqui? – ele perguntou e passeou com olhar surpreendido pelo cômodo.

Naquele momento, Lysa entrou na saleta segurando algumas cenouras e disse:

– Estão ótimas, muito maduras e... – Deteve-se ao ver Simon que olhou para Lysa e, depois, para Lilian, parecendo ainda mais confuso.

– O que você está fazendo aqui? E quem é essa mulher? – Simon perguntou com os olhos cravados em Lilian.

– Eu... Eu vou pegar mais cenouras – Lysa disse e saiu rapidamente.

– Eu vou ajudá-la! – Jane a seguiu para fora.

Anabele parecia tão chocada que não se mexeu.

– O que é tudo isso? – o marido indagou ainda sem soltá-la de seus braços.

E aquelas palavras, muito mais do que a presença sufocante dele, a levaram a piscar, fazendo-a retornar do transe. O mundo e tudo à sua volta voltou a existir, só que não como antes e, sim, coberto de ira, indignação e descontrole. Ela o empurrou com toda a força que tinha nos braços. Ele deu dois passos trôpegos para trás, parou reequilibrando-se e a encarou assustado.

– Isso sou eu refazendo a minha vida – ela respondeu entre dentes.

– O que houve? – Simon sacudiu a cabeça.

Ela o mediu com a maior firmeza que conseguiu encontrar – e era pouca, já que suas pernas estavam bambas, e o coração, fora do corpo de tão forte que batia.

– Desculpe-me, mas é pela maneira que me apresento? – ele perguntou de cenho franzido. – Estou em cima do lombo de um cavalo há dias, quis chegar o mais rápido que consegui, não fui capaz de entrar para me trocar ou me lavar como seria adequado.

Só então Lilian reparou que ele estava coberto de poeira da estrada, cabelos desgrenhados, um pouco mais magro do que se lembrava, barba por fazer e respirava de maneira rápida. Essa aparência meio desalinhada fazia-o parecer mais assustador e masculino, como um pirata ou saqueador. Ela foi alagada pelo calor e tomada pelo desejo. Pelas saudades. Então, sentiu ainda mais raiva de si, dele, do mundo. O que ele fazia ali afinal? Só por isso, disse com uma dissimulada indiferença:

– Se veio porque ouviu que eu não me afundei e não morri de tanto sofrer como esperava, perdeu seu tempo. Não morri nem morrerei, ao menos não de desgosto como era seu desejo.

Silêncio.

Ela observou Anabele levantar-se, pedir licença de maneira discreta e sair do ambiente. Lilian caminhou até a janela e olhou para fora, queria disfarçar de si mesma e principalmente dele as lágrimas que preencheram seus olhos.

Ouviu um barulho que acreditou ser de Simon se jogando em algum assento; quando o marido falou, a voz dele estava baixa, abafada:

– O que está acontecendo, Lilian?

– Sua amante… – ela disse para o vidro. – Por que não pergunta a ela?

O silêncio era cortado por algumas respirações pesadas dele.

– Minha amante? E posso saber quem ela é?

Então Lilian riu; riu não, gargalhou, porque tudo parecia muito louco para ela dar crédito a qualquer seriedade ou ela não controlava mais as emoções que se alternavam da raiva ao desejo, do alívio à indignação, da paixão ao ódio em segundos. Virou para ele e disse:

– Bom, na verdade, se o intuito dela não fosse me humilhar e tentar acabar comigo, eu deveria agradecê-la, afinal foi através dela que recebi as únicas notícias que tive de você em dois meses.

– Dela? – ele franziu o cenho. – Mas e as minhas cartas?

Então, ela gelou. Seria possível que ele viera apenas para tentar humilhá-la ainda mais, para comprovar por si próprio quanto ele a feriu? Dois meses após enviar sua amante, ele vinha pessoalmente tentar terminar sozinho seu plano de vingança? Possivelmente esperava encontrá-la desesperada e deprimida. Ou queria apenas espezinhar um pouco mais sobre o que restou de seu orgulho e sua honra. Lilian sabia que, na natureza, alguns predadores se divertiam com o sofrimento de suas presas, esperando pacientemente até que elas morressem e, quando essas presas davam um sinal de vida, eles voltavam a atacar para garantir sua vitória.

Era isso, ela sempre intuiu que Simon era um predador, algo mais para um leão do que para um gato. E ela? Certamente foi considerada uma presa fácil.

– Não – disse em voz baixa e controlada, disse para si mesma e girou o corpo parando de frente para Simon.

Ele a encarava com os olhos arregalados. Ela não entendeu o porquê até se dar conta de que vinha com os punhos cerrados ao lado do corpo em uma postura de guerra. Era isso; não se entregaria outra vez.

– As cartas que eu enviei para você, você não recebeu? – o marido repetiu.

Ela respirou fundo uma dezena de vezes. A única vontade que tinha era a de se jogar em cima de Simon e apertar o pescoço dele até que ele parasse de respirar. Calculou que isso seria impossível, já que Simon a deteria com uma das mãos e com a outra poderia erguê-la do chão e brincar de dobrar seu corpo. Além do mais, ainda era uma dama, e uma dama jamais faria algo assim, nem mesmo pensaria em algo parecido. Lilian vestiu o maior cinismo que encontrou em seu interior e disse:

– Ah, sim, recebi todas elas.

O marido abriu as duas mãos no ar com uma expressão inconformada. Lilian achava que ele devia esperar que ela estivesse em lágrimas, apática e humilhada nesse ponto da conversa.

– Se era só isso, acho que você já pode ir embora, voltar para onde quer que seja e se conformar com a ideia de que nem sempre suas crueldades renderão os resultados esperados. Olhe para mim! – Ela abriu os braços. – Acho que devo lhe agradecer. Sua canalhice e maldade, em vez de me estragarem, tiraram de dentro de mim o melhor que eu posso ser. – Ela deu dois passos em direção a ele, ergueu o dedo indicador em riste e continuou. – Nunca mais me deixarei enganar ou sofrer ou me sentirei intimidada diante de ninguém.

Simon segurou os ombros dela com uma pressão moderada.

– O que está acontecendo aqui, Lilian? – ele perguntou olhando para ela e depois olhou ao redor.

– Tire suas mãos de mim.

– Não sem antes você me dizer que diabos está acontecendo aqui.

Então Lilian fechou os olhos e se sentiu cansada, esgotada. A cabeça pulsava de dor e o bolo em sua garganta ameaçava sair em lágrimas; ela não queria, não podia chorar na frente dele.

– Por que escolher uma pessoa inocente para responder pelos erros dos outros? Por que você me escolheu, Simon?

– O quê? – A expressão dele travou; os olhos se abriram enormes e ele perdeu a cor do rosto.

Lilian desenhou uma negação com a cabeça.

– Eu nem mesmo sabia, eu nunca soube de nada! – Ela gargalhou com ironia e dor. – Talvez seja a maior vítima dessa história toda. Não – ela apertou as têmporas –, não a maior vítima, mas, com certeza, a maior tola e iludida. Só que, diferente de você, eu fui enganada duas vezes: uma pelo homem em quem depositei toda minha fé e inocência da juventude e outra pelo homem que eu estupidamente entreguei meu coração. – Piscou e sentiu lágrimas, que ela odiava, descerem pelo rosto.

– Lilian – Simon disse de maneira entrecortada. – Não! Como? Não...

Se ela não estivesse tão atordoada, teria conseguido reparar na expressão de desespero do marido.

– Eu não sou seu brinquedo de vingança, Simon.

Ela sentiu as mãos dele afrouxarem e soltarem seus ombros.

– Se você quiser as cartas que provam toda a sujeira que envolveu sua vida e que sua amante me entregou, elas estão na gaveta de sua escrivaninha, no castelo. – Ergueu os ombros como se não se importasse. – Pode voltar a brincar de tentar arruinar a vida de outras pessoas com elas. Mas, eu juro – ela continuou entre os dentes –, não a minha nem a de meu filho, nunca mais! – Girou o corpo e caminhou em direção à porta.

Parou quando as mãos do marido seguraram mais uma vez seus ombros.

– Ah, Cristo! Maldita mulher. Então foi ela, lady Stone, não foi?

Lilian mordeu os lábios por dentro para não soluçar.

Simon lançou um olhar angustiado.

– Ela veio aqui? Ela... Santo Deus, Lilian, não – ele murmurou. – Eu provei minha inocência, eu queria oferecer a você um nome limpo e um futuro decente. Todo esse tempo que fiquei longe, eu... Nós... Lilian – ele disse resfolegado –, o que temos é sagrado e eu quis provar a você que eu acredito nisso.

– Mentira! – ela grunhiu inconformada.

– Não – ele disse com um desespero contido –, eu não podia contar, eu não podia tentar fazê-la entender sem antes ter consertado tudo ou quase... Lilian, por favor...

Os braços dele envolveram a cintura dela, levando-a para junto dele.

– Acredite em mim. Sei que me aproximei pelo motivo errado, sei que me esqueci de viver por seis anos, eu só queria me vingar. Acreditei que não tinha sobrado nada que valesse a pena em minha vida, até que você chegou e... Não sei quando, mas entendi que foi você, Lilian, quem devolveu todos os meus sonhos, tudo... Você me devolveu tudo. Eu a amo, mais do que... – Ele ofegou. – Você é tudo o que importa para mim.

– Chega! – ela disse no tom mais alto que já usou.

– Não – Simon não desistiu. – Eu sinto muito que você tenha descoberto as coisas dessa maneira. Não era para ser assim, perdoe-me – ele afirmou e os lábios percorreram em um desespero duro a linha do pescoço dela. – Lilian, por favor – ele disse e deixou uma trilha de beijos famintos na nuca dela. – Eu a amo.

Os joelhos dela fraquejaram e uma onda fria percorreu sua espinha, gelou seu estômago e espalhou choques em seu ventre, conforme as mãos dele avançaram em suas costelas e alcançaram os seios.

– Eu não acredito em uma palavra que você diz – contestou, sentindo que sua razão evaporava junto com as carícias que os lábios dele faziam sobre seu pescoço.

– Meu amor, não faça isso. Eu sei que errei muito, eu deveria ter lhe contado antes, mas você me mudou, eu mudei, deixe-me... Deixe-me amá-la e provar que eu posso merecê-la, por favor.

Se não o detivesse naquele momento, sabia que toda sua resolução de se manter afastada, toda sua força e dignidade e tudo o que havia restado dela se perderiam em meio ao desejo cego que Simon despertava em seu corpo. Ela não podia, não mais. Se ele insistisse e ela cedesse... Não podia.

– Não encoste mais em mim – ela pediu ofegante e sentiu o corpo ser virado.

Quando o encarou e mergulhou no fundo daquele oceano azul de desejo e lágrimas, soube que tudo se perderia se ela não escapasse. E precisava fazer isso rápido.

– Você pode não ser o assassino que todos julgaram... – ela começou com os lábios trêmulos –, mas talvez seja um monstro ainda pior do que o da fama que o acompanhou.

Conforme as palavras saíram de sua boca, um punhal foi enterrado em seu coração. Ela nunca havia dito algo tão cruel para alguém. Estava desesperada, foi por isso que o fez. Observou a expressão do marido desmontar enquanto ele deixava os braços caírem, soltando-a. Ele deu dois passos para trás em um silêncio horrorizado.

Ela não sabia mais de nada, não queria mais ouvir nada e só tinha uma certeza: não podia mais ficar junto dele nem por um minuto.

Abriu a porta e saiu correndo, montou em seu cavalo seguida por Jane. Ao chegar em casa, foi primeiro para seu quarto, onde escreveu uma carta a Anabele despedindo-se e pedindo para a amiga mandar notícias; depois escreveu outra carta, à senhora Warhol, pedindo que ela falasse com Lysa e, se fosse preciso, que obrigasse Simon a deixá-la ficar ali. Em seguida, Lilian escapou para a carruagem junto com seu filho e Jane. Deixou Parklane Hall sem saber se era o que devia ter feito, sem saber se devia acreditar no que Simon falou ou se devia expulsá-lo de sua vida para sempre. Deixou Parklane Hall com o coração sangrando outra vez.

Capítulo 36

Setembro de 1839 (seis anos atrás)

Nós estamos em Northumberland, viemos visitar um visconde amigo de papai. A viagem de Londres até aqui durou quase cinco dias. Estou com o corpo todo dolorido, principalmente a parte traseira do corpo, tendo em vista que nesse momento escrevo em pé, a situação é grave. Jesus. Sinto que não nasci para viagens muito longas.

Já estava há dois dias em Belmont Hall. Onde mais poderia ter ido senão para o lado de sua irmã?

Ela tentava se convencer de que precisava conhecer sua sobrinha, mas, desde que chegara, desviava das perguntas a respeito de sua vida, de sua casa e, principalmente, de Simon, prova de que estava lá não apenas para visitar a sobrinha recém-nascida e, sim, para fugir. E, principalmente, para fugir.

– Lilian – ela ouviu a voz da irmã chamá-la enquanto elas andavam entre os corredores do palácio ducal –, nós precisamos conversar. – Kathe usava um tom de voz baixo e mais sério do que o normal.

Lilian assentiu, sabendo que a irmã a questionaria sobre sua vida, seu futuro e ela não teria mais como fugir de dar as respostas que nem mesmo conhecia.

– Está bem. – E entraram na saleta íntima, onde Kathelyn passava as tardes.

Ao cruzarem a porta, Lilian viu o corpo alto do duque de Belmont de costas para elas, encarando a janela.

– Você tem o narizinho de sua mamãe. Graças a Deus por isso. – A voz forte do cunhado de Lilian preencheu o ambiente.

Ele segurava Elizabeth, sobrinha de poucas semanas de Lilian nos braços. E continuou:

– E os olhos mais estonteantes do mundo, que obviamente são dela também.

Lilian olhou para a irmã, que se deteve junto à porta a fim de continuar escutando a conversa do marido com sua filha. Kathelyn sorria. O duque acrescentou:

– Eu achei que seria impossível amar alguém como amo sua mamãe – ele sacudiu a cabeça –, mas, sabe, Lizzie, sua mãe sempre me surpreende e me deixa sem palavras. E eu estou incrivelmente, a cada dia, ainda mais apaixonado. – Belmont abaixou o rosto, beijou a cabecinha da menina aninhada em seus braços. – Vou querer que sua mamãe nos dê no mínimo mais dez filhos, sete meninas iguais a ela e três meninos o mais parecidos com ela o possível e…

– Contanto que você continue me mimando dessa maneira, sim, acho que posso fazer isso por nós – Kathy disse e o duque virou o corpo e as encarou visivelmente surpreso.

– Desde quando vocês estão aí? – Arthur perguntou caminhando em direção à esposa.

– Tempo suficiente para lembrar que valeu a pena eu ter aceitado me casar com você.

Belmont beijou a testa da esposa de maneira carinhosa e Kathe pegou Lizzie dos braços dele.

– Bom dia, Lilian – o duque a cumprimentou.

– Bom dia, Arthur – Lilian respondeu.

– Bem, vou deixá-las à vontade e me retirar para meu reduto masculino. Vou fumar alguns charutos e beber um brandy em meu escritório – ele disse com a voz divertida.

Chegou junto à orelha de Kathelyn e falou algo que a fez corar.

Quando o duque saiu, as duas sentaram-se lado a lado.

– Ele a adora, e eu fico muito, muito feliz de vê-los tão bem juntos.

– Obrigada, Lilian, eu estou muito feliz. – Kathelyn segurou uma das mãos da irmã, olhou-a com cautela e disse. – Querida, eu preciso lhe contar algo e não sei direito por onde começar.

O que a irmã falaria? Lilian sentiu o coração disparar, ela não queria, não podia receber nenhuma notícia difícil, não conseguia lidar com mais nada. Por isso, apenas olhou para baixo, tentando não incentivar a irmã a falar o que quer que fosse.

– Quando você saiu daqui há quase dois meses, eu contei a Arthur tudo o que você me falou. – Lilian a encarou com olhos arregalados e Kathe prosseguiu, rápida. – Desculpe, eu não podia assistir a tudo o que estava acontecendo em silêncio sem fazer nada. Bom, meu marido contratou um investigador para... – Kathe pareceu engolir em seco como se buscasse as palavras certas – ...para saber de Simon, tudo o que fosse possível, e eu achei que era mesmo o certo a se fazer.

A respiração de Lilian acelerou, acompanhando seu coração, as mãos ficaram molhadas de suor.

– Eu não quero ouvir – ela disse sem pensar –, não agora. Eu não posso lidar com mais nada.

– Lilian – a irmã voltou a segurar uma das mãos dela –, você precisa ouvir – acrescentou com firmeza.

Ela fechou os olhos buscando a coragem que havia encontrado em si nesses sessenta dias e concordou, não muito decidida.

– Foi ele quem entregou a carta da ex-esposa para a polícia através de um advogado.

Ela foi capaz apenas de assentir em silêncio; a irmã prosseguiu:

– Lilian, através desse mesmo advogado, ele entregou uma suposta herança à família de Anabele Bowmer, herança de um tio que nunca existiu. A família possivelmente jamais descobrirá que essa é a verdade.

– Que verdade? – ela perguntou sentindo a boca secar, mal conseguia respirar.

– Que nunca houve tio algum, Lilian! – Kathe chamou-a de maneira enfática. – Foi Simon quem forjou essa herança para salvar uma família da ruína. Apesar de não saber qual a ligação dele com os Bowmers, me pareceu uma boa ação.

– Meu Deus! – Lilian cobriu a boca com as mãos.

– Mas isso não é tudo. Esse tempo que ele ficou fora de casa, ao menos essas foram as últimas notícias que tivemos semanas atrás, foi porque ele contratou dois investigadores e percorreu junto a eles, condado por condado, procurando por um tal de Joe Landscape, um professor de piano, que, pelo o que ouvimos, havia arruinado...

– Anabele Bowmer – ela disse e sentiu os olhos se encherem de lágrimas e o coração crescer e explodir dentro do peito.

– Isso mesmo. Ela é sua amiga, não é?

– É – Lilian confirmou e engoliu um bolo de emoções.

Simon fez tudo isso? Fora ele quem encontrou Joe e o fez ir atrás de Anabele? E talvez tenha sido o marido também quem dera as 30 mil libras que o professor alegava ter recebido como pagamento de uma dívida. Simon pagou para que Joe pudesse se casar com Anabele. Sim, Lilian tinha quase certeza de que era isso que havia acontecido.

– Ele também vendeu a casa de jogos e, depois que provou sua inocência, passou ao menos duas semanas em Londres, frequentando toda a classe de eventos chatos e respeitosos, fazendo com que as mesmas pessoas que o rejeitaram e o acusaram durante anos o recebessem e admitissem publicamente, mesmo que indiretamente, que estavam erradas.

Kathe lhe lançou um olhar cúmplice.

– Lilian, eu acho que ele fez isso tudo por você.

Lilian piscou, sentindo as lágrimas ganharem seu rosto. Ela esteve tão certa da traição de Simon, tão afogada nas mentiras contadas, tão certa de que jamais poderia aceitá-lo de volta porque não seria capaz de confiar nele outra vez, que nem ao menos o deixou falar, ela nem o ouviu.

– Ele voltou para casa há poucos dias – Lilian disse, sentindo que poderia sufocar.

– Voltou?

– Eu nem mesmo o deixei falar – Lilian fechou os olhos com força –, eu não o deixei explicar nada. Ele pediu, implorou, e eu não quis ouvi-lo. Eu o condenei antes de ouvi-lo.

– Não, Lilian, você não tinha como saber – a irmã afirmou, aninhando melhor a filha que dormia em seu colo.

– Eu disse coisas horríveis para ele e fugi para cá. – Ela esfregou os dedos sobre os olhos nervosa e levantou-se de uma única vez. – Eu preciso vê-lo, escutá-lo e, talvez, pedir perdão por tê-lo condenado antes mesmo de ouvi-lo, assim como fizeram no passado todas as pessoas que o conheceram.

A irmã também se levantou e tocou no ombro de Lilian de maneira carinhosa.

– Eu tenho certeza de que vocês podem se entender.

– Obrigada – ela disse afoita e beijou o rosto de Kathelyn. – Obrigada mesmo.

Um par de horas depois, Lilian deixava Belmont Hall com as emoções ainda mais bagunçadas do que quando chegou há dois dias.

Capítulo 37

Outubro de 1840 (cinco anos e alguns meses atrás)
Minha mãe está doente. Deus me dê forças para aguentar.

Simon olhava o fogo na lareira. Ele estava frio. Um gelo interno que se instalou em seu peito desde que Lilian deixou Parklane Hall.

Ele tentava se convencer de que ela estava ofendida, machucada e que tinha razão para tratá-lo como tratou. Mas a verdade é que as palavras dela o feriram mais do que qualquer outra acusação ou julgamento.

Depois que a esposa deixou a casa, ele conversou com Anabele, que contou tudo o que Anne Stone havia dito para Lilian. Contou também que estavam dando abrigo para Lysa James e pediu, por favor, que ele deixasse a mulher ficar. Simon nem se importou com aquilo. Tinha mais com o que se preocupar. Queria entender o que diabos havia acontecido com as cartas que enviou enquanto esteve fora. Então interrogou e pressionou todos os criados internos, especialmente o senhor Byrne, que era o responsável pela correspondência que chegava a casa. Depois de algumas horas de pressão, quando ele estava a ponto de surrar o rosto comprido e enrugado do mordomo, o homem confessou que interceptou as correspondências de Lilian e escondeu as cartas que Simon havia enviado a Lilian durante sua ausência. Lembrou que nessas cartas não confessava o real motivo de seu afastamento, não pensava em contar por escrito tudo o que fizera pelos Bowmers ou que Joe tivera que ser pago para se casar com Anabele, queria fazer isso pessoalmente. Entretanto, deixava claro que resolvia questões urgentes pela Inglaterra e que demoraria mais a voltar do que tinha imaginado inicialmente.

Porém, Lilian nunca recebeu nenhuma das cinco cartas enviadas. Quando soube o que o mordomo havia feito, ele não aguentou e esmurrou a cara do homem, praticamente o levando ao chão com um único golpe. Em seguida expulsou o senhor Byrne da propriedade arrastando-o pelo colarinho. Largou-o na porta das dependências de serviço sem dar a chance de ele recolher nem mesmo os seus pertences pessoais. Largou-o antes que o matasse. Porém, não se sentiu aliviado. Lilian não sabia da verdade. E a culpada por isso era lady Stone, aquela mulher ordinária. Foi ela quem subornou o mordomo, quem entregou as cartas de seu passado a Lilian e quem contou uma série de mentiras e, claro, algumas verdades que deixaram de ser verdades com o tempo.

Mas Lilian não sabia.

Também não sabia que, alguns dias depois da chegada dele em Londres, Anne Stone o esperava deitada e nua em sua cama no Black Horse. Ele pediu com toda a educação que conseguiu reunir para que ela se vestisse e se retirasse, mas ela era a mulher mais teimosa e arrogante que Simon já conhecera. Tentou fazê-lo mudar de ideia, com todos os artifícios da sedução e chantagem conhecidos pelos seres humanos.

– Já que você não entende a linguagem da boa educação – ele disse naquele dia –, vejo que terei que usar a única maneira que a faz responder.

Então, ele a ergueu da cama e disse:

– O que nós tínhamos acabou. Conforme-se com isso e me deixe em paz. Sim, o que você ouviu é a verdade, eu me casei e pretendo continuar assim, não por vingança nem por diversão, mas porque eu amo a minha esposa.

Ela gargalhou jogando a cabeça para trás e afirmou:

– É patético. Fiquei sabendo que está atrás de Joe. O que quer agora? Consertar a vida de todo mundo que você ajudou a arruinar?

– Mantenha-se longe de meus assuntos – ele ordenou.

– Você terá trabalho em encontrar Joe, caso essa seja mesmo sua intenção. Eu mandei que ele sumisse no mundo depois que tudo acabasse. – Ela se aproximou do rosto dele e tentou beijá-lo. – Nós ainda podemos nos divertir muito, querido. Não ligo em dividir você com a senhora honra e pureza.

– Nunca mais encoste em mim – ele desviou-se do beijo e disse entre os dentes.

– Você acha que está apaixonado, Simon, mas a verdade é que não ama ninguém, só a si mesmo. – Encolheu os ombros e continuou. – Quando se cansar de Lilian, aquela mulher insignificante, estarei esperando por você a fim de lembrá-lo como uma mulher pode e deve dar prazer a um homem.

Então ele perdeu o que restava de sua paciência.

– Não pronuncie o nome dela! – Apertou as mãos que envolviam os braços de Anne com força e a sacudiu. – Nunca mais me procure ou sequer lembre da minha existência.

Ela o olhou por um tempo em um silêncio incrédulo e então estreitou os olhos dizendo:

– Aquela viúva frígida, ela vai se arrepender por ter arruinado a minha história com você.

Aí aconteceu algo que ele julgava absolutamente inconcebível. Mas aqueles lábios venenosos ameaçando sua esposa, a mulher que ele amava, foi demais para seu autocontrole e senso de honra. Ele agarrou o cabelo dela e puxou sua cabeça com força até que ela protestou de dor. Fez isso a fim de não estrangulá-la ou esmurrá-la. Quando a soltou, foi algo mais parecido a um empurrão que a derrubou sentada no chão. Ficou tão chocado com seu descontrole e com o que tinha acabado de fazer que resolveu sair do quarto antes que realmente a ferisse.

Ela bufava e tremia de raiva.

Não a ajudou a se levantar e disse com os olhos brilhando de ódio antes de sair:

– Nunca mais me procure e não ouse se dirigir à minha esposa. – Fechou os olhos e respirou fundo antes de acrescentar. – Se você fizer algo para prejudicar Lilian, se você chegar perto dela, eu juro que eu mato você. E, se me conhece minimamente, será esperta o bastante para saber que eu não estou brincando. – Cruzou a porta e a ouviu gritar entre os dentes antes de batê-la com força:

– Maldito!

Ele se manteve ocupado demais para voltar a se preocupar com Anne Stone depois disso. Nem sequer se lembrou das cartas que mantinha na gaveta de sua escrivaninha, com exceção daquela que já havia sido entregue à polícia, a carta da ex-baronesa que o inocentaria; as outras correspondências com todo o peso de seu passado não importavam mais.

Entendeu, ali, olhando o fogo da lareira no seu escritório em Parklane Hall que Anne devia saber onde ele guardava os documentos e correspondências e que pegou o que interessava antes de deixar o quarto no antro de jogos naquele dia. Entendeu também que ela sabia que ele se ausentaria por muitos dias à procura de Joe e usou isso para causar todo o estrago que foi possível.

Olhou a lareira outra vez, o fogo exercia uma força hipnótica. Amarelo da cor dos olhos da esposa.

Simon imaginava que Lilian estava em Belmont Hall. No dia em que ela saiu de casa, quase partiu atrás dela, mas desistiu. Estava exausto, machucado e tudo o que ele não queria era que Lilian o expulsasse da propriedade com a ajuda da irmã e do duque.

Ela deve voltar.

Aquilo não podia ficar daquele jeito.

Se ela demorasse mais alguns dias, deveria ele ir atrás dela?

E se fosse, como seria...

– Simon, pelo amor de Deus – Uma voz feminina preencheu o ambiente e sua consciência –, ajude-me.

Ele levantou da poltrona em um pulo ao entender que não era uma voz feminina qualquer, era sim a voz de Lilian, de sua esposa. O escritório estava iluminado apenas pelo laranja do fogo que queimava a lenha. Ele não teve certeza, mas acreditou que o rosto dela estava coberto de lágrimas. Somente então percebeu que ela carregava um corpo pequeno no colo. Era Paul, que estava com os braços pendurados e com a cabeça jogada um pouco para trás. O menino estava desacordado.

Não teve tempo de pensar em nada que não fosse a preocupação.

– O que aconteceu?

Ela deu dois passos e entrou na linha da luz. Simon perdeu o ar e sentiu os joelhos amolecerem; esse era o efeito que Lilian provocava em seu corpo sempre, mesmo diante de um momento tenso como aquele. Ouviu:

– Ele começou a se sentir mal hoje pela manhã no caminho para cá e, então, há algumas horas está ardendo em febre e passou a não dizer nada com nada. Logo vieram as convulsões e... E... quando estávamos quase entrando aqui, ele ficou assim, inconsciente.

Simon olhou para o rosto de Paul, que estava pálido, lábios abertos e aparentemente sem cor. Instintivamente ele aproximou a mão da testa do menino.

– Meu Deus, ele está queimando.

– Eu vou deitá-lo e fazer compressas para tentar baixar a febre, mas, Simon, ajude-me – ela ofegou com desespero –, ajude-me.

Ao vê-la com o rosto coberto por lágrimas e a voz envolta em angústia, ele soube que faria qualquer coisa que fosse necessária para protegê-la.

– Eu vou buscar um médico.

– Obrigada – ela disse e beijou a testa do filho.

Ele quis abraçá-la, confortá-la, ficar junto dela, deles, mas não podia, tinha que buscar o médico o mais rápido que conseguisse.

Tinha cochilado na cadeira outra vez. Abriu os olhos e encontrou Simon ajoelhado no pé da cama, de olhos fechados, mexendo os lábios sem fazer som algum. Ele estava rezando? Ela mesma já nem sabia mais quantas vezes implorara a Deus mentalmente para que tudo ficasse bem. Estava mergulhada na maior agonia de sua vida há quase quatro dias. Estava sem dormir e sem comer, com exceção do que Simon a obrigava a engolir. Ela não sentia o corpo, não sentia o tempo, nem mesmo a agonia ela sentia direito, a não ser quando a febre de Paul voltava a subir muito. Esses eram os piores momentos. Era a certeza de que, o que quer que fosse que o filho tivesse contraído, a doença ainda não tinha deixado seu corpinho.

Na noite em que chegara de volta com Paul nos braços em Parklane Hall, caiu uma tempestade de proporções gigantescas. Simon ficou horas fora de casa procurando por um médico. Quando voltou, estava ensopado e tremia de frio. Lilian nem conseguiu agradecê-lo como era devido. Estava aflita demais.

Naqueles dias, ela ficou junto ao filho, e Simon ficou junto a eles. A barba incipiente cobria o rosto do marido, ele também não se alimentava direito e tinha algo em seu semblante que Lilian não sabia se era cansaço ou dor. Pensou na conversa que precisariam ter quando Paul se recuperasse e, Santo Deus, o filho se recuperaria. Sim, ele logo estaria bem. E quando estivesse, eles teriam que ter uma conversa difícil. Ela sabia que não seria fácil, Simon era muito orgulhoso. Lilian se convencia de que talvez o marido não a perdoasse por ela não ter nem mesmo lhe dado o benefício da dúvida. Ele foi acusado a vida inteira; Lilian também o acusou.

Ela soube que Joe buscou Anabele um dia após sua partida para Belmont Hall. A amiga já devia estar casada. Soube que Lysa James estava bem; ela passara uma das tardes junto a eles e Paul. Simon nem perguntou a respeito da jovem que eles abrigavam. Como poderia? Naquele momento, ninguém devia ter cabeça para pensar em nada a não ser em cuidar do filho e em rezar por sua recuperação. Ao menos ela não tinha.

A senhora Warhol entrou no quarto. Lembrou-se de recorrer à amiga somente há pouco. Talvez ela conhecesse alguma erva capaz de ajudar, de fazer a febre ir embora. Os remédios que o médico receitara não estavam surtindo efeito. O doutor, que voltava todos os dias no início da manhã, naquele dia, quis fazer uma sangria em Paul. Lilian quase morreu com a ideia de sangrarem seu filho. Ele já estava fraco e muito debilitado, mal tinha forças para se manter acordado. O médico começou a tirar o que precisaria para a sangria, e ela passou a chorar desesperada. Simon, ao perceber a aflição de Lilian, pediu para o médico ir embora. O homem se irritou e jurou que não voltaria mais a assistir o menino. Ela não soube se sentiu-se aliviada ou ainda mais desesperada.

– Eu não quero que o sangrem. O médico quis fazer isso hoje mais cedo e não pude deixar – ela disse antes mesmo de cumprimentar a senhora Warhol.

– Há quanto tempo ele está assim? – a amiga perguntou, colocando a mão na testa da criança.

– Há quase quatro dias – Simon respondeu.

– E a febre não cedeu?

– Muito pouco – Lilian disse, olhando para o rosto abatido do filho.

– Vocês já deram algum chá além dos remédios que o médico deixou aqui?

– Não – Lilian disse sentindo o coração apertar. – A senhora acha que pode fazer alguma coisa para ajudar?

A mulher olhou pensativa para Lilian e então para Simon, depois para Paul, e disse:

– Acho que podemos tentar dar o chá de pau-d`arco. De tudo que conheço e já vi, pode ser o que realmente ajude Paul a se recuperar.

Sem perceber, Lilian friccionou os dedos das mãos nervosa.

– E é difícil conseguir essa planta? – ela perguntou.

– Seria, se não fosse a obsessão de Simon por elas, pelas plantas, eu quero dizer.

A senhora Warhol apontou para Simon, que encarava Paul sem parecer ouvir o que era dito a seu respeito.

– Há alguns anos – a senhora prosseguiu –, ele trouxe uma muda da árvore para cá e só sossegou quando a fez vingar. Algumas lojas de ervas vendem a casca para o chá medicinal, mas não é comum encontrar.

– Era a árvore por que meu tio tinha mais admiração – Simon disse ainda sem desviar a atenção do rosto de Paul. – Ela vive em países de clima mais quente, por isso achamos que seria muito difícil ela se adaptar por aqui. Construímos uma estufa e, enfim, deu certo.

– Teremos que fazê-lo beber uma xícara a cada três horas, acho que pode funcionar. – A senhora Warhol colocou um pano úmido na testa do menino.

– Graças a Deus existe algo a ser feito! – Lilian cobriu os olhos com as mãos.

– Eu vou buscar a casca da árvore – Simon afirmou e se dirigiu à porta.

– Senhora Warhol – ele disse antes de sair –, dê algo para que Lilian consiga descansar um pouco – Simon murmurou olhando para ela. – Tome, por favor, Lilian, você não dorme há quatro noites, Paul precisa de você inteira.

– Eu não posso, não posso deixá-lo.

– Apenas tome para conseguir descansar um pouco, eu prometo ficar aqui ao lado dele e, se algo acontecer, eu a chamo, juro que a acordo.

O marido ficou encarando-a, esperando por uma resposta.

– Simon tem razão, Lilian – a senhora Warhol interviu. – Eu ficarei aqui também enquanto você descansa.

Não se sentia aliviada em descansar, mas ela realmente estava destruída, física e emocionalmente. Talvez se tomasse um chá que ajudasse a relaxar, ela voltaria para cuidar do filho melhor do que estava fazendo agora. Agora, não tinha mais forças nem para se manter em pé.

Capítulo 38

Abril de 1846
Folha em branco...
E já está assim há alguns meses, na verdade.

– Lilian, acorde. – A voz distante da senhora Warhol foi ganhando presença conforme ela abria os olhos.

Vencendo a claridade do quarto, ela viu a costureira que a encarava com um sorriso nos lábios. A consciência voltou a operar rápido, muito diferente da maneira como costumava acordar.

– Paul – ela disse, sentando-se na cama pronta para se levantar sem nem mesmo espreguiçar-se antes.

– Calma, Lilian – a mulher a segurou pelos ombros –, ele está sem febre há mais de doze horas.

Lilian puxou o ar com um gemido de alívio ecoando através de seu peito.

– Meu Deus, quanto tempo eu dormi? – perguntou atordoada.

– Um dia inteiro.

Ela jogou os pés para fora da cama e se ergueu de uma vez. Em alguns passos, alcançou seu penhoar e o vestiu.

– Simon está lá com ele. Seu marido não saiu do quarto um só minuto – a costureira disse enquanto Lilian abotoava a peça sobre o colo.

– A senhora acha que ele vai ficar bem?

– Tenho certeza. – Ela cruzou a distância de poucos metros e abraçou a senhora Warhol, aliviada, emocionada e sentindo que voltava a respirar.

– Muito obrigada. Eu não sei o que poderei fazer para agradecê-la – Lilian disse e sentiu os dedos da mulher cavarem de maneira acolhedora seus cabelos.

– Não precisa me agradecer. Vamos! – A senhora Warhol deu dois tapinhas no ombro dela. – Vá ver seu filho, ele está acordado agora e até já tomou um prato de sopa.

Lilian concordou e se afastou com um sorriso no rosto. Foi correndo e sem parar de sorrir ao encontro de Paul.

Já cruzava a porta do quarto e se deteve quando a voz do filho preencheu sua consciência, elevou a sua alma e devolveu toda a cor do mundo. Parou com o ombro encostado no batente. Simon estava ajoelhado junto à cama. Paul vinha sentado com as costas apoiadas em uma pilha de travesseiros. O marido segurava as duas mãozinhas do menino.

– Onde está minha mamãe?

Ela chegou a tomar o ar para responder, mas a voz de Simon impediu a sua fala:

– Ela já deve estar a caminho daqui. Ela ficou do seu lado durante quatro noites e precisava descansar um pouco.

– E o senhor também ficou aqui?

Lilian assistiu a Simon concordar com a cabeça. Notou o peito dele subir e baixar em uma respiração lenta.

– Paul, há um tempo – o marido começou com a voz falha – você pediu para me chamar de papai e eu cometi um grande erro. Às vezes os adultos fazem coisas muito bobas... sabe? Eu... Eu não percebi o presente que a vida tinha me dado ao me trazer um menino tão maravilhoso como você. – Simon fez uma pausa enquanto parecia controlar a emoção antes de prosseguir. – Queira saber se você seria capaz de me perdoar e se você me daria a honra de me chamar de papai de agora em diante.

Os olhinhos de Paul se arregalaram. Então um sorriso limpo nasceu de seus lábios. Os braços pequenos abraçaram os ombros largos e ela ouviu a voz abafada do filho dizer:

– Você será o meu papai então? Eu juro que serei um bom filho, juro.

Mais uma respiração entrecortada de Simon.

– Eu juro que serei o melhor pai que eu conseguir.

– Obrigado, papai – Paul afirmou com a voz vibrando.

Lilian deu dois passos a mais para dentro do quarto e sentiu as lágrimas que embaçavam a sua visão ganharem todo o rosto. Ainda sem soltar Paul dos braços, Simon continuou a falar:

– Eu vou lhe ensinar tudo o que sei sobre as plantas e sobre a madeira e sobre as coisas dos homens.

Lilian mordeu os dedos para conter o choro.

O marido prosseguiu emocionado:

– E, principalmente, Paul, se sua mãe for capaz de perdoar os meus erros, eu lhe mostrarei como um homem deve tratar uma mulher, não através de lições, mas pela maneira que eu quero fazê-la feliz por todos os dias de nossas vidas.

Um soluço alto rompeu do peito de Lilian e, possivelmente, ao ouvir o som, Simon se afastou de Paul, virou-se para ela com os olhos surpresos e o rosto coberto de lágrimas e rapidamente enxugou as faces, levantou-se e se recompôs.

– Eu estava tendo um conversa de homem para homem com Paul – Simon disse, arrumando os cabelos que nunca ficavam no lugar.

Lilian apenas sacudiu a cabeça, incapaz de falar.

– Você viu? – Simon continuou rápido, parecendo sem graça. – Ele está se recuperando bem e está sem febre.

– Eu sei – ela disse e a voz quase não saiu, culpa do choro que ela tentava engolir.

– Eu vou descansar um pouco e deixar vocês dois a sós e... – Ele encheu o peito de ar e olhou para Paul, como se não conseguisse sustentar o olhar para ela. – Coma tudo que a senhora Thousand lhe trouxer para o almoço e beba todo o chá.

– Mas aquilo é horrível – Paul contestou, fazendo uma careta.

– Eu sei, mas é isso que está fazendo você ficar bom. E lembre-se do nosso combinado.

– Combinado? – Lilian perguntou deslumbrada.

– Um cavalo de madeira, mamãe, do tamanho de um cavalo de verdade – Paul disse, batendo palmas.

Lilian, tomada pela alegria de ver o filho respondendo entusiasmado e cheio da vitalidade habitual, foi até a cama, abraçou-o e cobriu seu rosto de beijos. Quando virou para agradecer outra vez a Simon, ele já tinha saído do quarto.

Tempos depois a senhora Thousand entrou com uma bandeja. Agora que tudo voltava à paz habitual, Lilian queria conversar com Simon. Na verdade, precisa conversar com Simon para que realmente tudo ficasse em paz. Desde que entrara no quarto de Paul, mal conseguia se conter. O coração vinha fora de ritmo, o estômago era percorrido por ondas geladas e as mãos não voltaram a ter a estabilidade normal. Sabia que isso era por causa da emoção pela recuperação do filho, mas era também por tudo o que ouviu Simon falar a Paul e, principalmente, pela conversa que teriam.

– Paul, você fica com a senhora Thousand um pouco? Eu tenho que resolver um assunto e volto o mais rápido que conseguir.

O filho assentiu e logo estava rindo de alguma coisa que a governanta falava. Lilian não ouviu o motivo da graça porque todo seu coração e toda sua atenção naquele momento estavam direcionados a outro homem de sua vida. O homem que lhe ensinou o que era o amor, o desejo, o perdão e a bondade. Talvez, um dos melhores homens que ela conhecera. O homem que ela amava e amaria para sempre: seu marido.

Três batidas que acompanharam o ritmo de seu coração.

– Pode entrar. – A voz de Simon anunciou em um tom alto o suficiente para atravessar a porta de madeira.

Lilian fechou os olhos e respirou fundo enquanto sentia os pelos de seu corpo subirem arrepiados.

Abriu a porta e entrou.

Era dia e a luz do Sol inundava todo o quarto de móveis escuros, tecidos verdes e quadros de natureza morta. Em cima da lareira, um retrato do dono do quarto mais jovem olhava tudo com o brilho na expressão de quem acredita na vida. Os pés alcançaram o tapete persa que cobria quase todo o piso de carvalho. Era um ambiente masculino. Era o quarto que dividira com Simon antes da viagem dele. Depois que o marido partiu, Lilian não entrou mais ali, possivelmente com medo de não conseguir suportar as lembranças que carregavam cada centímetro daquele lugar. Entrar naquele quarto sem Simon seria o mesmo que entrar em uma estufa sem plantas ou em uma sala de pintura sem tintas e telas. Porém, agora, o espaço estava mais uma vez repleto da aura de Simon, algo que ia além dos aromas masculinos. Era uma presença que preenchia cada canto da casa e de seu corpo.

Ele estava de costas olhando a janela, tinha os cabelos molhados e vestia apenas uma calça de lã e uma camisa. Devia ter acabado de tomar banho.

– Eu vou descansar um pouco, senhor Calton, muito obrigado, não preciso mais de seus serviços por hoje.

Lilian mordeu o lábio por dentro ao entender que o marido acreditava que era seu valete quem entrara no quarto.

– Não é o Calton – ela disse, tentando esconder o nervosismo que percorria seu corpo.

Simon demorou um pouco para virar, o que pareceu uma eternidade. Quando os olhos se encontraram, os dele iam pesados por uma sombra arroxeada, o testemunho do cansaço, e os dela iam cobertos pela luz do Sol e lágrimas.

– Simon, eu... – A voz falhou, ela perdeu as palavras quando entendeu que, além do aparente cansaço, Simon chorava.

– Você leu minhas cartas? Eu as encontrei – ele disse sem esperar. – Foi o senhor Byrne quem não as entregou, parece que o serviço de lady Stone nesta casa foi completo. Ela sabia que eu me ausentaria por muitos dias, porque fui atrás de Joe, precisava tentar consertar as coisas. Fiz tudo o que estava ao meu alcance para isso, e Anne usou essas informações, manipulou os fatos, fez você acreditar que eu a havia abandonado – ele afirmou, dando dois passos na direção dela.

– Eu sei de tudo. – Ela enxugou as palmas das mãos que estavam molhadas de suor e explicou. – O duque de Belmont contratou um investigador para descobrir seu paradeiro.

Simon arregalou os olhos.

– Desculpe-me por isso, eles ficaram preocupados e... Eu sei de tudo, sobre Joe, sobre os Bowmers, sobre a carta que você entregou aos jornais para provar sua inocência e...

– Eu ia lhe contar – Simon a interrompeu. – No momento em que coloquei os pés nesta casa, ia lhe contar todos os meus erros, ia lhe contar os motivos da minha ausência, as besteiras que eu precisei corrigir, só que não consegui falar, você foi embora e... E tudo o que fiz foi para tentar lhe provar que, apesar de ter sido um cretino no começo, desde que a pedi em casamento, fiz isso pelos motivos certos, fiz isso porque eu... Eu... Eu me apaixonei por você, Lilian.

Ela olhou para baixo; o coração batia forte em todas as suas veias.

– Perdoe-me, Simon. – Ela começou com a voz baixa. – Perdoe-me por não tê-lo ouvido, por não ter acreditado em você e por ter ido embora antes de dar-lhe a chance de me mostrar quanto eu estava errada em julgá-lo e em... – A frase ficou perdida nos olhos do marido e na respiração rápida dele, que fazia seu peito baixar e subir em um ritmo hipnotizante.

Ela não sabia o que ele sentia; se iria beijá-la ou expulsá-la do quarto e da sua vida para sempre. Decidiu ser rápida.

– Eu não sabia o que pensar. Fui até Londres, mas você havia sumido e vendido tudo. Meu Deus, e... Havia as cartas e eu acreditei nas palavras de lady Stone, elas foram cravadas no meu peito e queimaram. Descobri coisas horríveis a respeito de meu ex-marido e tentei me convencer de que uma parte sua talvez – molhou os lábios afoita – tivesse razão em sentir tanta raiva dele e em querer se vingar mesmo que precisasse me... me usar para isso.

Ele deu dois passos mais em direção a ela e ela engoliu em seco. Continuou quase sem pensar:

– A certeza de que tudo isso era real foi o que me deu forças para continuar. Eu achei... Perdoe-me.

Ele deu mais um passo enquanto ela sentia que o rosto e o pescoço estavam ensopados pelo próprio choro.

– Eu não podia ter esperanças de que você voltaria ou de que tudo seria um engano, porque – ofegou nervosa –, se fosse mesmo verdade o que aquela mulher havia dito e se você não voltasse nunca, acho que a esperança me mataria, e... – Ela arquejou quando a mão do marido envolveu sua cintura. Disse em um impulso: – E acreditar que você era mesmo um monstro me deu coragem para encontrar dentro de mim a força de que eu precisava. Perdoe-me, porque...

Ela foi puxada de encontro ao corpo masculino e tragou o ar com um gemido sufocado ao se dar conta de como sentiu falta daquele contato.

– Tudo o que você fez... – Lilian afirmou com tremor na voz. – Meu Deus, nunca ninguém fez tanto por mim e...

Os lábios dele abriram uma trilha de beijos na linha do maxilar dela.

– E agora... – ela prosseguiu com dificuldade. – Agora ouvir você falar com Paul... Simon, meu Deus.

Ele continuou beijando as bochechas, o pescoço e o queixo dela, enxugando com os lábios as suas lágrimas.

– Eu acho que nunca soube o que era amar e ser amada, e foi você – Lilian segurou o rosto dele entre as mãos –, você, justo o homem que todos tinham como uma pessoa fria e calculista, isenta de sentimentos e incapaz de demonstrar qualquer bondade, foi você, Simon Thorn, quem me ensinou o que é amar e o que é...

Lilian não pôde terminar, não porque lhe faltou o ar e as palavras e, sim, porque Simon a beijava de uma maneira nova. Ele contou com os lábios que a perdoava e também pedia perdão. Ele disse, conforme sua língua entrava e roubava a sustentação das pernas dela, que ele nascera para amá-la e que foi ela quem o resgatou. Disse também que ele havia esquecido o que era a felicidade e que ela o conduziu de volta até lá, enquanto a despia peça por peça.

– Eu vou amá-la, Lilian, até estar marcado em seu corpo, em sua mente e em sua alma quanto eu a amo e como eu me arrependo de não ter lhe contado tudo antes, mas, principalmente, eu vou amá-la, suave e devagar, com força e rápido, até você ter certeza e ficar gravado em sua pele que só estou em paz e feliz quando estou em casa.

Ele a deitou na cama e a beijou profundamente. Lilian perdeu o fôlego ao sentir Simon penetrá-la com uma lentidão perfeita. O marido tocou o peito da esposa com os dedos, enquanto o coração dela batia cada vez mais rápido.

– É aqui a minha casa – ele sussurrou enquanto a amava. – Eu a amo.

Capítulo 39

Alguns dias depois, Lilian e Simon andavam à cavalo pela propriedade em direção à casa de verão, onde estavam alojadas Lysa e Jane. No caminho, Lilian começou a explicar o que havia acontecido e por que deu abrigo a uma mulher que estava fugindo do marido.

– Anabele e a senhora Warhol me contaram essa história por cima durante a sua ausência – o marido respondeu com uma grave seriedade.

Lilian não sabia se Simon iria permitir que Jane, uma mãe solteira, e Lysa, uma mulher casada e fugitiva, tivessem os seus filhos ali, dentro da propriedade. Mesmo que a casa de verão parecesse tão isolada e protegida. Mesmo que as duas mulheres, talvez, não tivessem a quem recorrer caso fossem colocadas para fora de Parklane Hall.

Respirou fundo ao descer do cavalo. Olhou ao redor; era um local muito especial aquele. Ali, por algum motivo que Lilian não compreendia, os lírios cresciam abundantes e naturalmente.

– É lindo – ela afirmou e o braço de Simon circulou sua cintura.

– Por isso era meu refúgio quando criança – o marido disse, passeando com o olhar pelo entorno.

Ela sentiu o coração disparar ansiosa. Teria que conversar com Simon sobre Jane e Lysa e saber a opinião do marido sobre a situação. Decidida a resolver logo e com todos os argumentos em mente para convencê-lo a deixá-las ficar, ela disse:

– Elas não têm para onde ir e aqui é tão escondido, ninguém precisa ficar sabendo. – Encheu o pulmão de ar e continuou. – Sei que você pretendia reformar a casa, mas, pense comigo, quer alegria maior do que duas crianças correndo por essa varanda enorme? – Encarou o marido, que olhava para a frente com um enorme vinco entre as sobrancelhas, e prosseguiu, rápida. – Elas me ajudaram tanto nos dias em que você ficou longe e Jane é mais do que uma criada, é uma amiga. Já Lysa tornou-se muito próxima... – Apertou os dedos, ainda mais ansiosa. – Você acredita que ela gosta de pintar, também? Precisa ver os quadros que ela faz, o último nós pintamos juntas, é uma tela que retrata este lugar.

Simon continuava em silêncio, o olhar vagando por toda a casa. Lilian continuou:

– O senhor James batia em Lysa e acho que nós não podemos permitir que ela volte para casa e...

– Precisamos colocar mais algumas janelas no andar de cima – Simon disse como se não tivesse escutado uma palavra que ela pronunciou.

Diante do descaso do marido, a ansiedade de Lilian virou irritação. Ele não poderia estar pensando em reformar a casa e colocar as duas mulheres para fora. Não, ela não permitiria isso.

– Simon Thorn, você não colocará ninguém...

– Talvez umas quatro ou cinco janelas a mais e mais alguns quartos – ele a interrompeu.

– Não é possível que você esteja pensando em janelas e quartos quando o assunto é tão sério.

– Bebês precisam de muita luz do Sol e, além disso, se quisermos receber outras mulheres que precisam de ajuda, precisaremos de mais quartos – o marido continuou cutucando uma pedra com a ponta da bota de maneira descontraída. – E aquela área ali, que é pouco utilizada – ele apontou para um espécie de depósito abandonado –, daria um ótimo abrigo para animais feridos.

– O quê? – ela indagou tonta e sem ar.

– Nós temos recursos e influência suficientes para levar isso adiante – ele disse e cravou os olhos brilhantes nela.

O coração e o corpo de Lilian foram percorridos por uma onda quente de alegria e entusiasmo.

– Outras mulheres? Você falou "outras mulheres"? – precisava ter certeza.

Ele segurou os ombros dela e a virou suavemente até estarem de frente um para o outro.

– Quando você saiu desta casa há alguns dias, eu pensei sobre muitas coisas. No momento em que Anabele me contou o que você está fazendo aqui – Simon apontou com a cabeça para frente –, eu entendi como é importante essa sua ideia.

Lilian engoliu um bolo na garganta a fim de conter as lágrimas.

– Entendi também – ele continuou – que Cristine talvez tenha tirado a própria vida porque sabia que eu não a aceitaria após a traição, nem a ela e nem ao filho bastardo que ela carregava.

Simon fechou os olhos e respirou fundo. Quando voltou a falar, fez isso com um tremor na voz.

– Só percebi há pouco que parte de meu ódio por toda essa situação passada foi por não ter conseguido impedir que ela fizesse a loucura que fez... – Ele fez uma negação com a cabeça. – Tirar a própria vida já é um ato extremo e muito egoísta, mas tirar a vida da criança inocente que crescia no ventre dela é horrível e uma loucura muito maior.

Ele segurou o rosto da esposa entre as mãos e prosseguiu:

– Sei que Cristine e eu jamais voltaríamos a viver como marido e mulher, isso era uma impossibilidade, não seria capaz de perdoar a traição dela, mas, é claro que – ele puxou o ar de maneira falha –, que jamais desejei uma coisa tão brutal como a que aconteceu. – Simon fechou os olhos e um rastro de lágrimas desceu por suas bochechas. – Foi você, seu amor e sua bondade que me fizeram entender que eu me culpava e sempre me culpei por não ter conseguido deter a loucura de Cristine.

Lilian estendeu a mão e tocou no rosto do marido.

– Você não tem culpa – ela afirmou, contornando o maxilar dele com a ponta dos dedos.

– O que você está fazendo aqui – Simon olhou em direção à casa – é lindo, lindo como você, lindo como seu coração. Sei que não posso mudar o passado, sei que sentir raiva dele não altera nada. Entendi que só podemos alterar qualquer coisa com as nossas escolhas no presente. – Ele a olhou com intensidade. – Podemos, juntos, mudar o que ainda não aconteceu e talvez impedir jovens que estejam sem saída de cometerem a mesma loucura de Cristine ou de terem suas vidas e a vida de seus filhos arruinadas por causa da impiedade. Podemos construir algo que faça a diferença na vida de outras pessoas.

– Obrigada – ela disse junto a um soluço e entendeu que mais uma vez Simon a surpreendia; mais uma vez ele provava ser o melhor homem que ela havia conhecido.

– Mas também, e principalmente, quero fazer isso porque você sempre disse que ajudar os outros a faz feliz, não é verdade? – o marido indagou, mergulhado em seus olhos.

– Sim – ela mordeu os lábios ainda emocionada. – Sim, eu sempre disse – confirmou.

– Lilian – Simon segurou as mãos dela. – Já, para mim, basta uma coisa para ser feliz.

– O quê? – seu coração acelerou.

– Fazê-la feliz, minha pequena. Isso… Isso é tudo de que eu preciso para ser feliz também.

Ela envolveu o pescoço de Simon com os braços e o beijou. O marido correspondeu e inventou uma maneira nova de beijá-la, uma que, além de tirar o fôlego e bambear as pernas, a preencheu com o aroma dos lírios e com a maior felicidade que ela já experimentou em sua vida. Parklane Hall, enfim, era palco de uma história de amor que cabia a um castelo de séculos abrigar.

Epílogo

Um ano depois

Simon insistiu em dar um baile no aniversário de Lilian, iguais aos que eram realizados em Parklane Hall quando ele era criança. Mais de seiscentos convidados disputaram quase à tapa a oportunidade de participar da festa mais concorrida de toda região.

Lilian, no começo, disse que não fazia questão alguma da festa, mas, ali, em pé, no meio do salão de baile, dançando a quinta peça da noite, tinha que admitir que o marido estava com a razão; era incrível ver aquele castelo enorme cheio de música, vestidos de festa, centenas de velas nos lustres de cristal, champanhe, risadas e diversão. Ela mesma nunca dançara tantas vezes seguidas em sua vida, e a festa estava apenas no começo.

Olhou ao redor enquanto girava nos braços de seu cunhado, o duque de Belmont; viu Anabele junto à mãe dela, Joe e um grupo de pessoas rindo e conversando distraídos. Simon contou que Joe admitiu que estava apaixonado por Anabele, mas que não tinha como sustentá-la. Contou também que o professor de música fora ameaçado por Anne Stone caso não cumprisse o que fora acordado inicialmente, e somente por isso abandonou-a daquele jeito há um ano. Lilian não sabia se acreditava ou não em Joe. Não se preocupava mais com isso, o que importava para ela era ver sua amiga bem. Saber que Anne Stone estava muito longe da Inglaterra também tranquilizava seu coração. O diplomata marido de Anne mudou de vez para as Índias, e ela teve que acompanhá-lo. Fora uma exigência real. Parece que a rainha vinha conversando bastante com um casal de duques excêntricos. Simon certificou-se de que Joe faria Anabele feliz comprando uma casa para eles em Durham, onde poderiam, sempre que quisessem, visitar a nova família. Olhou para o outro lado do salão e notou que a senhora Warhol desfrutava de um dos doces servidos com um sorriso de contentamento nos lábios. Viu Margareth Marfleet, que a observava com os olhos brilhando satisfação, como se a tia de Simon soubesse, desde sempre, que tudo acabaria daquele jeito.

Seguiu com atenção os olhos do cunhado, que pareciam querer arrancar o que restava dos cabelos de lorde Dalton com as próprias mãos. O homem estava dançando com Kathelyn. O duque bufou.

– Calma, Arthur, se continuar olhando para Dalton dessa maneira, vão acreditar que o senhor comete a indelicadeza de sentir ciúmes de sua esposa – Lilian deu uma risadinha –, o que seria outra falta de educação depois de ter dançado todas as peças até agora com Kathelyn.

Arthur piscou e a olhou; os lábios sorriram.

– Estou só pensando de que lado do rosto o nariz de Dalton ficará melhor, para que possa enterrá-lo ali.

– Espero que aguarde até terem saído de Parkalne Hall para fazer isso, não quero que meu baile de aniversário vire palco de um escândalo. Se bem que – ela encolheu os ombros – pode ser divertido.

– Estou brincando, Lilian. – ele disse, sem disfarçar o mau humor. – É verdade que estou com vontade de fazer isso; olhe onde está a mão do desgraça... – Deteve-se e sacudiu a cabeça. – É nisso que resulta ser casado com a mulher mais bonita de toda a Terra. – Arthur sorriu sem graça e tentou se corrigir. – É claro que sua beleza prova que são irmãs e que...

– Tsc! – Ela estalou a língua. – Tudo bem, Arthur, eu sei que ser comparada com Kathelyn é quase uma injustiça para qualquer mulher e entendo que, mesmo estando casados há mais de um ano, você ainda não tenha deixado de se sentir enciumado com a atenção que sua esposa desperta.

– Seu marido também não parecia muito feliz agora há pouco com a atenção que você tem chamado de todos os cavalheiros – o duque afirmou mais descontraído.

– Simon? – Ela piscou surpresa. – Ele não tem ciúmes, ele...

– Não foi isso que percebi quando o barão falou que estava a ponto de arrancar as calças do senhor lorde Kendall pela cabeça enquanto o homem babava em seu decote ao dançar com você.

– O quê? Não, ele não... babava em meu decote.

Lilian sentiu as bochechas arderem porque também tinha percebido a maneira pouco educada com que Kendall olhava para ela durante a peça. Ouviu o cunhado continuar:

– Então Simon disse que sabia como esse baile era importante para você e que, só por isso, ele iria tomar um ar na varanda antes que acabasse com a festa.

As últimas notas da peça soaram e ela olhou para uma das portas francesas. Sentia-se radiante e feliz demais, não apenas com a festa. Já havia decidido que era a hora de conversar com Simon e faria isso naquele momento.

– Ele foi naquela direção. – O duque apontou para a última porta do salão, adivinhando sua intenção.

– Obrigada pela dança e pela... informação.

– Eu vou tirar Kathelyn para dançar. Acho que é mais simpático dançarmos a quarta peça da noite do que eu quebrar o nariz de algum almofadinha descarado.

– Sim, você tem razão – ela respondeu sorrindo e fez uma genuflexão ao se despedir.

Cruzou o salão o mais rápido que conseguiu dando desculpas curtas e educadas a todos que a cumprimentavam ou a detinham no caminho.

Passou pelas portas duplas em direção à varanda. Era uma noite de verão agradável, o céu estava riscado por uma Lua sorridente, assim como vinha o seu coração. E, como a Lua não estava sozinha, contava com a luz de centenas de estrelas, seu coração também não estava, nunca mais estaria.

Viu o corpo alto do marido vestido pela casaca negra elegante; ele apoiava as duas mãos na balaustrada da varanda, o que fazia os seus ombros ficarem ainda mais largos. Simon olhava para cima, e Lilian sentiu o coração pular uma batida ou duas, a respiração acelerar e os joelhos ficarem amolecidos. Acreditava que Simon provocaria essas reações nela para sempre.

– Obrigado – ouviu Simon dizer em voz alta ao se aproximar mais dele.

– Oi – disse e se encostou a seu lado.

– Oi – Simon respondeu ainda olhando para cima, sem parecer surpreso com a presença dela.

– Está uma noite linda – Lilian afirmou.

– É verdade.

Eles ficaram um tempo em um silêncio calmo aquecido pelo barulho da noite.

Há um ano, desde que se reconciliaram e que Simon concordou em continuar dando abrigo a Lysa, Jane e a outras mulheres que não demoraram muito a chegar, eles começaram a reformar a casa, adaptando-a às necessidades das crianças que nasciam ali. Com o apoio do duque e da duquesa de Belmont, a instituição recentemente legalizada era uma das primeiras a prestar esse serviço às mulheres abandonadas e arruinadas em quase toda a Inglaterra. Mais uma vez, a família fora considerada excêntrica, e as mesmas bocas que os parabenizavam pela iniciativa possivelmente os julgavam pelas costas. Lilian parou de se importar com que os outros pudessem pensar a seu respeito. Ela estava feliz, muito feliz. Já o marido lidava com todas as crianças da casa de verão com uma natural desenvoltura: jogava uma para cima com segurança, limpava o narizinho de outra e, logo em seguida, ninava no colo uma terceira. Ele era um pai maravilhoso para Paul e, de certa maneira, para todas os nove bebês que viviam em Parklane Hall. Era a família grande e a vida no campo que sempre sonharam ter. Ela respirou o ar perfumado de lírios e noite.

– Em que você está pensando? – Lilian perguntou.

– Estava agradecendo a Deus e às estrelas por terem me enviado você – Simon disse e se virou para ela, beijando de leve seus lábios. Ela foi para a frente dele e apoiou as costas no peito largo do marido. Ficaram por mais um tempo em um contemplativo silêncio.

– E você, no que está pensando? – Foi a vez dele perguntar.

Ela respirou fundo e disse:

– Estou pesando que você vai ter que fazer um móvel novo.

– Mais um móvel? – ele perguntou intrigado.

– Sim, é um móvel bem importante e faço questão que você mesmo o faça.

– Que móvel? – Ele girou o corpo dela pela cintura até estarem de frente.

– Um berço.

Lilian viu os olhos do marido crescerem.

– Mais um berço? – ele principiou.– Já não havíamos combinado que não receberíamos nenhuma outra jovem até que a expansão da casa de verão esteja concluída?

– Mas é que esse deve ficar fora da casa de verão – ela disse descontraída.

– Fora? – o marido indagou, parecendo ainda mais intrigado.

– É que esse deve ficar na nossa casa.

– Na nossa casa? – Simon perguntou com os olhos arregalados e cheios de um brilho novo.

– Ah, sim... – Ela principiou, disfarçando a emoção. – Normalmente os filhos devem ficar bem próximos a seus pais e...

Ele a agarrou pelos ombros e a beijou repetidas vezes, sem deixá-la concluir.

– Você quer dizer que...? Você está...? – Simon perguntou afoito.

– Sim, eu estou esperando um filho seu, pelas minhas contas e da senhora Warhol há uns três meses – Lilian respondeu, sendo beijada nas bochechas, no queixo, na testa, nos lábios.

– Você... – Ele estreitou os olhos. – Você fingiu suas regras?

– Eu queria surpreendê-lo – ela admitiu com ar inocente.

– Meu Deus, você conseguiu – ele disse com olhar radiante e a beijou com intensidade e paixão.

Mais alguns beijos nos lábios e na face dela. Ela só conseguia sorrir de volta ao Sol que nasceu na expressão do marido.

– Eu a amo, eu a amo, eu a amo – ele repetiu e voltou sua atenção para o céu outra vez.

– Eu o amo – ela respondeu.

– Obrigado – Simon contrapôs as estrelas e olhou para a esposa com os olhos cheios de amor. – Desta vez o céu respondeu – ele afirmou sorrindo.

– É mesmo? – ela o provocou.

– Sim.

– E o que ele disse?

– O céu disse... – O marido fez uma pausa antes de acrescentar ao seu ouvido. – O céu disse: Lírio.

– Lírio?

– Você sabe o que seu nome significa?

– Não – ela contrapôs surpresa e emocionada.

– Seu nome significa Lírio, derivado do latim *Lilium*… Eu sempre soube que estava em casa junto aos lírios, que eles me traziam paz, mas acho que nunca lhe contei o porquê disso, contei?

Ela negou, sacudindo a cabeça enquanto as lágrimas inundavam os seus olhos.

– Quando era pequeno, eu olhava as estrelas e só conseguia enxergar pequenos lírios. Elas – o marido apontou para cima –, as estrelas, são muito sábias. – Ele terminou beijando a fronte dela repetidas vezes.

– É mesmo? – ela indagou provocativa e olhou para o céu.

– Sim, porque desde sempre elas me respondem; Lilian… As estrelas sempre me disseram que os lírios, ou melhor, que seria você, minha Lilian, quem despertaria o meu coração.

Em breve, o próximo livro da série "Flores da temporada":

Não me esqueças

Capítulo 1

Gloucestershire 1867

Os dedos deslizavam com uma natural frequência em cima das cordas. Lizzie fechou os olhos enquanto a música que ela criava na harpa enchia o seu coração e transbordava para o ambiente. Como o aniversário da sua mãe fora no dia anterior, a família inteira se reunia em Belmont Hall em Gloucestershire – algumas notas a mais deslizaram pela ponta dos seus dedos –, mesmo com toda a algazarra provocada pela conversa e pelas risadas da família, enquanto tocava, Lizzie não ouvia nada além da melodia que escorregava através das cordas.

– Não seria mais fácil e mais adequado ela ter aprendido o piano? – a sua avó Caroline Harold, a duquesa viúva, perguntou.

Não ouvia quase nada, somente a música, dedilhou rápida a sequência de notas.

– Eleonor é a pianista da família. – Sua mãe, Kathelyn, respondeu desviando o assunto.

A música, a música, a música.

– Ah, então ter alguém que toca harpa Celta deve ser um tipo de benefício extra concedido a famílias que já possuem um membro que toca piano.

Silêncio. Notas dedilhadas e avó que sempre respondia as próprias perguntas como uma imperatriz.

– Essa será a quarta temporada dela, com 21 anos, Elizabeth está mais para uma sobrevivente do que para uma debutante – e continuou impune –, imagino que vocês a convenceram também de que um bom casamento seria a única preocupação que uma jovem da sua idade deveria ter, no lugar de estudar coisas tão necessárias para uma dama como um fraque é para um cão. – sua avó completou com a coluna erguida e as mãos apoiadas sobre os joelhos.

Lizzie fechou os olhos a fim de não se perder e errar a melodia. Essa conversa se repetia todos os anos, todos os meses para ser mais exata, desde que ela começou a estudar os celtas. Isso significava que há dez anos Lizzie aguentava as perguntas, as diretas e o sarcasmo elegante da sua avó. Tinha certeza de que Caroline devia sofrer de algum problema seletivo de memória, porque além de não se recordar que sua mãe era quem introduziu o hábito dos estudos das culturas antigas na família, também fazia absoluta questão de esquecer que Arthur, o seu pai, no caso o próprio filho dela, era quem admirava incondicionalmente o amor de sua mãe pelos gregos e pelos egípcios. Arthur e Kathelyn eram, com certeza, os maiores colecionadores particulares de relíquias gregas e egípcias da Inglaterra. Lizzie só lamentava que o hábito de estudo do pais não incluísse os celtas.

– Você deve saber que criamos os nossos filhos para serem felizes, se isso incluir bons casamentos – sua mãe fez uma pausa circunspecta antes de acrescentar –, que sorte a minha, serei uma avó muito realizada.

Comeu uma nota quando o dedo tropeçou nas cordas ao olhar para Arthur Steve, seu irmão mais velho que acabara de entrar na sala. Steve, como era chamado por todos, parou em pé atrás da matriarca, fazendo uma negação com a cabeça. O irmão levou um dedo em riste até os lábios pedindo silêncio e deu alguns passos para trás, na intenção de deixar a sala outra vez. Lizzie sabia o que estava acontecendo; Steve, devia querer fugir sem ser notado e com certeza antes de ser confrontado pela avó. Se tinha uma pessoa capaz de desafiar a paciência do seu irmão, ou melhor, a pouca paciência dele, era a duquesa viúva. Ele já tinha quase alcançado a porta quando Edward seu irmão caçula, perguntou com olhos arregalados:

– Vovó, o que é isso nas suas costas?

– O quê?

A matriarca virou a cabeça devagar.

Steve congelou com a mão na maçaneta.

Edward ria do que acabara de fazer enquanto o irmão o fuzilava com o olhar.

– Steve! – sua mãe exclamou e se levantou.

– Ah é você – Edward começou com ironia –, por um segundo achei que fosse um tipo de assombração – terminou com uma careta zombeteira.

– Finalmente – exclamou seu pai que lia o jornal em um dos cantos da sala.

– Oi mãe, oi pai – ele falou com uma tentativa de sorriso e logo foi coberto pelos beijos entusiasmados e abraços de todos. Ela mesma estava morrendo de saudades do irmão mais velho que desde que fora para a universidade, há dois anos, os visitava com cada vez menos frequência. Levantou deixando a harpa enquanto Eleonor o abraçava com sincero entusiasmo.

– Oi, fadinha, como você está? – Steve disse divertido e ergueu Eleonor um pouco do chão em um abraço de urso.

– Fadinha? Eu já sou uma moça, não é certo você me chamar desse jeito – ela respondeu orgulhosa e empinou o queixo o desafiando.

– Você sempre será minha fadinha – disse e apertou o nariz dela como pudesse arrancá-lo de brincadeira com os dedos.

Steve tinha mania de dar apelidos carinhosos para todos da família. Bem... não para todos, porque os pais nunca receberam apelidos e porque o apelido do irmão Leonard era cabideiro e os cabideiros, apesar de segurarem as casacas com bastante competência, não são lá muito simpáticos. Segundo Steve, Leonard engolira um ou dois deles quando nasceu. Já Eleonor, era a fada porque quando menor, a irmã vivia com asas de penas que ela mesma montava voando pelos cantos da casa. Lizzie assumiu com orgulho o seu apelido; para Steve ela era a lobinha, não apenas por causa do seus sonhos que aconteciam desde que se lembrava mas, principalmente, porque em todas as brincadeiras que fizeram quando crianças, Lizzie queria ser sempre um lobo.

– Vamos brincar de piratas – ele pedia.

– Está bem, eu serei o lobo.

Arthur Steve franzia o cenho sisudo e sacudia a cabeça um pouco inconformado.

– Mas assim não vale, brincadeiras de piratas não têm lobos.

– Está bem, então eu serei o lobo do pirata. – Ela insistia.

Era sempre assim, não importava o tema escolhido ela só aceitava brincar quando convencia o irmão de que um pirata de verdade poderia ter um lobo, ou de que era o lobo o animal que ia para a guerra ao lado dos grandes generais romanos, ou que os gigantes e os deuses nórdicos ou gregos, sempre andavam com uma espécie de lobo ao seu lado.

Lizzie viu Steve abraçar com carinho a sua mãe e depois seus outros dois irmãos; Leonard, reservado e muito aristocrático para alguém que tinha apenas 21 anos, ele era o herdeiro do ducado já que Arthur Steve, apesar de mais velho, nascera antes de seus pais se casarem oficialmente. Edward deu um abraço mais caloroso no irmão mais velho, com 13 anos o garoto sonhava desde os cinco em estudar medicina e vivia dissecando animais, especialmente as rãs e os besouros para o assombro de Leonard, que era um duque até o dedão do pé e para nojo de Eleonor, que era sem dúvida, a mais delicada das três mulheres da família. Todas as vezes em que ela deixava de fazer algo que ele pedia, quer dizer que ele ordenava, Edward ameaçava dissecar algum inseto e esconder na gaveta de suas roupas íntimas. Eleonor, nunca contava sobre isso aos pais, talvez com medo da punição que eles certamente aplicariam sobre o irmão menor ou, o que Lizzie supunha, com ainda mais medo de encontrar as patas de uma aranha no lugar das fitas em sua penteadeira.

Lizzie abriu um sorriso espontâneo retribuindo o olhar de Steve. Desde a última visita em Belmont Hall, quando na ocasião a avó Caroline exigira que ele mudasse o seu comportamento diante da sociedade e por causa da resposta mal educada que dirigiu a ela, o seu pai acabou tendo uma discussão feia com ele e Steve nunca mais apareceu em casa. Isso já tinha quase cinco meses.

– Olá – Lizzie disse e foi coberta pelo corpo enorme do irmão que a abraçou.

Steve era alto como o pai e como Leonard, ao que tudo indicava Edward também ficaria assim. Olhou com uma calma atenção para o jovem a sua frente; ombros largos, cabelos castanhos com vagos reflexos dourados e os olhos verdes profundos que eram a marca registrada da família.

– Eu trouxe aquilo que prometi em minhas cartas para você – Steve afirmou junto a sua orelha.

– Os manuscritos? – Lizzie perguntou e levou as mãos até o coração verdadeiramente emocionada.

– Sim loba, os manuscritos.

Em um pulo ela se jogou no colo do irmão que foi pego pela surpresa e deu dois passos para trás retomando o equilíbrio logo em seguida.

– Eu não acredito... você é o melhor irmão do mundo... o melhor – ela repetiu enquanto os dois riam divertidos com o mesmo entusiasmo de quando eram crianças.

Entretanto, eles não eram mais crianças e a prova disso era o silêncio que pairava na sala atrás deles, permeando o móveis e se estendendo até os seus ossos. O sorriso de Lizzie morreu ao encontrar o olhar entrecerrado da avó, enquanto o seu pai encarava Arthur com o maxilar travado pelo mau humor. Essa expressão do pai era a mais assustadora que existia, era a única assustadora, na verdade. Porque poucas vezes o pai os repreendia ou não concordava com algo que eles faziam e que pudesse os deixar felizes. Mas, Lizzie sabia o que estava acontecendo; para o seu pai existia uma única coisa sagrada e insubstituível. Para ele nada no mundo importava a não ser a sua família. Ele devia estar furioso por Arthur ter perdido o aniversário de sua mãe.

– Que bom que você chegou, Steve – sua avó, o possível motivo do atraso dele, disse num tom de voz calmo e cadenciado. – Sabe – ela prosseguiu e verteu um pouco de chá na xícara –, eu tenho ouvido algumas coisas bastante interessantes o seu respeito nos círculos sociais.

– Se são ditas nos círculos sociais – Steve disse por fim, se afastando do seu abraço –, tenho certeza de que devem ser imensamente interessantes para qualquer pessoa... que participe deles.

– É o primeiro filho de um duque e se não se interessa pelo o que corre com seu nome através das bocas na nata da sociedade pesando na sua imagem, você deveria sim se importar porque esses boatos tão instrutivos são vinculados ao bem-estar de seus irmãos, especialmente de Eleonor que debutará em breve.... e quanto a Lizzie, quem sabe seu pai coloca um pouco de juízo na cabeça dela e a convence de que ela é uma inglesa e que deve participar da próxima temporada e claro, se casar – a senhora prosseguiu de maneira quase imparcial, como se estivesse apontando dezesseis ovelhas pastando no campo e não a palavra, moral, conduta e agora casamento; o da sua irmã e seu próprio casamento.

– Graças ao bom e sábio Deus, nós temos o perfeito Leonard que é de fato o herdeiro desse ducado, o peso da responsabilidade do brasão repousa fora dos meus ombros. – O irmão respondeu e fez uma vénia forçada. Lizzie não ouvia mais nada sem ser as palavras casamento e sociedade e temporada ecoarem em seus nervos.

– Eu não vou me casar – ela disse sem pensar porque o seu estômago embrulhou diante da ideia de se ver amarrada em um casamento aristocrático, falso e aborrecido.

Lizzie tinha os seus motivos para ter tanto horror de Londres e temporadas e claro, casamentos. Porém, ninguém naquela sala, com exceção de sua mãe, sabia a verdade.

Os olhos da avó arregalaram e Kathelyn fez uma negação lenta com a cabeça enquanto o seu pai desviou a atenção de Steve e agora olhava para ela, assim como todos os outros dez pares de olhos da sala.

– Tinha entendido que você iria participar de mais uma temporada em Londres, este ano – seu pai disse sobre o jornal.

Steve segurou em sua mão para lhe dar apoio.

– Eu não concordei em voltar para Londres, eu já estou decidida, não me casarei jamais – disse com o queixo empinado.

– Eu sabia – a avó declarou – essa história de estudar povos selvagens e de aprender a sua língua... isso – ela apontou para a harpa celta – não poderia dar certo.

– Eles não eram selvagens – ralhou Lizzie –, selvagens são os nossos costumes de desfilarmos mulheres como porcos para o abate e então de desfrutar em vendê-las para o homem mais velho e gordo da temporada.

– Elizabeth – o seu pai a chamou com a voz seca –, você irá para Londres e tentará dar mais uma chance para o bando de porcos; acredito que eu, por ser um duque, devo na sua cabeça então ser o líder deles, estou certo?

– Não papai desculpe, o senhor é diferente, eu não estava me referindo ao senhor e....

– Nessas horas eu me pergunto se eu não fui diferente demais no que concerne a dar limites para os meus filhos.

– Arthur – sua mãe o repreendeu.

– Eu acho que se ela não quer casar, por que deveria? – Steve perguntou e colocou as mãos nos bolsos da calça, relaxado.

Seu pai estreitou o olhar.

– Porque todo mundo deve se casar um dia.

– Eu já tentei – disse Lizzie com a voz embargada –, três temporadas não é o suficiente para uma única mulher aturar?

– Não quando essa única mulher recusa todas as propostas que já recebeu – o duque replicou dobrando o jornal de uma vez.

– Ninguém deve ser obrigado a se casar – Steve disse olhando para ela.

– É claro que ninguém será obrigado – sua mãe olhou para a duquesa viúva com firmeza.

– Eu vou para casa – a avó se levantou –, e, por favor, não discutam desse jeito, isso é um comportamento tão burguês.

– Hãn – Lizzie riu sem achar graça –, é claro, porque aristocratas são bons demais para serem humanos e autênticos demais para escolherem permanecer solteiros, se assim desejarem.

– Ninguém aqui será obrigado a se casar, eu só gostaria que você considerasse a hipótese – seu pai acrescentou com ar cansado.

– Impressionante como sua presença é capaz de trazer paz e harmonia para essa casa – Leonard murmurou para Steve e esse fechou as mãos ao lado do corpo.

Apesar de se amarem, ele e Leonard competiam por tudo desde pequenos: brinquedos, espaço e atenção.

– Pelo menos minha presença traz algo além do tédio que ronda a sua.

– Chega, vocês dois – o pai ordenou com ênfase.

– Bom… eu acho que vou para a biblioteca – Steve principiou – antes que seja obrigado a participar de uma disputa física, ou a sair daqui noivo, vou ler alguma coisa – afirmou e girou o corpo na intenção de deixar a sala.

– Nós vamos juntos – o duque disse e colocou o jornal que estava no seu colo sobre a mesa lateral –, e teremos uma conversa… nós três – ele encarou Leonard que levou as mãos ao peito de maneira inocente –, sim, nós três e vocês vão se entender de uma vez por todas – seu pai voltou a afirmar e caminhou em direção à porta.

Lizzie esperou eles saírem e se dirigiu até a porta. Conseguiu chegar sem ser notada, quase um milagre, antes de cruzar a porta viu que sua mãe a observava sorrindo e concordando com a cabeça. Ela deu a permissão que Lizzie queria para deixar a reunião vespertina. Supunha que sua mãe sabia onde ela iria, é claro que não estava indo para o quarto dormir ou para a sala de bordado como imaginaria qualquer pessoa que assistisse àquela cena. Lizzie queria olhar os novos manuscritos que Steve trouxera para ela.

FONTE: Adobe Garamond Pro
IMPRESSÃO: Assahi

#Novo Século nas redes sociais

novo século®
www.novoseculo.com.br